ANN STOWASSER
**WIR WERDEN HELDEN SEIN**

atb aufbau taschenbuch

Ann Stowasser wurde in einem beschaulichen, aber wenig spektakulären Ort der westdeutschen Provinz geboren und begeisterte sich von klein auf für Musik in all ihren Spielarten. Bei einer Klassenfahrt in den Achtzigern in die Mauerstadt West-Berlin sah sie dann zum ersten Mal echte Punks und entdeckte die legendären Kneipen von Kreuzberg, wo New Wave und David Bowie gespielt wurden, und sie beschloss zu bleiben. Ann Stowasser lebt bis heute in Berlin. »Wir werden Helden sein« ist ihr erster Roman.

Die wohlerzogene Jenny wächst behütet in einem Dorf im Münsterland auf. Abitur, Klarinettenunterricht, anstehendes Lehramtsstudium. Auf ihrem Plattenspieler hört sie Nina Hagen und David Bowie und träumt dabei von mehr Freiheit – und von Robert, ihrem Freund und angehenden Rockmusiker. Als er nach West-Berlin geht, folgt ihm Jenny kurzerhand – zum großen Ärger ihrer Eltern. Anfangs fühlt sie sich fremd in der Mauerstadt, in der man noch mit Kohle heizt und Demos und Straßenschlachten Alltag sind. Und mit ihr und Robert läuft auch alles anders, als sie es sich ausgemalt hat. Jenny ist am Boden zerstört. Doch dann findet sie Unterstützung bei ihren neuen Freunden, mit denen sie schon bald in das Berliner Nachtleben eintaucht. Fasziniert vom neuen Sound, der überall zu hören ist, merkt Jenny, dass sie genau am richtigen Ort ist, um das zu machen, was sie schon immer wollte – Musik.

# WIR WERDEN HELDEN SEIN

ANN STOWASSER

ROMAN

atb aufbau taschenbuch

ISBN 978-3-7466-3957-4

Aufbau Taschenbuch ist eine Marke der Aufbau Verlage GmbH & Co. KG

1. Auflage 2022
© Aufbau Verlage GmbH & Co. KG, Berlin 2022
Umschlaggestaltung www.buerosued.de, München
unter Verwendung von Motiven von
© akg-images / Barbara Schnabel und © Oleh_Slobodeniuk / Getty Images
Satz Greiner & Reichel, Köln
Druck und Binden CPI books GmbH, Leck, Germany
Printed in Germany

www.aufbau-verlage.de

# 1

## MÜNSTERLAND, SPÄTSOMMER 1980

Als das Schreiben von der Universität im Briefkasten lag, dachte Jenny zuallererst an Robert. Ein riesiges Siegel prangte neben der Briefmarke, darunter das Wappen mit der lateinischen Inschrift. Westfälische Wilhelms-Universität Münster. Es ging um ihren Studienplatz, das war klar. Hier entschied sich, ob sie endlich auf eigenen Beinen stehen und von ihren kontrollsüchtigen Eltern wegkommen würde. Sie hätte außer sich sein müssen vor Aufregung, dass sie den Brief nun in Händen hielt. Trotzdem dachte sie nur an Robert. Denn die große Frage war: Würde er mitkommen? Würden sie zusammen fortgehen, wie sie es geplant hatten?

Robert wollte ja auch weg aus diesem Kaff. Ab in die nächste Großstadt, wo es, wie er meinte, Luft zum Atmen gebe. Und die nächste Stadt, das war eben Münster. Er kannte Leute, die wohnten in einem besetzten Haus in der Frauenstraße, von dem ständig in der Zeitung berichtet wurde und dessen bloße Erwähnung schon ausreichte, um ihren Vater mit hochrotem Kopf über Arbeitslager für das dort lebende »Gesocks« wettern zu lassen. Vielleicht, meinte Robert, könne man fürs Erste da unterkommen. Oder am Hafen, in einem der leer stehenden Fabrikgebäude, wo sich im Moment eine alternative Szene bildete. Er hatte eine Menge Ideen, und sie hörten sich alle traumhaft an.

Doch andererseits wusste man bei Robert nie so genau. Er legte sich ungern fest. Solange die Sache nicht fest beschlossen war, konnte Jenny sich kaum freuen. Sie wollte auf keinen Fall allein gehen, und vor allem wollte sie mit ihm zusammen sein.

Unentschlossen spähte sie durch den Briefschlitz. Doch außer dem Schreiben war keine weitere Post im Kasten. Eilig stopfte sie den Brief in die Tasche ihrer weißen, flauschigen Strickjacke (genau so eine hatte Natassja Kinski mal bei einem Fotoshooting getragen) und schlüpfte durch die Haustür, in der Hoffnung, ihre Mutter würde sie nicht hören. Aus der Küche drangen Bratenduft und das Surren der nagelneuen Dunstabzugshaube. Jenny streifte ihre Stiefeletten ab und stellte sie lautlos neben die Garderobe, überprüfte im Spiegel schnell ihre aufwendig zu einer voluminösen Scheitelfrisur geföhnten Haare, die sie, wie sie fand, ein bisschen wie Jill aus *Drei Engel für Charlie* aussehen ließ, und schlich dann die Treppe hoch zu ihrem Zimmer.

»Jennifer?«, drang es aus der Küche. »Bist du das?«

»Ja, Mama. Ich bring nur schnell mein Zeug nach oben.«

»Warst du am Briefkasten? Ich habe noch gar nicht nachgesehen.«

Sie zögerte. »Er war leer. Keine Post heute.«

»Morgen kommt bestimmt dein Brief aus Münster. Es ist doch höchste Zeit, dass du eine Antwort bekommst.«

»Ja, Mama. Ganz sicher.«

»Du könntest auch mit dem Bus nach Münster pendeln, wenn du da studierst. Dann musst du nicht in der Stadt wohnen. Ich habe mit deinem Vater darüber gesprochen. Er hält das für eine gute Idee.«

»Ich weiß doch noch gar nichts«, rief sie genervt.

»Denkst du daran, dass du gleich Orchesterprobe hast?«

»Ja, tue ich«, antwortete sie mit einem Stöhnen. Ihre Mutter liebte es, ihr quer durchs Haus Gespräche aufzudrängen.

»Aber nicht, dass du wieder mit leerem Magen losgehst. In einer Viertelstunde sind die Rouladen fertig.«

»Alles klar, Mama.«

Sie lief nach oben, ging in ihr Zimmer und schloss die Tür. Dann setzte sie sich aufs gemachte Bett und atmete tief durch, zog den Brief hervor und riss den Umschlag auf. Eilig überflog sie den Inhalt. Treffer. Sie hatte den Studienplatz bekommen. Lehramt für die Primarstufe, mit den Fächern Musik und Deutsch, beginnend im kommenden Wintersemester. Es war ihre Eintrittskarte für ein freieres Leben, für eine eigene und selbstbestimmte Zukunft. Und sie würde Musik machen, ganz offiziell. Es würde nicht mehr nur ihr Hobby sein, sondern im Zentrum ihres Lebens stehen. Die Sache mit der Primarstufe war dabei eher eine Verlegenheitslösung. Da sie nicht gut genug war, um Berufsmusikerin zu werden, aber sehr gut mit Kindern klarkam, hatte sich Unterrichten als vernünftige Alternative angeboten.

Sie legte das Schreiben aufs Bett und strich es glatt. Obwohl sie allen Grund zum Feiern hatte, fühlte sie sich seltsam leer. Wenn sie doch nur wüsste, ob Robert mitkommen würde.

Sie trat ans Fenster, von dem aus sich der Garten überblicken ließ. Ihr Vater hantierte mal wieder an den Kaninchenställen herum, brachte seine Zuchtviecher für den nächsten Wettbewerb auf Vordermann, wechselte Heu und stopfte Kohl in die Ställe, alles mit der grimmigen Entschlossenheit, mit der er alle Freizeitaktivitäten ausführte. Wenn der wüsste, wie wichtig ihr Robert bei dieser Sache war. Er würde ihr ein paar passende Takte dazu sagen. Seine Tochter und der langhaarige Bombenleger, das war immer ein beliebtes Thema bei ihm.

7

Ihre Zimmertür schob sich auf.

»Jenny? Bist du da?«

Ihr kleiner Bruder Basti tauchte auf, mit seiner dicken Brille, die seine Augen riesengroß wirken ließ, und mit der er, wenn er an seinem Klavier saß, immer ein bisschen aussah wie Rolf, der Hund aus der *Muppet Show*. Nur dass Basti viel besser spielen konnte.

»Ist alles in Ordnung?«, fragte er.

Basti würde es sofort durchschauen, wenn sie ihn anlog. Es hatte keinen Zweck, das überhaupt zu versuchen. Also reichte sie ihm den Brief. Er nahm ihn entgegen und las mit wachsender Begeisterung.

»Du hast die Aufnahmeprüfung bestanden! Mensch, Jenny, das ist der Wahnsinn. Ich hab dir doch gesagt, du sollst Schubert spielen. *Der Hirt auf dem Felsen*, das beste Solo für Klarinette. Die fanden dich super, oder? Ach, ich wäre so gern dabei gewesen. Du warst bestimmt die Beste.«

Sie lächelte. Wenigstens einer von ihnen freute sich.

»Eines Tages wirst du besser sein als ich, Basti. Davon bin ich überzeugt. Nicht nur auf dem Klavier.«

Ein halb verlegenes, halb stolzes Lächeln stahl sich auf sein Gesicht. Doch etwas schien ihm klar zu werden, und seine Miene verdunkelte sich etwas.

»Dann ziehst du jetzt aus, oder?«

Sie nickte. »Das weißt du doch.«

»Schon. Aber … «

»Ich komme oft zu Besuch, versprochen. Und in vier Jahren ziehst du nach. Du studierst dann Musik im Hauptfach, nicht wie ich als Primi-Maus.«

»Ich wünschte, es wäre jetzt schon so weit.«

Er wollte ebenfalls raus aus dem Dorf. Obwohl er erst vierzehn war.

»Wenn du nachkommst, werden wir uns ständig in der Musikhochschule sehen. Und mittags gehen wir zusammen in die Mensa. Warte ab, das wird lustig. Dann gehöre ich zu den Abschlussstudentinnen, und du bist der Ersti.« Sie bemühte sich um ein sorgloses Lächeln.

Er legte den Kopf schief, betrachtete sie.

»Du scheinst dich gar nicht zu freuen«, sagte er.

Noch so eine Sache, die sie nicht vor ihm geheim halten konnte. Sie stieß einen Seufzer aus.

»Ich weiß nicht, ob Robert mitkommt.«

»Aber der will doch auch nach Münster, oder?«

»Ja, für den Zivildienst. Wenn alles klappt.«

»Ist er denn inzwischen gemustert worden?«

Nein, war er nicht. Seit Monaten überlegte Robert, welches Theater er im Kreiswehrersatzamt vorspielen sollte, um dem Bund zu entgehen. Bedingungsloser Pazifismus stand hoch im Kurs, wenn man verweigern wollte. Robert trainierte die Antworten auf alle Fragen, die sie ihm stellen könnten, zum Beispiel, was wäre, wenn fünf Männer Jenny vergewaltigen wollten und er ein Maschinengewehr in der Hand hielte. Roberts Antwort wäre dann, sich nicht entscheiden zu können, schießen oder nicht schießen, gequält zu sein und innerlich zerrissen und dann gar nichts zu tun. Das würde ihn völlig untauglich erscheinen lassen für die Armee, die ein Mindestmaß an Tatkraft brauchte. Wider besseren Wissens versetzte es Jenny jedes Mal einen Stich, wenn Robert diese Antwort probte.

»Nein, er war noch nicht da«, sagte sie matt. »Keine Ahnung, aber der Musterungsbescheid muss jeden Tag kommen.«

»Hast du denn Schiss davor, alleine nach Münster zu gehen? In die Großstadt?«

Sie zögerte. Dann entschied sie sich für die Wahrheit.

»Darum geht es nicht. Ich will einfach da sein, wo Robert ist.«

Das wusste sie schon, seit sie ihn das erste Mal mit seiner Schulband in der Aula spielen gesehen hatte. Wie er lässig auf der Bühne stand und harten Rock sang, sehr zum Missfallen der Lehrer, die lieber deutsche Volkslieder oder doch wenigstens *Hotel California* gehört hätten, und wie er mit seiner Ausdruckskraft die ganze Schülerschaft mitriss. Das war der Moment gewesen, in dem sie sich unsterblich in ihn verliebt hatte.

»Ich will, dass er mich mitnimmt, wenn er weggeht«, sagte sie. »Egal, wohin. Alles, was zählt, ist, dass er und ich zusammen sind. Der Rest ist mir nicht so wichtig.«

Es wäre einfacher gewesen, wenn bei Robert zuerst die Entscheidung gefallen wäre. Wenn er gesagt hätte, komm, Jenny, wir gehen nach Münster, ich hab da meine Zivistelle, bist du dabei? Sie hätte Ja gesagt, und danach käme, wie passend, die Zusage von der Uni. Dass es umgekehrt lief, dass sie es war, die Fakten schuf, machte es kompliziert. Aber sie konnte auch nicht so tun, als habe sie den Brief noch nicht bekommen, denn sie musste sich ja einschreiben.

»Sollte er nicht da hingehen wollen, wo du bist?«

Sie sah irritiert auf. »Wie meinst du das?«

»Na, wenn du meine Freundin wärst, und du würdest weggehen, dann würde ich versuchen, nachzukommen, weil ich mit dir zusammen sein möchte.«

»Doch nicht Robert. Daran sieht man, dass du noch grün hinter den Ohren bist.«

Damit hatte sie ihn getroffen. Seine Wangen begannen zu glühen, er wirkte verunsichert. »Aber wieso? Ich würde überall hingehen, wo meine Freundin ist.«

»Und das ist total süß von dir«, versuchte sie einzulenken. »Aber Robert, weißt du … er ist ein Rocker. Er macht sein eigenes Ding. Das ist es ja, was ich so toll an ihm finde. Manche Männer sind so, da kannst du nicht einfach Entscheidungen für sie treffen. Sie lieben ihre Freiheit, und das ist was Gutes. Ich will ja genau so einen Mann.«

Sie hörte selbst, wie bescheuert das klang, aber sie wusste nicht, wie sie es besser ausdrücken sollte. Oder hatte sie einfach Schiss, dass Robert sie nicht so sehr liebte wie sie ihn? Dass es ihm egal war, ob sie dabei sein würde oder nicht, wenn er von hier abhaute? Schwafelte sie deshalb was von Männern und Freiheit und Rockmusik? Nein, so war es ganz sicher nicht. Und besser, sie dachte nicht länger darüber nach. Schließlich war sie nicht so wie ihre Mutter, die immer das tat, was der Mann wollte. Und so würde sie auch nie werden.

»Eines Tages wirst du das verstehen«, fügte sie ihren wirren Ausführungen noch hinzu. »Wenn du älter bist.«

Ein Totschlagargument. Aber etwas Besseres fiel ihr nicht ein. Sie schwiegen, beide nicht sonderlich zufrieden mit dem Verlauf des Gesprächs. Jenny wechselte das Thema.

»Wollen wir ein bisschen Musik anmachen?«

Denn das war es, was sie beide am liebsten taten: Zusammensitzen, Musik hören und lange darüber diskutieren. Und Jennys Plattensammlung war legendär. In ihrer freien Zeit machte sie jeden Job, den sie gerade ergattern konnte, arbeitete im Supermarkt, in der Fabrik, als Kindermädchen, alles, womit sich Geld verdienen ließ, das sie anschließend in Schallplatten investierte. Da war über die Jahre einiges zusammengekommen. Allerdings durfte nicht jeder Einblick nehmen in die Platten, die bei ihr rumstanden, denn ihr Musikgeschmack machte vor nichts halt. Es waren schon manche Entsetzensschreie durchs Haus geschallt, wenn ihre Freundinnen zu Besuch kamen und sich durch die

Plattenstapel arbeiteten. Nicht jedem war zum Beispiel verständlich zu machen, wieso sie haufenweise Schlagerplatten besaß. Vor allem Robert sollte besser nicht wissen, wie vielfältig ihre Sammlung war. Er konnte ziemlich engstirnig sein, wenn es um Genres außerhalb der Rockmusik ging. Und *ABBA* wäre da noch das Harmloseste, auf das er stoßen könnte. Trotzdem. Sie war mächtig stolz auf ihre Platten, auch auf die Schlagermusik, und vor Basti brauchte sie nichts verstecken. Der wusste Bescheid.

Ihr Bruder hockte sich freudig vor ihren Plattenspieler und beobachtete, wie Jenny den Stapel durchging.

»Worauf hast du denn Lust?«, fragte er.

»Warte es ab. Ich hab da schon eine Idee.«

»Aber keine Schlager! Sonst gehe ich sofort.«

»Auch nicht Vicky Leandros?«, fragte sie scheinheilig.

Er jaulte gequält, was sie zum Lachen brachte.

»Ich hasse Schlager«, meinte er inbrünstig. »Ich bin Musiker. Das ist eine Beleidigung für mich.«

»Oha, du bist Musiker. Weißt du, was Mozart in deinem Alter schon alles komponiert hatte?«

»Ja, ja. Mach dich ruhig lustig über mich. Du lenkst nur davon ab, dass du dich schämen solltest, weil du Schlager hörst. Du bist doch auch Musikerin. Du müsstest es echt besser wissen.«

Dabei war es ja gar nicht so, dass sie vorrangig Schlager hörte. Es war eher ihre heimliche Leidenschaft, für bestimmte Stimmungslagen. Schlager hören, fand sie, das war wie Kirschlikör trinken. Es war warm und klebrig, lullte sie ein, war wie nach Hause kommen, in Watte gepackt und geliebt werden, in einer Welt, in der alles gut war, und dann konnte man noch dazu tanzen. Nein, wenn sie darüber nachdachte, war Schlager hören sogar besser als Kirschlikör trinken.

»Weiß Robert eigentlich, dass du Schlager hörst?«

»Bist du wahnsinnig? Das darf er niemals erfahren.«

»Ich werde schweigen wie ein Grab.«

»Das will ich dir auch geraten haben.«

Sie zog eine Schallplatte hervor, die sie sich von ihrer Freundin Birgit geliehen hatte. *Nina Hagen Band.* Das Album der Stunde, das im Moment jeder kaufte, der etwas Taschengeld übrig hatte. Jenny würde sich die auch noch zulegen, aber im Moment herrschte Ebbe in ihrer Kasse.

»Guck mal, die hat mir Birgit geborgt.«

»Nina Hagen … Ist das die mit *TV-Glotzer?*«

»Genau die«, sagte Jenny und ließ die Vinylscheibe vorsichtig in ihre Hand gleiten. »Was meinst du? Hast du Lust?«

Und ob Basti Lust hatte. Jenny legte die Scheibe auf den Plattenteller und drehte die Boxen auf. Ihre Mutter schimpfte zwar gerne, wenn sie zu laut Musik hörten, aber eigentlich war von ihr nichts zu befürchten. Am Ende konnte die sich eh nicht durchsetzen. Deshalb nahmen sie keine Rücksicht und drehten die Lautstärke auf. Denn nur so machte Punkrock richtig Spaß.

Blöderweise hatte Jenny völlig vergessen, dass sie ihren Vater bei den Kaninchenställen gesehen hatte. Sie hätte besser daran gedacht, dass er heute zu Hause war, denn es dauerte nicht lange, da flog die Tür auf und er stürmte mit hochrotem Kopf herein. Ausgerechnet bei Nina Hagen. Ungläubig starrte er seine Kinder an, während es laut und rotzig aus den Boxen dröhnte: »*Ich bin nicht deine Fickmaschine, spritz, spritz, das is'n Witz.*«

Jenny versuchte noch, zum Lautstärkeregler zu hechten, doch es war zu spät. Entschlossen schritt er durch den Raum und zog brachial die Nadel vom Plattenteller, was ein schreckliches Kreischen in den Boxen verursachte, bevor es totenstill im Zimmer wurde. Birgits Platte, dachte sie geschockt. Hoffentlich hatte die keinen Kratzer abgekriegt. Das würde Birgit ihr nie verzeihen.

»Jenny!«, polterte der Vater drauflos, während er die Platte hochhob. »Bist du verrückt geworden? Was ist denn das für ein Dreck? Dein Bruder ist noch ein Kind, und du …«

»Papa, bitte, die Platte …«

»Ist die von diesem Gammler? Von Robert? Hast du die Schallplatte daher?«

Er wedelte gefährlich unsanft mit der Vinylscheibe herum, seine dicken Finger in die Rillen gedrückt.

»Nein, die ist … Papa, vorsichtig!«

»Das habe ich mir doch gedacht. Dieser Nichtsnutz. Den sollte man ins Straflager stecken.«

»Die gehört nicht Robert«, schrie Jenny und sprang auf.

Sie stellte sich wie eine Schlangenbeschwörerin vor ihren Vater, bereit, das wertvolle und zerbrechliche Stück Vinyl aus seinen Pranken entgegenzunehmen.

»Das ist Nina Hagen«, warf Basti verunsichert ein.

Das hätte er besser nicht gesagt. Denn seit die Sängerin vor ein paar Monaten in einer Talkshow im ORF vor laufender Kamera vorgemacht hatte, wie Frauen am besten onanieren, war ein Sturm der Entrüstung durch die Republik gefegt, ganz besonders durch das elterliche Wohnzimmer.

Ihr Vater starrte Jenny jetzt an wie einen fleischgewordenen Dämon.

»Diese … diese *Schlampe*? Der werft ihr euer Geld hinterher?«

»Es ist doch gar nicht meine Scheibe. Bitte, Papa. Die gehört …«

»Ich dulde so einen Mist nicht in meinem Haus.«

Er wurde immer wütender, blickte sich um, als suche er nach jemandem, der ihm sagen konnte, was zu tun sei, dann trat er plötzlich und ohne Vorwarnung an ihren Schreibtisch und zerschmetterte die Platte mit einem finalen Ausruf der Empörung (»*Nina Hagen!*«) an der Stuhllehne.

Die Bruchstücke segelten zu Boden, und Jennys Herz setzte einen Schlag aus. Birgits Platte. Ihr Kopf war wie leergefegt. Wie sollte sie das nur wiedergutmachen?

»Und du«, brüllte der Vater weiter, jetzt an Basti gewandt. »Ab in dein Zimmer, und zwar sofort! Wir reden später.«

Jenny kroch zu ihrem Schreibtischstuhl und sammelte wie betäubt die Scherben auf, als wäre noch irgendetwas zu retten, während Basti den Kopf einzog und davonschlich.

»Diesen Kommunisten siehst du nicht mehr wieder, hörst du?«, schimpfte ihr Vater weiter. »Jetzt ist Schluss. Ein für alle Mal.«

»Aber Robert hat gar nichts mit der Platte zu tun.«

»Ich warne dich, Fräulein.« Er trat mit erhobenem Zeigefinger auf sie zu. »Du willst Musik studieren? Kinder unterrichten? Dann werde erwachsen. So einen Mist kannst du nicht hören, wenn du Pädagogin bist.«

Jetzt kochte Wut in Jenny hoch. Schallplatten waren heilig, so konnte er nicht mit ihnen umgehen, nicht mit Jennys und schon gar nicht mit denen ihrer Freundinnen.

»Ich ziehe eh bald aus. Und weißt du was? Ich bin froh darüber. Dann kann ich machen, was ich will.«

»Ach ja? Dann pass mal auf, Fräuleinchen. Du willst doch mit unserer finanziellen Unterstützung studieren? Dann machst du besser, was ich sage. Dieser Junge ist nicht gut genug für dich. Du gehst alleine nach Münster. Und da wirst du dich endlich mal ein bisschen zusammenreißen.«

»Ich werde da hingehen, wo Robert ist.«

Die Ohrfeige kam so plötzlich, dass sie den Schmerz kaum spürte. Nur die Fassungslosigkeit. Scham und Wut und Demütigung stiegen in ihr auf. Sie kam nicht einmal dazu, ihn hasserfüllt anzustarren. Denn ehe sie reagieren konnte, stapfte ihr Vater aus dem Zimmer und ließ sie allein zurück. Sie hörte ihn auf der Treppe, dann verschwand er nach draußen, sicher wieder zu seinen bescheuerten Kaninchen.

Jenny hatte Tränen in den Augen. Auf keinen Fall würde sie jetzt flennen. Das wäre ja das Letzte. Dieser Idiot hatte sie doch nicht mehr alle.

Wütend stopfte sie den Brief von der Universität zurück in ihre Strickjacke. Sie zog ihre schneeweiße Karottenhose an, die mit der Bundfalte, von der sie wusste, dass Robert sie wahnsinnig gern mochte, und dazu das enge Oberteil. Er liebte ihren makellosen Look, ihre schicken Stiefeletten, die flauschigen Pullover, die blonde Fönfrisur und den Apfelgeruch ihres Shampoos, obwohl er selbst ein Freak war und am liebsten Nietenhosen und Palästinensertücher trug. Und da sie ihn nach der Orchesterprobe am Dorfbrunnen sehen würde, putzte sie sich heraus, so gut es ging. Dass es ihren Vater fürchterlich ärgern würde, war noch ein Bonus. Dann nahm sie ihren Klarinettenkoffer, packte die Noten ein und marschierte lautstark stampfend nach unten.

Vor der Garderobe hockte sie sich hin und zog ihre Stiefeletten an. Ihre Mutter tauchte in der Küchentür auf, brachte eine Wolke von Rouladenduft mit sich und blickte Jenny mit den Augen eines angeschossenen Rehs an.

»Willst du schon los? Du hast doch gar nichts gegessen.«

»Mir ist der Appetit vergangen.«

»Aber ich hab Rouladen gemacht. Ich kann dir schnell einen kleinen Teller befüllen, bevor du zum Orchester gehst. Oder wenigstens einen Kloß und ein bisschen Soße?«

Jenny wurde laut. »Papa hat Birgits Platte kaputt gemacht. Und mir eine gescheuert.«

Ihre Mutter wirkte hilflos. Und untröstlich. Das kannte Jenny schon. Sie würde niemals etwas gegen ihren Ehemann sagen. Sie war ganz groß darin, eine kummervolle Schnute zu ziehen, aber am Ende gab sie Jennys Vater in allem recht. Sagte zu allem Ja und Amen, was der Herr des Hauses befahl.

»Musst du denn die Musik auch so laut machen?«, fragte sie sanft.

»Und dann dieses hässliche Zeug. Warum hörst du nicht Roland Kaiser? Den magst du doch auch?«

Jenny stand auf, nahm ihren Klarinettenkoffer.

»Robert bleibt mein Freund, ob ihr wollt oder nicht.«

Damit wandte sie sich ab und spazierte durch die Haustür davon. Ihre Mutter war offenbar zu verdattert, um ihr etwas Passendes hinterherzurufen, doch die Diskussion war für Jenny eh beendet.

Sie marschierte wütend ins Dorf, wo die Musikschule in einem alten Bau aus der Kaiserzeit untergebracht war. Seit ihrem siebten Lebensjahr war das Gebäude so etwas wie ihr zweites Zuhause. Erst die musikalische Früherziehung, dann der Klarinetten- und später der Klavierunterricht, und schließlich das Jugend-Blasorchester, in dem das halbe Dorf mitspielte, und das regelmäßig auf Wettbewerben durch ganz Nordrhein-Westfalen tourte.

Das hohe Portal rückte in ihr Blickfeld und damit auch die anderen, die gerade zur Probe eintrudelten. Teils mit Fahrrädern, teils zu Fuß, schleppten sie ihre Instrumentenkoffer, in denen Posaunen, Saxophone, Tuben und Klarinetten verstaut waren, plauderten, tratschten und verschwanden nach und nach in dem düsteren Gebäude. Jenny entdeckte Birgit, die mit geglätteten Haaren und orangenen Cordhosen über den Platz spazierte. Instinktiv blieb sie stehen, um nicht von ihr gesehen zu werden. Wie sollte sie ihr nur das mit der Nina-Hagen-Platte beibringen? Birgit würde sie umbringen.

Eine Hand legte sich auf ihre Schulter. Erschrocken wirbelte sie herum. Es war Robert. Er stand einfach da und grinste schief, eine selbstgedrehte Zigarette im Mundwinkel und sichtlich zufrieden damit, sie überrascht zu haben. Der ganze Ärger, den sie gegenüber ihren Eltern verspürte, verflog augenblicklich.

»Robert. Was machst du denn hier?«

»Ich habe Neuigkeiten für dich, Jenny.«

Am liebsten hätte sie ihn geküsst, aber auf dem Parkplatz hinter ihm stand ein Opel Manta mit laufendem Motor, in dem seine Freunde hockten und herübersahen, als wären sie im Autokino. Sie grinsten breit und gafften. Irgendwas lief hier, aber sie hatte keine Ahnung, was.

»Neuigkeiten?«, fragte sie. »Was denn für welche?«

Als wäre er ein Magier auf der Bühne, zog er einen zerknitterten Brief aus seiner Gesäßtasche, faltete ihn auseinander und hielt ihn ihr entgegen. Es war ein Schreiben vom Kreiswehrersatzamt.

»Hier. Was sagst du jetzt?«

»Ist das dein Musterungsbescheid? Hast du ihn endlich?«

Damit wäre die Frage mit Münster hoffentlich geklärt. Er würde diese bescheuerte Musterung hinter sich bringen und seinen Zivildienst antreten.

»Wann musst du denn zum Kreiswehrersatzamt? Denkst du, du schaffst das? Hast du Schiss?«

»Nein, ich hab keinen Schiss. Im Gegenteil.« Er strahlte sie an. »Ich habe es mir nämlich anders überlegt.«

Er sah ihren Gesichtsausdruck und lachte, überaus zufrieden mit sich. Einer seiner Kumpel drückte auf die Hupe, als wäre es der Tusch bei einer Büttenrede an Karneval. Alle schienen sich königlich zu amüsieren.

»Mach schon, Robert!«, rief einer.

»Ja, leg los!«, ein anderer.

Jenny verstand gar nichts mehr. Robert tat zwar so, als würde er wollen, dass seine Freunde ihn in Ruhe ließen, indem er ihnen einen genervten Blick zuwarf. Insgeheim schien er die Aufmerksamkeit jedoch zu genießen, denn er konnte sich ein Grinsen nicht verkneifen.

»Womit sollst du loslegen?«, wollte Jenny wissen. »Was geht denn hier ab?«

Er antwortete nicht, sondern zog sein silbernes Benzinfeuerzeug aus der Tasche, hielt es unter das Schreiben und entzündete die Flamme.

»Robert, dein Bescheid. Spinnst du? Hör auf damit!«

Schon hielt er das Feuerzeug an den Zettel, der sofort in Flammen aufging. Er ließ ihn eilig los, und das lodernde Papier segelte brennend zu Boden, begleitet von Jubel aus dem Manta. Die Jungs ließen Bierdosen zischen, prosteten und gratulierten.

»Was soll das alles, Robert?«

»Ich gehe nicht zur Musterung.«

»Aber ... die stecken dich ins Gefängnis.«

»Nur, wenn ich als Staatsbürger die Pflicht habe, den Wehrdienst zu leisten.«

»Die hast du ja auch. Was denn sonst?«

»Tja. Ich sage ja, ich habe Neuigkeiten.«

Der Motor heulte, eine Abgaswolke stob auf. Jenny warf einen genervten Blick zu Roberts Freunden hinüber. Konnten diese Idioten sich nicht verziehen?

»Es ist doch offensichtlich, oder? Ich gehe weg.«

»Du gehst ...? Aber wohin?«

»Nach Berlin natürlich.«

Jenny blieb der Mund offen stehen. Sie fühlte sich völlig überrumpelt. Bruchstückhaft setzte das Begreifen ein. Wer in der Mauerstadt lebte, musste nicht zum Militärdienst. Das war eine Sonderregel für Berlin aufgrund des Viermächte-Status. Ihr Vater konnte stundenlang auf die »Vaterlandsverräter« schimpfen, auf die »ehrlosen« jungen Männer, die nach Berlin zogen, um dem Bund zu entgehen. Berlin. Das war das Zweite, was zu ihr durchdrang. Er wollte gar nicht mehr mit ihr nach Münster.

»Ist das nicht abgefahren, Jenny? Was sagst du jetzt?«

Als wenn sie in der Lage wäre, irgendwas zu sagen.

»Du müsstest dein Gesicht sehen!«

Er packte sie an den Schultern, drückte ihr einen Kuss auf den Mund. Zuerst nur flüchtig und mit einem Grinsen im Gesicht, aber dann wurden seine Lippen weich und die Berührungen zärtlich. In ihrer Brust begann alles zu flattern, wie jedes Mal, wenn er ihr das Gefühl gab, dass es nur sie gab, dass sie beide plötzlich ganz allein auf der Welt waren. Sie vergaß, was um sie herum passierte, und gab sich ganz dem Kuss hin. Bis der Motor des Mantas wieder aufjaulte.

»Komm, Robert, wir wollen los!«, rief einer der Jungs.

Es sah aus, als brauchte Robert ebenfalls einen Moment, um wieder zu sich zu kommen. Als würde auch sein Herz wild klopfen und seine Brust voller Schmetterlinge sein.

»Ja, gleich«, antwortete er, ohne sich umzusehen. »Komm später zum Brunnen, Jenny, da besprechen wir alles.«

»Aber was ist denn mit Münster? Du wolltest doch … «

Weiter kam sie nicht. Der Manta rollte an ihnen vorbei, die Tür wurde aufgehalten, und Robert wandte sich ab, um seinen Freunden hinterherzujagen und sich ins Wageninnere zu schwingen.

»Komm zum Brunnen«, rief er, winkte noch kurz durchs offene Fenster, dann knatterten sie davon. Und alles, was Jenny von ihm blieb, war der verbrannte Musterungsbescheid zu ihren Füßen und damit ihre gesamten Zukunftspläne, die von einem Augenblick auf den anderen zu Asche zerfallen waren.

## 2

## DREI WOCHEN SPÄTER

Diesmal war ihre Mutter zuerst am Briefkasten gewesen, das war wirklich blöd gelaufen. Jenny hatte nicht die Chance gehabt, den Brief rechtzeitig in Sicherheit zu bringen. Als sie in die Küche spazierte, entdeckte sie den Umschlag mitten auf dem Tisch, demonstrativ an den Salzstreuer gelehnt. Das Wappen der Freien Universität Berlin war nicht zu übersehen. Jenny schluckte. Ihre Eltern wussten nichts von ihrer Bewerbung.

»Hast du den Brief aufgemacht?«, fragte sie alarmiert.

»Der ist an dich adressiert«, entgegnete ihre Mutter beleidigt. »Denkst du etwa, ich öffne deine Post?«

Mist. Jenny nahm das Schreiben auf. Dabei hatte sie sich solche Mühe gegeben, jeden Tag die Post abzupassen. Jetzt war es raus. Sie warf ihrer Mutter einen Seitenblick zu. Die hatte sich demonstrativ den Töpfen zugewandt und wischte theatralisch mit dem Handrücken eine Träne weg.

»Der ist aus Berlin«, stellte ihre Mutter mit erstickter Stimme fest. »Von der Universität. Ich dachte zuerst, das sei Einbildung.«

Jetzt bitte kein Drama, dachte Jenny. Sie wollte am liebsten in ihr

Zimmer abhauen, um den Umschlag aufzureißen und nachzusehen, was drinstand. Doch ihre Mutter war noch nicht fertig mit ihr.

»Warum schreiben die dir, Jennifer? Kannst du mir das bitte erklären?«

»Wie soll ich das wissen? Ich hab ihn ja noch gar nicht aufgemacht.«

»Hör auf damit. Du weißt genau, was ich meine. Jetzt sag schon.«

Sie seufzte. »Na gut, ich hab mich halt beworben. Aber nur so zum Test, mehr nicht. Ich wollte mal meine Chancen ausloten.«

»Aber weshalb hast du das gemacht? Du willst doch nicht etwa nach … Berlin?«

Das letzte Wort ließ sie wie ein Schimpfwort klingen. Natürlich. Die Stadt war das Schreckgespenst aller Eltern in der Provinz. Sie stand für Anarchie, für Studentenproteste, Hausbesetzer und Drogenabhängige. Für alles, was ihre spießige Welt erschüttern konnte. Es war der letzte Ort auf der Welt, an dem man das eigene Kind wissen mochte.

»Ich verstehe das nicht«, klagte ihre Mutter. »Du gehst nach Münster. Es ist alles unter Dach und Fach. Was soll denn das plötzlich? Wieso hast du das gemacht?«

»Ich habe mich nur beworben, Mama. Mehr nicht.«

»Du willst zu Robert.«

»Mama … «

»Ich wusste es doch! Jennifer, er ist nicht der, für den du ihn hältst. Glaub mir, ich kenne mich da aus. Das wird böse enden.«

»Mama, bitte. Ich habe doch noch gar nicht … «

»Willst du etwa drogensüchtig werden?« Ihre Stimme überschlug sich. »Ist es das? Willst du dein ganzes Leben wegwerfen?«

Ihre Mutter bezog sich dabei auf das Buch *Wir Kinder vom Bahnhof Zoo*, den großen Bestseller, den fast jeder verschlungen hatte, den Jenny kannte. Seit ihre Mutter ihn gelesen hatte, war Berlin in ihrem

Kopf vollends zur Horrorvorstellung verkommen. Im echten Leben könnte sie wahrscheinlich einen Joint nicht von einer Heroinspritze unterscheiden, doch nach der Lektüre dieses Buches gab sie sich als Expertin und sah sofort rot, wenn es um irgendeine Art Rauschmittel ging. Und dass der Grund, weshalb so viele in Jennys Alter dieses Buch liebten, aus dem Drang heraus rührte, der erdrückenden Atmosphäre in den spießigen Wohnzimmern der Elterngeneration zu entkommen, begriff sie einfach nicht.

»Mama, nur weil ich nach Berlin gehe, heißt das nicht, dass ich heroinabhängig werde. Man kann dort genauso studieren wie überall sonst. Die Uni hat einen sehr guten Ruf.«

»Das heißt, du gehst wirklich nach Berlin.« Ihre Mutter erbleichte. »Willst du mir das damit sagen?«

»Nein. Ja. Ich weiß nicht. Ich habe das noch nicht entschieden.«

Mehr konnte sie nicht sagen. Sie wusste ohnehin noch nicht, was in dem Brief stand. Außerdem musste sie erst darüber nachdenken. Sie hatte ja selbst ein bisschen Schiss vor Berlin, obwohl ihr Bild von der Stadt ein anderes war als das ihrer Mutter. Auch sie war ein bisschen überfordert bei der Vorstellung, in diese eingemauerte Stadt mit ihren durchgeknallten Bewohnern, dem schmutzigen Glamour, den Straßen-kämpfen und Drogentoten, in den permanenten Ausnahmezustand zu ziehen. Sie bekam Angst vor ihrer eigenen Courage, wenn sie darüber nachdachte. Und jetzt auch noch ihre Mutter. Das letzte, was sie brau-chen konnte, war jemand, der komplett am Rad drehte, wenn es um so eine Entscheidung ging.

»Tu mir das nicht an, Kind. Das würde mich umbringen. Ich habe doch so schon Probleme mit dem Herzen. Mein Blutdruck, das weißt du. Willst du dafür verantwortlich sein, wenn ich einen Herzinfarkt be-komme?«

»Mama, ich weiß doch noch gar nicht … «

»Du kommst unter die Räder, Jennifer. Das nimmt kein gutes Ende mit dir. Robert hat einen schlechten Einfluss auf dich. Man weiß ja, wie das läuft.«

»Mama, ich will doch nur … «

»Er wird dich zu Sachen überreden, die nicht gut für dich sind. Jenny, ich kenne dich. Du kannst nicht Nein sagen. Du willst, dass Robert dich cool findet. Und dann machst du alles mit. Du wirst untergehen, schneller, als du glaubst.«

»Jetzt hör schon auf. Wenn du mich kennst, dann solltest du wissen, dass ich sehr wohl Nein sagen kann.«

»Aber Berlin ist einfach kein Ort für dich, Jennifer. Sei bitte vernünftig. Du willst doch nicht wirklich dahin.«

Jenny wurde plötzlich laut. »Ich weiß es nicht!«

Du liebe Güte. Sie wollte doch erst mal den Brief lesen und in Ruhe nachdenken.

»Ich habe das noch nicht entschieden.«

Ihre Mutter presste die Lippen aufeinander. Wie ein geprügelter Hund wandte sie sich zum Herd. Leise murmelte sie: »Da wird dein Vater noch ein Wörtchen mitreden.«

Jenny stöhnte auf, schnappte sich den Brief und verließ die Küche. Es hatte ja doch keinen Zweck, sich mit ihrer Mutter darüber zu unterhalten. Sie stürmte hoch in ihr Zimmer, schloss die Tür und riss den Umschlag auf. Sie holte das Schreiben heraus und überflog es. Wieder eine Zusage. Sie würde in Berlin Primarstufe studieren können, wenn sie das wollte. Die Aufnahmeprüfung für Musik sei noch nachzuholen, an der Hochschule der Künste, wo der musikalische Teil des Studiums stattfinden würde, aber alles andere stand ihr schon offen.

Sie seufzte tief. Es war ehrlich gemeint gewesen, was sie zu ihrer

Mutter gesagt hatte. Sie wusste noch nicht, was sie tun sollte. Berlin war so eine Riesenstadt. Eingemauert in Feindesland, voller Punks und Linker und Altnazis, Tür an Tür. Es gab ständig Demos und Polizeihundertschaften auf den Straßen, die Alternativen befanden sich im Krieg mit der Obrigkeit, Hausbesetzer und Radikale warfen Steine und machten Krawall. Dann gab es diese deprimierende Drogenszene, den Schmutz rund um den Bahnhof Zoo, und dazu die ständige Gegenwart des Kalten Kriegs und die Bedrohung durch den nuklearen Overkill. Es gab keine Sperrstunde, keine Regeln, und obwohl ihre Mutter völlig überreagierte, weil sie überzeugt war, dass ihre Tochter mit einer Spritze im Arm auf der Bahnhofstoilette enden würde, machte auch Jenny sich Sorgen, was die Gefahren anging. Ihre Freundinnen studierten in Düsseldorf oder Münster, wenn sie nicht gleich im Dorf blieben. Den meisten war Köln schon zu wild und gefährlich. Jenny hatte die Bewerbung nur aus einem Impuls heraus abgeschickt, weil ihr Robert so fehlte.

»Sei nicht traurig, Jenny«, hatte er beim Abschied gesagt. »Du besuchst mich, sobald ich mich eingelebt habe. Wir denken uns was aus. Nichts kann uns trennen, hörst du? Ich bin ja nicht aus der Welt. Nur in Berlin.«

»Aber ich möchte *jetzt* mit dir zusammen sein.«

Er war unter seinem R4 Kastenwagen hervorgeklettert, den er für den Umzug und die lange Fahrt durch die Zone auf Vordermann brachte, und hatte sie zärtlich in den Arm genommen. Jenny konnte nicht anders, die Tränen begannen zu laufen. Das passierte ihr sonst nicht, dass sie einfach so losflennte. Aber Robert beim Aufbruch in ein neues Leben ohne sie zuzusehen, das war einfach zu viel.

»Nicht doch, Jenny. Nicht weinen.«

»Es geht schon«, sagte sie und wischte sich beschämt die Tränen fort. »Mach dir keine Gedanken um mich.«

*Du weißt, ich liebe das Leben,* hätte sie beinahe gesagt, aber sie wollte in seiner Gegenwart lieber keinen Schlager von Vicky Leandros zitieren.

»Sieh es doch so, Jenny: Ich gehe vor und lerne die Stadt schon mal kennen. Und wenn du kommst, kann ich dir alles zeigen. Wir werden nicht lange getrennt sein, und wenn wir wieder zusammen sind, wird es umso schöner werden.«

»Meinst du wirklich?«

»Na klar, ich baue unser Nest auf. Du kommst nach Berlin, sobald sich alles gesetzt hat. Und dann sind wir wieder zusammen.«

Daraufhin liebten sie sich im Innern des Kastenwagens. Sex im Auto, das war in dem engen Renault immer total ungemütlich gewesen, aber an diesem Tag war es anders – Abschiedssex, so richtig romantisch. Sie schmiegten sich eng aneinander, er hielt sie, war sanft und zärtlich, stark und sensibel, stürmisch und zaghaft, alles zugleich.

Bevor er fuhr, machte er ihr ein Geschenk. Damit sie etwas habe, was sie an ihn erinnere. Es war eine Single von David Bowie. *»Heroes«.* Der Song sei in der Mauerstadt aufgenommen worden, meinte er, er gehöre fest zu Berlin. Jenny solle die Single hören, bis sie sich wiedersähen. Es sei nun ihr gemeinsamer Song. Er habe zwei Singles gekauft, sagte er, eine für sie und eine für sich selbst, und wenn sie die Scheibe hörten, dann sei es, als wären sie beieinander, egal, wie viele Kilometer und Grenzanlagen sie trennten. Nichts könne sie auseinanderbringen, schon gar nicht die Tatsache, dass sie sich ein paar Monate nicht sähen. Und dann sang er flüsternd die bekannten ersten Zeilen in ihr Ohr. *I, I will be king, and you, you will be queen.* So würde es sein, wenn sie nach Berlin käme. Sie würden Helden sein, wie in dem Song von David Bowie. *'Cause we're lovers.*

Seit diesem Nachmittag lief die Scheibe Tag und Nacht auf ihrem Plattenteller. Sie brachte es nicht über sich, irgendwas anderes zu hören. Basti hatte sich schon darüber lustig gemacht, dass gar keine Schlager mehr aus ihrem Zimmer drangen. Aber das war ihr egal.

Als ihre Mutter sie eine halbe Stunde später zum Mittagessen rief, löste sich Jenny nur widerwillig von ihrem Plattenspieler und der Stimme von David Bowie. Die Stimmung in der Küche war erdrückend und das gemeinsame Essen unerträglich. Ihre Mutter saß schweigend da und litt demonstrativ unter dem, was ihre Tochter ihr antat. Sie aß so gut wie nichts, starrte über den Tisch hinweg ins Leere, schüttelte von Zeit zu Zeit den Kopf oder schnäuzte sich bebend die Nase. Jenny, die eigentlich tierischen Hunger hatte, schaffte es deshalb auch nicht, viel zu essen. In so einer Atmosphäre konnte sie einfach nicht kräftig zulangen.

Sie war froh, als sie nach dem Essen endlich abhauen konnte. Hauptsache weg hier, dachte sie, als sie nach draußen schlüpfte. Vor der Haustür atmete sie durch und schüttelte die miese Stimmung aus der Küche ab. Dann marschierte sie schnurstracks ins Dorf, gerade noch rechtzeitig für ihre Verabredung am Marktplatz.

Ihrer Mutter hatte sie gesagt, dass sie sich mit Birgit treffen wolle, aber das war nur ein Vorwand gewesen. Ihr eigentliches Ziel behielt sie besser für sich. Der erzähle ich am besten gar nichts mehr, dachte sie, denn das wäre nur der Auftakt für das nächste Drama. Am Markt angekommen, sah sie mit Erleichterung, dass die gelb leuchtende Telefonzelle frei war. Niemand war in der Nähe und keiner schien vorzuhaben, den Münzfernsprecher zu benutzen. Und kaum hatte sie die Zelle erreicht, begann wie auf Stichwort die Kirchturmuhr zur vollen Stunde zu läuten. Jenny war keine Minute zu früh, stellte sie fest, und im gleichen Moment begann auch der öffentliche Fernsprecher lautstark zu klingeln.

Sie zog die Tür auf, quetschte sich in die muffige Zelle und nahm den Hörer von der Gabel.

»Hallo, wer ist da?«

»Na, wer soll hier schon sein.«

Roberts Stimme fühlte sich an wie warmer Honig.

»Du bist ja pünktlich auf die Minute.«

»Wer weiß, wen ich sonst erreicht hätte in deiner Telefonzelle.«

Er hatte sich die Nummer des Fernsprechers aufgeschrieben, bevor er gegangen war. So konnte er sie aus Berlin anrufen, ohne dass ihre Eltern etwas mitbekamen. Er hatte selbst kein Telefon und stand ebenfalls irgendwo in einer Telefonzelle, wo er regelmäßig Münzen nachwerfen musste.

Jenny wollte ihm sofort von ihrem Studienplatz erzählen, denn er wusste noch gar nichts von der Bewerbung. Es würde auch für ihn eine Überraschung sein, was sie da in die Wege geleitet hatte. Sie war gespannt, wie er reagieren würde.

»Stell dir vor, ich habe Iggy Pop gesehen«, platzte es aus Robert heraus. »Gestern Nacht.«

Alle Gedanken an ihr Studium waren wie weggewischt.

»Unmöglich«, rief sie aus. »Du nimmst mich auf den Arm.«

»Nein, ich schwöre es. Er stand im ›Dschungel‹. Das ist so eine Disco hier. Stand einfach alleine an einer Säule rum. Ist das nicht irre? Alle waren viel zu cool, um sich nach ihm umzugucken. Die haben den einfach ignoriert. So sind die hier. Du kannst sein, wer du willst, und machen, was du willst. Es stört sich keiner dran. Ich sag dir, du musst unbedingt herkommen und mich besuchen, Jenny. Was meinst du, wann du das mal machen kannst?«

»Besuchen, ja … Du, da ist etwas, was ich dir erzählen muss.«

»Hier gibt es so viel zu sehen. Weißt du, hier sind überall Punks, wie in England. Und total viele verrückte Leute. Discos, Kneipen, Konzerte, es ist immer was los. Stell dir vor, man trifft sich erst um elf, wenn man ausgehen will. Da fängt der Abend erst an. Vor elf geht gar nichts. Ist das nicht durchgeknallt? Wo man bei uns schon ins Bett geht, trifft man sich hier in der Kneipe und trinkt erst mal einen Kaffee, bevor es losgeht. Wir müssen unbedingt mal zusammen ausgehen, wenn du mich besuchst, Jenny. Die Nacht zum Tag machen. Das wird phantastisch.«

Robert war voller Energie, voller Lebendigkeit. Alles klang so aufregend und abenteuerlich, fand Jenny. Berlin. Ein warmes Gefühl durchflutete sie. *We can be heroes, just for one day.*

»Vielleicht komme ich ja schon bald …«

»Ich werde wohl Weihnachten heimkommen, geht nicht anders. Meine Alten haben darauf bestanden. Weihnachten mit Oma und Opa, als wenn ich mir nichts Besseres vorstellen könnte. Aber dann dachte ich, ist egal, dann sehen wir zwei uns wenigstens.«

»In den Weihnachtsferien? Aber das ist noch ewig hin.«

»Ach, die Zeit vergeht ganz schnell, Jenny. Eher kann ich nicht. Und du musst dich ja auch erst mal in Münster einleben. Außerdem habe ich ehrlich gesagt gar keine Lust, zurück nach Westdeutschland zu fahren. Ich mein, versteh mich nicht falsch. Du willst mich doch eh bald besuchen, oder? Vielleicht mal über ein langes Wochenende oder so.«

»Robert, ich muss dir was sagen.«

Es piepte in der Leitung. Das hieß, die Zeit war abgelaufen. In zehn Sekunden, wenn Robert bis dahin keine Münzen nachgeworfen hatte, würde die Verbindung abbrechen. Es klackerte leise am anderen Ende, dann hörte das Piepen auf. Sie hatten einen Aufschub bekommen.

»Das waren meine letzten Groschen, Jenny.«

Sie musste also zur Sache kommen.

»Robert, ich habe mich an der FU beworben. Die haben mich angenommen. Ich kann in Berlin studieren.«

Stille in der Leitung.

»Robert? Bist du noch da?«

»Aber … du studierst doch in Münster?«

»Ich habe noch schnell eine Bewerbung für Berlin rausgeschickt und heute die Zusage bekommen. Ist das nicht der Wahnsinn? Was sagst du jetzt?«

Er sagte gar nichts. Jenny hatte damit gerechnet, dass er außer sich wäre vor Freude. Dass er herumspringen würde, jubeln, loslachen und die Telefonzelle vor lauter Triumphgefühl demolieren würde. Doch stattdessen Stille.

»Willst du denn nicht, dass ich komme?«

»Doch, natürlich.«

»Aber?«

»Aber für immer? Weißt du, hier ist nicht viel Platz. Nur ein Zimmer, Küche und Flur. Ich kann dir gar nichts bieten. Es gibt nicht einmal eine Zentralheizung.«

»Ich brauche doch keine Zentralheizung.«

»Das sagst du jetzt, aber … Komm doch erst mal zu Besuch und sieh dir alles an. Ob es dir überhaupt gefällt. Ich komme Weihnachten doch ins Münsterland, und dann sprechen wir in Ruhe darüber. Was hältst du davon?«

»Wir müssen nicht darüber sprechen. Wir wollten doch zusammen nach Münster, und jetzt, wo du in Berlin bist, gehen wir halt zusammen dahin. *Stand By Your Man*, das weißt du doch.«

Er holte tief Luft. »Jenny, ganz ehrlich, ich bin nicht sicher, ob das hier so das Richtige für dich ist.«

»Wieso das denn?«

»Na ja, ich kann mir vorstellen, dass es dir gar nicht gefällt. Berlin, meine ich. Komm doch erst mal zu Besuch. Ich mein, du passt doch eigentlich ganz gut ins Münsterland. Die Stadt hier ist echt ein anderes

Pflaster. Härter und schmutziger, verstehst du? Die Leute ticken anders. Bevor du dich entscheidest, solltest du dir das besser mal ansehen. Nicht, dass du es später bereust.«

Umso länger er redete, desto enger wurde es ihr in der Brust. Was war denn plötzlich los mit ihm? Das konnte doch nicht sein Ernst sein.

»Willst du denn nicht, dass wir zusammen sind?«

»Doch, auf jeden Fall. Ich will nur sagen, ich … «

Erneut begann es in der Leitung zu piepen.

»Die Verbindung ist gleich weg, Jenny.«

Es rumpelte und polterte am anderen Ende, offenbar suchte er hektisch nach Kleingeld. Gleichzeitig plapperte er wild drauflos, im Kampf gegen die Zeit.

»Wir reden da in Ruhe drüber, ja? Übermorgen, die gleiche Zeit. Ich rufe dich in der Zelle an. Ich freue mich doch, wenn wir uns wiedersehen, Jenny. Ich kann's kaum erwarten, echt. Aber du solltest jetzt nichts überstürzen. Versteh mich nicht falsch, ich finde natürlich – «

Die Leitung war tot. Sie war allein auf dem Marktplatz, abgeschnitten von Robert. In ihrem Kopf rauschte es. Sie fühlte sich wie gelähmt. Er hatte sich gar nicht gefreut. Was ging in ihm vor? Glaubte er, sie wäre ihm ein Klotz am Bein? Dass er sein Leben für sie ändern müsste? Oder gar auf sie aufpassen? Sie kamen doch aus dem gleichen Kaff. Er kannte sie. Wieso tat er plötzlich, als wäre sie von einem anderen Planeten?

Verunsichert blickte sie über den Marktplatz. Die Herbstsonne leuchtete, Insekten schwirrten durch die Luft. Irgendwo in der Ferne dröhnte eine Erntemaschine. Robert war weit entfernt und unerreichbar. Sie atmete einmal tief durch. Sie musste jetzt ruhig bleiben und durfte nicht in Panik geraten. Wahrscheinlich hatte sie ihn nur überrumpelt. Trotzdem hallte in ihrem Kopf nach, was er gesagt hatte: Du passt doch ganz gut ins Münsterland.

Unglücklich kehrte sie nach Hause zurück, verkroch sich in ihrem Zimmer und hörte David Bowie. Immer wieder, um ihre Nerven zu beruhigen. *We can be heroes.* Robert hatte versprochen, ein Nest für sie zu bauen. Vielleicht hatte er in dem ganzen Trubel vergessen, was er für sie fühlte. Vielleicht musste er nur daran erinnert werden. Wenn sie mit ihm reden könnte, ohne dass Hunderte von Kilometern sie trennten, von Angesicht zu Angesicht, dann würde sicher alles wieder gut werden.

Als die Single zu Ende war, hob sie den Arm des Plattenspielers und setzte ihn wieder am Anfang ab. Und noch mal. Und noch mal. Bis irgendwann Basti vom Klavierunterricht nach Hause kam und kurz darauf an ihrer Zimmertür klopfte. An Bowie in Dauerschleife hatte er sich längst gewöhnt, trotzdem drehte Jenny die Musik leiser, als er eintrat.

»Ist was passiert?«, wollte er wissen. »Mama schmollt die ganze Zeit vor sich hin, will aber nicht sagen, warum. Hattet ihr Streit?«

Jenny nahm das Schreiben der FU vom Schreibtisch und reichte es ihm. Basti war der Einzige, der von der Bewerbung gewusst hatte, deshalb war die Sache für ihn keine große Überraschung.

»Mama hat die Post abgepasst«, klärte sie ihn auf. »Sie weiß über Berlin Bescheid.«

»Das ist ja eine Zusage. Mensch, Jenny, klasse!«

Er reichte ihr den Brief zurück.

»Aber … heißt das, du wirst jetzt nach Berlin gehen?«

»Ich weiß nicht. Robert hat sich gar nicht gefreut. Ich habe eben mit ihm telefoniert. Ich glaub, er will nicht, dass ich komme.«

Gespannt blickte sie ihren Bruder an. Sie hoffte, er würde ihr die Zweifel ausreden. Würde sagen, Robert sei sicher ganz aus dem Häuschen, wenn sie komme, er könne das nur nicht so zeigen, sie kenne ihn doch, und sie solle sich da mal keine großen Sorgen machen. Doch stattdessen lächelte er nur mitfühlend. Jenny fühlte sich sofort wieder elend. Nicht einmal Basti glaubte an ihre Liebe.

»Ich glaube, ich muss da mal hin, einfach, um vor Ort zu sein«, sagte sie. »Er will ja, dass ich zu Besuch komme, sobald er sich eingelebt hat. Das hat er immer wieder gesagt. Und wenn ich erst mal da bin, und er sieht, dass ich total gut klarkomme in Berlin und dass es mir wahnsinnig gefällt in der Stadt, dann löst sich das Problem bestimmt in Luft auf. Ich könnte jetzt am Wochenende fahren, was meinst du? Mich hält hier ja nichts. Am besten gehe ich gleich zum Bahnhof und frage am Schalter nach, was der Zug kostet.«

»Robert ist doch gar nicht gut genug für dich.«

Sie sah überrascht auf. Was war das denn jetzt? Basti hockte mit düsterer Miene auf ihrer Bettkante, die Arme vor der Brust verschränkt. Ihr kleiner Bruder. Es rührte ihr Herz, wie er für sie Partei ergriff, auch wenn er die Sache mit Robert total falsch einschätzte.

»Wieso denn nicht?«, fragte sie.

»Er ist ein Idiot. Er weiß gar nicht, was er an dir hat.«

»Ach, Basti. Du bist echt süß.«

Sein Gesicht verfinsterte sich noch mehr. Offenbar fühlte er sich nicht ernst genommen.

»Robert ist kein Idiot«, sagte sie nachsichtig. »Er ist Künstler. Hast du ihn auf der Bühne gesehen? Bestimmt wird er mal berühmt. Er ist dafür geboren. Wenn der in Berlin die richtige Band findet, dann geht es steil bergauf. Und überhaupt, einfach alleine nach Berlin zu gehen, das finde ich unheimlich mutig, weißt du? Er macht sein Ding, er lässt sich von keinem was sagen.« Sie seufzte. »Ich wünschte, ich wäre ein bisschen mehr so wie er. Dann hätte ich keinen Schiss vor der Stadt.«

»Aber was ist es denn, was du willst?«, fragte Basti.

»Du meinst, mit Robert?«, fragte sie verständnislos.

»Nein, ich meine, willst du überhaupt nach Berlin?«

»Ich will da sein, wo Robert ist. Was denn sonst? Ich dachte, das ist klar.«

»Und das ist schon alles?«

Sie begriff immer noch nicht, worauf er hinauswollte.

»Nein, natürlich nicht«, sagte sie. »Ich will hier raus. Unabhängig sein und mein eigenes Ding machen. Ich möchte Musik studieren. Berlin müsste es jetzt für mich nicht unbedingt sein, aber das ist schon in Ordnung.«

Sie dachte darüber nach. »Ohne Robert wäre mir Berlin bestimmt eine Nummer zu groß. Ich würde das alleine gar nicht schaffen.«

Diese Aussage brachte nun wiederum Basti aus dem Konzept.

»Warum solltest du das nicht schaffen?«

»Da fallen mir spontan tausend Gründe ein.«

»Ich kann mir das gut vorstellen, du in Berlin.«

Das überraschte sie. »Wie meinst du das?«

»Na, dass du dich da durchschlägst. Und dass du es allen zeigst. Du bist viel cooler als Robert. Der hat nur ein großes Maul, das ist alles. Du hast viel mehr drauf als er. Du weißt es nur nicht.«

Jenny lächelte. Basti meinte das vollkommen ernst, das konnte sie sehen. Sie wusste ja, er sagte das nur, weil sie seine große Schwester war. Und er kannte Robert eben nicht so wie sie. Trotzdem war er einfach zu süß. Sie sprang auf und nahm ihn in den Arm. Sie musste ihn einfach drücken, ihren kleinen süßen Bruder, der für sie eintrat.

»Danke, Basti. Du bist der beste Bruder, den es gibt.«

»Geh weg«, brummte er und befreite sich aus der Umarmung. »Ist ja schon gut.«

Er stand auf, um das Zimmer zu verlassen.

»Dann kannst du jetzt wieder Musik anmachen«, meinte er. »Aber leg endlich mal was andres auf.«

»Also kein David Bowie?«

»Wieso nicht mal wieder Vicky Leandros?«

Sie lachte. »Ist das dein Ernst?«.

»Na klar. Mach es für mich.«

Da ließ sie sich nicht lange bitten. Sie zog die Schallplatte heraus, legte sie auf den Teller und setzte die Nadel ab. Das vertraute Klavierintro ihres bekanntesten Schlagers *Ich liebe das Leben* begann. Basti verdrehte lachend die Augen. Aber dann sprang er auf sie zu, bat übertrieben förmlich um einen Tanz und schwofte affektiert über den Teppich. »*Was kann mir schon gescheh'n? Glaub mir, ich liebe das Leben*«, sang er lauthals mit.

Eine Stimme dröhnte durchs Haus. »Jenny!«

Es war ihr Vater, der von der Arbeit zurück war.

»Komm runter, aber sofort.«

Jenny und Basti wechselten einen Blick und hörten auf zu tanzen. Sie wandte sich zum Plattenspieler und stellte die Musik aus.

»Jetzt gibt's Ärger«, murmelte Basti.

»Jenny!«

»Ich bin ja schon unterwegs!«

Sie ließ Basti allein zurück und schlich nach unten. Ihre Eltern saßen im Wohnzimmer vor der Tagesschau. Ihre Gesichter wirkten versteinert, was kein gutes Zeichen war. Jenny machte sich auf eine anstrengende Diskussion gefasst. Vorsichtshalber setzte sie ein freundliches Gesicht auf, als wäre sie ganz neugierig und interessiert daran, was es denn zu bereden gäbe. Die Stimme des Nachrichtensprechers drang aus dem Apparat. Als hätten die Eltern es für Jenny inszeniert, sagte er gerade: »*Alarmiert von der besorgniserregenden Entwicklung der Drogen-*

szene in den Großstädten der Bundesrepublik hat Ministerpräsident Johannes Rau während der Drogenkonferenz in Düsseldorf zu verstärktem Handeln aufgefordert. Politiker und gesellschaftliche Kräfte … «

»Jenny, da bist du ja.« Ihr Vater stand auf und drehte den Ton ab. »Deine Mutter hat mir erzählt, du hättest dich in Berlin beworben?«

Er kam also sofort zur Sache. Sie räusperte sich.

»Ja, an der Freien Universität. Aber das war nur ein Testballon, mehr nicht.«

»Gut. Wir machen das ganz kurz. Du wirst deiner Mutter und mir jetzt versprechen, dass du nach Münster gehst und dir Robert aus dem Kopf schlägst.«

Er sagte das mit einer so ruhigen Selbstverständlichkeit, als ginge es darum, Jenny mitzuteilen, wie sie sein Frühstücksei kochen solle.

»Aber ich weiß doch noch gar nicht … «

»Jenny, du hast mich gehört.«

Seine eisige Ruhe verstörte sie. Ihr wäre es lieber gewesen, er hätte wie sonst mit hochrotem Kopf herumgeschrien. So war er ihr fast unheimlich.

»Ich möchte dein Wort. Du wirst nicht diesem Gammler hinterherziehen. Du gehst nach Münster, wie es sich gehört. Verstanden?«

Jenny wollte jetzt lieber nichts Falsches sagen. Dafür war seine Stimmung zu unberechenbar.

»Ich denke schon, dass ich nach Münster gehe. Ich möchte nur zuerst darüber nachdenken. Mir alle Möglichkeiten offenhalten.«

Ihre Mutter schluchzte auf, als sie das hörte. Es klang, als hätte sie ihre aufgestauten Gefühle nicht länger unter Kontrolle. »Warum tust du uns das an?«, jammerte sie. »Denk doch mal an mich. Weißt du, wie sich das anfühlt, wenn die einzige Tochter in ihr Unglück rennt? Und das bei meinem schwachen Herzen.«

Der Vater legte beruhigend eine Hand auf die Schulter seiner Frau. Er wandte sich an Jenny.

»Du gehst nach Münster, oder es gibt kein Studium. Dann kannst du eine Lehre in der Bank machen, bis du heiratest. Und wenn ich dich höchstpersönlich hier festbinde. Haben wir uns verstanden?«

»Papa, ich bin erwachsen.«

»Einen Teufel bist du«, brauste er auf, bekam sich aber sofort wieder unter Kontrolle. Er hatte sich offenbar fest vorgenommen, heute nicht rumzubrüllen. »Das merkt man schon an deiner Schnapsidee mit Berlin. Genug jetzt. Du gehst nach Münster, gibst du uns dein Wort?«

Jenny sagte nichts. Das war doch total bescheuert, ihr so die Pistole auf die Brust zu setzen. Sie wusste ja selbst noch nicht, was sie tun sollte. Sie wollte erst mal am Wochenende zu Robert fahren. Und danach weitersehen.

»Ob du uns dein Wort gibst?«, insistierte er.

Seine Blicke bohrten sich in sie. Er wartete. Jenny wusste nicht, was sie sagen sollte. Er wollte doch nicht ernsthaft eine endgültige Entscheidung von ihr? Nicht hier und jetzt? Denn danach, das spürte sie, gäbe es kein Zurück mehr. Er würde sie darauf festnageln.

»Ich … muss darüber nachdenken.«

Mit der Selbstbeherrschung des Vaters war es nun doch vorbei. Was immer er sich vorgenommen hatte, sein gewohntes Naturell gewann die Überhand. Seine Halsschlagader schwoll bedrohlich an.

»Du tust, was wir sagen, Frolleinchen«, brüllte er. »Und jetzt ist verdammt noch mal Schluss.«

»Jenny, bitte … «, flehte ihre Mutter.

»Deine Entscheidung«, mahnte ihr Vater.

»Ich habe mich noch nicht entschieden.«

Diese Worte würdigte er mit keiner Antwort, sondern starrte sie nur weiter an. Und wartete. Meine Güte, dachte sie. Die beiden mussten verrückt geworden sein. Sie wollte raus hier, bevor das Ganze eskalierte. Erst mal ein bisschen Abstand schaffen. Birgit hatte heute Abend nichts vor, am besten verzog sie sich zu ihr.

»Ich lass mich doch nicht von euch erpressen«, murrte sie und lief zur Treppe. »Ihr spinnt ja.«

»Jennifer! Die Diskussion ist nicht vorbei.«

Sie ignorierte ihn, ging in ihr Zimmer, nahm eine Tasche vom Schrank und stopfte das Nötigste für eine Nacht hinein. Sich aus dem Staub zu machen, war die beste Idee. Morgen wären die Gemüter beruhigt, und dann konnte man in Ruhe über alles reden. Basti tauchte hinter ihr in der Tür auf.

»Ich gehe zu Birgit«, sagte sie. »Ich penne heute bei ihr. Die drehen da unten total am Rad. Ich brauch erst mal Luft.«

»Ja, das ist wohl das Beste. Dann sehen wir uns morgen.«

Sie nahm die Tasche, verabschiedete sich von Basti und stürmte nach unten, wo ihr Vater sie bereits erwartete.

»Ich geh rüber zu Birgit«, teilte sie ihm mit.

»Das könnte dir so passen. Du bleibst hier.«

Doch sie nahm schon ihre Jeansjacke vom Haken und schlüpfte nach draußen. Genau in dem Moment begann es zu regnen. Na toll, auch das noch, dachte sie entnervt. Im Gehen zog sie sich umständlich die Jacke über.

»Jennifer. Bleib stehen.«

»Ich komme morgen wieder.«

»Erst sagst du deiner Mutter, dass du nicht nach Berlin ziehst. Danach kannst du gehen, wohin du willst.«

Der Regen verstärkte sich. Zum Glück war es nicht weit zu Birgit. Sie beschleunigte ihre Schritte.

»Jennifer! Wenn du jetzt gehst, brauchst du nicht mehr wieder-zukommen.«

Seine Stimme war so entschlossen, dass sie innehielt.

»Papa, spinnst du?«

»Das ist mein voller Ernst.«

»Ich gehe nur zu Birgit.«

»Komm wieder rein, oder du kannst ganz wegbleiben.«

»Ich habe mich doch noch gar nicht entschieden!«

»Wenn du jetzt gehst, hast du dich entschieden. Dann steht diese Tür für dich nicht länger offen.«

Jenny konnte nicht glauben, was hier gerade passierte. Das konnte doch nur ein blöder Scherz sein.

»Es liegt in deiner Hand. Wenn du jetzt gehst, bist du nicht mehr Teil dieser Familie. Dann hast du den Bruch vollzogen.«

Es war, als würde ihr der Boden unter den Füßen weggezogen. Tektonische Plattenverschiebung, nur im Zeitraffer. Sie musste eine Wahl treffen, für oder gegen Robert. Für oder gegen ihre Familie.

»Deine Entscheidung, Jenny.«

Ihr wurde schwindelig. Wie war das alles nur so schnell aus dem Ruder gelaufen? Dieser Moment würde ihr ganzes Leben verändern. Sie dachte nicht nach, als sie sagte: »Ich gehe nach Berlin, Papa.« Doch in dem Moment, in dem sie es aussprach, wusste sie, die Entscheidung war endgültig. Sie würde zu Robert gehen, egal, was ihr Vater dazu sagte. Im Grunde hatte sie das längst gewusst. Die Sache mit der Zugreise am Wochenende hatte sie sich hauptsächlich überlegt, um ihr eigenes Gewissen zu beruhigen.

Sein Gesicht versteinerte. Er nickte.

»Du bist nicht länger meine Tochter.«

»Papa, das meinst du doch nicht so.«

Ihr Vater stand in der Tür, wartete. Doch sie konnte nicht einlenken, es war unmöglich. Sie hatte ihre Entscheidung getroffen, es gab kein Zurück. Er nickte düster. »Dann bleibt es dabei. Von nun an gehörst du nicht mehr zu uns.« Damit fiel die Tür ins Schloss, und er war fort. Jenny blieb allein draußen auf der Straße zurück. Sie fühlte sich wie nach einem Schleudergang. Was war hier gerade passiert? Hatte er sie wirklich rausgeworfen? Sie fühlte sich wie in einem schlechten Film.

Oben im Dachfenster tauchte Basti auf, mit großen Augen, ebenso von den Ereignissen überrollt wie sie. Er hatte offenbar alles belauscht. Die beiden starrten sich an, völlig perplex angesichts der Klapsmühle, zu der ihr Elternhaus mutiert war. Basti schüttelte ungläubig den Kopf. Jenny hob die Schultern. Kommt schon alles wieder in Ordnung, so wie immer, wollte sie damit sagen, obwohl sie befürchtete, dass diesmal alles anders war.

Trotzdem ahnte keiner der beiden, dass es für lange Zeit das letzte Mal sein würde, dass sie einander sahen. Und während sie sich durch die Regenschlieren auf dem Dachfenster anblickten, ging der Schauer in einen Platzregen über, der auf Jenny niederprasselte, ihre Frisur ruinierte, den flauschigen Strickpulli in nasses Katzenfell verwandelte und ihre Wimperntusche zu hässlichen schwarzen Streifen verlaufen ließ.

# 3

## WEST-BERLIN, OKTOBER 1980

Jenny stieg aus dem Mercedes Benz, warf die Beifahrertür hinter sich zu und stand dann unmittelbar vorm Bahnhof Zoo. Da war er also. Der berühmt-berüchtigte Fernbahnhof. Er sah nicht besonders einladend aus. Ein düsterer Kasten, der sich vor dem nebligen Nachthimmel abzeichnete. Blaues Neonlicht spiegelte sich auf dem nassen Asphalt, passend dazu wehte ein kalter Wind, und auf der Straße und an den Eingängen des Gebäudes lag überall Müll herum. Du meine Güte, dachte sie. Er sah wirklich so trostlos aus, wie man es sich beim Lesen von *Die Kinder vom Bahnhof Zoo* vorstellte. Im Strom der Pendler irrten ein paar Obdachlose herum, und vor demolierten Parkuhren am Straßenrand standen Alkis mit Bierflaschen und palaverten. Es war der lebendig gewordene Alptraum ihrer Mutter.

Der Mercedesfahrer, ein netter Großhandelsvertreter, der sie beim Trampen vorm Grenzübergang Helmstedt aufgelesen hatte, hupte gut gelaunt und fuhr winkend davon. Jenny lächelte ebenfalls, formte mit den Lippen ein *Danke* und wandte sich dem Bahnhof zu. Sie holte tief Luft und zog sich ihren modischen Trenchcoat enger um die Taille. Entschlossen umklammerte sie ihre Reisetasche und ihr Handtäschchen und marschierte los. Sie wollte sich keine Unsicherheit anmerken lassen. Hier brauchte keiner wissen, dass sie frisch aus einem westdeutschen Kaff kam. Einfach so tun, als wäre sie eine souveräne Großstädterin. Was sollte schon passieren?

Unter ihrem Fuß spürte sie etwas Glitschiges, und als sie zu Boden sah, erkannte sie, dass sie in Hundescheiße getreten war. Der entsetzte Laut, der ihr entfuhr, war weder souverän noch großstädtisch, das hörte sie selbst. Sie sprang zur Seite und schabte hektisch die Scheiße an der Bordsteinkante ab. Es war so eklig. Na, herzlich willkommen in Berlin, dachte sie.

Sie wollte so schnell wie möglich zu Robert. Der würde sich bestimmt schwarzärgern, sie nicht am Zoo abgeholt zu haben. Aber er wusste halt nicht, dass Jenny schon auf dem Weg zu ihm war. Die vergangenen Tage waren chaotisch gewesen, sie hatten sich beim verabredeten Telefonat am Marktplatz verpasst, und ehe Jenny wusste, wie ihr geschah, war sie auch schon unterwegs gewesen.

Birgit hatte ihr geholfen, ein paar Klamotten und die Klarinette aus dem Haus zu schmuggeln. Jennys Mutter hatte sich bequatschen lassen, sie hereinzulassen, auch wenn der Vater sich weiterhin unversöhnlich zeigte. Ohne viel Geld war sie mit dem Bummelzug in Richtung Zonengrenze losgefahren, hatte mit den Schaffnern Hase und Igel gespielt, die eine so adrett gekleidete junge Frau kaum für eine Schwarzfahrerin hielten, und war immer wieder rechtzeitig auf der Zugtoilette verschwunden, um der Kontrolle zu entgehen. Ab Braunschweig ging es dann per Anhalter weiter. Mit einem Pappschild hatte sie sich an der Tramperstelle eingereiht und war von den dort wartenden Punks und Freaks argwöhnisch beäugt worden, die natürlich wussten, dass Jenny mit ihrer Fönfrisur und den schicken Stiefeletten deutlich bessere Chancen hatte, mitgenommen zu werden.

Schließlich ließ sie der Großhandelsvertreter in seinem Mercedes Benz mitfahren. Bislang hatte Jenny das Trampen kategorisch abgelehnt, denn wer wusste schon, bei was für Irren man da einstieg. Es gab mehr als genug Gruselgeschichten, was das Trampen anging, vor allem, wenn junge Frauen unterwegs waren. So bekam sie auch ein mulmiges Gefühl, als sie neben ihm Platz nahm, doch der Typ schien nur jemanden zum Plaudern zu wollen für die lange Fahrt. Er war wirklich nett, wie sie überrascht feststellte. Bei Helmstedt ging es dann durch die Zollabfertigung, die für ihren Geschmack fast genauso gruselig war wie ein Psychopath, der es auf Tramperinnen abgesehen hatte. Die Grenzer blickten streng und düster, die ganze Atmosphäre war bedrohlich, und als sie endlich weiterdurften, ging es vorbei an Flutlichtern und Militärfahrzeugen auf die öde Transitautobahn, die schnurgerade durch die DDR führte und von der sie als Westler keinesfalls abfahren durften, wollten sie nicht unangenehme Bekanntschaft mit der Volkspolizei machen.

Je näher sie der Mauerstadt kamen, desto aufgeregter wurde Jenny, und als der Mercedes endlich bei Dreilinden in West-Berlin einfuhr, ihrem neuen Zuhause, da war sie ganz aus dem Häuschen. Zuerst sah sie nur Kiefernwälder, dann tauchte in der Ferne der Funkturm auf und kurz darauf S-Bahnhöfe, das Messegelände und ein riesiges Autobahnkreuz, über das sie hineinfuhren in die Stadt mit ihren Mietskasernen und Boulevards. Jenny betrachtete alles staunend. Egal, wie zerrupft und ausgebombt und geschunden die geteilte Stadt sein mochte, sie war trotz allem eine irre Großstadt, und für Jennys Verhältnisse geradezu ein Moloch.

Der Mercedesfahrer hatte ihr angeboten, sie nach Moabit zu bringen, wo Robert lebte. Aber sie wollte ihm nicht länger zur Last fallen und stieg am Bahnhof Zoo aus. Sie würde sich allein zurechtfinden, nahm sie sich vor, und trat entschlossen in das kalte Neonlicht der Bahnhofshalle, nachdem der Mercedes davongefahren war und sie die Hundescheiße einigermaßen von ihrer Schuhsohle beseitigt hatte.

Robert lebte direkt an der Mauer. Sie hatte das Haus auf dem Stadtplan eingezeichnet und sich die Verbindung mit der U-Bahn aufgeschrieben. Es war ganz einfach. Zuerst musste sie sich den Weg zu den Gleisen bahnen und dann mit der U9 weiter. So schwer konnte das alles nicht sein, schließlich war sie nicht blöd.

Sie überlegte noch, ob sie es wagen konnte, wie im Bummelzug in Westdeutschland schwarz zu fahren, um das letzte Geld, das sie besaß, zu sparen, da tauchte eine dürre Gestalt mit großen Augen vor ihr auf. Eine greise Frau, die ziemlich verwirrt aussah und mehrere Mäntel übereinander trug.

»Marlies? Das gibt es ja gar nicht. Meine Marlies.«

O Gott, die Arme. Die war ja völlig durch den Wind.

»Nein, ich heiße Jennifer«, erwiderte sie freundlich. »Tut mir leid.«

»Marlies, mein liebes Mädchen. Wo warst du denn? Dass du endlich nach Hause kommst.«

Sie rückte näher, und ein stechender Uringeruch stieg Jenny in die Nase. Sie blickte sich unbehaglich in der Halle um, doch keiner nahm Notiz von ihnen.

»Du hast mir so gefehlt, mein Kind.«

»Entschuldigen Sie bitte, aber das muss ein Missverständnis sein. Ich heiße Jennifer.«

»Ich habe die ganze Zeit auf dich gewartet.«

Die Frau betatschte ihren Arm, sie wirkte völlig verloren. Der Geruch verschlug Jenny den Atem. Was sollte sie denn jetzt tun? Die Frau tat ihr leid, aber das Ganze ging ihr deutlich zu weit.

»Hören Sie, es tut mir leid, aber ich kenne Sie nicht.«

»Mein Schatz ...«

»Bitte, ich bin nicht Marlies.«

Jenny wollte sie nicht verletzen, aber bei allem Mitgefühl, sie musste Grenzen setzen. Sie fühlte sich scheußlich.

»Hey, verzieh dich!«, schnauzte jemand.

Eine Stimme wie ein Reibeisen.

»Sie ist nicht deine Marlies. Jetzt hau ab.«

Ein Mädel in Jennys Alter, mit leuchtend roten Haaren und pinkfarbenem Lippenstift baute sich vor der Frau auf, die plötzlich keinen Widerstand mehr leistete und wie ein geprügelter Hund abzog. Jenny brach es fast das Herz.

»Alles okay?«, fragte die junge Frau.

»Danke, mir geht's gut. Ich komme schon klar.«

»So sah's gerade nicht aus.«

»Sie tat mir halt leid.«

»Die hatte nicht alle Tassen im Schrank.«

»Trotzdem. Du hättest etwas netter zu ihr sein können, finde ich.«

»Aha. Soll deine Handtasche auf sein?«

Jenny blickte geschockt zu ihrem Arm. Ihr Handtäschchen stand weit offen, das Portemonnaie fehlte.

»Meine Geldbörse«, stammelte sie. »Wie kann das sein? Ich habe gar nichts … «

Das Mädchen verdrehte die Augen, lief mit großen Schritten los und holte die alte Frau am Ausgang ein. Unter wüsten Beschimpfungen nahm sie ihr Jennys Portemonnaie ab. Die Greisin wirkte jetzt nicht mehr traurig, sondern hasserfüllt, spuckte aus und eilte davon.

Jenny glaubte nicht, was sie sah. Dieses arme Mütterchen hatte sie bestohlen? Das gab es doch gar nicht. Sie fühlte sich total benommen. Wo war sie denn hier gelandet? Das rothaarige Mädel kehrte zurück und reichte ihr das Portemonnaie.

»Alles noch drin?«, fragte sie.

Die paar Kröten, die Jenny besaß, waren noch da. Sie nickte, stand nach wie vor unter Schock.

»Mein letztes Geld … Wer tut denn so was? Ich kann mir doch selbst kaum ein U-Bahnticket leisten. Und diese Frau, ich dachte … Ich fass es nicht.«

Das Mädchen betrachtete sie interessiert.

»Bist du zu Besuch?«, fragte sie.

Jenny schüttelte den Kopf, erlangte ihre Fassung zurück.

»Nein, ich wohne hier«, behauptete sie.

»Verstehe. Hätte ich mir denken können.«

Sie warf einen Blick auf Jennys Gepäck, das eine andere Sprache sprach.

»Ich komme aus dem Münsterland. Aber ich lebe in Moabit.«

»In Moabit also. Bist neu hier, oder? In Berlin.«

»Vielleicht. Kann schon sein. Sieht man das?«

Das Mädel grinste. »Schicker Trenchcoat. Kleiner Tipp: Pass besser auf deine Handtasche auf.«

Sie zwinkerte und verschwand in der Menge, ehe Jenny die Chance gehabt hätte, sich bei ihr zu bedanken. Sie betrachtete ihren Trenchcoat. Was stimmte nicht mit ihm? Er war sehr elegant. Trug man so was hier nicht? Menschen strömten an ihr vorbei, kamen aus allen Richtungen, ohne Notiz von ihr zu nehmen, doch seltsamerweise wurde sie kein einziges Mal angerempelt. Sie umklammerte die Handtasche und machte sich auf den Weg. Besser, sie brachte sich erst mal in Sicherheit.

In der U-Bahn ging ihr die Greisin nicht aus dem Kopf, ebenso wenig wie das rothaarige Mädel. Was für eine merkwürdige Geschichte. Sie war jedoch fest entschlossen, ihre Identität als Landei so schnell wie möglich abzulegen und sich von so etwas nicht mehr schockieren zu lassen. Die U-Bahn ratterte und schaukelte nach Moabit, während sie die Wegbeschreibung zu Roberts Wohnung studierte. Dann kam ihre Station, und sie stieg aus.

Draußen waren die Straßen nur spärlich beleuchtet. Im nebligen Dunst ragten Mietskasernen auf. Da waren Brachflächen zwischen den Häusern und kahle Brandwände. Sperrmüll lag herum, und überhaupt war es ziemlich schmutzig. In einer Mauer entdeckte sie Einschusslöcher, und Jenny begriff, die mussten vom letzten Krieg stammen. Sie konnte kaum fassen, dass sie noch in Deutschland war. Oder im Jahr 1980. Alles war total heruntergekommen.

Sie orientierte sich an den Straßenschildern. Roberts Haus musste gleich um die Ecke sein. Die Luft war drückend, es roch nach Kohleöfen und Autoabgasen. Das funzelige Licht reichte kaum aus, um die trübe Suppe zu durchdringen. Mein Gott, wo war sie hier nur gelandet?

Die Mietskaserne, in der Robert lebte, unterschied sich nicht von den restlichen Häusern der Straße. Die schwere Eingangstür war unverschlossen. Jenny drückte sie auf, trat ins Treppenhaus und betätigte das Licht, dessen Zeitschaltuhr augenblicklich lautstark losratterte. Die Briefkästen waren demoliert, die robuste Holztreppe aus der Kaiserzeit knarzte unter jedem Schritt. Die Wände waren fettig, es roch nach mehreren Generationen Kohlsuppe und Briketts. Hier schien auch seit Jahren nicht mehr geputzt worden zu sein. Hoffentlich sah es in Roberts Wohnung besser aus, sonst würde sie sich das Ganze noch mal überlegen.

Im obersten Stockwerk entdeckte sie seinen Namen auf dem Klingelschild. Sie hämmerte gegen die Tür, doch nichts passierte. Er war wohl nicht da. Also setzte sie sich auf die oberste Stufe und wartete. Er würde schon nach Hause kommen. Immer wieder erlosch das Licht, und Jenny musste aufstehen und erneut den Schalter drücken, wodurch sowohl das Licht anging, als auch das Rattern der Zeitschaltuhr wieder einsetzte.

Wie er wohl reagieren würde, wenn er sie sah? Ihr Auftauchen sollte kein Überfall sein, sie war nur nicht mehr dazu gekommen, mit ihm zu telefonieren, bevor sie sich auf den Weg gemacht hatte. Er würde sich doch freuen?

Immer wieder gab es Geräusche im Treppenhaus, Leute gingen ein und aus, doch keiner kam hinauf bis ins oberste Stockwerk. Jenny verlor gerade die Hoffnung, dass er noch nach Hause käme, als erneut polternde Schritte zu vernehmen waren, ein Lachen und murmelnde Männerstimmen. Sie erkannte Roberts Stimme sofort. Er hatte getrunken, das hörte sie. Den Geräuschen nach zu urteilen, waren sie zu dritt. Er hatte wohl Kumpel mit dabei.

Sie wartete, bis sie auf dem Treppenabsatz auftauchten, drei Jungs in Jeansjacken mit Aufnähern, langem Haar und schweren Stiefeln. Einer davon war Robert. Mit Bierträgern unterm Arm und sichtlich angeheitert wirkten sie, als wollten sie sich einen schönen Abend machen. Jenny stand unsicher auf. Da hob Robert den Kopf. Er hielt inne, starrte mit offenem Mund.

»Jenny. Was machst du hier?«

Er sah den Koffer, ihre Klarinette, und begriff sofort. Er bewegte sich nicht vom Fleck. Sie konnte seinen Blick nicht deuten. Ihr Herz klopfte.

»Wieso hast du nicht gesagt, dass du kommst?«

»Ich hab deinen Anruf verpasst. Ich wusste nicht, wie ich dich erreichen soll.«

»Aber du hättest doch … «

»Papa hat mich rausgeworfen.«

Er stockte. »Wieso das denn?«

»Er hat von meiner Bewerbung erfahren, der für die Freie Universität. Da ist er durchgedreht. Er wollte, dass ich mich entscheide. Dir den Laufpass geben oder sein Haus verlassen.«

Robert starrte sie an. Sie hätte nicht sagen können, was ihm durch den Kopf ging. Am Rande nahm sie wahr, dass seine Freunde sie anstarrten, als wäre sie eine Erscheinung. Sicher hatten sie sich Roberts Freundin anders vorgestellt. Vielleicht eher wie das rothaarige Mädel mit dem pinkfarbenen Lippenstift, das ihre Geldbörse gerettet hatte. Jedenfalls keine Popperin mit makelloser Kleidung. Sie schob den Gedanken schnell beiseite.

»Ich habe gesagt, dass ich mich niemals von dir trennen werde. Da hat er mich vor die Tür gesetzt.«

Roberts Gesicht veränderte sich. Es begann zu leuchten. Er setzte sein typisches schiefes Lächeln auf, das ihr schon immer einen Stich versetzt hatte.

»Ach, Jenny.«

Mit zwei großen Schritten war er bei ihr, nahm ihr Gesicht in seine Hände und betrachtete sie zufrieden.

»Du hast dich für mich entschieden.«

Sie grinste zu ihm hoch. Da lachte er auf, umarmte sie stürmisch, küsste sie und legte besitzergreifend den Arm um ihre Schultern. Er wandte sich zu seinen Freunden, die mit den Bierträgern unterm Arm unschlüssig auf dem Treppenabsatz stehen geblieben waren.

»Jungs, das ist Jenny«, sagte er.

Ein bisschen hielt er sie wie eine Trophäe, aber das war sicher als Scherz gemeint.

»Leider haben sich meine Pläne für heute geändert. Ihr könnt nicht mit reinkommen. Ich habe was anderes vor.«

Die beiden sahen sich verlegen an, grinsten, murmelten »Hallo« und »Kein Problem« und verzogen sich ohne weiteres Murren.

»Wir sehen uns morgen«, rief Robert ihnen nach. Und Jenny fragte er: »Wie bist du denn hierhergekommen?«

»Na, per Anhalter, wie sonst?«

Er blickte völlig verdattert.

»Ach, und ein Stück bin ich mit dem Zug schwarzgefahren.«

»Wer bist du, und was hast du mit meiner Freundin gemacht?«

Er lachte laut auf, als hätte er einen großartigen Witz gemacht, und noch ehe er die Wohnungstür aufschloss, packte er sie und erstickte alle Zweifel, die unterwegs in ihr aufgekeimt waren, mit einem leidenschaftlichen Kuss. Da wusste sie, dass alles in bester Ordnung war. Sie würde mit Robert zusammen sein, so wie sie es sich immer erträumt hatten, hier in Berlin, und das Leben in der Stadt würde ein großartiges und wundervolles neues Abenteuer für sie werden.

≒

Als Jenny am nächsten Morgen in aller Herrgottsfrühe erwachte, war sie viel zu aufgeregt, um wieder einzuschlafen. Robert lag neben ihr und schnarchte leise vor sich hin. Arm in Arm hatten sie unter einem Berg von Decken geschlafen, denn der Raum war über Nacht komplett ausgekühlt. Der Kachelofen, ein hundertjähriges Ungetüm, das in der Zimmerecke stand, war erloschen, und die Doppelfenster, deren Scheiben wacklig in den morschen Rahmen saßen, waren von ihrem Atem beschlagen.

Im Morgenlicht wirkte der Raum mit den hohen Stuckdecken, den weiß gestrichenen Wänden und der spärlichen Möblierung grau und öde. Die Matratze lag auf den nackten Holzdielen, die mit rot-braunem Ochsenblut gestrichen waren. Ein Regal aus Bananenkisten beherbergte Roberts Plattensammlung und seinen Plattenspieler. Und mitten im Zimmer stand ein Einkaufswagen, in den sämtliche Klamotten hineingestopft waren, die er besaß.

Rund um das Bett standen Kerzenstumpen, halb niedergebrannt und erloschen. Nicht wenige hatten große Wachsflecken auf dem Ochsenblut hinterlassen. Gestern Nacht war es richtig romantisch gewesen. Sie hatten im Kerzenlicht ihr Wiedersehen gefeiert. Sie hatten es mit ein paar Flaschen Sekt – in Roberts Küche stand eine ganze Kiste mit Asti Spumante, die, wie er sagte, irgendwo vom Lkw gefallen sei – und mit einem Brathähnchen begangen, das er von einem Imbiss gegenüber geholt hatte. Sie hatten Schallplatten aufgelegt, sich geliebt, getanzt, weitergetrunken und die Musik immer lauter aufgedreht, obwohl es irgendwann mitten in der Nacht war.

Als Robert David Bowie auflegte, »*Heroes*« natürlich, und zwar richtig laut, brüllte jemand im Hinterhof »Ruhe!«, doch Robert riss nur das Fenster auf und schrie »Halt die Fresse!« zurück. Beim zweiten Mal drohte er: »Komm doch her, dann hau ich dir eine rein!«, und danach hatte sich keiner mehr beschwert. Über Jennys schockiertes Gesicht musste er lachen. »Wir sind hier nicht im Münsterland«, sagte er und tanzte mit ihr weiter bei laut aufgedrehter Musik. »Das ist hier ganz normal.« Irgendwann in den Morgenstunden waren sie eingeschlafen, völlig erschöpft, glücklich und Arm in Arm.

Vorsichtig befreite sie sich nun von seinem warmen Körper und schlüpfte unter den Decken hervor. Es schüttelte sie sofort. Der Raum war eiskalt. Sie zog eilig Roberts ausgeleierten Norwegerpullover über und schlüpfte in seine Wollsocken. Dann huschte sie aus dem Zimmer, wobei die schwere Eichentür empfindlich quietschte, doch glücklicherweise ließ Robert sich nicht davon aufwecken.

Jenny musste dringend pinkeln, was leider ein ziemliches Problem darstellte. Es gab im Hausflur auf halber Treppe ein Klo mit Waschbecken und Spiegel, das Robert sich mit seiner Nachbarin von gegenüber teilte. Die Wohnung selbst hatte weder Dusche noch Toilette, und auf dem Küchentisch lagen Marken fürs Stadtbad, wo man für fünfzig Pfennig die Duschen benutzen konnte, wenn einem die Katzenwäsche über dem Waschbecken nicht ausreichte.

Aus Westdeutschland kannte sie Derartiges nicht, denn so rückständig war es dort nirgendwo. Gestern Nacht hatte sie auf Roberts Anraten in der Küche ins Waschbecken gepinkelt, aber jetzt, nüchtern und bei Tageslicht, kam das für sie nicht infrage.

Sie nahm den Schlüssel fürs Klo vom Haken und öffnete die Wohnungstür. Im Treppenhaus war es noch kälter als drinnen, es roch speckig und abgestanden. Zum Glück war der Geruch in Roberts Wohnung nicht annähernd so fies wie im Treppenhaus, sonst hätte sie es wohl nicht ausgehalten. Die Klotür, die ein halbes Stockwerk tiefer neben dem Treppenabsatz lag, wirkte wie der Zugang zu einem Verschlag. Egal, sagte sie sich, es half ja nichts. Sie huschte hinunter, um eilig aufzuschließen, da bemerkte sie, dass die Toilette besetzt war.

»Ich bin gleich so weit«, kam es von drinnen.

Oje. Das musste die Nachbarin von gegenüber sein. Ungekämmt, mit nackten Beinen und einem ausgeleierten Herrenpullover wollte Jenny lieber keiner Fremden begegnen. Aber da ging schon die Spülung, die Frau sang lautstark eine halbe Zeile von den *Sex Pistols*, es polterte und die Tür ging auf.

Vor ihr stand das Mädel vom Bahnhof Zoo. Die Rothaarige mit dem grellen Lippenstift. Nur dass ihre Haare jetzt mit einem Tuch hochgebunden waren, sie ungeschminkt war und eine Rolle Klopapier unterm Arm hielt.

»Du?«, fragte sie erstaunt. »Das ist ja ein Ding. Wie geht's deiner Handtasche?«

»Ich ... Der geht es gut. Aber ...«

Das Mädchen hatte sich schneller gefasst als Jenny.

»Das freut mich zu hören. Aber was machst du hier? Wie kommst du auf meine Toilette?«

»Ich gehöre zu Robert. Ich lebe hier. Es ... es ist jetzt auch meine Toilette.«

Dass sie zu Robert gehörte, schien ihr Gegenüber mehr zu irritieren als die Fremde vom Zoo im Treppenhaus vor ihrer Klotür angetroffen zu haben.

»Zu dem?«, fragte sie. »Du?«

»Warum denn nicht? Du kennst mich doch gar nicht.«

Nur weil Jenny sich gern hübsch machte und kein Freak war, hieß das nicht, dass sie nicht zu Robert passte. So brauchte ihr keiner zu kommen.

»So meinte ich das doch gar nicht. Tut mir leid. Ich dachte nur ... ach, egal. Vergiss, was ich gesagt habe.«

»Wir kennen uns aus der Schule. Wir kommen aus demselben Dorf. Robert ist Rocksänger. Und ich ...«, *spiele Klarinette*, hörte sich blöd an, fand sie. Sie wollte ihr keine weitere Munition geben. »Ich mache auch Musik.«

»Na, dann. Freut mich, dich wiederzusehen. Auf gute Nachbarschaft. Hast du kein Klopapier?«

»Ich ... nein. Ist denn da drin keins?«

»Hier, nimm meins.« Sie reichte ihr die Rolle. »Dein Freund klaut immer das Klopapier, er oder seine Saufkumpanen, was weiß ich. Deshalb lagere ich meins in der Wohnung.«

»Danke.« Sie nahm die Rolle entgegen. »Das ist nett.«

Die Nachbarin lächelte. Jenny beschloss, ihr den Kommentar von eben nicht länger übel zu nehmen.

»Ich heiße Jenny, eigentlich Jennifer.«

»Und ich Tina. Eigentlich Martina.«

Jenny erinnerte sich an den Nachnamen, der auf dem Klingelschild an ihrer Wohnungstür stand.

»Willst du sagen, du heißt Tina Thörner? Wie die Sängerin von Ike und Tina?«

»Na ja, so ungefähr jedenfalls. Kennst du die etwa?«

»Aber klar. Die hat sich von Ike getrennt und macht jetzt eine Solokarriere.«

Das schien Tina zu beeindrucken.

»Jetzt bin ich baff. Du hörst gerne R&B?«

»Ja, aber am liebsten Schlager.«

Es war Jenny so rausgerutscht, und sie bereute es sofort. Aber Tina lachte nur wohlwollend.

»Du bist mir vielleicht eine, Jenny. Wir werden uns bestimmt gut verstehen. Bis bald.«

Sie huschte nach oben und verschwand in ihrer Wohnung. Jenny sah ihr nach und fühlte sich beschwingt. Vielleicht hatte sie schon eine Freundin gefunden. Der Tag fing vielversprechend an.

Robert schlief tief und fest, als sie zurückkehrte, deshalb zog sie sich an und spazierte draußen im Viertel umher. Die Gegend wirkte tagsüber nicht ganz so trostlos wie bei Nacht. Sie kaufte beim Bäcker Brötchen und Orangensaft fürs Frühstück. Ihre letzten Geldreserven schrumpften dabei noch mehr. Sie musste sich bald etwas einfallen lassen. Ein bisschen BAföG würde sie bekommen, das hatte man ihr beim Studentenwerk in Münster ausgerechnet, und hier wären die Beträge sicher ähnlich. Aber das reichte hinten und vorne nicht, so viel war klar.

Als sie in die Wohnung zurückkehrte, war Robert aufgewacht. Er zog sie zu sich auf die Matratze, sie kuschelten eine Weile, dann beschlossen sie, im Bett zu frühstücken. Er fachte dafür den Kachelofen an, aber der war ausgekühlt und würde Stunden brauchen, bevor er wieder Hitze abgab. Robert stellte kurzerhand eine Elektroheizung an. Die fresse zwar tierisch viel Strom, meinte er, aber damit würde es wenigstens ein bisschen warm werden. In den Norwegerpulli gekuschelt, erzählte Jenny ihm gut gelaunt von ihrer Begegnung mit Tina. Seine Reaktion war anders als erwartet.

»Diese blöde Lesbe? Halt dich ja fern von der.«

»Aber wieso? Die ist doch nett.«

»Täusch dich da mal nicht. Die kannst du vergessen.«

Jenny dachte darüber nach. »Sie ist Lesbierin?«

Sie hatte noch nie so eine Frau kennengelernt.

»Muss sie ja sein, bei dem großen Maul. Und wie die schon aussieht. Die kriegt bestimmt keinen ab.«

»Ich find, sie sieht toll aus, ehrlich gesagt. Und wieso sollte sie keinen abkriegen?«

Er brummte missmutig und beließ es dabei. Offenbar war er mit seiner Argumentation, was Tina betraf, schon am Ende.

Als sie mit dem Frühstück fertig waren, war schon früher Nachmittag. Robert schlug vor, Jenny Berlin zu zeigen, zumindest die Mauer und den Ku'damm und Kreuzberg. Das müsse reichen für den ersten Tag. Also machten sie sich fertig und verließen die Wohnung, gerade, als der Ofen anfing, warm zu werden. Zuerst ging es wieder zum Bahnhof Zoo, den Jenny an Roberts Seite nicht halb so gruselig fand wie gestern Abend. Dann trafen sie seine Freunde am Breitscheidplatz, wo sie offenbar verabredet gewesen waren. Die beiden Jungs aus dem Treppenhaus waren dabei und noch ein paar andere. Mädels gab es auch, aber die interessierten sich nicht für Jenny. Sicher lag das an ihren Klamotten, oder weil sie aus der Provinz kam. Ihr war ja selbst klar, dass

56

sie als Popperin nicht so richtig in die Gruppe passte. Und die Mädels benahmen sich so, als wäre sie ein Fremdkörper, während Robert in der Gruppe abtauchte und eins mit ihr zu werden schien.

Sie hockten zusammen und quatschten. Es war frustrierend. Robert schien sich gar nicht weiter für Jenny zu interessieren. Sie wusste nicht, was sie davon halten sollte. Sie hatten sich so lange nicht gesehen, da dachte sie, Robert würde den Tag mit ihr allein verbringen wollen. Irgendwie war das schräg. Sie bemühte sich immer wieder, Gespräche mit den anderen anzufangen, aber es war vergeblich. Sie blieb außen vor.

Sie spazierten über den Ku'damm, aßen Mini-Pizzen im Stehen, sahen den Rollschuhfahrern nach, setzten sich in die Herbstsonne. Kronkorken flogen, als die ersten Bierflaschen geöffnet wurden. Jenny hatte noch leichte Kopfschmerzen vom Vorabend, doch Robert trank schon wieder gut gelaunt drauflos. Der Tag zog sich wie Kaugummi. Jenny fühlte sich komplett überflüssig, außerdem war sie übermüdet von der kurzen Nacht. Ihren ersten Tag in Berlin hatte sie sich wahrlich romantischer vorgestellt. Doch es gab keine Möglichkeit, mit Robert allein zu reden. Als die Gruppe sich endlich zum Aufbruch bereit machte und Jenny ein erleichtertes Aufseufzen mit Mühe unterdrückte, verkündete Robert, dass es jetzt weiter nach Kreuzberg ginge.

»Ich dachte, wir fahren nach Hause«, sagte sie, als die anderen endlich mal nicht zuhörten. »Wir hören Musik und … du weißt schon.«

»Aber du willst doch Berlin sehen, oder nicht? Wir machen eine Kneipentour. Warte ab, das wird spitze.«

»Kreuzberg ist doch morgen auch noch da.«

»Ach, Jenny, jetzt sei kein Spielverderber.«

Er ließ sie stehen, lief zu den anderen und erwartete offenbar, dass sie ihm hinterhertrottete. Sie schluckte ihre Wut und Enttäuschung herunter. Jetzt stell dich nicht so an, sagte sie sich. Das sind seine Freunde. Versuch, irgendwie mit ihnen klarzukommen. Doch ihre Laune blieb am Boden.

»Im SO36 spielen heute die *Dead Kennedys*«, rief er den anderen zu. »Wir müssen unbedingt versuchen, da reinzukommen.«

Die *Dead Kennedys* waren natürlich ein Argument. Die Punkband mal live zu sehen, reizte sie sehr. Sie riss sich zusammen, schaffte es sogar, ein Gespräch mit einem der Mädchen anzufangen, aber so richtig sprang der Funke nicht über.

Auch wenn sie sich wie ein Fremdkörper fühlte, musste sie zugeben, dass die erste Kneipe, die sie besuchten, ziemlich aufregend war. Improvisierte Räume mit Graffitis und plakatierten Wänden, überall Punks und Alternative. Lauter Leute, wie man sie im Münsterland nie zu Gesicht bekam. Es gab viel zu sehen und zu beobachten. Mit ihrer Föhnfrisur, der Karottenhose und dem eleganten Pullover fühlte sie sich allerdings ein bisschen unwohl. Auch wenn alle in der Kneipe so taten, als würde sie überhaupt nicht existieren, musste sie doch genauso auffällig sein wie eine Punkerin auf dem Marktplatz im Münsterland. Als sie eine Runde Biere holte, dauerte das ewig, denn sie wurde am Tresen schlichtweg ignoriert. Ihr unpassendes Outfit wurde also sehr wohl von den Leuten hier registriert. Robert hatte ihr nicht einmal gesagt, dass sie in Kreuzberg nicht als Popperin aufschlagen konnte. War ihm das denn nicht klar?

Irgendwann waren sie wieder draußen auf der Straße, auf dem Weg zum SO36. Inzwischen hoffe Jenny, dass sie keine Karten mehr bekämen, denn dafür würde ihr letztes Geld draufgehen. Und so toll war der Abend nicht, dass es das wert wäre, *Dead Kennedys* hin oder her. Unterwegs waren ein paar von Roberts Freunden verloren gegangen und Jenny war jetzt das letzte Mädel in der Gruppe. Die Jungs marschierten weiter, inzwischen ordentlich betrunken, und sie war zunehmend frustriert. Das war doch bescheuert alles. Sie musste dringend mit Robert allein reden, ihm klarmachen, wie sich der Abend für sie anfühlte.

Es ging durch eine enge Straße voller runtergekommener und abgefuckter Häuser, wo Besoffene und Halbstarke herumstanden. Eine seltsame Stimmung herrschte hier. Als würde eine Schlägerei in der Luft liegen. Jenny fühlte sich zunehmend unbehaglich. An einer Ecke zogen Jugendliche plötzlich eine Reihe von Mülltonnen auf die Straße und steckten sie an. Im nächsten Moment brannten sie lichterloh, und beißender Qualm erfüllte die Straße. Robert schien das Spektakel zu gefallen.

»Siehst du das?«, rief er begeistert. »Ist das nicht der Wahnsinn?«

»Robert, lass uns von hier verschwinden.«

»Ach, Unsinn. Mach dich mal locker.«

»Bitte. Ich will nach Hause.«

»Jenny, das ist Kreuzberg ... «

Da platzte die angestaute Wut ungebremst aus ihr heraus: »Du hättest mir wenigstens sagen können, dass ich mir andere Klamotten anziehen muss. Das ist doch das Letzte.«

Er stöhnte auf, hatte offensichtlich keine Lust auf so ein Gespräch. Der Rauch verdichtete sich, Martinshörner waren zu hören. Auf der anderen Straßenseite ratterte es. Der Metallrollladen einer Kneipe wurde heruntergelassen, und das rege Treiben darin verschwand hinter den Lamellen. Plötzlich wurde es leerer auf der Straße.

»Robert, ich glaube, wir sollten besser abhauen.«

»Wieso denn? Das ist doch irre hier.«

»Lass uns gehen. Ich hab Schiss.«

»Jenny, jetzt komm schon.«

»Verdammt, ich möchte hier weg. Bitte.«

»Dann geh doch! Du verdirbst uns eh den ganzen Abend.«

Das verschlug ihr die Sprache. *Sie* verdarb den Abend? Das konnte er unmöglich ernst meinen. Er blickte sie herausfordernd an. Seine Kumpel rannten an ihnen vorbei auf die Straße, allzu bereit für eine Schlägerei. Jenny wollte Robert gerade gehörig ihre Meinung zu diesem Abend sagen, den *sie* angeblich verdarb, da wurde sie von einem Mann angerempelt, der die Straße hinunterrannte und sie nicht gesehen hatte. Sie taumelte und fiel auf den Bürgersteig.

»Jenny!«, hörte sie Roberts Stimme.

Weitere Jugendliche rannten die Straße entlang, plötzlich herrschte ein großes Durcheinander. Der Qualm brannte in ihrer Lunge. Sie stand mühsam auf, suchte nach Robert. Überall war Rauch. Irgendwo, nicht mehr ganz so nah, hörte sie ihn wieder nach ihr rufen, doch sie konnte kaum sagen, aus welcher Richtung das kam. Die Martinshörner wurden lauter. Im Nebel zeichneten sich Gestalten ab, die eine Formation bildeten. Es waren Polizisten.

»Robert!«

Er war nirgends zu sehen. Verdammt, sie musste hier weg. Jenny wandte sich ab, sie wollte den Polizisten nicht zu nahe kommen. Eine Hand legte sich auf ihre Schulter. Eine Frau mit millimeterkurzem Haar und einer Lederjacke zog sie geschmeidig zur Seite.

»Komm rein, schnell«, sagte sie. »Weg von der Straße.«

Ehe Jenny begriff, was passierte, war sie in eine Kneipe bugsiert worden, und augenblicklich ratterten auch hier Metallrollläden herab. Kurz darauf waren der Lärm und das Geschrei von der Straße ausgesperrt. Es wurde still, als wären sie in einem Luftschutzbunker.

»Hier bist du erst mal in Sicherheit«, sagte die Frau.

»Danke, aber mein Freund ist noch da draußen.«

»Er kommt schon klar. Bleib hier, bis der Spuk vorbei ist. Komm, ich lade dich auf einen Drink ein.«

Vor ihnen eröffnete sich ein Barraum, der aussah wie ein entkernter Supermarkt. Die Tanzfläche war halb leer und lag im Dunkeln. Es spielte keine Musik, stattdessen unterhielten Menschen sich gedämpft. Offenbar waren sie alle der Straße entflohen.

»Danke, aber ich warte lieber hier vorne«, sagte sie. »Vielleicht kommt mein Freund noch.«

»Na klar, du findest ihn schon wieder, keine Sorge. Bis dann.«

Die Frau verschwand, und Jenny ließ sich gegen die Wand sinken. Was für ein Tag. Robert hatte sich ihr gegenüber wie ein Arsch benommen. So hatte sie ihn noch nie erlebt. War ihm denn egal, wie sie sich fühlte? Was mit ihr passierte? Was war nur los mit ihm? Sie hätte am liebsten losgeflennt.

Auf der Bühne ging ein Spotlight an. Eine Band machte sich bereit, offenbar sollte das Programm trotz der Unterbrechung weitergehen. Jenny interessierte sich nicht dafür. Sie sah zum Ausgang. Ob Robert nach ihr suchte? Tat ihm leid, was passiert war? Nicht flennen, erinnerte sie sich. Nur das nicht.

Ein Schellenkranz erklang, dann begann eine Frauenstimme zu singen. Jenny traute ihren Ohren nicht: Das war ein Lied von Vicky Leandros. Die ersten Zeilen aus ihrem Song *Dann kamst du*, einem der kitschigsten Schlager überhaupt.

Ungläubig drehte sie sich zur Bühne um. Da stand eine Frauenband. Frauen in Lederhosen oder in engen Röcken, mit kurzen Haaren, stark geschminkt, breitbeinig wie Männer und überquellend vor Selbstbewusstsein.

*»Vogelfrei war mein Herz bis heut', wusste nichts von der Liebe«*, sangen sie übertrieben süßlich. Dann ein harter Riff, und die Schnulze ging

abrupt in Rock über, wurde laut und schmutzig. Das Publikum johlte, die Frauen legten so richtig los, füllten die Bühne allein mit ihrer Präsenz, sangen den Schlager von Vicky Leandros, nur als Punkrock.

Jenny starrte mit offenem Mund. Eine der Frauen trug einen Tampon als Ohrring, eine andere Hosenträger zum Lackrock. So was hatte sie noch nie gesehen. Das war absoluter Wahnsinn. Sie vergaß alles um sich herum. Robert, die angespannte Stimmung, die brennenden Mülltonnen, die Polizisten. Sie vergaß sogar, dass sie am liebsten losflennen wollte. Vicky Leandros. Ein Song ihrer Lieblingssängerin von diesen Frauen vorgetragen zu bekommen, fühlte sich an wie ein Omen. Wie eine Brücke zwischen dem Münsterland und Berlin. Als würde Vicky selbst ihr die Hand reichen und ihr sagen, dass sie hierhergehöre, ganz egal, wie bescheuert sich die Freunde von Robert verhalten hatten.

»*Dann kamst du*«, dröhnte es aus den Boxen, »*und mit dir kam die Liebe, eine Liebe fürs ganze Leben.*« Jenny schaute gebannt zur Bühne, nahm nur noch die Frauen wahr, und alles, was sie tun konnte, war staunen. Und ohne es selbst zu bemerken, begann sie am Ende dieses ersten Tages in Berlin, der so gar nicht nach ihrer Vorstellung verlaufen war, übers ganze Gesicht zu strahlen, völlig begeistert von allem, was sie sah und hörte.

# 4

## HOCHSCHULE DER KÜNSTE, BUNDESALLEE

Sie war spät dran. Ausgerechnet heute! Auf der Karte hatte alles total einfach ausgesehen. Da war ein Aufgang der U9 direkt vorm Eingang des Uni-Gebäudes. Das würde sie dreimal schaffen, hatte sie sich gedacht, und war erst auf den letzten Drücker losgefahren. Aber dann war sie zur falschen Seite raus, hatte sich in den unterirdischen Gängen vom U-Bahnhof Spichernstraße verlaufen, stand plötzlich auf dem Gleis der U3, wusste der Himmel, wie sie da hingekommen war, und als sie endlich Tageslicht erblickte, hatte es sie in eine ganz andere Straße verschlagen.

Sie hetzte zurück, joggte durch die Korridore, und als sie schließlich vor dem wuchtigen Kasten der HdK stand, einem ehemals prachtvollen, etwas verwunschenen Vorkriegsbau mit vorgelagertem Arkadengang, der zurückgesetzt an der mehrspurigen Bundesallee stand, da hatte sie schon knapp zehn Minuten Verspätung. Die Aufnahmeprüfung drohte, ohne sie stattzufinden.

Sie stürmte ins Gebäude, das, wie viele ausgebombte und wiederaufgebaute Prunkbauten, von innen schlicht und weiß getüncht war, und blickte sich suchend um. Pinnwände voller Plakate und Kontaktbörsen,

63

Wegweiser zu Probenräumen und Konzertsälen, mehrere Treppenauf-
gänge. Aber kein Hinweis auf ihren Prüfungsraum.

»Gegen das Kriegstreiben des US-Imperialismus, für einen Fort-
bestand der Bewegung des 2. Juni.«

Ein Flugblatt wurde ihr vors Gesicht gehalten. Trotz der aktivistischen Botschaft klang die Stimme der Überbringerin ziemlich dünn
und zögerlich. Jenny schob das Blatt zur Seite. Eine schmale Studentin
mit blassem Gesicht und Hautausschlag stand vor ihr. Sie zwinkerte
heftig, und als sie bemerkte, dass sie angesehen wurde, sah sie eilig an
Jenny vorbei zu Boden, um jeden Augenkontakt zu vermeiden.

»Heute schießt man auf Genossen, morgen wird auf euch geschossen.«

»Tut mir leid, ich hab keine Zeit. Ich muss zu meiner … «

»Moment, warte kurz.«

Die Studentin wandte sich ab. Sie zerrte ein Asthmaspray aus ihrer
Jackentasche und inhalierte panisch. Dann holte sie ein paarmal Luft,
schob sich die dünnen Haare aus dem Gesicht und drehte sich wieder
zu Jenny, immer noch, ohne Augenkontakt aufzunehmen.

»Der imperialistische und kapitalgesteuerte Kurs der … «

Jenny ertrug das nicht länger.

»Kannst du mich bitte ansehen beim Sprechen?«

Das Mädchen hielt erschrocken inne und zog die Schultern hoch.
Dann hob sich unter starkem Zwinkern ihr Blick und sie sah auf. Es
war, als hätte Jenny von ihr verlangt, die Hand in ein Terrarium voller
Vogelspinnen zu halten.

»Du hast schöne Augen«, stellte Jenny fest.

Das stimmte wirklich. Sie waren blassblau und wirkten zart und verletzlich. Der Blick huschte sofort wieder weg, doch jetzt lächelte das
Mädchen scheu.

»Wir haben eine Aktivistengruppe. Wir treffen uns jeden … «

»Aber ich kann jetzt nicht, ich muss weiter.«

Das scheue Lächeln bekam einen deutlichen Knacks.

»Nicht persönlich gemeint. Ich muss nur … Sag mal, weißt du, wo die Klavier-Probenräume sind? Da muss irgendwo meine Aufnahmeprüfung stattfinden.«

Das Lächeln wich nun gänzlich aus dem Gesicht der Studentin, sorgenvoll blickte sie sich um, als suche sie verzweifelt einen Hinweis auf die richtige Antwort.

»Es tut mir so leid«, sagte sie. »Ich studiere nicht an der HdK. Warst du denn noch nie hier?«

»Ich bin neu in Berlin.«

»Du bist neu? Aber dann musst du zu unserem Treffen kommen.«

»Ja, ja. Ich denk drüber nach. Aber nicht jetzt. Wo findet nur diese Scheiß-Aufnahmeprüfung statt?«

»Treppe hoch und links«, mischte sich eine der anderen Studentinnen ein, ebenfalls mit einem Stapel Flugblätter im Arm. »Du kannst es nicht verfehlen.«

Das erste Mädchen seufzte erleichtert, da sich das Problem ohne ihr Zutun gelöst hatte. Trotz ihrer Eile sah Jenny sich das sonderbare Wesen genauer an. Das Mädel schaffte es noch mal, den Blick für eine Sekunde zu heben, und als Jenny ihr freundlich zulächelte, begann sie zu strahlen.

»Dann bis bald vielleicht«, sagte Jenny, klemmte sich den Klarinettenkoffer unter den Arm und sprang die Treppe hoch. Dabei warf sie einen hastigen Blick auf ihre Armbanduhr. Dreizehn Minuten Verspätung! Sie vergaß die scheue Studentin und eilte den Gang hinunter, bis sie endlich den richtigen Raum fand. Dort klebte ein Zettel mit der Aufschrift: Aufnahmeprüfung Musik.

Sie riss die Tür auf und stürzte hinein. An einem Pult mitten im Raum saßen drei Männer, zwei adrett gekleidete Professoren und ein hochgewachsener Mann im schwarzen Rollkragenpulli, die ihr Gespräch unterbrachen und erstaunt zu ihr aufsahen. Sie bremste ab und geriet ins Stolpern.

»Hoppla«, rutschte es ihr heraus.

»Ja, hoppla«, sagte einer der Professoren. »Das trifft es ganz gut, junge Frau, denn Sie sind fünfzehn Minuten zu spät.«

»Das war der blöde U-Bahnhof. Das ist ein Wahnsinnsirrgarten da unten. Warum schildern die nicht besser aus, wie man zur HdK kommt?«

»Eigentlich ist es sogar recht gut ausgeschildert.«

»Kommen Sie bitte rein«, sagte der andere Professor. »Ich nehme an, Sie sind Frau Jennifer Herzog?«

Sie nickte betreten und schloss die Tür hinter sich.

»Na wer sagt's denn, dann können wir ja weitermachen.«

»Auch wenn Sie auf Lehramt studieren möchten, junge Frau, sollten Sie diese Prüfung ernst nehmen. Wir haben hohe Ansprüche an unsere Kandidaten. Bitte, Peter.«

Der Mann im schwarzen Rollkragenpulli rutschte vom Pult und ging zum Flügel, der mitten im Raum stand. Er nickte Jenny zur Begrüßung höflich zu, und nahm übertrieben würdevoll am Klavier Platz, wo er probeweise die Hände auf die Tasten legte.

»Sie haben Glück, junge Frau. Herr Carstensen hier wird Sie auf dem Klavier begleiten, einer unserer besten Studenten. Er hat sogar schon mal in der Philharmonie gespielt.«

»Nur eingesprungen, mehr nicht«, kommentierte Carstensen mit reservierter Miene. »Kein Grund, eingeschüchtert zu sein. Spiel einfach, so gut du kannst.«

Jenny spürte, wie ihre Wangen heiß wurden. Nur eingesprungen. Sollte sie das etwa beruhigen? Ihre Verspätung, die Professoren, jetzt auch noch ein Pianist aus der Philharmonie. Der Druck wurde mit jedem Moment größer.

Du bist nur eine Primi-Maus, sagte sie sich. Sie brauchte nicht perfekt sein, um Kindern den Umgang mit Schellen und Triangeln beizubringen. Keine Panik also. Sie hatte was drauf, und das würde reichen.

Die Männer warteten in der angespannten Stille, bis sie ihr Instrument zusammengebaut und die Noten auf den Ständer gelegt hatte. Ihr wurde klar, dass von den Prüflingen offenbar erwartet wurde, diese Vorbereitungen draußen im Flur getroffen zu haben, *bevor* sie den Raum betraten. Egal. Jetzt war sie so weit. Es konnte losgehen.

»Ich sehe, Sie haben uns Schubert mitgebracht«, sagte der Professor mit Blick auf einen Stoß Papiere. »*Der Hirt auf dem Felsen*. Eine gute Wahl. Dann fangen wir an.«

Jenny wischte sich die feuchten Hände an der Hose ab, ließ sich vom Pianisten ein A geben, stimmte die Klarinette und ermahnte sich ein letztes Mal zur Ruhe.

»*Der Hirt auf dem Felsen*«, wiederholte sie, räusperte sich und wartete auf den Einsatz des Klaviers. Der Typ war großartig. Es war ein zartes und emotionales Spiel, das Jennys einlud, sich darin hineinzulegen wie in ein weiches Bett. Es war ganz leicht, die Professoren zu vergessen und sich dem Spielen hinzugeben. Fast von allein schmiegte sich der Klang der Klarinette an das Klavier, und als das Lied vorbei war, brauchte sie einen Moment, um in die Umgebung der HdK zurückzukehren. Sie sah zum Pianisten, beeindruckt von ihrem so gelungenen Zusammenspiel, doch der schien diesen Moment nicht so intensiv erlebt zu haben wie sie. Im Gegenteil, er wirkte fast gelangweilt.

»Ordentlich«, kommentierte einer der Professoren. »Sehr ordentlich. Für ein Konzerthaus würde es natürlich niemals reichen, aber für die Pädagogik bringen Sie alles Nötige mit.«

Jenny atmete erleichtert auf. Sie nahm es als Kompliment. Das hieß doch bestimmt, sie würde die Zulassung bekommen?

»Welches Gesangsstück haben Sie uns denn mitgebracht?«

Die Erleichterung war wie weggeblasen. »Gesang?«

»Ja, der zweite Teil der Prüfung. Den haben Sie doch nicht vergessen?«

»Ich dachte, ich spiele noch was auf dem Klavier.«

»Das auch, im Anschluss.«

Jenny musste leicht zu durchschauen sein, denn der Professor legte den Kopf schief und runzelte die Stirn.

»Tja, junge Frau, da hätten Sie sich wohl besser vorbereiten sollen. Sie werden singen müssen. Wie wäre es, wenn wir beim *Hirt auf dem Felsen* bleiben? Der hat doch auch eine Gesangsstimme.«

Jenny stand da wie vom Schlag getroffen. Verdammt, warum hatte sie sich das Merkblatt für die Prüfung nicht genauer durchgelesen? Sie würde das vergeigen, und zwar gründlich. Es war, als sähe sie das Gesicht ihres Vaters vor sich. Kein Wunder, würde er sagen. Du hast jede Disziplin verloren, seit du diesem Gammler hinterherläufst. Du wolltest ja unbedingt eine von denen werden, die nur rumhängen und faulenzen. Jetzt siehst du, was du davon hast.

»Sie beherrschen doch den Text vom *Hirt auf dem Felsen*?«

»Schon«, sagte sie.

Aber dabei handelte es sich um einen klassischen Sopran. Jenny hatte keine Opernausbildung. Im Grunde sang sie nur unter der Dusche, oder wenn sie allein mit Basti war. Am liebsten wäre sie im Boden versunken. Wenn sie jetzt sang, würde sofort klar sein, dass sie nicht gut genug für diese Uni war. Schlimmer noch: Dass sie gar nicht nach Berlin gehörte, dass ihre Fähigkeiten dafür nicht ausreichten. Weil es eine Schnapsidee war, wenn ein ordentliches Mädchen wie sie glaubte, sich in diesem Sündenbabel neben tausend anderen, talentierteren Leuten behaupten zu können. Sie würde bei ihren Eltern zu Kreuze kriechen müssen, darum betteln, sie wieder aufzunehmen, und dann würde sie in Münster studieren.

Was würde Basti denken, wenn er das hörte? Er glaubte fest, sie würde sich behaupten in Berlin. Basti. Plötzlich hatte sie eine Idee.

»Ich könnte die Seeräuber-Jenny singen«, sagte sie. Das hatte sie Basti schon mal vorgesungen. Kurt Weill. Dafür bräuchte sie keine große Stimmkunst, es war eher Sprechgesang, bei dem es um Ausdruck ging.

»Ich habe nur keine Noten dabei.«

»Herr Carstensen? Die Seeräuber-Jenny?«

»Natürlich«, sagte der Pianist, als wäre er gefragt worden, ob er *Hänschen klein* spielen könne.

»Einen Augenblick«, sagte Jenny, stellte hastig die Klarinette beiseite und suchte in ihrem Koffer nach dem Programmheft der Dreigroschenoper, das sie im Schauspielhaus Bochum nach der Aufführung eingesteckt hatte, einfach, weil die Texte darin abgedruckt waren. Sie wühlte sich durch Noten, Oktavhefte und Schmierzettel. Wo war nur dieses blöde Programm?

»Hier, ich hab's. Da steht der Liedtext drin.«

Ein kurzer Blick zum Pult reichte, um zu erkennen, dass die Geduld der Herren bald ausgereizt wäre. Sie musste sich beeilen. Sie räusperte sich erneut und nickte dem Typen am Klavier zu.

»Also gut«, sagte sie. »Es kann losgehen.«

Der Pianist spielte die eingängigen ersten Takte des Stücks. Jenny versuchte, alles andere auszublenden. Nur keine Panik. Denk nicht an deine Stimme, sagte sie sich, denk nur an den Ausdruck. Denk daran, dass du eine Geschichte erzählst. Stell dir vor, zu Hause unter der Dusche zu stehen. Oder noch besser, stell dir vor, du singst für Basti. Ja, das wäre perfekt. Keiner sonst meinte es so gut mir ihr, wenn es um Musik ging. Er würde alles toll finden, was sie machte, solange sie nicht Vicky Leandros sang.

Es funktionierte. Sie begann zu singen, und es war, als säße Basti am Pult der Professoren. Er sah zu seiner großen Schwester auf, mit der Spur eines spöttischen Lächelns im Gesicht, aber trotzdem voller Bewunderung. Wie er eben war. Sie versuchte, nur für Basti zu singen und für sonst niemanden. Trotzdem lief ihr der Schweiß den Rücken runter, und erst, als sie fertig war, wagte sie es, den Blick vom Programmheft zu heben und sich der Realität zu stellen. Der Pianist betrachtete sie aufmerksam. Er schien überrascht zu sein. Trotzdem behielt er seine herrschaftliche Distanz. Kein Lächeln, nichts. Unsicher wandte sie sich den Professoren zu.

»Sie sollten ans Theater, Frau Herzog«, sagte einer der beiden. »Dafür haben Sie ein Talent.«

»Keine Frage«, stimmte der Kollege zu. »Hildegard Knef hätte es nicht besser machen können.«

Von der Knef hieß es, sie sei die beste Sängerin ohne Stimme. War das jetzt ein Kompliment oder eine Beleidigung?

»Ich denke, das war ziemlich eindeutig«, meinte der Professor. »Da kann ich sicher für alle hier sprechen. Das Klavierspiel wird fast nicht mehr nötig sein. Von unserer Seite haben Sie nichts zu befürchten. Viel Erfolg für ihr Studium, Frau Herzog.«

Jenny blieb fast das Herz stehen vor Überraschung und Freude. Sie hatte es geschafft. Sie hatte die Professoren überzeugt. Absurderweise mit einem Gesangsstück. Wenn Basti hier gewesen wäre, hätte sie ihn stürmisch umarmt, denn irgendwie fühlte es sich an, als wäre es auch sein Verdienst.

Da war es dann gar nicht so schlimm, dass sie im Anschluss den Part am Klavier ziemlich vergeigte. Die Professoren sahen zwar drein, als hätten sie zu früh die Lorbeeren verteilt, aber damit konnte sie leben. Sie war durch. Sie hatte die Prüfung bestanden. Als sie die Klarinette wieder auseinanderbaute und ihre Jacke nahm, schienen die Drei sie längst vergessen zu haben. Der Pianist kehrte zum Pult zurück, und sofort nahmen die Männer ihre Unterhaltung wieder auf, bei der es, wie Jenny mitbekam, um empfehlenswerte italienische Restaurants ging.

Sie verabschiedete sich hastig, verließ den Raum und spazierte mit einem triumphierenden Lächeln durch die Eingangshalle nach draußen. Die kalte Herbstluft an der Bundesallee roch immer noch nach Abgasen und Kohleöfen, doch erschien ihr der Geruch nun verheißungsvoll. Sie hatte es geschafft.

Eine dünne, hohe Stimme erklang.

»Und? Wie war dein Vorspiel?«

Jenny drehte sich um. Hinter einer Säule stand die seltsame Studentin mit dem Hautausschlag. Sie sog gierig an einer Zigarette, genauso wie zuvor am Asthmaspray. Wieder gelang ihr kein Blickkontakt. Sie sah knapp an Jenny vorbei Richtung Eingang.

»Gut. Ziemlich gut sogar. Ich habe bestanden.«

»Das ist schön.« Sie kicherte vergnügt, als wäre es ihre eigene Prüfung gewesen. »Das freut mich.«

»Ich bin eigentlich gar nicht so gut. Es würde nie reichen, um Berufsmusikerin zu werden. Das fanden auch die Profs. Aber trotzdem habe ich sie irgendwie beeindruckt. Ich weiß gar nicht genau, wie ich das gemacht habe.«

»Manchmal können auch diese muffigen Altnazis nicht weggucken, wenn was Neues passiert. Und wieso solltest du nicht Berufsmusikerin werden, wenn es das ist, was du willst?«

Jenny lachte. »Du bist mir vielleicht eine. So einfach ist das eben nicht.«

»Ach, diese Profs sind doch vor Ewigkeiten stehen geblieben. Unter den Talaren der Muff von tausend Jahren, das gilt immer noch. Was wissen die schon? Kunst ist nicht nur kulturelle Praxis, sagt uns die linke Theorie, sie hat einen ästhetischen Wert, wenn es um die individuelle Freiheit geht. Das heißt, sie ist wichtig für die menschliche Emanzipation, als Ausdruck im Kampf gegen die Unterdrückung. Sie hat einen festen Platz in einer Gesellschaft, die nach Freiheit strebt. Und du bist Teil davon und viel eher in der Lage, diesen Wert zu bemessen, als diese alten Männer.«

Hoppla. So schüchtern war dieses Mädel ja doch nicht.

»Ich fürchte, ich verstehe kein Wort von dem, was du sagst«, meinte Jenny.

»Na, nur weil diese verstaubten Typen sagen, dass du nicht Berufsmusikerin werden kannst, heißt das nicht, dass sie recht haben.«

Okay, das hatte sie verstanden. Sie betrachtete die Studentin. Das Zwinkern und die dünne Stimme waren geblieben, trotz der engagierten Rede. Auch sah sie weiterhin nervös an Jenny vorbei.

»Hast du noch so ein Flugblatt?«, fragte sie.

»Dann kommst du zu unserem Treffen?«

»Ja, mal sehen.«

Das Mädchen reichte ihr freudig ein zerknicktes Flugblatt, das Jenny entgegennahm. Sie warf kurz einen Blick darauf, ohne auf Anhieb zu begreifen, worum genau es bei dem Treffen ging, dann faltete sie es zusammen und steckte es in die Tasche ihres Trenchcoats.

»Ich heiße übrigens Ingrid.«

»Jenny. Freut mich.«

Ingrid strahlte, als hätte Jenny gerade ihren Heiratsantrag angenommen. Sie verabschiedeten sich, und auf dem Weg zur U-Bahn rief sie Jenny hinterher: »Hast du das Flugblatt?«

Jenny zog es aus der Tasche, wedelte damit in der Luft herum und ging weiter. Sie war schon an der U-Bahn, als sie noch mal zurückblickte. Ingrid hatte ihre Zigarette ausgetreten und zündete sich gleich die nächste an, an der sie sog, als leide sie unter schwersten Entzugserscheinungen.

»Du musst kommen, unbedingt«, rief sie noch, dann war Jenny durch den Eingang der U-Bahn-Station verschwunden.

Sie brannte darauf, Robert die Neuigkeit zu erzählen. Dem Musikstudium stand nun nichts mehr im Weg. Nach dem leicht verpatzten Start in Berlin würde es jetzt bestimmt besser werden. Denn hier war etwas, das sie verband: Sie würden beide Musik machen. Robert in einer Rockband, sobald er eine gefunden hatte, die einen Sänger brauchte, und sie an der HdK. Es wäre ein Neustart für sie beide und für ihre Beziehung. Das hoffte sie wenigstens.

Als sie jedoch eine halbe Stunde später die Wohnungstür aufschloss, schlug ihr eine Marihuanawolke entgegen. Aus Roberts Zimmer drangen die *Ramones*. Stimmengewirr war zu hören, und Bierflaschen klirrten. Schon wieder eine Party, dachte sie genervt. Die Überbringung der großen Neuigkeit hatte sie sich anders vorgestellt.

Sie trat ins Zimmer. Heute waren nicht nur ein halbes Dutzend seiner Kumpels da, sondern auch ein Mädel. Sie hockte neben Robert auf der Matratze und sah ziemlich begeistert zu ihm hoch. Er hatte den Arm um ihre Schultern gelegt und laberte irgendeinen Stuss. Jenny ließ die Tür gegen die Wand knallen. Er sah auf, ihre Blicke trafen sich, und

73

er wirkte ertappt. Den Arm ließ er jedoch demonstrativ dort, wo er war. Jenny wandte sich ab und steuerte die Küche an. Hinter sich hörte sie Robert aufstöhnen. Sie konnte sein Augenrollen förmlich spüren, als er aufstand und ihr hinterherlief. So viel zum Thema Neustart.

Die Küche war ein Saustall, offenbar hatten er und seine Kumpel nach dem Kiffen einen Fressflash gehabt. Nicht nur, dass Jennys Erbsensuppe weggefressen war, die sie gestern gekocht und auf die sie sich eben noch gefreut hatte. Sie hatten auch Nudeln mit Tomatensauce gemacht und dabei den gesamten Herd eingesaut. Das wenige Geschirr, das sie besaßen, stapelte sich verdreckt auf dem Tisch. Na toll, dann durfte sie also mal wieder Putzfrau spielen. Und zu essen gab es auch nichts mehr.

Robert tauchte auf, schob sich verlegen die Hände in die Hosentaschen, und schaute sie aus großen Unschuldsaugen an. Doch sie hatte diesmal keine Lust, es ihm leicht zu machen. Allein schon, weil er mit dieser Tussi geflirtet hatte.

»Komm schon, Jenny, das war echt harmlos.«

»Ich sage doch gar nichts.«

»Wir haben darüber gesprochen. Wir sind da einer Meinung.«

Sie wusste schon, was er meinte. Auch wenn sie weniger darüber gesprochen hatten, als dass Robert Monologe gehalten hatte. Er redete gern von freier Sexualität und lehnte Beziehungen mit Besitzansprüchen ab, das sei überkommenes Denken der herrschenden Klasse. Jenny müsse das doch genauso sehen. Ja, in der Theorie vielleicht. Frei leben war ja was Gutes. In der Realität zu erfahren, was das bedeutete, war aber etwas ganz anderes. Am liebsten hätte sie das andere Mädchen an den Haaren gepackt und aus der Wohnung gezerrt.

»Dass wir da einer Meinung sind, habe ich nie gesagt.«

»Was soll das jetzt, Jenny? Willst du mir eine Szene machen?«

»Wer ist die Tussi überhaupt?«

»Ach, irgendeine Bekannte von Detlef. Wir haben uns nur ein bisschen unterhalten. Ist das jetzt wirklich ein Problem?«

Sie kam nicht dazu, ihm eine Antwort zu geben. Jemand hämmerte wütend von außen gegen die Wohnungstür. Die beiden wechselten einen verwunderten Blick, da schlurfte auch schon einer von Roberts Kumpeln in den Flur und öffnete.

Draußen stand Tina. Sie stürmte sofort herein, ihre Augen vor Mordlust blitzend, und lief schnurstracks an der Küche vorbei ins große Zimmer. Er brauchte einen Moment, um sich zu fassen, dann lief er ihr hinterher. »Was zum Teufel …?«

Jenny eilte ebenfalls hinüber. In Roberts Zimmer stieg Tina wild entschlossen über die bekifften Gäste und schnappte sich das erstbeste T-Shirt aus dem Einkaufswagen, das sie zu fassen bekam. Es war Roberts Lieblings-T-Shirt, das mit dem *Sex Pistols*–Aufdruck. Ehe er reagieren konnte, marschierte sie damit entschlossen an ihm vorbei aus der Wohnung.

»Hey, warte!«, rief Robert. »Hast du sie noch alle?«

Jenny stolperte mit ihm zur Wohnungstür. Tina lief durchs Treppenhaus und runter zum Etagenklo. Die Tür stand offen. Sie packte das *Sex Pistols*-T-Shirt und schrubbte damit energisch über die Klobrille.

»Wenn du schon im Stehen pinkelst, klapp wenigstens die Brille hoch«, brüllte sie. »Das ist total eklig.«

Robert sah ihr schockiert dabei zu, wie sie sein T-Shirt als Putzlappen missbrauchte. Es war ein Unikat. Er hatte es bei einem Konzert gekauft, von dem er immer noch häufig schwärmte.

»Es reicht ja wohl völlig aus, dass du das Klo nie putzt«, schimpfte Tina weiter. »Da musst du nicht auch noch alles vollspritzen. Was denkst du, wer ich bin? Deine Mutter?«

Jetzt löste er sich aus seiner Starre und stürzte zum Klo.

»Du bist doch völlig durchgeknallt, du blöde Kuh. Ich hau dir die Fresse ein.«

Er riss ihr das T-Shirt aus der Hand und baute sich vor ihr auf, Hass und Wut in den Augen. Jenny hielt die Luft an. Einen Moment lang sah es so aus, als würde er seine Drohung wahr machen. Doch Tina wich nicht zurück. Sie stand wutschnaubend vor ihm, ebenfalls zu allem bereit.

Inzwischen hatten sich auch die anderen im Treppenhaus versammelt und bestaunten gut gelaunt das Spektakel. Im Klo schien es einen Moment lang, als ob die Zeit eingefroren wäre. Die beiden starrten sich gegenseitig nieder. Dann trat Robert zurück.

»Das wirst du mir büßen«, zischte er.

Er donnerte mit der Faust gegen die Tür, die polternd gegen die Wand schlug, drehte sich um und kehrte zurück in die Wohnung. Jenny wich vor ihm zurück, genau wie seine Kumpel.

»Blöde Lesbe!«, brüllte er noch, dann war er verschwunden.

Verlegen gingen alle in die Wohnung zurück. Tina würdigte sie keines Blickes, als auch Jenny sich in die Wohnung zurückzog. Unschlüssig zog sie die Tür hinter sich zu.

»Hey, komm runter, Robbie«, sagte einer seiner Kumpel.

»Die hat sie doch nicht mehr alle«, meinte das Mädel, das tat, als wäre Jenny gar nicht da. »Komplett durchgeknallt, die Alte.«

Robert ging in die Küche, wo er das T-Shirt auf den Boden pfefferte, und machte sich ein Bier auf. Die anderen verschwanden vorsichtshalber ins Zimmer, in dem immer noch die *Ramones* liefen. Nur Jenny blieb zurück.

»Ich hab's dir ja gesagt, die ist total bescheuert. Jetzt siehst du mal, was ich meine.«

Sie verkniff sich einen Kommentar. Sollte sie etwa sagen, dass sie es in Ordnung fand, wenn die Klobrille vollgepisst war? Sie ekelte sich ja selbst davor. Insgeheim fand sie total cool, was Tina da gerade abgezogen hatte. Aber sie wollte nicht noch Öl ins Feuer gießen.

»Scheiß drauf«, sagte er. »Die kann mich mal. Hey, Jenny, wir wollten gerade los nach Kreuzberg. Komm doch mit. Wir machen uns einen schönen Abend.«

»Nein danke, ich verzichte. Nicht schon wieder.«

»Was ist denn los? Sei doch mal ein bisschen locker.«

»Ich will jetzt nicht locker sein. Geh ruhig. Ich spüle und mach die Küche sauber.«

»Ach, lass doch, Jenny. Das machen wir morgen.«

»Den ganzen Saustall stehen lassen?«

»Mein Gott. Was stimmt denn nicht mit dir? Du musst doch auch mal ein bisschen Spaß haben.«

Jetzt brach es aus ihr heraus, sie konnte es nicht länger zurückhalten. »Ich habe aber keinen Spaß. Nicht mit deinen blöden Kifferfreunden.«

Er hob die Hände, wie um zu sagen, dass er keinen Streit wollte, dann zog er ab und schloss sich im Nebenraum dem allgemeinen Aufbruch an. Jacken und Stiefel wurden angezogen, die Nadel von der *Ramones*-Platte gezogen, Bierflaschen abgestellt. Jenny fing genervt an, das Geschirr zusammenzuräumen, stellte alles in die Spüle und nahm einen Lappen, um den Tisch abzuwischen. Robert tauchte schließlich ausgehbereit in der Küche auf. Sein vertrautes schiefes Lächeln trat mal wieder in Erscheinung.

»Komm schon mit, Jenny«, meinte er versöhnlich. »Ich würd mich freuen. Tu's für mich.«

Doch so leicht wollte sie nicht einknicken.

»Du hast nicht mal nach meinem Vorspielen gefragt.«

»Ach, dein Vorspielen … «

»Ich habe bestanden, stell dir vor. Es ist gut gelaufen. Ich musste sogar singen, aber das war gar nicht schlimm. Sie fanden es okay.«

Er seufzte. »Du denkst nur an dein bescheuertes Lehramtsstudium. Als ob das wichtig wäre. Da draußen tobt das Leben. Dafür bist du doch nicht hier in Berlin.«

»Ach, nein? Und was ist mit dir? Weshalb bist du hier?«

»Das weißt du doch.«

»Irgendwelche Hilfsjobs machen, saufen und kiffen?«

»Was soll das denn jetzt? Komm schon, wir müssen das Leben genießen. Spaß haben. Darauf kommt es an. Wer weiß, wie lange das noch geht. Jetzt sind die Russen in Afghanistan einmarschiert. Das lassen die Amis nicht auf sich sitzen. Und wenn die ihre Atombomben abwerfen, dann ist alles vorbei. Overkill. Und wofür war es dann gut, dein beklopptes Studium? Oder deine anderen vernünftigen Entscheidungen?«

»Robert, wo bleibst du?«, drang es aus dem Flur.

Die anderen spazierten hinaus ins Treppenhaus, rumpelten und polterten und machten Witze. Doch Jenny war noch nicht fertig. Denn es gab ein weiteres Thema, das sie umschifften, seit sie in Berlin war. Und wo sie jetzt sowieso schon so nett miteinander plauderten, konnte sie ihn ruhig darauf ansprechen. Sie wollte keine Rücksicht mehr nehmen.

»Wieso suchst du dir keine Band, Robert?«

Ein Augenrollen war die einzige Antwort.

»Du willst doch Musik machen. Ich verstehe das nicht. Warum fängst du nicht endlich damit an?«

»Bist du jetzt meine Mutter, oder was?«

»Nein, ich frage mich das bloß ständig. Du bist so klasse auf der

Bühne. Du hast ein Riesentalent. Du wolltest dir doch eine Band suchen. Du wolltest ...«

»Hör auf!«, brüllte er.

Jenny starrte ihn erschrocken an.

»Halt endlich deinen Mund.«

»Aber ...«

»Ich hab keinen Bock mehr, dass du dich ständig in mein Leben einmischst. Du hast doch überhaupt keine Ahnung.«

Es fühlte sich an, als hätte er sie geohrfeigt.

»Ich geh jetzt«, meinte er bockig. »Dann bleib halt hier. Wenigstens kannst du mir dann nicht den Abend verderben.«

Die Wohnung hatte sich inzwischen geleert. Die Tür stand offen, und kalte Luft zog herein. Jenny war völlig verstört von seinem Ausbruch. Trotz allem wollte sie ihn so nicht gehen lassen.

»Robert, ich will doch nur sagen ...«

»Lass mich endlich in Ruhe.«

Er wandte sich ab, um seinen Freunden zu folgen, überlegte es sich dann noch mal anders. Wie aus dem nichts rief er: »Du bist total spießig!«

Sie starrte ihn an. »Wie bitte?«

»Mit deinen Klamotten und deiner ganzen Art. Du passt viel besser ins Münsterland, und weißt du, wieso? Weil du eine totale gottverdammte Spießerin bist.«

Damit rauschte er davon. Er warf die Tür hinter sich zu, seine Stiefel polterten durchs Treppenhaus. Jenny blieb erschüttert in der Küche stehen. Es war das schlimmste Urteil, das Robert über einen anderen Menschen fällen konnte. Und es hallte unheilvoll in ihrem Kopf nach: Du bist spießig. Sie ahnte, dass sich etwas zwischen ihnen verschoben hatte. Dass sie irgendetwas Unverzeihliches getan haben musste, um

79

ihn zu diesem Urteil kommen zu lassen. Fast, als wäre es ihre Schuld, dass er sich wie ein Arschloch verhielt. Sie konnte nur nicht zu fassen bekommen, was um alles in der Welt der Grund dafür sein könnte.

# 5

## ZWEI WOCHEN SPÄTER

Das deprimierende Wetter passte perfekt zu ihrer Stimmung.
Eine diesige Suppe hing über der Stadt. Es wurde gar nicht richtig hell.
Der Qualm aus den Kohleöfen zog nicht ab und wurde auf die Stadt
gedrückt, vermischte sich mit dem Nebel und den Abgasen. Das bunte
Herbstlaub war längst verschwunden, und kalter Nieselregen ging seit
Stunden nieder. Jenny lief hinüber zur Straßenecke und zwängte sich in
eine Telefonzelle, um Basti anzurufen. Sie musste unbedingt mit ihm
reden. Wenn ihre Eltern ans Telefon gingen, würde sie einfach sofort
auflegen, doch einen Versuch war es wert. Und zum Glück nahm ihr
Bruder ab. Es tat gut, seine Stimme zu hören, und ihm ging es offenbar
genauso.

»Bist du alleine, oder ist noch jemand zu Hause?«

»Im Moment bin ich alleine. Eigentlich war gerade Wachablösung.
Papa ist nach Hause gekommen, und Mama ist dann los zu Tante Wal-
traut. Aber jetzt musste er doch noch mal weg, irgendwas wegen der
Kaninchen.«

Jenny seufzte erleichtert. Sogar der drückende Nebel schien sich ein
wenig zu lichten.

»Wie geht's dir?«, fragte sie. »Was machst du?«

»Na ja, seit du weg bist, ist das echt kaum auszuhalten hier. Die meiste Zeit übe ich Klavier und gehe den beiden aus dem Weg. Das ist das Beste, was ich tun kann. Ich komme mir vor wie gefangen unter Irren.«

»Ist es echt so schlimm? Ich dachte, die hätten sich inzwischen längst wieder eingekriegt.«

»Vergiss es. Deren neues Projekt ist es, das zweite Kind nicht auf die schiefe Bahn kommen zu lassen.«

»Auf die schiefe Bahn, ha! Das sollte Robert mal hören. Der findet mich spießig, nur weil ich jeden Tag zur Uni gehe.«

Draußen bildete sich eine Schlange an der Telefonzelle. Leute standen in der Kälte und im Nieselregen, warteten ungeduldig und guckten böse zu Jenny herein, um ihr klarzumachen, dass sie sich beeilen sollte. Sie wandte sich ab und drehte ihnen den Rücken zu.

»Ich dachte, ich kann Weihnachten vielleicht nach Hause kommen«, sagte sie. »Da hätte ich echt Lust zu. Aber nur, wenn etwas Gras über die Sache gewachsen ist.«

»Ehrlich, Jenny, das würde ich an deiner Stelle nicht machen. Papa will deinen Namen hier nicht mehr hören. Keiner darf über dich reden. Er ist immer noch stocksauer.«

»Ich dachte nur, weil doch Weihnachten ist ... «

»Du kennst ihn ja. Weißt du, du könntest Robert den Laufpass geben und hier bei der Sparkasse eine Ausbildung anfangen. Du könntest jemanden aus dem Dorf heiraten, einen, der BWL studiert oder so. Heiraten, Kinder kriegen und CDU wählen. Trotzdem würde der die nächsten Jahre kein Wort mit dir reden.«

Jenny begriff: Es gab kein Zurück. Das traf sie mehr, als sie erwartet hatte. Ihre Eltern waren Idioten, und sie sollte sauer auf sie sein. Trotzdem schmerzte es. Sie war doch immer noch ihre Tochter.

»Wieso willst du überhaupt kommen? Sei doch froh, dass du hier raus bist. Ich wünschte, ich könnte auch abhauen. Oder findest du die Vorstellung so toll, Weihnachtslieder auf der Blockflöte vorzutragen und heile Welt zu spielen?«

Er hatte ja recht. Weihnachten war in den letzten Jahren immer nervig und anstrengend gewesen. Trotzdem war da ein Teil von ihr, der sich im Moment nichts sehnlicher wünschte als beschauliche Weihnachten mit der Familie. Natürlich lag das an Robert, an der frostigen Stimmung bei ihnen. Er war nur noch unterwegs, fast so, als wolle er ihr aus dem Weg gehen, und kam mitten in der Nacht besoffen und bekifft nach Hause. Er hatte sich verändert. Sie verstand nicht, weshalb, und er redete nicht mit ihr darüber. Jedenfalls war die Vorstellung, Weihnachten in Berlin zu verbringen, noch trostloser als Hausmusik bei ihren Eltern.

»Erzähl mir alles über die Stadt«, lenkte Basti ab. »Wie geht's dir? Was machst du? Wie läuft's an der Uni?«

Sie riss sich zusammen und täuschte gute Laune vor. Berichtete von allem, was sich in der Zwischenzeit getan hatte. Von ihrem Musikstudium, den Partys und Konzerten, von Tina aus der Wohnung gegenüber und von Ingrid, die, wie sie inzwischen erfahren hatte, in einem besetzten Haus wohnte. Robert und sein Dauergekiffe ließ sie dabei aus, genauso wie die Probleme, die sie miteinander hatten.

»Wenn ich könnte, würde ich Weihnachten zu dir kommen«, sagte er. »Aber eher würde mir Mama nachts ein Kissen aufs Gesicht drücken, als das zuzulassen.«

Sie sah hinaus in den trostlosen Nebel. Zu den düsteren Mietskasernen, den Einschusslöchern, dem Dreck auf den Straßen.

»Du fehlst mir, Basti.«

»Du mir auch.«

Sie verfielen in ein kurzes Schweigen. Eine Frau klopfte gegen die

Scheibe und deutete verärgert auf ihre Armbanduhr. Jenny winkte ab, versuchte, sie zu ignorieren.

»Nächstes Jahr haue ich einfach ab«, meinte Basti gut gelaunt. »Dann ist hier nichts mehr mit Hausmusik unterm Weihnachtsbaum. Ich komme einfach zu dir. Und dann machen wir unser eigenes Konzert. Free Jazz, was hältst du davon?«

»Ja, dann machen wir's uns richtig gemütlich«, meinte Jenny in Anspielung auf den Loriot-Sketch, den sie und Basti jedes Jahr zu Weihnachten im Fernsehen sahen.

»Ganz genau, dann machen wir's uns richtig gemütlich«, stimmte er ein. »Fest versprochen, Jenny.«

»Weißt du, Basti, bei mir ist es nicht so toll gerade. Ich habe ziemlichen Stress mit …«

»Mist, Papa kommt nach Hause. Ich muss Schluss machen, Jenny. Wir hören uns.«

Und ehe sie etwas sagen konnte, war das Telefonat beendet. In der Leitung nur noch ein nutzloses Rauschen. Unglücklich verließ sie die Zelle und ignorierte die Beschimpfungen der Frau, die als Nächstes dran war. Sie hatte keine Lust, wieder nach Hause zu gehen. Stattdessen spazierte sie ein Stück an der Mauer entlang.

Sie landete am Nordhafen, wo es einen kleinen Park gab. Direkt im Schatten der Grenzanlagen war dort nie viel los. Man konnte bis zu einer verwitterten und halb überwucherten Brücke gehen, die über einen Seitenarm des Hafenbeckens führte. Dahinter lag nur noch eine trostlose Brachfläche, die zur Mauer und dem Todesstreifen führte. Buntes Laub schimmerte im Nieselregen, der Lärm der Stadt rückte in den Hintergrund, und Jenny war ganz allein. Sie atmete durch. Schwäne trieben über das stehende Gewässer, und ein Eichhörnchen huschte am Boden entlang. Richtig idyllisch war es hier, wie in einer

Märchenwelt. Es war ein seltsamer Kontrast zum Todesstreifen und der Bedrohung durch den Kalten Krieg, die nur ein paar Meter entfernt waren.

Da entdeckte sie ein wild knutschendes Pärchen auf der Brücke. Du liebe Güte, dachte sie, die sollten sich ein Hotelzimmer nehmen, wie die aneinander rumfummeln. Voller Sehnsucht dachte sie daran, dass Robert sie schon lange nicht mehr so geküsst hatte, so intensiv und leidenschaftlich. Die beiden trennten sich voneinander und lachten. Erst jetzt erkannte Jenny, wer das war. Robert und diese Freundin von Detlef, mit der angeblich nichts lief. Sie fühlte sich wie gelähmt. Das war nicht nur Rumgeknutsche. Die beiden pennten miteinander, das war glasklar. Deshalb war er kaum noch zu Hause. Er ging fremd. Sie löste sich aus ihrer Starre, drehte sich wie ferngesteuert um und lief davon.

Nach Hause, in ihre Wohnung. Oben angekommen, rannte sie durch die leeren Räume, immer noch unter Schock, und wusste nicht, was sie machen sollte. Das Bild des wild knutschenden Pärchens war in ihrem Gehirn eintätowiert. Und dabei hatte sie gedacht, wenn sie Robert nur etwas Zeit ließe, würde es wieder werden wie im Münsterland. Sie würden zusammen Platten auflegen, über Bands reden, sich lieben. Eine Dreierbeziehung zwar, aber mit der Musik, nicht mit einer zweiten Frau.

Um irgendetwas zu tun zu haben, begann sie damit, am Kachelofen herumzufuhrwerken. Leerte die Asche, fegte den Staub weg, legte neue Kohlen nach, stellte den Ascheeimer in den Flur, machte alles sauber. Dann wirbelte sie durch den Rest der Wohnung, fegte und spülte, hielt sich die ganze Zeit beschäftigt, um nur nicht darüber nachdenken zu müssen, was sie gesehen hatte. Gerade wollte sie damit beginnen, die Fenster zu putzen, da hörte sie, wie die Wohnungstür aufgeschlossen wurde. Robert kehrte zurück. Sie wusste nicht, wie sie auf ihn reagieren sollte. So blieb sie in der Küche an der Spüle stehen und starrte auf das Wasser, das fürs Fensterputzen in den Eimer lief.

»Hey, Jenny.«

»Hey«, sagte sie, ohne aufzusehen.

Doch statt wie sonst einfach weiter in sein Zimmer zu gehen, Musik aufzulegen und sich einen Joint anzuzünden, blieb er in der Küchentür stehen. Sie sah auf. Er wirkte verlegen. Sie blickte ihn fragend an, und er druckste eine Weile herum, dann meinte er: »Wir müssen reden.«

Natürlich. Bestimmt ging es um diese Tussi. Sie stellte das Wasser ab, verschränkte die Arme vor der Brust.

»Ich …«, begann er. »Weißt du, Jenny, ich hab mir das irgendwie anders vorgestellt. Mit uns. Ich weiß nicht, ob du so hierher passt. Ob das mit uns so passt, meine ich. Ich habe das Gefühl, du schränkst meine Freiheiten ein.«

Das war doch wohl ein Witz. Jetzt war sie schuld?

»Ich lasse dir alle Freiheiten, Robert. Du kannst doch machen, was du willst. Wo schränke ich dich denn ein? Das kann nicht dein Ernst sein.«

»Es tut mir leid, Jenny. Du hast ja recht. Es ist meine Schuld. Wir hätten das nicht so schnell angehen sollen mit dem Zusammenziehen.«

»Wie meinst du das? Wir sind seit einem Jahr zusammen. Oder ist es wegen dem Mädel?«

»Angie? Nein. Es geht um uns, verstehst du das nicht?«

Sie sollte ihm sagen, was sie gesehen hatte. Doch sie brachte es nicht über sich. Sie stand noch zu sehr unter Schock, um es laut auszusprechen.

»Meine Güte, Jenny. Das ist doch Schwachsinn. Sie bedeutet mir nichts, und das weißt du. Komm schon, so sind wir nicht. Eine Partnerschaft ist kein Gefängnis. Du könntest das Gleiche mit einem Typen machen, das würde mich nicht stören.«

»Dann liegt es an mir? Willst du das sagen?«

»Nein, du kannst nichts dafür. Das habe ich doch gesagt. Es ist meine Schuld.«

Die Sache schien ihm tierisch unangenehm zu sein. Er stand da, vergrub die Hände in den Hosentaschen, blickte zu Boden. Jenny hätte guten Grund gehabt, durchzudrehen. Rumzuschreien und auf ihn einzuprügeln. Doch trotz allem wollte sie ihn am liebsten umarmen. Ich verzeihe dir das mit der anderen, würde sie sagen, wir schaffen das gemeinsam. Wir gehören zusammen.

Doch seit sie in Berlin war, stand etwas zwischen ihnen. Etwas, das nichts mit dieser Angie zu tun hatte. Irgendein Elefant war immer im Raum, das spürte sie genau. Aber wenn sie Robert darauf ansprach, wich er jedes Mal aus.

»Komm schon, Robert«, meinte sie sanft. »Das kriegen wir hin. Ich möchte mit dir zusammen sein.«

Sie machte einen Schritt auf ihn zu, doch er rückte ab, schob die Schultern zusammen, räusperte sich verlegen.

Machte er jetzt etwa ernst? Wollte er ihr den Laufpass geben? Nein, das war unmöglich. Jenny wartete. Doch er sagte nichts. Sie musste selbst ansprechen, was in der Luft lag. Nicht einmal das brachte er fertig.

»Was willst du mir sagen, Robert? Dass es aus ist?«

»Nein«, beeilte er sich zu sagen. »Das ist es nicht.«

»Aber was dann?«

»Ich finde nur … Wir sollten uns gegenseitig mehr Luft zum Atmen geben. Mehr Raum lassen. Wir sollten zum Beispiel nicht in einer Wohnung leben.«

»In einer Wohnung? Du meinst, ich soll ausziehen?«

Was war das denn anderes, als Schluss zu machen? Außerdem, nach Hause konnte sie nicht mehr, und ihr Vater hatte ihr den Geldhahn abgedreht. Außer den paar Mark BAföG hatte sie nichts. Sie konnte es sich gar nicht leisten, bei Robert auszuziehen. Die Wucht dieser Erkenntnis ließ den Gedanken an eine mögliche Trennung für einen Moment in den Hintergrund rücken.

»Aber wo soll ich denn hin?«, fragte sie.

Er hob verlegen die Schultern. »Du hast noch den Studienplatz in Münster, oder? Da kriegst du schon was, wo du wohnen kannst. Du kennst doch eine Menge Leute, die zum Studieren nach Münster gegangen sind. Frag die doch mal nach einem Zimmer in einer WG.«

»Nach *Münster*? Aber … «

Er blickte jetzt mitfühlend. Von wegen sich mehr Raum geben. Sie sollte aus Berlin verschwinden. Es ging nicht nur darum, sich gegenseitig Luft zum Atmen zu geben. Es war vorbei. Und nicht nur das. Er setzte sie auf die Straße.

Das war zu viel. Sie zog den Küchenstuhl vor und ließ sich darauf sinken. Das passierte gerade nicht wirklich. Sie hatte doch kaum genügend Geld, um sich eine Mahlzeit zu kaufen, geschweige denn, eine Wohnung anzumieten. Sie hatte keine Freunde, kannte in Berlin niemanden außer Robert. Das wusste er doch alles.

»Aber … kann ich nicht erst mal hierbleiben?«

»Natürlich«, sagte er schnell, erleichtert, dass die Sache geklärt war. »Heute Nacht kannst du bleiben. Ich schlafe woanders.«

Er deutete ihr geschocktes Schweigen als Einverständnis. Es wirkte, als müsste er ein erleichtertes Aufseufzen unterdrücken.

»Es ist meine Schuld, Jenny.«

Sie war immer noch unfähig, etwas dazu zu sagen.

»Ich lasse dich jetzt besser alleine. Du siehst bestimmt selbst, dass es das Beste ist. Für uns beide. Es klappt eben nicht. Es tut mir leid, Jenny, ganz ehrlich. Ich habe auch gedacht, dass es anders werden würde. Das heißt aber nicht, dass wir uns trennen. Wir geben uns nur mehr Raum. Okay?«

Zögernd trat er zurück in den Wohnungsflur. Er presste die Lippen schuldbewusst aufeinander, nickte ihr zu, dann wandte er sich ab.

»Es ist meine Schuld, nicht deine«, sagte er noch mal, dann verließ er die Wohnung.

Jenny blieb allein zurück. Sie fühlte nichts, war wie betäubt. Ungelenk stand sie auf, wandte sich wieder dem Wassereimer zu, putzte die Fenster, den Boden, sogar die Türen. Tat alles, um nur nicht nachdenken zu müssen. Wie im Wahn schrubbte sie rum, bis die ganze Wohnung spiegelblank war. Erst, als sie runter aufs Klo ging und sich auf die Brille setzte, trat die Wirkung des Gesprächs so richtig ein. Er wollte nicht um sie kämpfen, er wollte sie einfach loswerden. Das war doch nicht der Robert, den sie kannte. Er war so herzlos und egoistisch gewesen. Sie war ihm völlig egal. Zuerst liefen nur ein paar Tränen, dann begann sie zu schluchzen, und schließlich heulte und heulte sie und konnte nicht wieder aufhören.

Irgendwann war da ein zartes Klopfen an der Tür.

»Jenny? Bist du das da drin?«

Es war Tina.

»Tut mir leid, ich hab meine Haargummis liegen lassen. Kann ich kurz rein?«

Jenny wischte die Tränen weg und überprüfte ihre Frisur im Spiegel. Dann öffnete sie die Tür.

»Alles in Ordnung?«, fragte Tina, die natürlich trotzdem sofort sah, dass sie geflennt hatte. »Ist was passiert?«

Jenny wollte etwas sagen, doch stattdessen überkam sie ein erneutes Schluchzen. Sie konnte es nicht zurückhalten.

»Ach, du Arme. Nicht weinen.«

Doch jetzt liefen die Tränen erst recht.

»Komm mal mit hoch, ich koche uns einen Tee.«

»Ich …«

»Komm schon. Es ist arschkalt hier drin. Oder willst du die Nacht auf dem Klo verbringen?«

Tina schnappte sich ihre Haargummis, half Jenny aus dem Klo und legte tröstend den Arm um sie. Verlegen wischte Jenny die neuen Tränen weg.

»Kein Grund, sich zu schämen«, meinte Tina. »Ich hab mich auch schon oft so elend gefühlt.« Mit einem Grinsen fügte sie hinzu: »Nur nicht auf dem Etagenklo.«

Jenny lächelte zaghaft, und sofort ging es ihr ein bisschen besser. Sie liefen hinauf zu Tinas Wohnung. Hinter der Tür verbarg sich ein meterlanger schlauchartiger Flur, der ins Nichts zu führen schien. Die Dielen waren weiß gestrichen und an den Wänden hingen seltsame Kunstwerke. Um eine Ecke lag dann die Küche. Es duftete nach Zimt und Kaffee, und ein Eierkohlenofen sorgte für mollige Wärme. Das Küchenfenster führte nach hinten raus, mit Blick direkt auf die Mauer. Im düsteren Novemberlicht ließ sich von hier der Todesstreifen überblicken, mit kleineren Mauern, Stacheldraht und Wachtürmen, und dahinter die dunklen, grauen Silhouetten der Ostberliner Mietskasernen.

Tina ließ sie Platz nehmen und goss ihnen dampfenden Gewürztee ein. Dann setzte sie sich zu ihr.

»Ich schätze, der Idiot ist die Ursache für deine Tränen?«

Sie nickte. »Er hat Schluss gemacht.«

Er war so kalt und rücksichtslos gewesen, so ohne jegliche Empathie.

Er hatte sich einfach aus ihrer Beziehung rausgewunden. Sie konnte es nicht fassen. Sie dachte, sie würde Robert kennen. So was mochte anderen Frauen passieren, aber doch nicht ihr.

Tina nahm Jennys Hand. »Das tut mir leid«, sagte sie auf eine Weise, als wollte sie eigentlich sagen, es sei vielleicht das Beste. »So ein Trottel. Er weiß gar nicht, was er an dir hat.«

»Er wollte es nur schnell hinter sich bringen«, sagte sie, immer noch ungläubig. »Ihm war total egal, was aus mir wird.«

»Das ist so typisch. Männer«, meinte Tina kopfschüttelnd. »Und? Was wird jetzt aus dir? Weißt du das schon?«

»Nein. Ich …« Sie kämpfte diesmal die Tränen nieder.

Was für eine Genugtuung das für ihre Eltern sein würde. Sie hatten ja immer gesagt, dass Robert nichts wert war. Trotzdem war da ein Teil von ihr, der sich nach ihrem Zuhause zurücksehnte. Nach dem Jugendzimmer mit der Plattensammlung, nach den Gesprächen mit Basti und nach der sorglosen Zeit, die sie mit ihm gemeinsam vorm Plattenteller verbracht hatte.

»Am liebsten würde ich wieder nach Hause.«

»Du meinst nach Westdeutschland?«

Sie nickte. Aber sie ahnte schon, dass es nicht mehr wie früher sein würde. Dass sie sich in ihrem Dorf nicht mehr wohlfühlen würde, nicht nach allem, was sie erlebt hatte. Sie war nicht mehr dieselbe, die sie gewesen war, als sie das Dorf verlassen hatte. Es würde sich wie eine Lüge anfühlen.

»Das wird aber nicht leicht. Mein Vater hat mich rausgeworfen, weil ich mit Robert zusammen war. Er hat gesagt, ich sei nicht länger seine Tochter.«

»Das hört sich nicht so an, als würde man unbedingt dahin zurückwollen.«

Vielleicht nahm er sie wieder auf, wenn sie ihm erzählte, was passiert war. Wenn sie ihm sagte, dass er recht hatte, auch wenn das nicht unbedingt stimmte. Sie müsste wohl ziemlich lange kleine Brötchen backen.

»Er würde es mich spüren lassen, dass ich in seiner Schuld stehe. Aber denkbar wäre es, dass er mich wieder aufnimmt.«

»Verstehe. Und hältst du das für eine gute Idee?«

Was blieb ihr denn anderes übrig?

»Ich habe kein Geld, ich kann mir keine Wohnung leisten. Heute Nacht kann ich noch hierbleiben, aber ab morgen bin ich obdachlos. Wo soll ich also sonst hin?«

»Da findet sich schon was.«

»Was denn? Du weißt doch, wie schwer man hier eine Wohnung findet.«

Nein, es war ausweglos. »Ins Münsterland zurückzugehen, ist das Einzige, was ich tun kann.«

Tina legte den Kopf schief und betrachtete sie. »Aber du fühlst dich hier inzwischen ganz wohl, oder?«

Das stimmte. Vielleicht hatte sie am Anfang geglaubt, nur wegen Robert hergekommen zu sein. Sie hatte Angst vor Berlin gehabt, vor dieser riesigen Stadt mit ihren Gefahren, aber gleichzeitig hatte sie dieser Ort angezogen. Die grenzenlose Freiheit, die so anders war als das enge Leben ihrer Eltern. Und die Stadt gefiel Jenny mit jedem Tag besser, trotz der Probleme mit Robert. Sie träumte zwar immer noch davon, dass er auf der Bühne stand und sie ihm den Rücken stärken, ihn unterstützen und bejubeln konnte. Dass sie zusammen wären und Musik machten. Aber sie würde auch ohne ihn Musik machen können. Sie hatte hier Fuß gefasst. Sie hatte sich behauptet, nicht nur in der Aufnahmeprüfung.

Tina schien über etwas nachzudenken.

»Was willst du, Jenny? Bleiben oder gehen? Wenn du die freie Wahl hättest.«

»Ich habe keine freie Wahl.«

»Das ist nur hypothetisch. Wenn du es dir aussuchen könntest, was würdest du tun?«

Sie dachte an die Hochschule der Künste, an die vielfältige Musik auf den unterschiedlichen Konzerten, die ständig in dieser verrückten Stadt veranstaltet wurden. An die Punkfrauen, die Vicky Leandros gesungen hatten, und daran, wie Tina Roberts Lieblings-T-Shirt als Putzlappen missbraucht hatte. Was für Abenteuer würde sie an diesem Ort noch erleben können, wenn sie mehr als nur einen ersten zaghaften Schritt über die Schwelle gewagt hatte? Was für ein Leben würde hier auf sie warten?

»Ich glaube, ich würde bleiben wollen.«

»Du glaubst?«

»Nein. Ich will bleiben.«

Tina wirkte mit einem Mal sehr zufrieden. Sie klatschte in die Hände, als sei das größte Problem aus der Welt geschafft.

»Also gut. Dann bleibst du.«

Doch Jenny fühlte sich allein bei dem Gedanken überfordert.

»Du schaffst das. Du bist stark. Du kannst es allen zeigen. Du brauchst nur Freunde, die dir dabei helfen. Und ich bin schon mal die Erste.«

Ehe sie etwas zu diesem unvermuteten Freundschaftsbekenntnis sagen konnte, stand Tina auf und kramte entschlossen in einem Zeitschriftenständer herum.

»Als Erstes müssen wir dir einen Job besorgen. Wir durchforsten mal die Zitty und die B. Z. nach Angeboten. Es gibt auch die studentische Jobvermittlung, da kann man einfach hingehen und eine Nummer ziehen.«

Sie schmetterte ein paar Zeitungen auf den Tisch, stemmte die Hände in die Hüften und strahlte voller Zuversicht.

»Weißt du, Jenny, ein Freund von mir arbeitet beim Fernsehen. Die suchen oft Komparsen. Den rufe ich mal an. Was hältst du davon? Vielleicht hat er was für dich.«

So weit konnte Jenny noch gar nicht denken. Morgen früh würde sie schließlich obdachlos sein.

»Aber wo soll ich denn wohnen?«

Jetzt grinste Tina übers ganze Gesicht.

»Da habe ich schon eine Idee.«

Sie setzte sich wieder zu ihr und nahm ihre Hand, als müsse Jenny jetzt ganz stark sein angesichts der Idee, die sie verkünden wollte.

»Wir sind uns doch einig, dass man seine Freundin nicht so behandelt, oder?«, fragte sie. »Dass Robert ein Arschloch ist?«

Jenny schwieg. Sie hatte noch längst nicht verdaut, was heute passiert war.

»Du kommst aus Westdeutschland, extra wegen ihm, und der setzt dich einfach auf die Straße, ohne einen Pfennig in der Tasche und scheißegal, was aus dir wird. Behandelt man so eine Frau?«

»Nein, eigentlich nicht.«

»Siehst du. Ich sage ja, wir sind uns einig. Dann warte hier, ich gehe kurz telefonieren.«

Tina verschwand nach nebenan. Jenny hörte ihre Stimme, die einen säuselnden Tonfall annahm, ganz anders, als sie Tina sonst kannte. Doch als sie in die Küche zurückkam, wirkte sie überaus zufrieden mit sich.

»Wer war das?«

»Berthold, mein Handwerkerfreund. Er macht hier alles, von Steckdose wechseln bis Wasserhahn reparieren.«

»Und wozu …?«

»Er kommt gleich und hilft uns. Steh auf, wir gehen rüber.«

Jenny scheute sich davor, zurück in Roberts Wohnung zu gehen. Lieber wäre sie in Tinas kuscheliger Küche geblieben. Doch die Neugierde trieb sie an, ihr zu folgen.

Tina marschierte direkt in das große Zimmer, als wäre sie hier zu Hause, blickte sich um, riss entschlossen ein Fenster auf, packte mit beiden Händen Klamotten aus dem Einkaufswagen und warf sie hinaus in den Innenhof.

»Tina! Was machst du da? Bist du verrückt geworden?«

Doch sie ließ sich nicht beirren und warf weiter alles durchs offene Fenster.

»Tina, jetzt hör schon auf!«

»Willst du denn sein Zeug in deiner Wohnung haben?«

»Aber … « Sie stockte. »*Meine* Wohnung?«

»Berthold wechselt gleich das Türschloss aus. Dann hast du deinen eigenen Schlüssel, und Robert kommt nicht mehr rein.«

Sie nahm den nächsten Schwung Klamotten aus dem Einkaufswagen und warf ihn hinaus. Jenny starrte sie ungläubig an.

»Aber wir können doch nicht einfach … das ist doch Roberts Wohnung.«

»Ach so, ja. Das ist kein Problem. Er hat keinen Mietvertrag.«

»*Keinen Mietvertrag?*«, fragte Jenny ungläubig.

»Das ist ganz normal. Ich kenne eine Menge Leute, die keinen haben.« Sie nahm seine Lederhose und den Norwegerpulli, dann war der Einkaufswagen leer.

»Die meisten wohnen zur Untermiete. Bei jemandem, der zur Untermiete wohnt. Hauptmieter ist so gut wie keiner, und wenn man einen Mietvertrag hat, dann behält man ihn auf jeden Fall, auch wenn man auszieht. Keiner gibt eine Wohnung einfach so auf. Vielleicht kann man sie ja irgendwann noch mal gebrauchen. Robert hat jedenfalls keinen Mietvertrag, das weiß ich genau. Ich kenne die Frau, die hier Hauptmieterin ist. Wir sind befreundet.«

Sie bemerkte Jennys Verwunderung. »Wenn du willst, kann ich dir einen Untermietvertrag besorgen. Ganz offiziell. Ich erkläre ihr die Sache, das geht sicher in Ordnung.«

Ihr wurde schwindelig. Hieß das, Tina wollte Robert vor die Tür setzen? Nicht sie sollte aus der Wohnung rausgeworfen werden, sondern er?

Tina beugte sich über die Orangenkiste mit den Schallplatten. Offenbar wollte sie die auch aus dem Fenster werfen.

»Nicht die Platten!«

Tina hielt inne, sah sie fragend an. Jenny musste eine Entscheidung treffen, das begriff sie jetzt. Entweder ließ sie sich von Robert auf die Straße setzen, oder sie übernahm seine Wohnung. Es lag an ihr.

»Wir stellen sie ins Treppenhaus«, entschied sie. »Mit dem restlichen Zeug. Hier wird nichts mehr aus dem Fenster geschmissen.«

Ein Grinsen breitete sich auf Tinas Gesicht aus.

»Also nimmst du die Wohnung?«

Jenny wusste nicht, was sie sagen sollte. Aber im Grunde hatte sie die Antwort längst gegeben. Und obwohl Robert sie heute verlassen hatte und ihre Welt zusammengestürzt war, spürte sie mit einem Mal ein berauschendes Gefühl der Hoffnung.

»Ich nehme die Wohnung«, sagte sie.

Von draußen erklang eine dunkle Männerstimme.

»Hallo? Ist hier jemand?«

»Das ist Berthold. Komm, es geht los.«

Tina wechselte in ihre hohe, schmeichelnde Stimmlage. »Hier drin, Berthold, mein Lieber. Schön, dass du Zeit für mich hast.«

Es dauerte nur eine halbe Stunde, bis das Schloss ausgewechselt war, und Jenny bekam gleich die neuen Schlüssel ausgehändigt. Die Wohnung war jetzt leer, alles Hab und Gut von Robert stand im Hausflur. Viel war es nicht, das meiste passte in den Einkaufswagen. Jenny machte sich noch die Mühe, im Hof seine Klamotten aufzusammeln und in Mülltüten zu stecken, um sie neben das restliche Zeug zu stellen. Dann war die Arbeit getan, und Jenny stand ein bisschen überfordert in der leeren Wohnung, die nun ihr gehören sollte. Ihr wurde unbehaglich zumute. Trotz allem hatte sie ein furchtbar schlechtes Gewissen Robert gegenüber.

»Kann ich heute bei dir pennen, Tina? Bis alles vorbei ist?«

»Natürlich. Ich lass dich nicht alleine. Wir warten, bis Robert sein Zeug abgeholt hat. Danach ziehst du hier ein.«

Und so machten sie es. Jenny schlief in dieser Nacht auf Tinas Futon, nachdem sie zusammen eine Flasche Wein geleert hatten, und fiel in einen tiefen und traumlosen Schlaf. Am nächsten Morgen telefonierte Tina nach dem Frühstück ein bisschen herum, dann kam sie in die Küche, wo Jenny mit einer Tasse Kaffee in der Hand Stellenanzeigen studierte. Jenny fühlte sich unbehaglich, die ganze Situation war ihr nicht geheuer. Sie lag ihr wie ein schwerer Kloß im Magen. Doch Tina wirkte überaus zufrieden mit sich.

»Ich habe einen Job für dich«, verkündete sie. »Als Komparsin. Es ist nur beim Fernsehen. Aber die Gage ist okay. Morgen geht's los. Ich sag ja, wir kriegen das schon gemeinsam hin.«

Ein leises Rumpeln war zu hören. Jemand schimpfte. Das musste aus dem Treppenhaus kommen. Die beiden sprangen auf und wechselten aufgeregte Blicke. Es war so weit. Jenny schluckte schwer. Tina lief los, durch den langen schlauchartigen Flur zur Wohnungstür, und Jenny folgte ihr auf Socken und mit heftig pochendem Herzen.

An der Tür legte Tina den Finger an die Lippen und schob lautlos die Klappe vom Spion zur Seite. Jenny spähte hindurch. Es war Robert. Er versuchte vergeblich, mit seinem Schlüssel in die Wohnung zu kommen.

»Jenny«, brüllte er. »Mach auf! Sofort.«

Er betrachtete sein Hab und Gut, fuhr sich mit den Fingern ratlos durch die Haare, dann wandte er sich wieder zur Tür und schlug mit der Faust dagegen.

»Jenny, jetzt mach auf! Was soll der Scheiß?«

Die Frauen hielten den Atem an, sahen abwechselnd durch den Spion, und keine wagte, das kleinste Geräusch zu machen.

»Jetzt mach die Tür auf, verdammt! Hast du sie noch alle? Ich weiß genau, dass du da drin bist. Jenny, ich warne dich. Mach die Scheißtür auf!«

Er hämmerte dagegen, trat mit seinen Stiefeln, bis das Türblatt wackelte. Es rumste und donnerte, doch er kam nicht hinein.

»Ich schwöre dir, ich bring dich um«, brüllte er. »Hörst du? Ich bring dich um. Verschwinde aus meiner Wohnung.«

Tina schrie plötzlich los, durch die verschlossene Tür.

»Hau ab! Die Wohnung gehört dir nicht mehr.«

Robert wandte sich um. Er sah aus, als wäre er bereit, sie alle beide zu ermorden.

»Du bist das?«, brüllte er. »Du blöde Schlampe. Das hätte ich mir denken können. Macht die Tür auf. Sofort.«

Jetzt donnerte er gegen Tinas Tür. Die beiden zuckten zusammen, doch sie rührten sich nicht vom Fleck. Die schwere Eichentür würde standhalten, egal, was Robert anstellte. Er schrie noch eine Weile rum, tobte, beleidigte sie aufs Übelste, dann gab er einen letzten frustrierten Tritt gegen Tinas Tür ab, drehte sich um und stapfte wütend die Treppe runter. Sein Zeug ließ er im Treppenhaus stehen.

Es wurde still. Jenny glaubte, ihr klopfendes Herz zu hören. Die Frauen blieben allein zurück, wechselten Blicke, und Tina lächelte zaghaft. Erst da bemerkte Jenny, dass sie Tinas Hand die ganze Zeit fest umklammert gehalten hatte. Als hätte sie nicht vor, ihre Freundin jemals wieder loszulassen.

# 6

## WEIHNACHTEN IN BERLIN

Ihre Geldsorgen machten es Jenny leichter, die Sache mit der Wohnung zu verdrängen. Sie fühlte sich schäbig, egal, wie schlecht Robert sie behandelt hatte. Außerdem hatte sie Schiss davor, er könne wieder vorbeikommen und Ärger machen. Deshalb war sie froh, sich mit dem Job ablenken zu können, den Tina ihr besorgt hatte. Ihre erste Möglichkeit, selbst etwas Geld zu verdienen.

»Außendreh am Nollendorfplatz«, hatte es in der Mitteilung geheißen. Jenny musste sich frühmorgens am Nolli einfinden, kam in die Maske und hockte anschließend stundenlang mit anderen Komparsen in der Kälte auf Bierbänken rum, während hinter Absperrbändern der übliche Stadtverkehr weiterging.

An der Kreuzung ragte der nach dem Krieg notdürftig zusammengeflickte Stumpf der ehemaligen Hochbahnstation Nollendorfplatz in den Himmel, an dessen toten Gleisbetten ein Flohmarkt untergebracht war. Sie hatte sich erkundigt, ob sie kurz rüberlaufen und sich dort ein wenig umsehen dürfe, aber das wurde ihr nicht gestattet. Falls ihr Einsatz losginge, solle sie sofort zur Verfügung stehen, hieß es. Das sei Teil des Vertrags. Also kehrte sie zu den Bierbänken zurück

und bediente sich an der Thermoskanne mit Kaffee, die dort bereit-
stand.

Tina hatte auch schon als Komparsin gearbeitet. Manchmal sei alles in ein paar Stunden vorbei, hatte sie gesagt, manchmal dauere es
aber den ganzen Tag, bis man endlich dran sei. Die Gage war immer
gleich. Aber selbst, wenn es den ganzen Tag dauern würde, Jenny war
es einerlei. Am Ende hätte sie eine gute Monatsmiete zusammen – obwohl es nicht leicht war, in Berlin an eine Wohnung zu kommen, waren
die Mieten unfassbar billig.

Wegen Weihnachten hatte sie sich auch schon was überlegt. Sie
plante, über die Feiertage als Kellnerin zu arbeiten. Da verdiente man
gut, es gab Zuschläge, und sie käme nicht in die Verlegenheit, an Weihnachten allein rumzusitzen. Denn das wollte sie unbedingt vermeiden. Tina würde über Weihnachten bei ihrer Tante in Ostberlin sein,
und sonst kannte sie niemanden, mit dem sie Heiligabend verbringen
konnte. An Robert wollte sie am liebsten gar nicht mehr denken, und
schon gar nicht im Zusammenhang mit Weihnachten.

Unter den anderen Komparsen machte sich plötzlich Unruhe breit.
Bekannte Gesichter tauchten am Filmset auf. Da war Günther Pfitzmann, der große Schauspieler und Kabarettist des Nachkriegsberlin,
der trotz seiner fast sechzig Jahre immer noch attraktiv war und mit
seinem schelmischen und leicht selbstverliebten Lächeln in die Rolle
des Fleischlieferanten im weißen Kittel schlüpfte. Er stand neben dem
Regisseur und plauderte ein wenig, und dann erschien plötzlich Brigitte Mira neben ihm. Wenn überhaupt möglich, war sie in dieser Stadt
noch berühmter. Für Jenny stellte Brigitte Mira mehr West-Berlin da
als irgendwer sonst. Außer Harald Juhnke vielleicht. Mit ihren roten
Haaren, der frechen und quirligen Art, immer geradeheraus, mit der
brüchigen Stimme, den Pausbacken und dem schlitzohrigen Lächeln,

101

war sie unverkennbar. Jenny war sofort schockverliebt. Sie sah genauso aus wie im Fernsehen. Oma Färber aus *Drei Damen vom Grill*. Jenny spürte Aufregung in sich hochsteigen.

Sie hatte eine kleine Sprechrolle ergattert. Nur zwei Sätze, aber das verdoppelte gleich ihre Gage im Vergleich zu den anderen Komparsen. Ein Regieassistent war mit ihr die beiden Sätze wieder und wieder durchgegangen, bis er zufrieden war. Jenny hatte das Ganze als großen Spaß angesehen, aber jetzt wurde ihr klar, dass sie neben der Mira spielen würde. Sie wünschte, Basti wäre hier und könnte das sehen. Der würde komplett durchdrehen.

Die Dreharbeiten gingen los. Jenny wurde an den Rand der Würstchenbude gestellt, in der die Mira Stellung bezogen hatte. Es gab einen Dialog zwischen ihr und Günther Pfitzmann, der als Otto Krüger den Wagen mit einer Wurstlieferung betrat. Die Szene begann damit, dass Jenny in ihre Bockwurst biss und sagte: »Schmeckt jut. Ham' Se noch 'n bisschen Senf?« Oma Färber gab ihr daraufhin den Senf und redete dabei mit Günther Pfitzmann. Sie machten die Szene drei Mal, dann hieß es, alles sei im Kasten, nächste Szene. Das Kamerateam und die Assistenten besprachen sich, und für die Schauspieler gab es eine Pause.

Jennys Blick traf den von der Mira. Sie konnte nicht anders, sie strahlte die alte Dame begeistert an.

»Dein erstes Mal?«, fragte die Mira lächelnd.

Jenny nickte. Auf einmal war sie furchtbar schüchtern.

»Na, Mädel, jetzt kommste ins Fernsehen«, meinte die Mira aufmunternd. »Pass mal auf, eines Tages bist du die mit der Hauptrolle.«

»Frau Mira?«, rief der Regisseur. Sie zwinkerte Jenny zu, als wäre sie immer noch in der Rolle der Großmutter Färber, dann drehte sie sich um und wandte sich dem Regisseur zu. Es wurde eine Weile palavert, man besprach sich mit den Kameraleuten, und dann hieß es plötzlich, Feierabend für heute.

»Sie waren gut«, sagte der Assistent zu ihr. »Gehen Sie nach hinten, wegen der Abrechnung. Sagen Sie denen das mit der Sprechrolle, sonst werden Sie nur wie die anderen Komparsen bezahlt. Also. Schönen Tag noch.«

Das war's. Jenny fühlte sich wie im siebten Himmel. Sogar Robert und die Wohnung waren für den Moment vergessen. Solche Jobs könnte sie jeden Tag machen.

Rund um die Absperrungen hatten sich Schaulustige versammelt. Normalerweise interessierte sich kein Berliner für die Verrücktheiten auf den Straßen. Manchmal hatte sie das Gefühl, es könnte ein Kamel den Bürgersteig hinunterspazieren, und keiner würde zweimal hinschauen. Aber bei den *Drei Damen vom Grill* blieben doch alle mal stehen, um einen Blick auf Brigitte Mira und den Wurststand aus dem Fernsehen zu werfen.

Jenny ließ den Blick über die Zuschauer schweifen. Ihr Publikum, dachte sie vergnügt. Da entdeckte sie einen hochgewachsenen Mann, der sich von der U-Bahn näherte und wie alle anderen das Geschehen beobachtete. Ein eleganter Mantel, eine aristokratische Haltung, ebenmäßige Gesichtszüge. Jenny erkannte ihn sofort. Das war Peter Carstensen, der Pianist, der sie bei ihrer Aufnahmeprüfung am Klavier begleitet hatte.

Ohne zu überlegen, hob sie den Arm und winkte ihm zu. Er runzelte irritiert die Stirn, doch dann erkannte er sie. Mit einem amüsierten Blick trat er an die Absperrung. Jenny, die sich mit einem Schulterblick vergewisserte, dass alle anderen im Team beschäftigt waren, lief zur Absperrung.

»Das ist ja ein Zufall«, sagte sie. »Dass man sich in Berlin auf der Straße begegnet. Das hätte ich nie gedacht.«

»Tja, die Stadt ist eben doch ein Dorf.« Er deutete auf das Filmset. »Wie ich sehe, hast du den Rat der Professoren wörtlich genommen. Dass du auf die Bühne gehörst.«

»Oh, nein. Das ist nur einmalig. Ich brauche das Geld.«

»Tja, deswegen sind wohl die meisten hier. Sie wollen gar nicht ins Scheinwerferlicht. Sie brauchen einfach Geld.«

»Schwer war es nicht, den Job zu bekommen. Und die Gage als Komparsin ist gar nicht übel. Ich muss mir mein Studium selbst finanzieren. Lange Geschichte.«

Er betrachtete den Imbisswagen. »Hast du da gerade mit der Mira geplaudert?«

Offenbar war ihm das nicht entgangen. Jenny lächelte, sehr zufrieden mit sich.

»Nur wegen des Geldes«, kommentierte er. »Wie unromantisch.«

Den Klamotten und seiner ganzen Art nach zu urteilen, musste er sich keine Gedanken darüber machen, wie er die nächste Miete bezahlte.

»Was soll's«, meinte sie leichthin. »Ich überbrücke einfach die Zeit, bis ich in der Philharmonie spiele.«

»Es war eine Nachmittagsvorstellung für Kinder.«

»Bestimmt hast du es nur wegen des Geldes getan, was?«

»Touché«, sagte er. »Also, wenn du Arbeit suchst, habe ich vielleicht eine Idee. Ich kenne jemanden, der eine Klarinettistin braucht. Für ein paar Auftritte.«

»Dafür bin ich doch niemals gut genug.«

»Ich rede ja nicht von der Philharmonie. Es ist eine Gruppe Musiker, die für Weihnachtskonzerte gebucht wird. Eigentlich ein ziemlich deprimierender Job, wenn du mich fragst. Aber es gibt hundert Mark pro Auftritt.«

»Hundert Mark! Das klingt großartig.«

»Die spielen bei Autohändlern und in Warenhäusern.«

»Perfekt. Ich bin dabei.«

Ein amüsiertes Lächeln tauchte in seinem Gesicht auf.

»Dann sage ich meinem Bekannten Bescheid. Du musst vielleicht erst mal zum Vorspielen, aber damit hast du ja Erfahrung.«

»Spielen die auch Weihnachten?«, fragte sie hoffnungsvoll. »Ich könnte Heiligabend, da habe ich nichts vor. Weihnachten wäre ideal.«

Damit brachte sie ihn aus dem Konzept. Er sah sie an, als würde er nicht schlau aus ihr werden.

»Weihnachten verdient man am meisten Geld«, erklärte sie verlegen. Mehr brauchte er darüber nicht zu wissen.

»Versprechen kann ich nichts«, meinte er. »Aber ja, wer würde nicht gerne Weihnachten im Autohaus verbringen. Kann ich dich telefonisch erreichen?«

»Ich habe im Moment kein Telefon. Aber ich bin heute Abend in der HdK, da ist ein Treffen einer linken Aktivistengruppe.«

Sie hatte Ingrid versprochen, zu kommen. Beim letzten Mal hatte sie das nicht geschafft, da war sie erst aufgetaucht, als das Treffen schon vorbei war und sie Ingrid nur noch auf einen Kaffee einladen konnte.

»Ah, das Treffen im kleinen Seminarraum, richtig?«

»Ja, genau. Dann bist du auch da?«

Er hob eine Augenbraue. Im gleichen Moment begriff sie, dass jemand wie Peter Carstensen ganz bestimmt kein radikaler Linker war.

»Ich sag deinem Dozenten für Harmonielehre Bescheid«, sagte er. »Er kann zu dem Treffen kommen und dir die Nummer von meinem Bekannten geben. Ruf ihn an. Vielleicht wird ja was draus.«

»Danke. Das ist wirklich nett von dir.«

Wieder sah er sie an, als wäre sie ein Rätsel für ihn, dann lächelte er. Auf dem Set hinter ihnen brach Geschäftigkeit aus. Alles wurde abgebaut und zusammengeräumt. Sie musste sich beeilen, wenn sie ihre Gage noch bekommen wollte. Eilig verabschiedete sie sich von Carstensen, bedankte sich noch mal überschwänglich und lief zu dem Tisch, an dem sie ihr Geld bekommen sollte.

Sie wurde in bar bezahlt. Ein Briefumschlag mit Fünfzig-Mark-Scheinen. Das Geld in ihrer Hand fühlte sich großartig an. Für den Bruchteil einer Sekunde freute sie sich darauf, Robert davon zu erzählen. Dann fiel ihr wieder ein, was passiert war. Ihre gute Laune bekam einen Kratzer. Trotzig steckte sie das Geld ein und machte sich auf den Heimweg. Sie würde ohne ihn klarkommen, das versprach sie sich. Sie war auf dem besten Weg dahin.

Unterwegs aß sie einen Happen, wofür sie den ersten Fünfziger anbrach, spazierte an der Gedächtniskirche vorbei zum Zoo und beschloss kurzerhand, auch den Rest der Strecke zu Fuß zu gehen. Sie liebte lange Spaziergänge, die kühle Luft klärte ihren Geist, und der feuchte Dunst, der im Tiergarten zwischen den Bäumen hing, hatte etwas Magisches. Erst, als sie das Mietshaus in Moabit betrat, trübte sich ihre Stimmung wieder etwas ein. Roberts Sachen standen immer noch im Flur. Sie fühlte sich sofort unwohl. Tina war nicht zu Hause. Sie zögerte, starrte auf die verschlossene Wohnungstür, dann beschloss sie, sich die Zeit lieber draußen zu vertreiben. Die Vorstellung, allein in der Wohnung zu sein, und Robert tauchte auf, war nicht gerade angenehm.

Sie spazierte ein bisschen herum, trank am Ku'damm einen Kaffee, und dann war es Zeit, zu dem Treffen der linken Studentengruppe zu gehen. Es fand in einem der Seminarräume statt, der bereits übervoll war mit Alternativen, als Jenny eintraf. Überall hingen Flugblätter mit aktivistischen Parolen und auf einem Podium diskutierten bereits vor Beginn der Veranstaltung irgendwelche Leute erregt miteinander. Mitten in dem Durcheinander saß Ingrid, die Jenny sofort entdeckte und sie herüberwinkte.

Ingrid war begeistert von ihrem Auftauchen, obwohl Jenny sich beim letzten Mal so arg verspätet hatte. Aber das nahm sie ihr offenbar nicht übel. Sie hatte einen Platz für sie freigehalten, als wäre das ganz selbstverständlich, und rückte ihren Stuhl zurecht. Trotzdem schaffte sie es wieder nicht, Augenkontakt aufzunehmen, sondern sah knapp an Jennys Gesicht vorbei zu Boden.

»Echt klasse, dass du hier bist«, begrüßte Ingrid sie. »Es geht gleich los, du bist noch rechtzeitig gekommen.«

»Tut mir leid, dass ich beim letzten Mal zu spät war, aber es war so viel los bei mir.«

»Das macht doch nichts.«

Sie drückte ihr einen Zettel mit der Tagesordnung in die Hand. Eine Menge Themen waren aufgelistet. Es ging um den sowjetischen Einmarsch in Afghanistan, um Atomwaffenstationierung, den Kampf gegen den US-Imperialismus.

»Ist das nicht aufregend?«, meinte Ingrid.

Jenny lachte. »Ja, auf gewisse Weise.«

Ein bekanntes Gesicht erschien an der Tür. Es war ihr Dozent aus dem Fach Harmonielehre. Sein Name war ihr entfallen. Er ließ den Blick über die Anwesenden schweifen, entdeckte sie, winkte und trat auf sie zu. Er grüßte freundlich, reichte ihr einen Brief von Peter Carstensen und verschwand wieder.

Das ging ja schnell, dachte Jenny überrascht, zog den Brief aus dem Umschlag und entfaltete ihn.

»Betr. Weihnachtskonzerte«, stand darin, »Probebühne HdK,

morgen 17 Uhr Vorspiel, drei Auftritte vor Weihnachten, der letzte am 23. Dezember. Also leider nicht Weihnachten. 100 Mark Gage pro Auftritt.«

Die Nachricht war ein bisschen schlicht. Aber er hatte eine schöne Handschrift, fand sie, genauso elegant wie seine Klamotten.

»Ist das ein Liebesbrief?«, fragte Ingrid neugierig.

»Besser«, meinte sie. »Viel besser.«

Drei mal hundert Mark. Sie war reich. Wenn das so weiterginge, wäre sie bis Silvester Millionärin. Außerdem würde sie nicht einfach irgendeinen Job machen, sondern Geld mit Musik verdienen. Besser konnte es nicht laufen.

Der einzige Wermutstropfen war, dass sie sich für Weihnachten noch was überlegen musste. Wirklich einen Job als Kellnerin finden oder so. Irgendwas, Hauptsache nicht allein sein.

»Weißt du schon, was du Weihnachten machst?«, fragte sie Ingrid.

»Weihnachten ist doch nur Konsumterror. Ein verlogenes Fest zur Vernebelung der kapitalistischen Herrschaft. Plastikmüll und Völlerei im Dienste des Kapitals. Siehst du das nicht auch so?«

»Na ja. Aber was machst du über die Feiertage?«

»Ich bleibe in Berlin, mit meinem Freund. Wir essen Pommes und Currywurst, bei uns im besetzten Haus.«

»Du hast einen Freund? Das wusste ich gar nicht.«

Wo es plötzlich um ihr Privatleben ging, wurde sie wieder schüchtern. Sie nickte mit scheuem Lächeln, als würde sie selbst kaum glauben können, dass es da jemanden gab, der sie liebte.

»Du musst uns mal besuchen. Oder du kommst mit zur Demo. Die Hausbesetzer und Instandbesetzer demonstrieren morgen in Kreuzberg. Komm doch einfach dazu.«

»Was sind denn Instandbesetzer?«

»Das weißt du nicht? *Wir* sind Instandbesetzer Wir besetzen nicht einfach leer stehende Häuser, wir renovieren sie. Mit dem Ziel, Orte für alternatives Zusammenleben zu schaffen. Wir wollen nicht einfach nur besetzen, sondern Wohnraum erhalten und pflegen. Die Häuser sanieren und dauerhaft nutzbar machen. Das ist viel besser als Protestbriefe und Diskussionen.«

Ingrid hielt abrupt inne, als wäre ihr etwas eingefallen.

»Was machst du denn Weihnachten?«, fragte sie.

»Keine Ahnung. Ich hoffe, ich finde noch einen Job. Ich möchte ungern alleine sein.«

»Wenn du willst, kannst du abends mit uns ins SO36 gehen. Da ist eine große Party.«

»Ist das dein Ernst? Ich würde mich tierisch freuen.«

Weihnachten im SO36, das hörte sich großartig an. Sie würde nicht allein sein. Und nicht nur das. Die Partys dort waren legendär.

»Hat dein Freund denn nichts dagegen?«

»Ach, Quatsch. Der freut sich, ganz bestimmt. Ich habe ihm schon viel von dir erzählt.«

Jenny war überrascht, doch Ingrid schien das ernst zu meinen. Sie lächelte scheu, dann wandte sie sich ab, zog ihr Asthmaspray heraus und inhalierte tief.

»Aber wieso hast du keinen Freund, mit dem du feierst?«

Jenny schnaubte. »Der pennt im Moment mit einer anderen. Er meint zwar, er will sich nicht von mir trennen. Aber ich glaube, es ist aus. Er war ziemlich gemein zu mir. Keine Ahnung, vielleicht war ich auch gemein zu ihm. Ich hab ihn auf die Straße gesetzt.«

»Aber hast du ihn noch lieb?«

»Ja. Nein. Vielleicht. Ich weiß es nicht.« Sie seufzte. »Er ist Rocksänger, weißt du? Jedenfalls könnte er das sein. Ich weiß, wie er auf der

Bühne ist. Da bleibt einem das Herz stehen, ehrlich. Er hat so viel zu geben, wenn er singt. Er kann alle begeistern. Das ist selten.«

»In welcher Band singt er? Kenne ich ihn vielleicht?«

»Nein. Er hat keine Band. Er sitzt nur rum und säuft und kifft. Und wenn er doch den Arsch hochkriegt, dann um Party zu machen. Er ist erst vor ein paar Monaten nach Berlin gekommen. Ich dachte, er sucht sich als Erstes eine neue Band. Aber er gibt sich nicht mal Mühe. Ich verstehe das nicht.«

Weiter kamen sie nicht, denn in diesem Moment begann die Veranstaltung. Es wurde lange geredet und debattiert und auf dem Podium schlug man sich beinahe die Schädel ein, weil, wie es Jenny vorkam, jeder fand, der andere sei nicht radikal genug. Sie hatte Mühe, dem Ganzen zu folgen, und die ganze Diskussion wirkte auf sie eher anstrengend. Links sein fand sie ja gut, aber diese aggressive und radikale Art und Weise, mit der hier debattiert wurde, und diese völlig borniertenund humorlosen Studenten waren eher ermüdend. Sie war froh, als es endlich vorbei war. Ingrid fummelte ihre Zigarettenschachtel hervor, zündete sich eine an und schwärmte Jenny von der Veranstaltung vor, während sie gemeinsam das Gebäude verließen.

Draußen zündete sie sich gleich noch eine an, inhalierte gierig und blies Rauch in die Luft. Auf dem Bürgersteig vor dem Gebäude standen zwei Fahrzeuge. Ein Golf, der im absoluten Halteverbot stand, und ein Polizeiwagen, aus dem zwei Uniformierte traten, um sich das Fahrzeug näher anzusehen. Ingrids Blick verdüsterte sich sofort, und sie schob den Kopf vor wie ein Pitbull.

»Scheiß Bullenschweine«, rief sie mit ihrer dünnen Stimme, worauf die Polizisten verwundert die Köpfe hoben.

»Ingrid! Spinnst du?«

Doch sie war nicht zu bremsen.

»Was glotzt ihr so, ihr blöden Bullen? Habt ihr heute noch keinen zum Niederknüppeln gefunden? Ihre scheiß Faschistenschweine!«

Jenny fiel die Kinnlade runter. Was war denn mit Ingrid los? Die beiden Polizisten schlenderten seelenruhig auf sie zu. Jenny versuchte, sie zurückzuhalten, doch Ingrid riss sich von ihr los.

»Na kommen Sie, junge Frau, wir fahren Sie mal aufs Revier.«

»Beamtenbeleidigung, Sie wissen schon.«

Doch wenn Jenny geglaubt hatte, dass dies Ingrid den Wind aus den Segeln nehmen würde, täuschte sie sich. Ganz im Gegenteil. Die kleine zarte Ingrid stürmte auf die beiden Polizisten zu, immer noch wüste Beschimpfungen ausstoßend.

»Ingrid!«

Die Uniformierten wollten sie packen, doch sie schlug mit spitzen Schreien auf sie ein. Jenny erkannte sie nicht wieder. Sie kämpfte entschlossen gegen die Männer, die eine Weile vergeblich versuchten, sie unter Kontrolle zu bekommen. Natürlich hatte sie keine Chance gegen diese Schränke, aber sie wehrte sich wie eine Ninja-Kämpferin. Schließlich nahm einer der beiden sie in den Schwitzkasten und verfrachtete sie unsanft in den Polizeiwagen.

Jenny schaute fassungslos zu. Ingrid zwängte ihren Kopf noch mal durch die Autotür und strahlte sie an. »Wir sehen uns Weihnachten«, rief sie Jenny zu.

Dann war sie auf der Rückbank verschwunden, und die Polizisten stiegen in den Wagen. Sie machten sich sogar die Mühe, Blaulicht anzuschalten, als sie mit ihrer Beute davonfuhren. Jenny blieb reglos auf dem Bürgersteig stehen.

Wir sehen uns Weihnachten. Ingrid hatte nicht so ausgesehen, als müsse sich irgendwer die geringsten Sorgen machen wegen ihrer Festnahme. Als wäre alles ein großer Spaß. Jenny sah zur Kreuzung, wo die

111

Bullen verschwunden waren. Und dann brach es aus ihr hervor. Zuerst begann sie zu kichern, dann lachte sie laut drauflos. »Wir sehen uns Weihnachten«, rief sie dem Wagen hinterher. Was für großartige Aussichten, dachte sie. Sie würde nicht allein in der Wohnung sitzen und heulen. Sie würde mit Ingrid zusammen sein, dieser wahnsinnigen, großartigen Frau. Mit ihr und ihren Freunden. Etwas Besseres konnte sie sich nicht vorstellen.

Sie ging wieder zu Fuß nach Hause, gemächlich durch die kühle frische Luft, vorbei an den runtergekommenen Straßenzügen und dem Müll auf den Gehwegen. Zu Hause angekommen sah sie, dass bei Tina immer noch kein Licht brannte. Ihr Hochgefühl verflüchtigte sich. Solange die Sache mit Robert nicht ausgestanden war, wäre sie wirklich lieber nicht allein. Als sie ins Treppenhaus trat, ratterte die Zeitschaltung der Beleuchtung drauflos, der vertraute schale und fettige Geruch erfüllte die Luft. Im Briefkasten lag ein großer Umschlag. Verwundert riss sie in auf und spähte hinein. Es war der Untermietvertrag. Die Wohnung würde nun offiziell ihr gehören.

Unbehaglich sah sie hinauf in das menschenleere Treppenhaus. Mit dem Umschlag in der Hand stapfte sie hoch zu ihrer Wohnung. Oben angekommen wartete eine Überraschung auf sie. Roberts Sachen waren weg. Er musste sie abgeholt haben. Zuerst spürte sie große Erleichterung, dann entdeckte sie auf der Fußmatte eine Hinterlassenschaft von ihm. Es war ein Kackhaufen. Robert hatte sich vor die Tür gehockt und sein Geschäft erledigt. Fassungslos starrte sie auf sein Werk und unterdrückte nur mit Mühe die aufsteigende Übelkeit. Das war absolut ekelhaft und stank gewaltig. Sie umschloss mit der Hand den Kragen ihres Trenchcoats und hielt ihn sich vor die Nase.

In diesem Moment war es, als erwachte sie aus einem Traum, als lichtete sich ein Vorhang. Sie wusste nicht genau, was sie bis zu diesem Moment noch für Robert empfunden hatte, aber es hatte sich ein für alle Mal in Luft aufgelöst. Es blieb nichts übrig von ihren großen Gefühlen. Fast tat er ihr leid.

Mit einem großen Satz sprang sie über den Haufen, betrat ihre Wohnung und holte einen Müllsack aus der Küche. Mit spitzen Fingern und angehaltenem Atem hob sie die Fußmatte an und ließ sie samt Haufen in den Sack plumpsen. Dann knotete sie ihn zusammen und marschierte nach unten, um alles in der Tonne zu entsorgen.

⇉ ⇇

Am nächsten Tag betrat sie den Proberaum, in dem das Vorspiel für die Weihnachtscombo stattfand. Die Musiker, die dort auf sie warteten, sahen anders aus, als sie sich das vorgestellt hatte. Achim, der Pianist, hatte eine Punkfrisur und trug Lederhosen, und Jürgen, der den Kontrabass spielte, trug Armeestiefel und enge Hosen, dazu eine Art Seeräuberhemd. An ihren Mienen erkannte Jenny sofort, dass die beiden bei ihrem Anblick enttäuscht waren. Offenbar sahen sie in ihr nur die langweilige Primi-Maus aus der Provinz, wie so viele an der Uni. Sie fühlte sich unwohl, versuchte aber, sich nichts anmerken zu lassen. Es ging schließlich um Auftritte im Autohaus und nicht im SO36.

»Auf den Konzerten wirst du aber was anderes anziehen müssen«, klärte Achim sie auf. »Das ist dir hoffentlich klar.«

Jenny sah an sich hinunter. Sie trug ihre Stiefeletten, die Karottenhose mit der Bundfalte und eine hübsche Bluse. Dann betrachtete sie die Outfits der beiden Männer.

»Nein, so meinte ich das nicht«, sagte Achim. »Es gibt Kostüme. Wir im Frack, und du ... tut mir leid, Jenny, aber du wirst als Weihnachtsengel verkleidet.«

»Wobei ich nicht weiß, was schlimmer ist«, kommentierte Jürgen. »Ich im Frack. Meine Mutter würde Freudentränen vergießen.«

»Schon okay«, meinte sie. »Dann halt ein Engelskostüm. Damit komme ich klar.«

Sie ließ den Klarinettenkoffer aufschnappen und baute ihr Instrument zusammen, begleitet von den Blicken der Männer.

»Warst du schon mal auf der Bühne?«, fragte Jürgen skeptisch.

»Schon ganz oft, mit dem Orchester.«

Das ließen sie unkommentiert. Offenbar trauten die beiden ihr nicht zu, beim Auftritt zu glänzen. Jenny wurde sauer. Zwar hatte sie tatsächlich ein bisschen Angst vor der Bühne. Trotzdem spürte sie auch ein gewisses Kribbeln bei der Vorstellung, im Scheinwerferlicht zu stehen. Sie würde das schaffen.

»Keine Angst, ich gehe schon nicht in den Requisiten unter.«

»Alles in Ordnung«, lenkte Achim ein. »War nicht so gemeint.«

Jürgen dagegen zuckte nur unverbindlich mit den Schultern. Jenny beschloss, einfach anzufangen. Es waren eine Reihe deutscher Weihnachtslieder, die sie vorspielen musste, alles kein Problem für sie. Auch wenn sie keine große Bühnenerfahrung hatte, ihr Instrument beherrschte sie. Und die beiden Männer waren letztlich zufrieden mit ihrer Leistung. Sie wurde engagiert.

»Wir spielen als Trio?«, fragte Jenny.

»Ja, klar. Wieso fragst du?«

Klavier, Kontrabass und Klarinette. Es war eine seltsame Mischung.

»Habt ihr wirklich nach einer Klarinette gesucht?«

»Peter Carstensen meinte, du würdest gut passen«, sagte Jürgen. »Ist doch egal. Sind nur Weihnachtskonzerte.«

Ehe Jenny darüber nachdenken konnte, ob dieser Carstensen sich tatsächlich für sie ins Zeug gelegt hatte, war die Probe beendet. Schon die ganze Zeit hatte Jenny das Gefühl gehabt, die beiden seien irgendwie mies drauf, und das nicht nur, weil Jenny nicht ihren Vorstellungen entsprach. Die Männer räumten jetzt schweigend ihre Sachen zusammen, und obwohl sie die Probe doch gut hinter sich gebracht hatten, sahen sie immer noch aus wie sieben Tage Regenwetter.

»Wir sehen uns nächste Woche im Autohaus«, meinte Achim. »Achtzehn Uhr, bitte sei pünktlich. Sonst kriegen wir Ärger.«

»Mach's gut, Jenny«, sagte Jürgen. »Bis nächste Woche.«

Sie nahmen ihr Zeug und zogen ab. Jenny ließen sie einfach auf der Bühne stehen.

»Hey«, rief sie ihnen hinterher. »Hab ich irgendwas falsch gemacht?«

»Nein. Wieso fragst du?«

»Was ist denn los mit euch?«

Sie sahen sich finster an.

»Hast du heute noch keine Zeitung gelesen?«

Das hatte sie nicht. Stand der Dritte Weltkrieg bevor? Machten die Amis ernst nach dem Einmarsch der Sowjets in Afghanistan? Achim und Jürgen machten sich nicht die Mühe, sie aufzuklären. Sie wandten sich ab und gingen davon.

Jenny baute ihre Klarinette auseinander, verstaute alles im Koffer und eilte aus dem Gebäude. Sie lief vor zum Ku'damm und steuerte den erstbesten Kiosk an. Auf der Bild-Zeitung sah sie die Schlagzeile des Tages: »Beatle John Lennon erschossen!« Sie trat näher, sah das vertraute Gesicht ihres Idols. »Fünf Kugeln auf der Straße vor seinem Haus in New York«, lautete die Zeile unter dem Foto.

Wie betäubt nahm sie die Zeitung aus dem Ständer, legte ein paar Münzen auf den Tresen und las gleich im Stehen den Artikel. Ein Wirrkopf habe geschossen, ein klares Tatmotiv gab es nicht. Er hatte sich noch John Lennons letztes Album signieren lassen, kurz bevor er schoss. Es herrschte große Verwirrung. Die Nachricht traf Jenny wie der Tod eines Freundes. Ausgerechnet Lennon. Er hatte die Musikwelt revolutioniert. Er stand wie kein anderer für die Friedensbewegung, war Aktivist und Pazifist, Vorbild für alle.

Die Nacht verbrachte Jenny allein in ihrer Wohnung. In den leeren Räumen – sie besaß nur einen alten Futon, den ihr ein Freund von Tina geschenkt hatte, und ein paar Orangenkisten, in denen ihr Zeug lagerte – war es still und kalt. Nicht einmal ihre Beatles-Platten konnte sie auflegen, denn die standen alle in ihrem Jugendzimmer, wo sie sie hatte zurücklassen müssen. Als sie einsam in ihrem Bett lag, wünschte sie sich, Robert wäre da, trotz allem. In so einer Nacht allein zu sein, war furchtbar.

Sie schlief unruhig und wurde von Alpträumen geplagt, und als sie am nächsten Morgen Tina vorm Etagenklo traf, fragte sie als Erstes: »Hast du gehört? Die haben John Lennon erschossen.«

Tina wusste schon Bescheid und wirkte ebenfalls verstört von der Nachricht. Sie tranken gemeinsam in ihrer Küche einen Tee und redeten über die Beatles und was sie mit ihnen verbanden. Für beide fühlte Lennons Tod sich an wie das Ende eines großen Traums. Irgendwann erzählte Jenny von den anderen Neuigkeiten, die es zu berichten gab.

»Ich habe den Mietvertrag. Und Robert hat sein Zeug abgeholt.«

Kurz überlegte sie, ob sie von seiner Hinterlassenschaft auf der Fußmatte erzählen sollte, merkte aber, dass sie diese unappetitliche Episode nicht noch mal aufleben lassen wollte. Sie konnte das immer noch nicht mit dem Robert vereinbaren, den sie zu kennen geglaubt hatte.

»Ja, das habe ich schon gesehen«, sagte Tina.

»Wo warst du denn in den letzten Tagen? Ich habe mir Sorgen gemacht.«

»Ich war im Osten. Bei meiner Tante. Habe ich das nicht erzählt?«

»Nein, hast du nicht. Ich dachte, du gehst Weihnachten nach drüben.«

»Ja, das auch.«

Damit war das Thema für Tina beendet. Sie redete nicht gern von Ostberlin. Im Grunde tat das keiner. Alle benahmen sich so, als ob West-Berlin eine Insel wäre, drumherum nichts, nur eine weiße Fläche auf der Landkarte. Es war ja auch nicht gerade einladend drüben. Mit Ostberlin verband man Mauern, Zäune und Selbstschussanlagen. Tristesse und Unfreiheit. Dazu kamen die beklemmenden Begegnungen mit den Grenzposten, wenn man nach Westdeutschland fuhr, die grauen Häuser auf der anderen Seite, der Todesstreifen. Wenn der Wind aus Osten kam, konnte Jenny Ostberlin riechen. So nah an der Mauer drang dann der Geruch nach Zweitaktmotoren und anderen weniger klar definierbaren Dingen herüber, die für den Osten standen. Eingesperrt waren nur die anderen, so fühlte es sich an, nicht sie im Westteil.

Für Tinas starke Abneigung musste es allerdings einen anderen Grund geben. Sie war ja ständig drüben, es war ihr also nicht fremd. Deshalb wunderte Jenny sich, dass sie nie darüber sprach und das Thema tunlichst zu vermeiden schien.

»Wieso hast du da überhaupt eine Tante?«

»Na, das war ja mal eine Stadt hier, ohne Mauer.«

»Dann bist du echte Berlinerin?«

»Na ja, nicht so richtig.«

»Jetzt erzähl doch mal. Lass dir nicht alles aus der Nase ziehen.«

»Ich komme aus Braunschweig. Meine Mutter ist in Berlin geboren. Im Ostteil. Die ist rüber, bevor die Mauer gebaut wurde, als sie ganz jung war. Hier hat sie meinen Vater kennengelernt, ich bin sogar hier gezeugt worden. Aber nach der Hochzeit sind sie in den Westen. Lange

Geschichte. Deshalb kannte ich eigentlich nur Braunschweig und den spießigen Vorort, wo meine Eltern leben. Trotzdem, als ich das erste Mal nach Berlin kam, da war es, als würde ich nach Hause kommen. Keine Ahnung, wie ich das erklären soll. Es fühlte sich an, als ob ich hier hingehöre.«

»Aber du meinst jetzt West-Berlin.«

»Was denn sonst? Drüben ist ja nichts. Im Osten besuche ich nur meine Tante. Ist eher Pflichtprogramm. Sie ist zwar ganz nett, aber eigentlich mache ich das nur, weil meine Mutter sie nicht ausstehen kann. Um die damit ein bisschen zu ärgern.«

»Ich kann ja mal mitkommen«, schlug Jenny vor.

»Nach Ostberlin? Was willst du da?«

Fast wirkte sie alarmiert wegen des Vorschlags.

»Keine Ahnung. Mir mal alles ansehen. Ich könnte Noten kaufen oder Klarinettenzubehör, das soll dort billig sein. Außerdem ist es doch interessant, wie es da so ist.«

»Nein, lass es besser. Das ist langweilig drüben, glaub mir. Total öde.«

Tina wechselte das Thema und sprach wieder von Lennon und seinem Attentäter. Jenny hatte jedoch das Gefühl, sie wolle bewusst von Ostberlin ablenken. Als wollte sie nicht länger über ihre Tante sprechen. Aber vielleicht bildete sie sich das auch nur ein.

Die folgenden Wochen standen überall im Schatten des Attentats. Für viele brach eine Welt zusammen. Kein anderer war so wichtig für die Friedensbewegung gewesen, kein anderer hatte so einen Einfluss als Musiker gehabt. Jenny ging zur Uni, hockte in den Seminaren und Vorlesungen, doch alles schien wie im Nebel. Erst gegen Weihnachten, als sie die Konzerte mit der Weihnachtscombo hinter sich brachte, trat langsam und zögerlich wieder Normalität ein.

Den letzten Auftritt, am 23. Dezember, absolvierten sie im Hertie in der Wilmersdorfer Straße. Sie spielten auf einer Bühne im Eingangsbereich unter einem großen Scheinwerfer. Eine Menge Last-Minute-Einkäufer liefen an ihnen vorbei, aber es waren auch Freunde von Achim und Jürgen da, die das Ganze aufmischten mit ihren punkigen Frisuren und den freakigen Klamotten. Ihr letztes Stück war *Rudolph, the Red-Nosed Reindeer*, ein amerikanisches Weihnachtslied. Bevor sie loslegten, fragte Achim: »Kannst du jazzen, Jenny?«

»Was für eine Frage. Natürlich.«

»Sollen wir dem Ganzen mal ein bisschen Tempo geben?«

Jürgen grinste, und dann legte Achim los. Er begann mit einer Bluestonleiter und gab dann richtig Gas. Er war gut auf dem Klavier, beherrschte die Improvisation, und das in einem irren Tempo. Von dem Jazzstandard blieb kaum was übrig. Auch Jürgen zupfte wie ein Irrer den Kontrabass. Die meisten Leute wirkten ziemlich irritiert. Nur die Freaks vor der Bühne hatten einen Heidenspaß. »Ja! Chaos!«, schienen ihre Blicke zu rufen.

Achim kehrte zurück zu den Takten der Standardmelodie, spielte sie in Schleife und sah zu Jenny herüber. Es war ihr Part. Ihr Herz klopfte. Hertie hin oder her, man hätte sie darauf vorbereiten müssen. Jazz-Improvisation war hohe Kunst, egal wie spontan sie klingen mochte. Doch es gab kein Zurück. Sie dachte wieder an Basti, stellte sich vor, er stünde in der ersten Reihe vor der Bühne, und trat vor. In Gedanken sah sie Basti, wie er zu ihr aufblickte und grinste.

Sie stellte sich breitbeinig hin, wie sie es bei den Punkfrauen an ihrem zweiten Abend in Berlin gesehen hatte, ganz so, als wollte sie zum Ringen antreten, und dann legte sie los. Es war im Grunde ganz einfach. Sie beherrschte die Jazz-Tonleitern in- und auswendig, spielte sie hoch und runter, quietschte auf den Halbtonschritten, legte sich genussvoll in die Disharmonien. Das Licht der Scheinwerfer brannte auf ihrem Engelskostüm, machte sie vergessen, wo sie war. Sie ließ nun alles raus. Ihren ganzen Frust wegen der Sache mit Robert, wegen ihres Vaters, wegen des Attentäters von John Lennon. Es war wie ein Rausch. Sie ließ die Klarinette immer wieder jaulen, aufschreien, quietschen. Die Menschen jubelten, feuerten sie an, applaudierten. Es war, als spornten sie Jenny an, weiter aufzudrehen. Sie steigerte sich rein. Es war der Wahnsinn. Endlich hatte sie ein Ventil gefunden, um alles rauszulassen, was sich in ihr angestaut hatte. Und die Menschen sahen ihr dabei mit offenem Mund zu. Sie genoss es unheimlich, auf der Bühne zu stehen. Es war wundervoll. Ein paar Takte nahm sie noch mit, hatte ihren Spaß, dann sortierte sie sich wieder ein und ließ das Klavier übernehmen. Es brandete Applaus auf, Jürgen strahlte sie begeistert an, und Achim ließ grinsend die Melodie von *Rudolph* ausklingen, womit er das Konzert beendete.

Die Leute klatschten und jubelten wie verrückt. Es gab auch schockierte und feindselige Gesichter, aber das störte Jenny nicht. Sie hatte es geliebt, im Scheinwerferlicht zu stehen, der Rest war egal. Sie wünschte nur, Basti wäre wirklich mit dabei gewesen, nicht nur in ihren Gedanken. Der hätte vielleicht Augen gemacht.

»Das war phantastisch«, meinte Achim im Anschluss. »Du hast es echt drauf.«

»Meine Güte, ich habe noch nie so eine Rampensau gesehen«, stimmte Jürgen zu.

Ihr Körper vibrierte noch vor lauter Adrenalin, trotzdem war sie ein wenig verlegen.

»Ich bin doch keine Rampensau«, meinte sie. Das war völlig absurd. »Ich spiele sonst nur in der Klarinettenreihe im Orchester.«

»Glaub mir, Süße, du *bist* eine Rampensau.« Achim drückte ihr einen Wangenkuss auf. »Auch wenn du gerne so tust, als wärst du nur eine Primi-Maus, die am liebsten Blockflöte spielt. Ein kleines harmloses Ding, von wegen.«

Ein Typ mit langen Haaren, einer grünen Lederjacke und bernsteinfarbenen Augen sprang auf die Bühne. Offenbar war er ein Bekannter von Jürgen. Doch er hatte kaum Augen für die beiden Jungs, sondern trat begeistert auf Jenny zu, schwärmte von ihrem Solo und nahm sie vertraulich zur Seite.

»Sag mal, kannst du auch singen?«

»Ich ... also ...«

»Ach, ist auch egal. Darauf kommt es nicht an.«

»Worum geht es überhaupt?«

»Wir suchen eine Frontfrau für unsere Band. Wir machen Punkrock, das ist ein bisschen anders als das hier, aber du wärst perfekt dafür.«

Punkrock. Sie dachte an die Frauen, die Vicky Leandros gesungen hatten. Wie begeistert sie gewesen war.

»Es kommt nicht darauf an, ob ich singen kann?«

»Na ja, schon, aber das ist nicht das Wichtigste. Du wärst einfach perfekt für uns.«

Seine Augen leuchteten sie an. Dann zog er eine Karte hervor und gab sie ihr. Die war selbstgemacht, das sah Jenny sofort. Mit Schreibmaschine und Tuschefeder. Aber sah trotzdem toll aus. Sie passte zu dem Typen, fand Jenny.

»Du bist also Piet.«

»Höchstpersönlich.«

Er verbeugte sich, ganz galanter Gentleman, und schenkte ihr ein – wie sie zugeben musste – ziemlich süßes Lächeln. Allein deshalb war sie versucht, Ja zu sagen.

»Ich weiß nicht, ob das was für mich ist.«

»Du bist ein Star. Glaub mir, du musst auf die Bühne.«

Das hatte ihr noch keiner gesagt. Außer Basti vielleicht, aber das war was anderes. Sie war geschmeichelt. Und das war sicher auch genau das, was er damit beabsichtigt hatte.

»Ich denke darüber nach, versprochen.«

Piet drängte Achim und Jürgen dazu, sie zu überreden, doch die beiden lachten nur. Der Abteilungsleiter, der sie ausbezahlen würde, pfiff sie verärgert rüber und hielt ihnen eine Standpauke wegen des letzten Songs. Aber letztlich führte er sie in sein Büro und zahlte anstandslos die Gage. Und damit begannen die Weihnachtsferien für Jenny.

Obwohl sie mit Ingrid verabredet war, hatte sie ein bisschen Angst vor dem ersten Weihnachtsfest, das sie nicht bei ihren Eltern verbrachte. Sie dachte gründlich darüber nach, was sie anziehen würde. Auch wenn sie ihren Look mochte, war ihr klar, dass sie damit nicht in Kreuzberg aufschlagen konnte. Jetzt, wo sie ein bisschen Geld übrighatte, musste sie dringend Klamotten kaufen gehen. Einen neuen Look für sich finden, etwas, das besser zu ihr und zu dem Leben passte, das sie hier führen wollte. Sie entschied sich für eine Jeans und ein schlichtes, schwarzes Top. Verzichtete auf ihre Fönfrisur und kämmte die Haare mit viel Gel streng zurück. Das Ergebnis gefiel ihr. Sie sah richtig verwegen aus.

Heiligabend, kurz bevor sie aufbrechen wollte, sah sie, dass bei Tina Licht brannte. Merkwürdig. War die nicht bei ihrer Tante im Osten? Sie ging kurzerhand über den Flur und klopfte. Es dauerte eine Weile, bis Tina öffnete. Sie trug Jogginghosen und eine ausgeleierte Strickjacke und sah aus, als hätte sie geweint.

»Wolltest du nicht nach Ostberlin?«, fragte Jenny.

»Nein. Es ist was dazwischengekommen. Nicht so wichtig.«

»Aber … hockst du jetzt alleine hier rum? Es ist doch Weihnachten.«

»Scheiß auf Weihnachten. Ist doch alles nur Konsumterror. Da hab ich eh kein Bock drauf.«

Es war offensichtlich, dass dies nur die halbe Wahrheit war. Jenny spürte, dass Tina nicht darüber reden wollte, was vorgefallen war. Das war schon okay, fand sie. Trotzdem, so wollte sie Tina nicht allein lassen. »Komm«, sagte sie. »Zieh dich um. Wir gehen einen trinken. Und danach ins SO36. Ich bin da verabredet.«

»Du meinst, wir feiern zusammen Weihnachten?«

Tina, sonst so resolut, wirkte regelrecht schüchtern.

»Na klar. Was denn sonst? Wir sind Freundinnen. Komm, beweg deinen Hintern.«

Und weil Tina immer noch wie paralysiert in der Wohnungstür stand: »Jetzt mach dich fertig, los!«

Endlich tauchte ein Lächeln in ihrem Gesicht auf. Sie nickte, nahm Jennys Hand und zog sie in die Wohnung. Warf sich in Schale, toupierte die Haare hoch, legte kräftig Lippenstift auf, und bald war von ihrer geknickten Stimmung nichts mehr zu spüren. Sie fuhren nach Kreuzberg, zogen durch die Kneipen, tranken Sekt, amüsierten sich, und gegen elf gingen sie zum SO36, wo sich bereits eine Schlange vorm Eingang gebildet hatte. Ingrid stand draußen und winkte Jenny strahlend zu, als sie und Tina auftauchten.

»Mein Freund ist schon drin«, sagte sie. »Ich wollte auf dich warten. Kommt, stellen wir uns an.«

»War alles okay mit den Bullen? Geht's dir gut?«

»Ach, na klar. Die können mich mal.«

Sie stellte Tina vor. Ingrid schien nichts dagegen zu haben, dass Jenny sie mitgebracht hatte, im Gegenteil. In der Schlange erzählte Jenny den beiden von ihrem Auftritt im Hertie und von dem Angebot, das dieser Piet ihr gemacht hatte.

»Du als Punkrockerin?«, fragte Tina skeptisch.

Auch Ingrid, die sonst leicht zu begeistern war, runzelte die Stirn. »Spielst du dann Klarinette?«

»Nein. Ich soll singen. Als Frontfrau.«

»Ah so«, kam es verhalten zurück. »Ich verstehe.«

»Was denn?«, wollte Jenny wissen.

Die beiden wechselten einen Blick. Tina sagte: »Schätzchen, nimm's mir nicht übel. Wir müssen dringend an deinem Style arbeiten. Das sage ich dir als Freundin.«

»Du siehst nicht gerade wie eine Punkrockerin aus«, stimmte Ingrid zu.

»Als wenn ich das nicht selbst wüsste. Das habe ich mir längst vorgenommen. Findet ihr nicht, dass meine neue Frisur klasse ist? Das ist schon mal ein Anfang, oder etwa nicht?«

»Doch«, meinte Tina wenig überzeugend. »Auf 'ne Art schon.«

Vorn in der Schlange entdeckte Jenny ein bekanntes Gesicht. Es war Achim, wieder mit Punkfrisur und Lederhosen. Ohne Frack sah er deutlich besser aus, fand sie. Er hatte den Arm um einen schlanken Jungen gelegt, der Kajal trug und dessen blonde Haare hochtoupiert waren. Ehe sie begriff, was das zu bedeuten hatte, neigte sich Achim vor und küsste ihn auf die Lippen.

Er entdeckte Jenny in der Schlange, die ziemlich verdattert aussehen musste. Er grinste breit, winkte und bedeutete ihr, er würde sie drinnen sehen. Dann verschwand er hinter der Kasse.

»Kanntest du den?«, fragte Tina.

»Ja«, meinte sie mit leichtem Stolz, als ihr bewusst wurde, dass sie es war, die einen der Schwulen in der Schlange kannte und nicht ihre Berliner Freundinnen. »Wir waren zusammen in der Weihnachtscombo, und er studiert auch an der HdK. Er ist ein super Typ.«

Sie rückten zur Kasse vor, und auf einmal waren sie im SO36. Es ging durch einen Korridor, dessen Wände zuplakatiert und mit Graffitis übersät waren, dann tauchten sie in den Partyraum ein. Er war gerammelt voll. Die Stimmung war irre. Eine große organische Masse, tanzend, lachend und wild entschlossen, zu feiern. Jenny ließ ihren Blick über die Menge schweifen. Was für ein Weihnachten.

Die waren alle wie sie, begriff sie. Weit weg von zu Hause, ob freiwillig oder unfreiwillig in die Welt hinausgezogen. Sie hatten ihr altes Leben hinter sich gelassen oder hinter sich lassen müssen. Sie waren lebenshungrig und aufgekratzt und feierten dieses Weihnachten mit ihren neuen Freunden. Mit den Familien, die sie selbst gewählt hatten.

»Dann werfen wir uns mal ins Getümmel«, meinte Tina gut gelaunt und nahm ihre Hand.

Jenny ließ sich mitziehen. Es würde bestimmt eine unvergessliche Nacht werden. Wie trostlos wäre im Vergleich dazu das spießige Weihnachten mit ihren Eltern, die sie verstoßen hatten. Sie fragte sich, wie sie sich danach hatte sehnen können, dort unterm Baum zu sitzen und Hausmusik zu machen. Nein, sie war angekommen in Berlin. Sie hatte endgültig ein neues Zuhause gefunden. Glücklich betrachtete sie das Geschehen. So kann es gerne weitergehen, dachte sie. Meinetwegen für den Rest meines Lebens. Auf ein erfolgreiches Jahr 1981!

# 7

## JANUAR 1981

Bevor Jenny aufgebrochen war, hatte sie noch schnell Kohlen aus dem Keller hochgeschleppt und ein paar Briketts nachgelegt, damit der Ofen nicht wieder kalt wäre, wenn sie nach Hause kam. Man musste tierisch diszipliniert sein mit diesen blöden Kachelöfen. Das war eine Wissenschaft für sich. Wenn der Ofen einmal aus war, dauerte es Stunden, bis er sich wieder so weit aufgeheizt hatte, dass er Wärme abgeben würde. Jenny hatte das noch nicht so richtig unter Kontrolle. Nicht selten hockte sie den ganzen Tag mit Mantel und Schal in der Wohnung, weil es arschkalt war, und mitten in der Nacht wachte sie durchgeschwitzt auf, weil da die Kacheln plötzlich glühten und es mollige vierundzwanzig Grad Celsius in der Wohnung wurden. Die Tatsache, dass ihre Fenster uralt und brüchig waren und es deshalb zog wie Hechtsuppe, machte es nicht besser. Sie sehnte sich nach dem Frühling, doch es war erst Januar. Tina meinte, der Februar sei der schlimmste Monat in Berlin, was die Kälte und den eisigen Ostwind anging, und ihr graute bereits davor.

Nachdem sie die Ofenklappe geschlossen und den Dreck weggefegt hatte, machte sie sich auf den Weg. Die Adresse, die sie bekommen hatte, gehörte zu einer Halle in einem runtergekommenen Industriegebiet im Wedding. Dort angekommen kletterte sie über zu Eis gefrorene Schneemassen, die auf dem Bürgersteig lagen, und über die Reste der Silvesterparty, Feuerwerke und leere Sektflaschen, die auch zwei Wochen nach Neujahr noch nicht von der Stadtreinigung beseitigt worden waren. Das Ganze war garniert mit eingefrorenen Hundehaufen und gelben Pissflecken. Die Gegend sah noch schlimmer aus als ihr Viertel in Moabit, fand sie, und das sollte schon was heißen.

Die Lagerhalle, in der sie verabredet waren, stammte aus der Vorkriegszeit. Klingeln gab es nicht, dafür eingeschlagene Fenster und Graffitis. Die rostige Metalltür im Erdgeschoss ließ sich aufdrücken. Sie trat ein und ging runter in den Keller. Dort hörte sie schon von Weitem ein Schlagzeug und einen E-Bass, die eher Krach machten als Musik. Also immer dem Lärm nach. Sie hämmerte gegen eine Kellertür, die daraufhin von innen aufgezogen wurde. Der Lärm erstarb. Piet stand im Türrahmen. Mit seinen bernsteinfarbenen Augen strahlte er sie an.

»Jenny! Du bist gekommen.«

»Na klar. Was hat du denn gedacht?«

»Dass du vielleicht doch lieber beim Jazz bleibst.«

»Ich steh auf Punk und New Wave – ich steh eigentlich auf alles, was mit Musik zu tun hat. Aber ehrlich, ob ich die Richtige für die Bühne bin ...« Sie lachte. »... da bin ich mir nicht so sicher.«

»Ich hab dich gesehen, du bist perfekt. Das wirst du schon noch merken.«

Er sah aus, als wollte er sie zur Begrüßung umarmen, doch dann trat er etwas verlegen zurück und schob sich stattdessen eine Haarsträhne hinters Ohr.

»Es ist nicht gerade schick hier, aber dafür ist es umsonst. Und keiner macht Stress, wenn's mal lauter wird. Wenn wir irgendwann Kohle machen, mieten wir uns was anderes. Fürs Erste reicht es.«

»Ach was, ich habe schon Schlimmeres gesehen.«

Piet betrachtete sie, als könne er sich das nicht so recht vorstellen. Und tatsächlich sagte Jenny das eher, um sich selbst Mut zu machen. Der Kellerraum, in den sie eintrat, war dann auch ein Schock. Überall Sperrmüll und Rattendreck. Nackte, schimmlige Wände und niedrige Decken. In der Ecke bullerte ein Kanonenofen, und unter nackten Glühbirnen war ein Bühnenbereich mit Schlagzeug und Gitarrenverstärker abgesteckt.

»Wenigstens ist es nicht kalt hier drin.«

»Das wirkt nur so, wenn man von draußen kommt,« meinte Piet amüsiert. »Es sind gerade mal zwölf Grad. Viel mehr schafft der Ofen nicht.«

Er wandte sich zur Bühne, wo zwei Jungs neugierig herüberspähten. Der Schlagzeuger sah aus wie eine Art Kobold, und der Bassist war ein spindeldürrer, leichenblasser Typ mit pechschwarz gefärbten Haaren.

»Leute, das ist Jenny. Unsere neue Sängerin.«

»Abwarten, ob ich überhaupt gut genug bin.«

Die beiden starrten sie mit offenem Mund an, und der Schlagzeuger rubbelte eilig an den Fettflecken auf seinem T-Shirt, als wäre da noch irgendwas zu retten.

»Du bist große Klasse, das ist sicher«, meinte Piet.

»Hör schon auf. Du hast mich noch nicht mal singen gehört.«

»Jenny, das am Schlagzeug, das ist Humme. Und unser Bassist ist Püppi. Sagt Hallo, Jungs.«

Die beiden murmelten ein Hallo, mit einer Schüchternheit, die im krassen Gegensatz zu ihrem Aussehen stand.

»Wir sind mitten in der Probe«, sagte Piet. »Mach einfach mit, wenn du Lust hast.«

Er trat zurück an seine E-Gitarre, und Jenny legte den Mantel ab. Piet forderte die Jungs auf, zu zeigen, was sie draufhatten, und plötzlich ging es in einer Lautstärke los, dass Jenny glaubte, ihre Haare würden nach hinten geblasen werden. Humme prügelte wie ein Irrer auf das Schlagzeug ein, Püppi missbrauchte den Bass, und Piet gab ein Gitarrensolo zum Besten, bei dessen gequälten Lauten keiner sagen konnte, wie lange der Verstärker mitmachen würde. Es war wie bei einem Fliegerangriff.

Doch ziemlich schnell merkte Jenny, dass mehr dahintersteckte. In der Performance lagen Wut und Verzweiflung und wilde Ausgelassenheit. Die Jungs spielten wie ums nackte Überleben. Ihr Eindruck wechselte von Schock zu aufkeimender Bewunderung.

»Komm, das Mikro ist angeschlossen«, sagte Piet, als sie eine Pause machten. »Sing einfach mit.«

»Was soll ich singen? Ich habe gar nichts vorbereitet.«

»Ach, irgendwas. Welche Punksongs kennst du auswendig?«

Oje. Sie kannte ein paar Sachen von den *Sex Pistols*, aber nicht gut genug, um den Text auswendig zu singen.

»Ich dachte, ihr schreibt eigene Songs?«

»Schon. Aber da sind wir noch nicht so weit.«

Piet betrachtete sie nachdenklich. Er schien zu ahnen, dass sie im Grunde ohne Karten war.

»Wie wär's mit David Bowie? Für den Anfang.«

»Das wäre super«, meinte sie erleichtert.

»›Heroes‹? Das kennst du doch sicher?«

In- und auswendig. Auch wenn es sich ein bisschen merkwürdig anfühlte, den Song mit dieser Krachband zu spielen, denn es war das Lied von ihr und Robert, immer noch.

»Also gut«, sagte Piet. »Auf geht's.«

Jenny gab sich einen Ruck und ging zum Mikro. Die Jungs legten los, mit einem schnellen und lärmigen Sound, der wenig mit dem Original zu tun hatte. Trotzdem trug er sie, und obwohl sie ihre Stimme nicht aufgewärmt hatte, wollte sie es versuchen. Doch die Stimmlage stimmte nicht, sie kam nicht rein.

»Wartet. Können wir das eine Tonlage höher machen?« Und weil Püppi sie fassungslos ansah, fügte sie hinzu: »Das wäre dann E-Dur.« Aber das schien ihn bloß weiter zu verwirren.

»Er kann nur drei Akkorde«, erklärte Piet.

»Das stimmt gar nicht, du Idiot. Aber ... «

»Die Akkorde sind E, A und D«, erklärte Jenny.

Doch Püppi sah ratlos auf seinen Bass.

»Du kannst ja ein Capo nehmen«, fügte sie behutsam hinzu. »Oder du nimmst deinen Zeigefinger als Capo und spielst die vereinfachten Akkorde. Wenn dich das nicht durcheinanderbringt.«

Verdattert fragte er: »Du spielst Gitarre?«

Nein, wäre die korrekte Antwort gewesen. Aber hier war offenbar alles anders. Sie war nicht an der HdK, und es wäre gut möglich, dass sie den Bass tatsächlich besser spielte als Püppi.

Piet fackelte nicht lange und warf ihm ein Kapodaster zu, eine bewegliche Vorrichtung, mit der man zwischen den Saiten einer Gitarre die Tonart ändern konnte, ohne sich die geänderte Akkordfolge merken zu müssen. Unter Musikern hieß das Teil schlicht »Capo«.

»Ihr habt es gehört. E-Dur.«

Sie legten von vorne los. Das Schlagzeug verschleppte dabei den Einsatz, Püppi schrammelte auf dem Bass rum. Piet war der einzige, dessen Spiel auf der E-Gitarre nicht komplett amateurhaft klang, aber ein Profi war er ebenfalls nicht.

Sie wandte sich zum Mikrophon. Sie erinnerte sich daran, was der Professor gesagt hatte. Dass sie wie die Knef klang. Sie sollte sich auf den Ausdruck konzentrieren, nicht auf den Gesang. Daran, was für eine Geschichte sie erzählte. Und am besten versuchte sie, nicht zu sehr über ihren grauenhaften deutschen Akzent nachzudenken. Englisch war nicht gerade ihre Stärke.

Dann begann sie zu singen. Der Verstärker war gut abgemischt. Ihre Stimme legte sich über den Lärm der Instrumente. Doch passten Gesang und der Rest nicht zusammen. Sie klang wie ein Mädchen, das ein Volkslied sang. Das musste an dem starken Kontrast zwischen dem Sound und ihrer Stimme liegen. Der Mut verließ sie, trotzdem brachte sie den Song zu Ende.

Es wurde still in dem Kellerloch. Sie war grauenhaft gewesen. Was hatte sie auch gedacht? Sie passte nicht in eine Punkband. Das war eine Schnapsidee. Etwas beschämt ließ sie das Mikro los und wandte sich um.

»Deine Stimme ist toll«, sagte Piet. »Ist mein Ernst.«

Doch Begeisterung sah anders aus. Vor allem Humme und Püppi wirkten eher verlegen. Und das lag nicht mehr daran, dass sie als Frau hier unten eine ungewohnte Erscheinung war.

»Mach es einfach laut und hart«, schlug Piet vor. »Du kannst ruhig etwas rumschreien.«

»Rumschreien? Ich weiß nicht.«

»Vergiss alles, was du auf der Musikhochschule gelernt hast. Du musst deine Wut rauslassen. Deinen ganzen Frust. Das ist wichtiger als der Gesang.«

»Es ist doch ein Liebeslied«, sagte sie.

»Mal ehrlich, Jenny, wo gibt es mehr Frust als in der Liebe? Bist du da noch nie verarscht worden? So richtig übel, mein ich?«

*I, I will be king, and you, you will be queen*, hatte Robert ihr ins Ohr gesungen. Sie würden Helden sein. *'Cause we are lovers.* Und dann hatte er mit einer anderen gepennt und sie einfach vor die Tür gesetzt. Hatte nicht einmal den Arsch in der Hose gehabt, um ihr zu sagen, was los war. *Das heißt aber nicht, dass wir uns trennen* – ja, klar. Seinetwegen hätte sie unter einer Brücke schlafen können, Hauptsache, er wäre sie los.

»Also gut, Leute. Versuchen wir's noch mal.«

Diesmal ließ Jenny sich von dem wütenden Lärm anstecken. Sie sang, in Gedanken bei Robert. *I, I will be king, and you, you will be queen.* Du kannst mich mal, dachte sie. Es war gar nicht so schwer, ein bisschen rumzuschreien, auch wenn sie nicht daran gewöhnt war. Sie hörte selbst, dass bei Gesang und Interpretation noch Luft nach oben war, aber jetzt war es ihr egal. Die Jungs waren ja auch Amateure. Es gab nichts, wofür sie sich schämen musste. Fick dich, Robert, sagte sie ihm in Gedanken. Wenn du in der Lage bist, Punk zu spielen, dann bin ich es erst recht.

Als der Song endete, sahen die Gesichter anders aus. Humme und Püppi grinsten sich an. Wahrscheinlich, weil Jenny sich zum Affen gemacht hatte, aber das spielte keine Rolle. Sie fühlte sich besser.

»Das war gar nicht so schlecht«, meinte Piet. »Im Ernst, Jenny. Das kriegen wir hin, ganz sicher. Wir machen aus dir eine Punkrockerin.«

»Das müsst ihr gar nicht«, meinte sie trotzig, immer noch in Gedanken bei Robert. »Ich bin schon eine. Auch wenn man das nicht von mir denkt.«

»Auf jeden Fall bist du das«, stimmte Piet lachend zu. »Mich hast du gleich beim ersten Mal überzeugt.«

Sie stemmte selbstbewusst die Hände in die Hüften. Dabei fiel ihr auf, wie sie angezogen war. Total overdressed, besonders für dieses Kellerloch.

»An meinem Outfit arbeite ich noch«, räumte sie verlegen ein.

»Dann bist du dabei?«, fragte Piet.

Püppi und Humme schienen einverstanden zu sein, sie wechselten zufriedene Blicke. Was soll's, dachte sie. Ein Abenteuer ist es allemal. Und Robert würden die Augen ausfallen.

»Ob ich dabei bin? Darauf kannst du wetten.«

Humme schlug einen Tusch, Püppi zeigte ihr den erhobenen Daumen, und Piet, der anfangs noch zu scheu gewesen war, umarmte sie jetzt doch. Und zwar so stürmisch, dass Jenny beinahe die Luft wegblieb. Überrascht nahm sie wahr, wie gut er roch, verdrängte den Gedanken aber sofort wieder.

»Wie heißt ihr eigentlich?«, fragte sie.

»*Happy Sinking*«, erklärte Piet stolz, was so viel hieß wie ›fröhlicher Untergang‹, wenn sie ihren Englischkenntnissen trauen konnte.

»Also gut«, lachte sie. Dann war sie jetzt also die Frontfrau von *Happy Sinking.*

Nach der Probe gingen die beiden anderen Jungs nach Hause, und Piet lud Jenny auf ein Bier ein, um auf seine neue Frontfrau anzustoßen. Sie setzten sich in eine Weddinger Eckkneipe, an einen Tisch mit fleckiger Decke und einem riesigen Messingaschenbecher. Das Neonlicht einer Kindl-Reklame leuchte von außen durch die Gardine, und das Bier wurde von einer stark berlinernden Wirtin in altmodischen Tulpengläsern serviert. Die Kneipe hatte etwas Piefiges, mehr noch als ihre Dorfkneipe im Münsterland, aber keiner störte sich an den beiden Gestalten am Tisch. Als wäre es ganz normal, dass ein Freak und eine Popperin die Kneipe betraten. Es hatte eine Oma-Gemütlichkeit und war gleichzeitig weltoffen. Eine irre Mischung, fand Jenny.

»Und?«, fragte Piet. »Was sagst du? Das war doch für den Anfang schon ganz gut, oder?«

»Du bist echt süß, Piet, aber machen wir uns nichts vor. Gesang ist nicht gerade meine große Stärke.«

»Denkst du, Püppis große Stärke wäre es, Bass zu spielen?«

»Keine Ahnung, dafür kenne ich ihn nicht gut genug«, konnte sie sich nicht verkneifen zu sagen, obwohl es ziemlich gemein war, ihm zu unterstellen, dass dieses viertklassige Geschrammel alle seine anderen, möglichen Stärken überstrahlen könnte.

»Autsch, das war fies«, lachte Piet. »Aber mal im Ernst. Vielleicht bist du nicht gerade die größte Sängerin aller Zeiten, aber deine Stimme hat was.«

Er hob die Hand, um der Wirtin zu bedeuten, dass sie ihnen noch eine Runde zapfen sollte.

»Von unserer Seite gibt's kein Problem. Das mit dem Gesang kriegen wir schon noch hin. Wenn du wirklich mitmachen willst?«

»Na klar will ich. Auch wenn ich zugeben muss … von der Uni bin ich eine andere Qualität gewohnt.«

Zu ihrer Überraschung lachte er laut und schallend.

»Was denn?«, fragte sie.

»Wir werden aus dir schon eine Punkerin machen.«

»Was hat das damit zu tun?«

»Darum geht es ja beim Punk. Es kann jeder mitmachen. Jeder, der anders ist. Es geht nicht darum, perfekte Musiker zu sein. Es geht darum, alles rauszulassen. Lärm zu machen. Etwas Neues zu kreieren. Den Altnazis vor den Koffer zu scheißen. Der ganzen kaputten Welt die Stirn zu bieten. Es geht darum, unsere Seele und unseren Schmerz zu zeigen. Das ist Punk, Jenny. Und nicht, professionell zu sein.«

Sie begriff, was er damit meinte, denn im Grunde war es genau das, was sie an Robert bewundert hatte, wenn er auf der Bühne stand.

»Mach dich locker, Jenny. Lass einfach alles raus. Komm schon, du bist gierig danach, im Rampenlicht zu stehen. Das habe ich im Hertie gesehen.«

Als ob sie wirklich eine Rampensau wäre. Was immer Piet auch dachte, da kannte sie sich besser. Das Weihnachtskonzert war zwar großartig gewesen, aber so war sie nicht. Nicht wirklich. Trotzdem musste sie lächeln bei dem Gedanken an den Auftritt. Sie hatte immer gedacht, sie wäre zu schüchtern für die Bühne, doch tatsächlich hatte sie viel Befriedigung bei Hertie auf der Bühne gefunden. Vielleicht hatte das Rampenlicht ja doch etwas Anziehendes.

»Hast du Lust, dir mal unsere Songs anzusehen?«, fragte Piet.

»Na klar. Wie viele habt ihr?«

»Na ja. Ehrlich gesagt, sind sie noch im Entstehen. Ich habe eine Menge Ideen. Aber du bist doch auch Musikerin. Bestimmt kannst du mir dabei helfen, an den Songs zu schleifen. Was meinst du?«

Sie war zwar nicht sicher, ob sie wirklich eine große Hilfe wäre, aber sie hatte wahnsinnig Lust, das mal auszuprobieren. Und darum ging es doch im Punk, wenn sie das richtig verstanden hatte. Einfach tun, wozu man Lust hat.

»Total gerne«, sagte sie. »Jederzeit.«

Piet strahlte und reichte ihr die Hand über den Tisch.

»Abgemacht?«, fragte er.

Jenny schlug ein. »Abgemacht.«

In den nächsten Tagen bekamen sie jedoch noch keine Gelegenheit loszulegen. Piet, der bei der Post im Briefzentrum arbeitete, machte eine Menge Extraschichten, um etwas zusätzliches Geld zu verdienen. Jenny verbrachte deshalb ihre Zeit damit, an der Uni aufzukreuzen. Sie drückte sich in ihren Pädagogikseminaren herum, in Gedanken war sie jedoch bei den Songs, die sie gemeinsam mit Piet schreiben würde. Selbst das Seminar zur Struktur der Barockmusik, das sie an der HdK besuchte und auf das sie sich lange gefreut hatte, konnte sie nicht auf andere Gedanken bringen.

Als sie Tina von der Band erzählte, war die auf Anhieb begeistert. Kurzerhand schleppte sie Jenny in einen Plattenladen, damit sie sich ein paar Scheiben kaufen konnte, um Punk und New Wave besser kennenzulernen. Es gab eine Menge Platten von den *Sex Pistols*, *The Clash* und den *Ramones*, nach denen Jenny automatisch griff, aber Tina empfahl ihr *Mittagspause*, *Hans-A-Plast* und *DAF*, allesamt deutsche Bands, die in der Punkszene berühmt waren. »Recherche« nannte sie das. Wenn Jenny mit dem Songschreiben anfangen wolle, müsse sie wissen, was die Konkurrenz mache. Sie kannte sich viel besser aus, als Jenny vermutet hätte. Aber in dieser Hinsicht waren sie sich eben ähnlich. Tina liebte alles, was mit Musik zu tun hatte, von Soul bis New Wave. Es gab kaum eine Musikrichtung, die sie nicht begeisterte. Nur Schlager hasste sie aus vollem Herzen, da war und blieb Jenny die Ausnahme.

Mit ihrer Gage von den Weihnachtsauftritten kaufte sie sich einen gebrauchten Plattenspieler. Sie hatte bereits ein paar alte Möbel gekauft sowie billigen blutroten Stoff, aus dem sie Vorhänge genäht hatte. In ihrer Wohnung sah es inzwischen richtig gemütlich aus. Doch nach den Einkäufen im Plattenladen waren ihre Reserven spürbar geschrumpft. Sie musste sich bald wieder einen Job suchen, lange ging das nicht mehr gut.

Einige dieser Bands, von denen sie nun Alben besaß, kannte sie schon von Robert, zumindest dem Namen nach. Doch jetzt hörte sie die Platten anders. Achtete auf die Harmonien, den Songaufbau, die Texte und den Sound. Sie bekam ein Gefühl für die Musik, die ihr zunehmend besser gefiel.

Ein paar Tage später traf sie Piet endlich wieder. Er lud sie in seine Schöneberger Wohnung ein. Es war ein kleines Ladenlokal, bei dem die

Fenster zur Straße abgeklebt waren und das er von innen komplett weiß gestrichen hatte. Vor seinem Einzug war es ein Modeladen gewesen. Die Ladentheke stand noch mitten im Raum, und die Wand war voller leerer Regale, die ebenfalls schneeweiß angestrichen waren, was dem Ganzen einen surrealen Hauch verlieh.

Er hatte für sie gekocht, richtig aufwendig. Es gab Gulasch und Kartoffeln und zum Nachtisch Mousse au Chocolat. Sie hätte bestenfalls mit Mirácoli gerechnet und war positiv überrascht. Sie saßen im Kerzenlicht an einem Tisch zwischen der Ladentheke und den leeren Regalen, aßen, tranken Wein und redeten über Musik.

»Was ist denn mit deinen eigenen Songs?«, fragte Jenny irgendwann. »Kann ich die mal sehen?«

»Abwarten. Du hast selbst noch nie Songs geschrieben?«

»Nein, das nicht. Aber Improvisationen gehören zur Ausbildung, gerade beim Jazz. Ich weiß, das ist nicht dasselbe, aber ich könnte es mal probieren.«

»Na klar! Aber am besten vergisst du dabei alles, was du gelernt hast. Das hemmt dich nur.«

»Dann legen wir los? Schreiben wir Songs?«

»Nicht heute. Ich habe etwas Besseres vor.«

»Besser, als Musik zu machen?«

»Na ja, mindestens genauso gut. Ich führe dich aus, und wir sehen uns eine Band an.« Mit einem Grinsen fügte er hinzu: »Ich werde dein großer Punk-Meister werden, vertrau mir. Die Ausbildung beginnt heute.«

Sie erzählte von den Platten, die sie sich gekauft hatte, und von allem, was sie bislang über Punk und New Wave gelernt hatte. Über die Tonarten, das Tempo, den Gesang. Piet schien das zu amüsieren.

»Du machst keine halben Sachen, was?«

»Willst du damit sagen, ich bin eine Streberin?«

»Nein, ich will damit sagen, du hast Leidenschaft.«

Ihre Blicke trafen sich. Was ihre eigene Leidenschaft anging, war sie nicht so sicher, aber in seinen Augen konnte sie definitiv eine Menge davon erkennen. Verlegen senkte sie den Blick und nahm einen Schluck Wein.

»Wohin gehen wir?«, fragte sie. »Ins SO36?«

»Nein, wir gehen in die Music Hall. Das ist in Friedenau.«

»Na dann, worauf warten wir noch?«

Sie machten sich fertig und gingen zur U-Bahn. Der Club war in einer alten Tanzschule in einem verwunschenen Gebäudekomplex aus der Kaiserzeit untergebracht. Als sie hineingingen, spielte im bauchigen Inneren des Gebäudes eine Band, die *Mittagspause* hieß. Jenny erkannte den Namen, die Band war ihr bereits von Tina empfohlen worden. Schräger Punk mit einem Hang zum Reggae, ohne Bass, was ungewöhnlich war, und dafür mit einer tiefen Rhythmusgitarre und einem durchgeknallten Schlagzeuger, der entschlossen war, den fehlenden Bass mit treibendem Takt und wildem Körpereinsatz auszugleichen. Es war ein irrer Lärm. Der Laden war brechend voll und die Stimmung kochte. Jenny bemerkte sofort, dass sie in einen dieser Momente hineingeraten waren, in denen ein Gemeinschaftsgefühl entstand, wenn alle in ihrer Ekstase vereint waren und es dem Sänger gelang, seine Gefühle so zu offenbaren, dass alle das Gleiche fühlten, dass sie verbunden waren in Schmerz und Glück und Lebensfreude. Sie arbeiteten sich zum Tresen vor, während *Mittagspause* unter Jubel und Applaus die Bühne verließen. Dann wurde die nächste Band angekündigt: *Mania D.*

»Wieso hast du mir nicht gesagt, dass die auftreten?«, fragte Jenny begeistert.

Tina hatte ihr eine Platte der Frauenband ausgeliehen, und es war das Radikalste, was Jenny bislang gehört hatte, viel verrückter und wilder als die meisten Jungsgruppen. Drei Frauen in schwarzen Boots und Reiterhosen marschierten auf die Bühne und nahmen an ihren Instrumenten Platz. Schlagzeug, Saxophon und Bass. Die Menge flippte sofort total aus.

Piet zog sie an einen freien Platz schräg hinterm Tresen. Das erlaubte ihnen eine gewisse Distanz, um sich das Spektakel mit etwas Abstand anzusehen, und dennoch waren sie Teil des Ganzen. Als Piet ihren Arm losließ, berührten ihre Hände sich, es war wie ein Stromschlag für Jenny, und sie zog unwillkürlich ihre Hand weg. Auch Piet wirkte verlegen.

Die Frauen legten los, und Jenny konnte nur staunen. Von der ersten Sekunde an übertrugen sie ihre Musik auf den Saal, mit einer Dominanz, dass ihr die Luft wegblieb. Piet schrie über den Lärm hinweg, dass er zwei Bier holen wolle. Doch Jenny hatte nur Augen für die Frauen. Es war kein Punk, was sie machten. Nicht einmal New Wave. Es war etwas Eigenes und Verstörendes. Ein aggressives Schlagzeug, wie sie es noch nie gehört hatte, ein entkoppelter Bass, und dazu das irre herumkreischende Saxophon. Es war Avantgarde. Die Sängerin trat ans Mikro und begann zu singen. Oder eher herumzubrüllen: »In der Aura des Fernsehens, da töt ich dich.« Piet stand mit zwei Dosenbier wieder bei Jenny. Er reichte ihr eins, und erneut berührten sich ihre Hände. Da beugte er sich zu ihr herab und küsste sie sanft auf die Wange, begleitet von den Schreien der Sängerin: »Da töt ich dich, da töt ich dich.« Und Jenny, die ihre Dose plötzlich fallen ließ, packte mit beiden Händen sein Gesicht und küsste ihn fest auf den Mund.

Ein paar Tage später war sie mit Tina unterwegs, die sich angeboten hatte, mit ihr Klamotten einkaufen zu gehen. Sie kannte einen Secondhandladen, wo Kleidung als Kiloware verkauft wurde. Selbst mit ihren paar Kröten könne Jenny dort fündig werden. Sie würde ihr helfen, cooler und weniger poppig auszusehen. Der Laden war in einer Fabriketage in Schöneberg untergebracht. Es roch in den Räumen wie bei Jennys Oma im Kleiderschrank, und die Klamotten waren in Regalen und auf Wühltischen nicht nach der üblichen Sortierung aus Modeläden, sondern lediglich nach Farben geordnet. Rot, Gelb, Grün, Blau, alles hatte eine Abteilung für sich. Da lagen dann Hosen, Kleider und Jacken gleichberechtigt nebeneinander.

Tina meinte, Jenny solle mit Blau anfangen, denn das passe zu ihren Augen. Die meisten Kleidungsstücke waren gebrauchte und zerschlissene Hemden und Hosen, die lediglich kraftvoll gefärbt und so auf Vordermann gebracht worden waren. Das funktionierte wunderbar – selbst ein ausgeleierter alter Pulli, den Jenny auf dem Wühltisch fand, wirkte durch das kräftige Kobaltblau wie ein brandneues Unikat.

»Was hältst du hiervon?«, fragte Tina und hielt ihr ein spießiges 6oer-Jahre-Kleid entgegen, das türkisblau leuchtete und dadurch irre aussah. »Das ist doch echt freakig.«

»Keine Kleider«, meinte Jenny. »Ich will Hosen. Und Stiefel. Und ein weites Männerhemd.«

»Hallo! Da will aber jemand seinen Stil radikal ändern.«

»Nicht unbedingt. Aber ich habe schon eine Idee von meinem neuen Look.«

Sie wollte sich weiterhin schminken, und ihre blonden Haare sollten ebenfalls bleiben. Der Kontrast käme durch die Kleidung. Weder Mädel noch Junge sein, und trotzdem beides betonen, das wäre klasse. Ein harter Look, aber mit ordentlich Glamour.

»Wenn Jungs Kajal auflegen und total sexy aussehen können, dann kann ich das Gleiche mit Männerhosen machen«, sagte sie.

Tina gefiel die Idee. Sie wühlten sich durch Tische und Regale, warfen ihre Auswahl auf einen Haufen und trugen sie zu den Umkleidekabinen, wo Jenny die zahllosen Klamotten anprobierte. Tina schleppte immer wieder neue Sachen an, vor allem solche, die schön luftig waren. Dünne Hemden, leichte Baumwollsachen, Leinenstoff. Das Kriterium Gewicht war für sie offenbar genauso wichtig wie das Aussehen der Kleidung. Als sie am Ende ihre Beute an der Kasse auf die Waage legten, war Jenny überrascht, wie wenig Kiloware dadurch zusammengekommen war.

Sie konnte es kaum erwarten, Piet ihre neuen Klamotten zu präsentieren. Er hatte sie eingeladen, nach seiner letzten Schicht im Briefzentrum, die er in diesem Monat absolvierte, zu ihr zu kommen. Jenny war früh dran und stand gefühlt eine Ewigkeit im eisigen Ostwind, der durch die Straße vor dem Ladenlokal pfiff. Wenn sie in Berlin überleben wollte, brauchte sie dringend einen warmen Mantel, ganz egal, was der wiegen würde. Und eine bessere Technik, was ihren Kachelofen anging. Überhaupt kam es ihr vor, als würde sie sich langsam in ein gefrorenes Stück Hundescheiße verwandeln. Solche Winter kannte sie aus Westdeutschland nicht, und sie fragte sich, wie lange sie diese grauenhafte Kälte noch aushalten würde.

Gerade fing es wieder an zu schneien, als Piet um die Ecke kam und sie vor der Ladentür bibbern sah.

»Jenny! Du siehst ja ganz blau aus. Komm schnell rein.«

»Ich weiß nicht, ob ich mich noch bewegen kann. Ich glaub, ich bin schon am Boden festgefroren.«

»Dann muss ich dich wohl über die Schwelle tragen?«

»Da will ich aber erst einen richtigen Antrag.«

Sie lachten, doch Jenny spürte ein Ziehen wegen dieser spaßhaften

Andeutungen. Sie schob die Gedanken schnell beiseite und huschte ins Innere des Ladenlokals.

»Ich habe eine Überraschung für dich«, sagte sie. »Ich war mit Tina shoppen.«

»Jetzt bin ich gespannt.«

»Du musst aber die Augen zu machen.«

Er wandte sich ab, legte die Hand über die Augen, und sie zog den Trenchcoat aus. Darunter trug sie ihre neuen Klamotten: eine weite Arbeitshose in Kobaltblau, zwei eng anliegende Unterhemden in unterschiedlichen Blautönen, die ihre Figur betonten, und ein weites, offenes Männerhemd. Das Make-up war farblich abgestimmt, und ihre blonden Haare trug sie offen und leicht gewellt.

»Jetzt kannst du die Augen aufmachen.«

Er drehte sich um, betrachtete sie von oben bis unten. Sein entzückter Blick sprach Bände.

»Mensch, Jenny, du siehst klasse aus.«

Er nahm überschwänglich ihre Hände.

»Gefällt's dir?«

Er zog sie an sich. Ehe Jenny darüber nachdenken konnte, küssten sie sich. Zwar verlegen und ein wenig scheu, denn es fühlte sich immer noch neu an. Aber sie spürte, sie wollte mehr. Nach einem Moment löste sie sich von ihm und trat einen unsicheren Schritt zurück.

»Es ist arschkalt hier drin«, überspielte sie ihre Verlegenheit. »Wir müssen erst mal den Ofen anschmeißen.«

»Was denn für einen Ofen? Ich hab Zentralheizung.«

»*Zentralheizung?*«

Sie sah sich um. Erst jetzt bemerkte sie, dass kein Kachelofen im Ladenlokal stand. Da waren Heizkörper an der Wand. Wie konnte es sein, dass ihr das nicht eher aufgefallen war?

»Ich bin im Himmel«, rief sie. »Das gibt's doch gar nicht. Piet, das ist wie Weihnachten und Ostern an einem Tag.«

Sie lief zum Heizkörper, drehte am Thermostat, und augenblicklich begann es in den Rohren zu gluckern, und sie wurden warm. Probehalber drehte sie den Thermostat wieder zu – das Gluckern verschwand – und dann wieder auf. Es war unglaublich. Zwar hatte sie bis vor ein paar Monaten nichts anderes gekannt als das Leben mit Zentralheizung, aber inzwischen fühlte sich eine Heizung wie ein so extravaganter Luxus an, dass es beinahe vulgär erschien.

»Es ist ein Wunder«, rief sie begeistert. »Reinste Magie. Man dreht einfach am Thermostat. Herrlich!«

Piet lachte. »Ich bin eben immer für eine Überraschung gut.«

Der Heizkörper hatte augenblicklich begonnen, Wärme abzustrahlen. Sie legte ihre eiskalten Hände dagegen. »Oh, Piet. Ich beneide dich so. Warum kann ich nicht hier wohnen?«

»Du kannst ja einziehen, wenn du willst.«

Sie sah auf. Es war ihm so rausgerutscht, aber er meinte es ernst, das konnte sie sehen. Wieder spürte sie Unsicherheit.

»Du meinst, ich darf mit deiner Heizung zusammenziehen?«, scherzte sie.

»Na klar. Aber ich warne dich vor. Sie putzt nie und macht selten den Abwasch.«

»Kein Problem. Dafür habe ich ja dich.«

Er lächelte, stand einfach nur da und betrachtete sie. Jenny ging zaghaft auf ihn zu. Nahm seine Hände, und jetzt küssten sie sich wieder, diesmal lange und tief. Sie stolperten zu seinem Bett, einer Matratze im hinteren Teil des Lokals, die auf Holzpaletten lag und über und über mit Decken und Kissen bedeckt war. Sie zerrten an ihren Klamotten, sanken tief in die Kissen und gaben sich ihren Gefühlen hin. Der Sex war anders als mit Robert. Intensiver. Piet fühlte sich unglaublich gut an. Es war zärtlicher und stürmischer, als sie es je erlebt hatte.

Sie verbrachten den Nachmittag und die halbe Nacht auf seiner Matratze. Liebten sich in der geheizten Wohnung, während es draußen langsam dunkel wurde. Vor dem Ladenlokal herrschte tiefster Winter, doch hier drinnen lagen sie warm und nackt im Licht der Kerzen und der Lichterketten, die Piets Wohnung erhellten, und verloren dabei jeden Bezug zur Zeit.

Eng aneinandergekuschelt beobachteten sie mitten in der Nacht die Schneeflocken, die draußen durch den Lichtschein einer Laterne wirbelten. Es war vollkommen still im Haus, nur die Zentralheizung gab ein leises Rauschen von sich. Als wären sie allein auf der Welt.

Piet löste sich aus der Umarmung und setzte sich auf. Er schenkte ihr ein schelmisches Lächeln. Als hätte er etwas im Sinn.

»Und was machen wir jetzt?«, fragte Jenny.

»Ich hätte da eine Idee.«

»Das habe ich mir fast gedacht. Sag schon.«

»Wir schreiben Songs«, meinte er grinsend, sprang aus dem Bett und holte ein abgegriffenes Bontempi Keyboard, das er auf die Decke legte. Dann einen Stapel Zettel, Texte und Notenblätter. Sie waren eng bekritzelt, offenbar mit seinen Songideen. Er schlüpfte wieder zu Jenny unter die Decke und legte den Arm um sie.

»Ich zeige dir, was ich mir überlegt habe.«

»Das sind aber nicht bloß ein paar unausgereifte Ideen.«

»Stimmt, fertig ist von den Entwürfen allerdings noch nichts. Ich will unbedingt wissen, was du von ihnen hältst.«

Sie blätterte den Stapel durch, las die Texte und die Noten. Es waren schöne Fragmente, aber alle in Englisch verfasst.

»Warum Englisch? Sollten wir nicht besser auf Deutsch singen? So wie *Fehlfarben* oder *DAF*?«

»Ich weiß schon, was du meinst. Das machen alle gerade, oder?«

»Weil es besser klingt. Wir wollen doch unsere eigene New Wave machen. Nicht einfach das übernehmen, was aus England kommt.«

»Trotzdem, es fühlt sich für mich richtiger an. Irgendwie kann ich mit Deutsch nichts anfangen.«

Er stellte den Synthesizer ein. »Ich zeig dir mal ein Riff, das ich mir überlegt habe. Das spielt natürlich der E-Bass, das musst du dir dazudenken. Bereit?«

Sie nickte. Er spielte eine rockige Melodienfolge, die sich wiederholte und wahnsinnig eingängig war. Dann begann er, während er auf dem Synthesizer weiter das Riff wiederholte, eine Songzeile zu singen. Jenny fand die Idee für das Motiv klasse, aber noch beeindruckter war sie von seiner Stimme. Die hörte sich einfach toll an.

Nach ein paar Takten brach er ab. »Weiter bin ich noch nicht. Mir fehlt die passende Hookline für den Refrain. Aber ich habe mir schon was zum Text überlegt.«

Jenny betrachtete ihn nachdenklich.

»Warst du der Sänger, bevor ich dazugekommen bin?«

Die Frage schien ihn in Verlegenheit zu bringen.

»Schon. Aber ich finde es cooler, wenn die Band eine Frontfrau hat. Das ist doch Punk, oder? Dass man einfach macht, was am coolsten ist.«

»Die meisten Punkbands sind reine Jungsgruppen.«

»Deswegen haben wir ja dich. Weil wir aufregender sind als die anderen. Was meinst du? Wie gefällt dir der Text?«

Sie betrachtete das Blatt. »Der ist schön. Aber mein Akzent ist grauenhaft, wenn ich englisch singe.«

»Ach, das kriegen wir schon hin.«

»Wenn du meinst … «

»Na klar. Soll ich das Riff noch mal spielen?«

Den Rest der Nacht verbrachten sie damit, sich die Songfragmente anzusehen. Sie schliefen ein paar Stunden, bevor sie weitermachten. Sie probierten Kompositionen aus, sangen, schrieben Texte um, hörten Musik anderer Gruppen. Piet legte Platten auf von seiner Lieblingsgruppe, der amerikanischen Band *Hüsker Dü*. Die war der eigentliche Grund, warum er englische Texte wollte, begriff Jenny. Er wollte es seinen Idolen gleichtun, mit ihren stilbildenden Texten und dem wilden, ungezähmten Sound, an dem sich viele Punkbands orientierten. Sie konnte das verstehen. Also würde sie an ihrem Akzent arbeiten, auch wenn es ihr schwerfiel.

Sowohl diesen Tag als auch die folgenden verbrachten sie fast ausschließlich in Piets Ladenlokal. Hörten Musik, arbeiteten an den Songs, liebten sich oder saßen in Unterwäsche am Tisch, wo sie Kaffee tranken und Zigaretten rauchten und sich unterhielten. Jenny redete viel. Sie erzählte von Basti, von ihren Eltern, sogar von Robert und wie der sich benommen hatte. Sie hatte schon lange nicht mehr so viel über sich erzählt. Die Uni schwänzte sie in diesen Tagen kurzerhand, die schien ihr nicht so wichtig zu sein.

»Welche Musik magst du am liebsten?«, fragte Piet irgendwann. Das schien ihn brennend zu interessieren.

»Ich mag alles. *Blondie*, Suzie Quattro, *ABBA*, *Fleetwood Mac*. Ich mag auch Klassik und Jazz. Und natürlich Punk. Es gibt keine Musik, mit der ich nichts anfangen kann.«

»Ja, aber was am liebsten?«

»Das kann ich unmöglich sagen.«

Und zwar wortwörtlich. Denn Schlager waren das Feindbild für Leute wie Piet. Sie standen stellvertretend für den ganzen Pief und die

Enge, aus der sie ausgebrochen waren. Für die Welt, die sie mit ihrer aggressiven Musik bekämpften.

»Du musst doch einen Lieblingskünstler haben?«

»Haben wir noch Kaffee?«

»Jetzt lenk nicht ab, Jenny.«

Sie wollte Piet nicht anlügen. Dafür war es zu schön mit ihm. Sie wollte keine Geheimnisse haben.

Oje, das konnte ja was werden.

»Nicht sauer sein.«

»Quatsch. Sag schon.«

Sie holte Luft. »Vicky Leandros.«

Zuerst schien er zu glauben, sie wollte ihn veräppeln. Aber dann erkannte er, dass sie es ernst meinte. Er begann zu lachen und konnte sich gar nicht wieder einkriegen. Schließlich beugte er sich über den Tisch und umarmte sie.

»Ach Jenny, ich wünschte, ich hätte dich schon eher kennengelernt. Wo warst du nur die ganzen Jahre?«

An diesem Abend waren sie mit den Jungs im Proberaum verabredet. Jenny bedauerte das fast ein wenig, denn sie hätte durchaus den Rest ihres Lebens in dem aufgeheizten Ladenlokal im Kerzenschein verbringen können. Die Welt draußen für immer hinter sich lassen.

Bevor sie sich auf den Weg in den Wedding machten, probierte sie spaßeshalber ein paar Männerklamotten aus Piets Schrank an. Sie waren ihr eine Nummer zu groß, was bedeutete, sie saßen perfekt. Piet schien das zu gefallen, er mochte es, seine Klamotten an ihr zu sehen. Bevor sie zur U-Bahn gingen, fragte er: »Hast du keine bessere Jacke? Draußen sind es minus zehn Grad.«

»Nein, nur den Trenchcoat. Als ich von zu Hause weg bin, war es noch total warm.«

Er nahm seine grüne Lederjacke und zog sie ihr über.

»Die ist schön warm, auch wenn sie nicht so aussieht.«

Jenny stellte sich vor den Spiegel. Die Jacke war toll, sie passte perfekt zu ihrem Look. Und sie roch nach Piet.

»Schenke ich dir«, fügte er hinzu.

»Das kannst du doch nicht machen. Ist das nicht deine Lieblingsjacke?«

»Dir steht sie besser.«

Jenny wandte sich zum Spiegel. Es fühlte sich toll an, seine Jacke zu tragen. Überhaupt fühlte es sich toll an, Teil seiner Welt zu sein. Piet war so anders als Robert. Sie wollte sich gar nicht so schnell wieder verlieben, aber wenn sie mit ihm zusammen war und sie gemeinsam Musik machten, statt dass sie wie bei Robert nur ein Anhängsel war, spürte sie, dass ihr das nicht leichtfallen würde.

Humme und Püppi waren begeistert von dem, was sie gemeinsam geschrieben hatten. Jenny war eine eingängige Hookline für den Refrain des ersten Songs eingefallen, und auch an anderen Stücken hatten sie bereits gearbeitet. Es war leichter, etwas zu singen, das nicht von Bowie war, fand sie. Auch wenn sie weiterhin über die englischen Silben stolperte, gelang es ihr mit den eigenen Texten besser, aufzudrehen und lauter und aggressiver zu werden. Die Jungs waren zufrieden mit ihren Fortschritten, und den größten Teil des Februars verbrachten Jenny und Piet damit, weiter an der Musik zu feilen. Bald hatten sie schon fünf Songs, die sich sehen lassen konnten. Fast schon ein Album.

In ihre eigene Wohnung ging sie nur noch auf Blitzbesuch. Dadurch, dass sie kaum zu Hause war, um den Ofen anzumachen, waren die Räume restlos ausgekühlt. Es hatte keinen Sinn, etwas dagegen zu unternehmen, wenn sie eh lieber bei Piet war, also blieb sie einfach bei ihm. Wenn die beiden nicht in seinem Ladenlokal waren, zogen sie durch die verschneite Stadt, sahen sich Bands an, probten mit den Jungs, aßen Döner, spazierten an der Spree und an den Grenzanlagen entlang.

Inzwischen fand Jenny, einige der Bands, die sie auf der Bühne sahen, machten schlechtere Musik als sie. Sie begann zu glauben, dass sie als Band tatsächlich etwas taugten. Und als sie Ende des Monats mal wieder in Piets Ladenlokal auf dem Bett hockten, stand er plötzlich auf und machte ein feierliches Gesicht.

»Es ist so weit, Jenny«, sagte er. »Jetzt machen wir ernst.«

»Womit denn?«

»Wir brauchen ein paar Auftritte.«

»Du meinst, vor richtigem Publikum?«

»Ja, klar. Bist du bereit dafür?«

Sie warf die Decke zur Seite und sprang ebenfalls auf.

»Und ob ich bereit bin. Aber wer wird uns auftreten lassen? Wir sind doch total unbekannt.«

»Lass mich nur machen. Ich habe schon ein paar Ideen.«

Er grinste und breitete die Arme aus, als wollte er sagen, Kleine, ich mach dich zum Star. Jenny stürmte zu ihm und fiel in seine Umarmung. Sie stolperten zurück und fielen in das Bett, wo sie sich einmal mehr liebten.

# 8

## ZWEI MONATE SPÄTER

»Jenny! Dich habe ich ja ewig nicht mehr gesehen.«

Tina war gerade auf dem Weg vom Etagenklo zurück in ihre Wohnung, als Jenny die Treppe hochstiefelte.

»Ich habe mich schon gefragt, ob du vielleicht zurück nach Westdeutschland gegangen bist, ohne mir was zu sagen.«

»Nach Westdeutschland? Nie im Leben.«

Tina betrachtete sie. Jenny war bewusst, dass man ihr sofort ansehen konnte, was los war. Bestimmt leuchtete sie sogar im Dunkeln.

»Es ist dieser Piet, oder?«, fragte Tina.

Jenny grinste breit. Es ließ sich wohl nicht abstreiten, dafür war sie viel zu verknallt.

»Komm, ich will alles hören.«

»Aber lass uns zu dir. Ich heiz nur schnell meinen Ofen an, dann komme ich rüber.«

Tina sagte, sie werde Gewürztee kochen, und Jenny beeilte sich, Holzspäne anzufachen und ein paar Briketts nachzulegen. Dann schloss sie die Ofenklappe und lief über den Flur. Als sie Tinas Küche betrat, war es dort muckelig warm. Die Fenster waren in der aufgeheizten

Küche beschlagen, was ihnen den deprimierenden Blick auf die Mauer und den Todesstreifen ersparte. Tina zündete eine Kerze an und goss Tee ein.

»Setz dich, setz dich, ich will alles hören«, sagte sie.

»Du meinst, alles über Piet?«

»Nein, ich meine, wie's in der Uni läuft.« Sie lachte. »Natürlich meine ich Piet.«

Da Jenny sich eh schlecht auf Dinge konzentrieren konnte, die nichts mit ihm zu tun hatten, war ihr dieses Thema nur allzu recht. Sie redete und redete und hörte gar nicht mehr auf. Den Höhepunkt allerdings, die aufregendste Neuigkeit, die sie zu berichten hatte, die sparte sie sich bis zum Schluss auf.

»Stell dir vor, wir haben unser erstes Konzert.«

»Nein! Ihr tretet auf? Das ist großartig, Jenny.«

»Ja, wir sind die Vorgruppe von *KFC*. In der Music Hall. Und wir covern nichts, sondern spielen unsere eigenen Songs. Ist das nicht total irre?«

»Ihr präsentiert euch der Öffentlichkeit. Ich werde verrückt. Das muss gefeiert werden.«

»Apropos, ich habe dir was mitgebracht.«

Sie kramte ein Döschen aus ihrer Tasche und legte es auf den Tisch. Tina lächelte fragend und öffnete es. Darin lagen Kekse, die aussahen wie Sandgebäck. Ganz harmlos.

»Die hat Piet gebacken«, meinte Jenny geheimnisvoll.

Doch Tina durchschaute die Sache sofort.

»Sag nicht, du isst Haschkekse.«

»Warum denn nicht?«

»Na, wegen Robert, diesem Dauerkiffer. Ich dachte, du wärst total abgeturnt von dem Zeug.«

151

»Kekse sind doch was anderes. Piet sagt, Hasch ist *die* Kuscheldroge. Man muss es nicht nehmen, um komplett dicht zu werden, so wie Robert. Im Gegenteil. Haschkekse wirken ganz anders.«

»Aha, Kuscheldroge also. Und ich schätze, du hast hinreichend Erfahrungen gemacht in dieser Sache?«

Jenny strahlte übers ganze Gesicht. Tina kicherte, dann schloss sie die Dose und legte sie zur Seite. »Für später«, meinte sie hintergründig. »Danke, Jenny.«

»Du kommst doch zu unserem Konzert?«

»Na klar, darauf kannst du wetten. Wann spielt ihr denn?«

»Nächste Woche, am Freitagabend.«

Tinas Lächeln erstarb.

»Oh, nein. Da kann ich nicht.«

»Wie bitte? Wieso denn nicht?«

»Ich fahre zu meiner Tante nach Ostberlin.«

»Aber kannst du das nicht verschieben?«

»Sie hat Geburtstag. Es tut mir so leid, Jenny.«

»*Geburtstag*?«, fragte sie ungläubig. »Aber das ist unser erstes Konzert. Ich brauche dich da. Und du findest deine Tante doch total blöd. Wie kann das wichtiger sein?«

»Ich habe es versprochen.«

Jenny spürte tief in der Magengrube einen Stich. Tina hatte sie den ganzen Weg begleitet. Niemand anderen hätte sie an diesem Abend mehr gebraucht. Immerhin schien ihrer Freundin die Sache tierisch unangenehm zu sein. Sie schwieg und spielte nervös mit der Teetasse.

»Immer gehst du in den Osten«, maulte Jenny enttäuscht.

Um sich nicht anmerken zu lassen, wie verletzt sie war, fügte sie betont lässig hinzu: »Du musst mehr ausgehen. Spaß haben. Lass uns was machen, du, Piet und ich. Wir sind ständig auf Konzerten unterwegs. Du musst mal jemanden kennenlernen, dir einen Freund suchen.«

»Einen Freund?« Jetzt lachte Tina auf. »Nein, danke. Kein Bedarf. Da kann ich wirklich drauf verzichten.«

Jenny wunderte sich über Tinas ablehnende Haltung, und ihr wurde klar, dass sie im Grunde so gut wie nichts über ihre Nachbarin wusste. Sie hielt sich sehr bedeckt, wenn es um Privates ging, auch wenn sie ansonsten kein Blatt vor den Mund nahm. Dabei erzählte Jenny ihr alles.

»Hättest du lieber eine Freundin?«, fragte sie vorsichtig. »Ist es das?«

Tina riss den Kopf hoch, fixierte sie distanziert. Also stimmte es, was sie vermutet hatte. Tina liebte Frauen.

»Tut mir leid. Ich wollte nicht … «

»Du meinst, weil Robert das sagt? Dieser Idiot. Ist das überhaupt wichtig?«

»Mir ist es wichtig. Wir sind doch Freundinnen.«

Tina schien von diesem Argument nicht überzeugt.

»Ich hab da nichts gegen, also wenn du … «

»Oh, wie großzügig, Jenny.«

»Nein, ich meine, es kann jeder leben, wie er will.«

Doch auch das schien es nicht besser zu machen.

»Das ist mein Ernst, Tina. Du bist meine Freundin. Die Beste, die ich mir vorstellen kann. Mir doch egal, mit wem du pennst.« Dann fügte sie hinzu: »Nein, es ist mir natürlich nicht egal, denn ich würde sie unbedingt kennenlernen wollen. Hast du denn eine Freundin?«

Tina winkte ab, als wäre das ein trostloses Thema. Hieß das, sie war Single? Jenny hätte gar nicht gewusst, wie sie das angehen sollte, wenn sie Frauen liebte. Ob es schwer war, eine Lesbierin kennenzulernen? Sie wusste von Achim, dass es homosexuelle Lokale für Männer gab, aber gab es so was auch für Frauen?

Sie schämte sich, nicht mehr darüber zu wissen. Doch außerhalb der Hasstiraden ihres Vaters, der sich gerne über warme Brüder und alle anderen »Perversen« aufregte, die ein »bösartiges Geschwür im Volkskörper« darstellten, war sie bisher so gut wie nie mit diesem Thema konfrontiert worden.

»Also, wenn du keine Freundin hast, dann musst du halt eine kennenlernen«, meinte sie. »Ich kann ja mal mitkommen, in einen, äh, Frauenladen. So was gibt es doch bestimmt?«

»Danke, Jenny, das ist sehr nett. Aber ich brauche dich nicht zum Händchenhalten.«

Tina wirkte zwar etwas versöhnlicher, aber irgendwie hatte Jenny das Gefühl, ständig das Falsche zu sagen. Sie fühlte sich wie ein Elefant im Porzellanladen.

»Komm, wir hören Musik«, lenkte Tina ab. »Ich hab die neue Platte von Grace Jones. Heute ist hier mal punkfreie Zone, wenn du nichts dagegen hast.«

»Grace Jones, die ist klasse.«

Bereitwillig ließ sie sich von Tina zum Sofa ziehen, neben dem der Plattenspieler stand. Sie würden ein anderes Mal über dieses Thema sprechen. Vielleicht würde es Jenny dann besser gelingen, den richtigen Ton zu treffen. Sie hörten die neue Scheibe, bestaunten das Plattencover, studierten die Texte und sangen mit. Als Jenny irgendwann beschloss, hinüberzugehen und Kohlen nachzulegen, machte Tina ein betretenes Gesicht.

»Bist du mir böse, dass ich nicht zu deinem Konzert komme?«, fragte sie.

»Nein, solange du mir nicht böse bist, dass ich so eine Landpomeranze bin.«

»Ach, wie könnte ich«, lachte sie. »Leg schnell Kohlen nach, und dann komm zurück. Ich finde, wir sollten doch mal die Kekse probieren.«

Damit war die Missstimmung endgültig verflogen. Jenny kümmerte sich eilig um ihren Ofen, und den Rest des Nachmittags verbrachte sie bei Tina auf dem Sofa, wo sie Kekse aßen, Tee tranken und Musik hörten.

In den nächsten Tagen ging sie wieder regelmäßig zur Uni, um ein paar Seminare nachzuholen. Piet hatte einige Schichten im Briefzentrum abzuarbeiten, was bedeutete, dass sie sich ohnehin nicht häufig sahen. Sie hatte es ein bisschen überreizt mit dem Blaumachen, das war ihr klar. Aber jetzt, wo sie selbst Musik machte, empfand sie ihr Lehramtsstudium zunehmend als Zeitverschwendung. Das einzig Interessante waren die Vorlesungen für Musik, die sie an der HdK belegte. Und zum Glück stand das Proseminar zum Thema Harmonielehre an, für das sie noch eine Hausarbeit schreiben musste. Sie war in letzter Zeit selten da gewesen, und als sie in den Seminarraum trat, kannte sie kaum jemanden. Ein bekanntes Gesicht gab es allerdings, eine Studentin, die ebenfalls Klarinette spielte, eine alternative Frau mit Strickpulli und Bubikopf. Jenny trat zu ihr und deutete auf den Platz neben ihr.

»Ist hier noch frei?«, fragte sie.

»Ja, klar. Du bist in diesem Kurs? Das wusste ich gar nicht.«

»Schon. Aber ich war in letzter Zeit verhindert. Denkst du, ich kriege Probleme?«

»Ich glaub nicht. Wir haben seit drei Wochen einen neuen Dozenten, der alte ist krank. Das ist hundertpro nicht aufgefallen, dass du gefehlt hast.«

Manchmal hatte sie eben doch Glück, dachte sie zufrieden, als sie Platz nahm. Sie konnte einfach unterm Radar fliegen und am Ende eine Hausarbeit einreichen. Keiner würde was merken.

»Jenny Herzog?«, erklang eine Stimme.

Sie blickte hoch. In der Tür stand Peter Carstensen.

»Dann habe ich ja doch richtig gelesen«, sagte er. »Du bist in meinem Seminar.«

Jenny sah verwirrt zu ihrer Mitstudentin.

»Kennst du den?«, flüstere die. »Das ist unser neuer Dozent. Einer der Abschlussstudenten.«

Mist. So viel zum Thema Glück haben. Was für ein blöder Zufall war das denn?

»Wie kann es sein, dass ich dich noch nicht im Seminar gesehen habe?«, fragte Peter Carstensen.

»Ach so, ja. Also, ich hatte eine hartnäckige Grippe. Die hat mich tierisch umgehauen. Für Wochen.«

»Für Wochen. Da können wir ja froh sein, dass du noch am Leben bist.«

Zu ihrem Entsetzen spürte sie, wie ihre Wangen heiß wurden. Doch Peter beließ es dabei. Er setzte sich hinters Pult und begann mit dem Seminar, so als wäre gar nichts gewesen. Auch wenn alles, was die Harmonielehre betraf, eher öde Theorie war, fand sie das Seminar trotzdem interessant. Die ganze Zeit dachte sie darüber nach, wie ihr das beim Songschreiben helfen konnte. Das Komponieren von Melodien hatte ihr tierischen Spaß gemacht, aber es war eher intuitiv gewesen, manchmal etwas ungelenk. Sie wollte mehr darüber lernen.

Nach dem Seminar verließen die anderen den Raum. Nur Peter blieb zurück und packte in Gedanken versunken seine Sachen zusammen. Irgendwie fand Jenny die Situation blöd. Diese Rollenverteilung, dass er Dozent und sie Studentin war, das passte gar nicht zu ihnen, fand sie. Als sie allein waren, trat sie an sein Pult.

»Die Weihnachtskonzerte waren übrigens super«, begann sie. »Danke noch mal, Peter. Das hat mir echt den Hintern gerettet.«

»Kein Problem. Wenn du noch mal was brauchst, sag Bescheid. Es gibt da zum Beispiel ein Kindertheater, die suchen noch Leute für *Peter und der Wolf.*«

»Wirklich?«, rief sie begeistert. »Das wäre klasse.«

»Die Gage ist zwar nicht so besonders, aber dafür ist es auch nicht allzu anspruchsvoll. Achim ist übrigens ebenfalls dabei, am Piano. Ich gebe dir beim nächsten Mal einfach die Kontaktdaten vom Theater.«

»Ich bin auf jeden Fall dabei.«

Sie zögerte. Diese Dozentensache trieb sie immer noch um. Sie war jetzt seine Studentin, ob sie wollte oder nicht.

»Es tut mir leid, dass ich geschwänzt habe«, sagte sie. »Du sollst nicht denken, dass mir das Studium egal ist. Es ist nur so, dass ich … «

»Ich bin nicht dein Erziehungsberechtigter«, unterbrach er sie. »Ich mach das hier nur, weil ich angefragt worden bin und das Geld brauche. Du bist nicht die Einzige, die was verdienen muss. Ehrlich gesagt, komme ich mir ziemlich blöd vor, hier vorne zu sitzen.«

Sie hatte keine Ahnung, ob das stimmte, aber es änderte die Atmosphäre zwischen ihnen. Es fühlte sich gleich weniger steif an. Sie setzte sich mit einer Pobacke aufs Pult.

»Ich möchte dich was fragen, Peter. Du kennst dich doch mit Musik aus. Ich bin jetzt in einer Band, als Sängerin.«

»Das ist toll. Kenn ich euch vielleicht?«

»Ganz sicher nicht. Wir machen Punk und New Wave.«

»Unterschätze mich nicht.«

»Würde ich nie tun, aber noch kennt uns keiner. Wir haben Freitag unser erstes Konzert. Als Vorband von *KFC* in der Music Hall.«

»Freitag? Da muss ich unbedingt kommen.«

»Aber nicht in den Klamotten. Sonst gibt's eine Schlägerei, vertrau mir.«

Wieder bedachte er sie mit diesem amüsierten Lächeln, das sie bereits von ihm kannte.

»Du warst schon mal auf einem Punkkonzert?«, mutmaßte sie.

»Ich interessiere mich nicht nur für Chopin.«

Wenn sie ehrlich war, hatte sie genau das vermutet. Aber das behielt sie lieber für sich.

»Was wolltest du mich fragen, Jenny?«

»Ich möchte das Songschreiben lernen. Dazu werden hier keine Kurse angeboten. Es gibt ja sowieso fast nichts zu populärer Musik, und schon gar nichts zum Songschreiben. Wie gehe ich das an? Wo kann man so was lernen? Hast du da eine Idee?«

»Trial and Error, würde ich sagen. Mehr weiß ich leider nicht. In den USA bieten einige Universitäten Creative Songwriting an, aber bei uns gibt es das nicht.«

»Hast du mal probiert, Songs zu schreiben?«

Die Frage schien ihm unangenehm.

»Schon«, sagte er. »Aber ich habe es wieder sein gelassen.«

»Waren das Poplieder?«, fragte sie.

»Nein, das nicht. Eher im Bereich Neue Musik. Ich habe jedenfalls erkannt, dass ich besser weitermache, Klavier zu spielen. Auch wenn der Markt für Konzertpianisten mehr als überschaubar ist. Ich muss auf diese Karte setzen.«

Sie war enttäuscht. Wenn Peter nichts davon wusste, war sie bei ihm auf dem Holzweg.

»Du entscheidest dich für eine Tonart, und dann gibt es nur eine Handvoll Noten, wie bei der Improvisation«, sagte er. »Manche Musiker machen da Arbeitsteilung. Einer schreibt die Texte, und der andere komponiert darauf die Musik. Wie bei Elton John und seinem Texter. Oder es gibt Musiker, die machen beides zusammen, das läuft dann parallel ab. Sie sitzen am Klavier und experimentieren gleichzeitig mit Lyrik und Noten. Manchmal ist auch zuerst die Melodie da, und dann wird der Text dazu entwickelt. Es gibt keine festen Regeln. Also, einfach ausprobieren.«

»Wenn ich das mache, fühlt es sich ungelenk an. Ich habe das Gefühl, ich müsste es besser machen können.«

»Das Einzige, das ich dir empfehlen kann, ist, so viel Musik zu hören, wie du kannst. Hör die Beatles oder die Stones, denn die haben quasi die populäre Musik erfunden. Schau dir ab, was sie gemacht haben. Schreibst du Texte? Oder nur Musik?«

»Na ja, wir machen das zusammen, der Gitarrist und ich. Wobei er die Texte schreibt. Wir singen auf Englisch. Ich bin froh, wenn ich das lesen kann.«

»Wenn dein Englisch nicht gut genug ist, um zu texten, dann solltest du es auf Deutsch probieren. Deutsch singen wird doch gerade große Mode.«

»Ich weiß schon ... «

»Deutscher New Wave. Oder Neue Deutsche Welle, wie es jetzt heißt. Das ist das Ding der Zukunft. Undergroundbands, wie *Extrabreit* und *Fehlfarben*, werden plötzlich im Radio gespielt. Das ist zwar noch neu und eine Nische, aber es bedeutet doch, dass nichts dagegenspricht, auf Deutsch zu singen. Schreib über das, was dich bewegt. Dinge, über die du nachdenkst. Was dein Leben ausmacht. Versuche, das in Lyrik zu fassen. Vielleicht fällt dir dann auch das Komponieren leichter.«

Die Pause war vorüber. Studenten für den Folgekurs schlurften in den Seminarraum, und Peter sah auf die Uhr.

»Ich muss jetzt los, Jenny. Ich sehe dich auf deinem Konzert?«

»Ja, wäre toll, wenn du kommen kannst.«

Sie konnte sich jedoch nicht vorstellen, dass er auftauchen würde. Er passte einfach nicht in diese Welt hinein, auch wenn er so tat, als wäre so ein Punkkonzert nichts Ungewöhnliches für ihn.

Trotzdem dachte sie über seine Ratschläge nach. Am Zoo kaufte sie sich ein Notizbuch, in das sie Songideen schreiben wollte. Alles, was ihr durch den Kopf ging und was ihr Leben betraf, so wie er es vorgeschlagen hatte. Auf Deutsch. Das Notizbuch wollte sie ab jetzt immer bei sich tragen, nur für alles Fälle.

Danach beschloss sie, zu Ingrid nach Kreuzberg zu fahren, um sie ebenfalls für das Konzert einzuladen. Ein Telefon gab es nicht in dem besetzten Haus, in dem sie wohnte, also machte Jenny sich auf gut Glück auf den Weg. Vorher schaute sie kurz in ihrer Wohnung vorbei, um Kohlen nachzulegen. So wäre es heute Abend warm, dafür lohnte sich der Umweg. Dann stiefelte sie zur U-Bahnstation der U6, mit der sie nach Kreuzberg fuhr.

Für gewöhnlich mied sie diese Linie, die Nord-Süd-Verbindung, die vom Wedding unter Ostberlin hindurch nach Kreuzberg führte. Die Fahrt dauerte nicht lange, trotzdem war es jedes Mal gespenstisch. Man stieg in der Reinickendorfer Straße ein, dann ratterte der Zug ohne Stopp durch die Ostberliner Geisterbahnhöfe, hielt an der Friedrichstraße, wo die Tagesgäste der DDR mit Passkontrolle und Zwangsumtausch empfangen wurden. Und weiter ging es durch die restlichen verlassenen Bahnhöfe, bis der Zug auf Westseite in der Station Kochstraße hielt, hell erleuchtet und direkt hinter dem Grenzübergang Checkpoint Charlie. Die Fahrt fühlte sich stets etwas gruselig an, deshalb fuhr Jenny lieber über Bahnhof Zoo nach Kreuzberg, auch wenn das länger dauerte.

Heute aber saß sie in der halb leeren U6 und tauchte in den Nord-Süd-Tunnel ein. Die Bahn rumpelte durch den dunklen Schacht, bis sie langsamer wurde und die *Station der Weltjugend* ohne Halt durchquerte. Der verwaiste Bahnsteig war staubig und heruntergekommen, erhellt nur von ein paar funzeligen Neonlampen. Die Ausgänge waren zugemauert, keine Menschenseele war zu sehen. In einem ehemaligen Schalterhäuschen, dessen Fenster bis auf einen schmalen Schlitz abgeklebt waren, glaubte sie, eine Gestalt zu erkennen. Nur ein Schatten, der sie aus der Dunkelheit heraus beobachtete. Offenbar ein Grenzer, der den Bahnhof im Blick behielt. Dann war er aus ihrem Blickfeld verschwunden, und kaum hatten sie die Station verlassen, beschleunigte der Zug wieder, bis er am nächsten Geisterbahnhof auf Schritttempo abbremste. Die Bahnhöfe sahen aus, als hätte der Atomkrieg schon stattgefunden. Als gäbe es kein Leben mehr auf diesem Planeten, und die trostlosen Überbleibsel der Menschheit rotteten unterirdisch vor sich hin.

Eine Idee keimte in ihr hoch. Sie könnte einen Song darüber schreiben, über die Geisterbahnhöfe. Es könnte ein Liebeslied werden, das davon handelte, was aus der Liebe wird, wenn die Welt untergeht. Ein Liebespaar, das nach dem Ende der Welt unter der Erde hockt und den Strahlentod stirbt. Nicht gerade heiter, aber sie konnte die Tragik im Text ja nur andeuten. Und am besten würde es ein Lied in Dur werden, das machte gute Laune. Ein richtiger Partysong.

Aufgeregt begann sie, sich Notizen zu machen, spielte ein bisschen herum, grübelte, und plötzlich merkte sie, dass sie längst im Westen und schon zwei Stationen zu weit gefahren war. Eilig stieg sie aus und fuhr mit dem Zug auf dem gegenüberliegenden Gleis zurück. Dabei steckte sie das Notizbuch wieder ein und beschloss, später weiterzumachen. Als sie in Kreuzberg ankam, tobte das Leben auf der Straße und alle taten so, als gäbe es gar keine Mauer und kein Ostberlin. Es war schon eine surreale Welt, in der sie lebte.

Ingrids Haus lag in einer grauen Straße voller Altbauten, die den Krieg überstanden hatten und zum Großteil von einfachen Arbeitern und türkischen Einwanderern bewohnt wurden. Das besetzte Haus erkannte sie schon von Weitem. An Fenstern und Balkonen waren Transparente befestigt. *Wir wehren uns gegen die kriminelle Vereinigung von Senat und Spekulanten*, stand dort. *Auch Jesus hätte besetzt*, und *Freiheit für die Hausbesetzer*.

Die schwere Eichentür war verriegelt und verrammelt. Es gab keine Klingeln und auch sonst keine Möglichkeit, auf sich aufmerksam zu machen. Jenny trat zurück und sah an der Fassade hoch. Nichts. Sie hämmerte mit beiden Fäusten gegen die Tür, in der Hoffnung, jemand würde sie hören. Es dauerte eine Weile, bis sich über ihr ein Fenster öffnete. Ingrids Kopf tauchte auf.

»Jenny! Was machst du denn hier?«

»Ich wollte dich besuchen. Ich habe Neuigkeiten.«

Ingrid schien überfordert mit der Situation. Sie sah die Straße hinunter, als wolle sie sichergehen, dass Jenny allein aufgekreuzt war.

»Ist was passiert?«, fragte diese besorgt.

»Wir sollen morgen geräumt werden. Wir haben uns verbarrikadiert.«

Jenny wusste nicht, was sie darauf erwidern sollte.

»Warte, ich komm runter und lass dich rein«, sagte Ingrid und verschwand aus dem Fenster.

Kurz darauf begann es, hinter der Eichentür zu rumpeln. Offenbar wurden Barrikaden zur Seite geräumt. Dann wurde am Schloss hantiert, und der Eingang öffnete sich quietschend. Ein paar Besetzer hatten den Weg frei gemacht, und hinter ihnen stand Ingrid, die nervös eine Zigarette rauchte.

»Komm rein, Jenny. Beeil dich.«

»Ich wusste nicht, dass ihr geräumt werden sollt. Das ist ja schrecklich. Was macht ihr denn jetzt?«

»Wir wissen es noch nicht. Es wird gerade ein Plenum abgehalten. Entweder verlassen wir das Haus freiwillig oder wir lassen uns von den Bullen wegtragen. Steht noch nicht fest.«

Hinter ihnen wurden die Barrikaden wieder errichtet. Schränke und Holzlatten blockierten den Eingang, dann ging es zurück in die erste Etage, wo das Plenum abgehalten wurde.

Ein Haufen Alternativer hockte zusammen und diskutierte. Jenny erkannte Manfred, Ingrids Freund, im Zentrum der Gruppe. Wie er da mit seinen zwei Metern, dem bulligen Körper und dem verfilzten Bart auf einem viel zu kleinen Stuhl hockte, sah er aus wie ein Riese unter Zwergen.

»Ich dachte, solange die SPD am Ruder ist, wird es nicht so schlimm«, sagte eine Frau mit Dreadlocks. »Nicht mit Bernhard Vogel.«

»Ach, vergiss es. Das ist ein einziger korrupter Haufen«, meinte ein Punk. »Die stecken alle unter einer Decke. Wenn die Bau-Mafia pfeift, dann springen die. Scheiß Filz.«

»Wir haben die Nachbarn auf unserer Seite«, sagte die Frau. »Seit wir hier sind, sagen sie, gibt es keine Obdachlosen mehr, keinen Müll, keine Probleme. Vorher wurde auch keine Miete bezahlt, als hier keiner wohnte. Nur wir halten das Haus in Ordnung.«

»Aber für uns auf die Straße gehen werden die sicher nicht. Und die Polizei interessiert sich kein Stück dafür, was die Nachbarn im Kiez denken.«

»Außerdem soll das Haus gar nicht in Ordnung gehalten werden«, wandte der Punk ein. »Es soll zusammenfallen, damit sie es endlich abreißen können.«

Jenny, die gerade noch konzentriert der Diskussion gelauscht hatte, musste plötzlich lächeln. Sie stellte sich vor, ihr Vater wäre hier und würde sie sehen. Wie sie in einem besetzten Haus hockte, umgeben von Punks und Alternativen, die über eine Polizeiräumung diskutierten. Vor ein paar Monaten wäre das für sie selbst noch unvorstellbar gewesen. Wie weit sie sich doch von ihrem Dorf im Münsterland entfernt hatte, und wie selbstverständlich sich alles anfühlte.

Ingrid flüsterte Jenny zu: »Man darf das Haus nicht abreißen, wenn die Substanz zu gut ist. Deshalb hat der Besitzer Löcher ins Dach gehauen und Fenster eingeschlagen. Damit Wind und Wetter alles ruinieren. Tja. Als wir eingezogen sind, haben wir das repariert und damit seinen Plan zunichte gemacht.«

»Warum renoviert er denn das Haus nicht?«

»Weil Abriss und Neubau billiger ist.«

Es war ein Jammer, fand Jenny, denn das Haus war großartig. Stuckdecken, hohe Fenster, großzügige Räume, Dielenböden. Es abzureißen und stattdessen einen hässlichen Neubau hinzusetzen, das kam ihr wie ein Sakrileg vor.

»Wir müssen zu einer Entscheidung kommen«, mischte sich Manfred ein. »Bleiben oder gehen.«

Unbehagliche Stille legte sich über die Versammlung.

»Ich denke, wir sollten uns von den Bullen raustragen lassen«, sagte Manfred. »Wenn sie uns hier weghaben wollen, sollen sie sich dafür anstrengen müssen.«

Doch eine Mehrheit fand sich nicht für diesen Vorschlag. Eine Weile ging es noch hin und her, dann wurde das Plenum ohne Beschluss vertagt. Man wolle sich darauf konzentrieren, die Party vorzubereiten, die am Abend stattfinden würde. Später könne man immer noch reden.

Die Versammlung löste sich zögerlich auf, einige überprüften die Barrikaden im Erdgeschoss, andere schleppten Bierkästen in den Gemeinschaftsraum, die restlichen liefen nervös auf und ab.

Ingrid zündete sich erneut eine Zigarette an, obwohl sie die letzte gerade erst ausgedrückt hatte.

»Was hast du denn nun eigentlich für Neuigkeiten?«, fragte sie Jenny unvermittelt.

»Ganz ehrlich, Ingrid, das kommt mir gerade ziemlich banal vor.«

»Jetzt sag schon. Mich interessiert es.«

»Also gut. Wir spielen in der Music Hall. Als Vorband von *KFC*. Nächsten Freitag.«

»Ist das dein Ernst?« Sie strahlte übers ganze Gesicht, als wäre die Räumung abgesagt worden. »Aber das ist großartig! Wieso sagst du das nicht gleich? Das muss gefeiert werden.«

»Aber ist dir überhaupt nach Feiern zumute?«

»Bei solchen Neuigkeiten? Na klar! Außerdem findet hier sowieso eine Party statt. Du musst bleiben. Komm, ich will alles hören.«

Und so begann Jenny, ihr von den Proben und dem anstehenden Auftritt zu berichten. Trotz der schrägen Situation kehrte ihre Vorfreude zurück. Ingrid versprach, zu kommen und den ganzen Haufen der Besetzer mitzubringen. Um sie herum fanden derweil die Partyvorbereitungen statt, und nachdem jemand für alle Nudeln mit Tomatensauce gekocht hatte, ging es los. Es wurde ein ausgelassenes Fest. Ein bisschen fühlte es sich an wie der Tanz auf der Titanic. Der Untergang war längst unvermeidlich, doch alle feierten das Leben. Jenny blieb bis spät am Abend, auch wenn sie den Ofen damit umsonst vorgeheizt hatte und er bestimmt wieder kalt sein würde. Das störte sie jedoch nicht im Geringsten. Es wurde gesoffen und getanzt, gelacht und wild geknutscht. Sie wusste nicht, mit wie vielen Fremden sie bierselig Arm in Arm lag. Es war ein einziges Fest der Liebe, wozu sicher auch die Haschkekse beitrugen, die überall verteilt wurden.

Jenny wurde immer berauschter, und als sie am nächsten Morgen auf einer Matratze im Gemeinschaftsraum aufwachte, konnte sie sich nicht mehr daran erinnern, wie die Party geendet hatte. Ihr Kopf drohte zu zerspringen. Irgendwas hatte sie geweckt, und es dauerte eine Weile, bis sie begriff, dass Lärm von der Straße hereindrang. Überall auf den Sofas und den Matratzen regten sich verschlafene und verkaterte Gestalten.

Jemand stürmte ins Zimmer und rief: »Die Bullen kommen!«

Und plötzlich waren alle hellwach. Auch Jenny sprang auf und lief zum Fenster. Die Einsatzwagen der Polizei waren überall. Sie waren mit Blaulicht, aber ohne Sirene gekommen. Die Straße war abgesperrt, und Bullenwannen, wie die grün-weißen Mercedes-Transporter der Polizei genannt wurden, umringten das Gebäude. Maskierte und behelmte Einsatzkräfte donnerten unten gegen die Tür.

Das war der Moment, in dem allgemeines Chaos ausbrach. Alle rannten wie die Hühner durcheinander. Jenny rief nach Ingrid, erhielt jedoch keine Antwort. Sie schnappte sich ihre Stiefel und zog sie an. Piets Lederjacke fand sie hinter einer Couch, ihre Tasche auf dem Fußboden. Sie sah noch mal aus dem Fenster. Draußen auf der Straße rückte ein Rammbagger vor. Ein ohrenbetäubendes Donnern erschütterte das Treppenhaus.

»Jenny!«, drang Ingrids helle Stimme aus dem Durcheinander. »Wo bist du?«

Das schien aus einem oberen Stockwerk zu kommen, und sie rannte ins Treppenhaus.

»Ich bin hier unten!«, rief sie. »Ingrid?«

Ein erneutes, unheilvolles Donnern erschütterte die Eingangstür. Mit einem hässlichen Quietschen und Reißen gab das schwere Eichenholz nach. Die Barrikaden am Eingang ächzten, hielten jedoch vorerst stand.

»Ingrid! Wo bist du?«

Eine der alternativen Frauen rannte aus dem Gemeinschaftsraum und rief: »Rückzug! Hoch ins nächste Stockwerk.«

Die ganze Meute, die gerade noch gepennt oder verkatert herumgelegen hatte, hastete kopflos die Treppe hoch. Jenny reihte sich ein, Hauptsache weg vom Erdgeschoss. Da gaben unten die Barrikaden krachend nach, und augenblicklich stürmten Uniformierte ins Haus. Sie kletterten über Möbel und Bretter, bahnten sich ihren Weg und zogen Schlagstöcke hervor.

Jenny rettete sich ins dritte Stockwerk, wo ebenfalls Barrikaden errichtet worden waren, verfolgt von dem Poltern schwerer Polizeistiefel auf den Treppenstufen. Kaum war sie hindurchgeschlüpft, wurden die Barrikaden geschlossen. Es war wie in einer mittelalterlichen Burg, die erobert wurde, dachte sie. Der reinste Alptraum.

Irgendwo im Haus drehte jemand Musik auf, in einer Lautstärke, die alles andere übertönte. David Bowie. Seine Stimme bildete den Soundtrack für die Eroberung durch die vorrückende Polizei. Jenny hastete weiter nach oben, ins nächste Stockwerk, als sie plötzlich unsanft am Arm gepackt und zur Seite gerissen wurde. Ein riesiger Bär von einem Mann stand vor ihr. Es war Manfred. Mit wildem Blick starrte er sie an.

»Du musst Ingrid in Sicherheit bringen.«

»Wo ist sie denn?«

»Oben, im vierten Stock. Ihr müsst übers Dach.«

»Was ist mit dir?«

»Ich bleibe hier.«

Sie hatte keine Zeit, Fragen zu stellen. Mit einem knappen Nicken wandte sie sich ab. Doch seine Hand umklammerte ihren Arm wie ein Schraubstock.

»Sie ist furchtlos. Sie wird es auf einen Kampf ankommen lassen wollen. Jenny, versprich mir, dass du sie mitnimmst. Sie ist nicht so stark, wie sie denkt.«

In seinen Augen lagen Panik und Verzweiflung.

»Ich verspreche es«, sagte sie ernst.

Erst da ließ er sie los. Eine weitere Barrikade wurde genommen. Die ersten Besetzer befanden sich nun in direkter Auseinandersetzung mit den Polizisten. Schreie und Gebrüll mischten sich in den wütenden Gesang von David Bowie. Jenny rannte weiter. Im obersten Stockwerk fand sie Ingrid, die ebenso verzweifelt wirkte wie ihr Freund.

»Wo ist Manfred? Hast du ihn gesehen?«

»Er ist unten. Komm, Ingrid, wir müssen weiter.«

»Nein, ich muss zu ihm.«

Jenny packte sie. »Wir müssen übers Dach, Ingrid.«

»Lass mich los. Ich will da sein, wo er ist.«

Die nächste Sperre wurde niedergerissen, und plötzlich brach mit einem finalen Rums die Musik ab. Jetzt waren nur noch Schreie zu hören. Befehle, die gerufen wurden. Das Getrappel von Stiefeln auf der Treppe. Jenny zögerte nicht lange. Sie schnappte sich die paralysierte Ingrid und zog sie unsanft hinauf auf den Dachboden. Als die Tür hinter ihnen zufiel, klangen die Geräusche plötzlich gedämpft. Auf einen Schlag waren sie allein.

»Ich will zu Manfred.«

»Wir müssen abhauen von hier.«

Jenny entdeckte eine Leiter, die zu einer offenen Dachluke führte. Jemand hatte sie für die Flucht bereitgestellt. Sie nahm Ingrids Hand und zog sie hinüber.

»Da hoch«, sagte sie. »Du zuerst.«

»Nein, Jenny. Ich bleibe hier.«

»Ich habe es Manfred versprochen. Er wollte, dass ich dich in Sicherheit bringe. Bitte.«

Ingrid warf einen verzweifelten Blick zur Dachbodentür, dann traf sie eine Entscheidung und kletterte die wacklige Leiter hoch. Erleichtert stieg Jenny hinterher. Kaum waren sie durch die Luke geklettert, zog Ingrid die Leiter hoch und legte sie flach auf das Dach. Dann verschloss sie von außen die Luke und legte sich wie erschlagen auf die Dachpappe.

Von der Straße drang Lärm zu ihnen hoch. Die ersten Besetzer wurden hinausgeführt und in Bullenwannen verfrachtet. Einzelne Schreie drangen noch aus dem Haus, doch von hier oben schien das Geschehen in weite Ferne gerückt zu sein.

»Komm, wir verschwinden«, sagte Jenny und half ihrer Freundin auf. »Bevor sie hier auftauchen.«

Sie kletterten auf das Dach des Nachbarhauses, machten einen großen Bogen über die verschiedenen Dächer des Blocks, und stiegen am anderen Ende über ein Dachfenster und durch ein Treppenhaus wieder nach unten. Auf der Straße wirkte es, als wäre die Welt völlig in Ordnung. Menschen spazierten umher, gingen ihren Beschäftigungen nach, Autos rollten gemächlich vorbei. Sie mussten erst von außen den Block umrunden, um zum besetzten Haus zurückzukehren.

Dort hatten sich Schaulustige an den Absperrungen versammelt. Sie konnten den Rammbagger und die Polizeifahrzeuge erkennen. Die beiden Frauen traten von hinten an die Menge heran und blickten auf das Haus. Es fühlte sich an, als wären sie gar nicht beteiligt.

»Und jetzt?«, fragte Ingrid niedergeschlagen.

Es gab nichts, was sie hier noch tun konnten.

»Jetzt gehen wir erst mal zu mir. Du kannst bei mir bleiben, bis …
solange du willst.«

»Und was wird aus Manfred?«

»Er wird schon zurechtkommen, da müssen wir uns keine Sorgen
machen. Du sagst doch immer, wie taff er ist.«

»Scheiß Bullen.«

Niedergeschlagen zogen sie ab. Jenny entschied, Ingrid zu einem
Frühstück einzuladen. Sie setzten sich in ein Café und ließen es sich
gut gehen. Es gab Eier und gebratenen Speck und frisches Obst und
Orangensaft. Danach sah die Welt schon wieder besser aus.

»Ich hätte dableiben sollen«, meinte Ingrid.

»Was hätte das gebracht? Manfred wollte, dass du abhaust. Du hast
es für ihn getan.«

»Wo er jetzt wohl ist? Ob es ihm gut geht?«

»Bestimmt. Den haut doch so schnell nichts um. Sicher hören wir
schneller von ihm, als wir denken.«

So war es tatsächlich. Manfred verbrachte eine Nacht im Gefängnis,
dann war er wieder auf freiem Fuß. Nachdem er bei Jenny und Ingrid
in Moabit aufgetaucht war, um nach ihnen zu sehen und zu berichten,
was geschehen war, wurde Ingrid wieder ganz die Alte. Jegliche Nie-
dergeschlagenheit war wie weggeblasen. »Bin bereit für den nächsten
Kampf«, erklärte sie gut gelaunt. Jenny konnte darüber nur den Kopf
schütteln. Zugegeben, die Räumung war ein ziemliches Abenteuer gewesen, aber noch einmal wollte sie nicht von einer Hundertschaft aus
dem Schlaf gerissen werden. Die Hausbesetzer rechneten natürlich mit
solchen Konfrontationen mit der Staatsgewalt und stellten sich darauf
ein, doch für sie war das alles neu gewesen.

Manfred wollte eine neue Unterkunft für sich und Ingrid besorgen,
und Jenny lud Ingrid kurzerhand ein, so lange bei ihr zu wohnen, bis

er was Adäquates aufgetan hatte. Außer einem Sack voller Klamotten hatte Ingrid nichts aus dem besetzten Haus retten können. Manfred würde daher auch Möbel vom Sperrmüll und Utensilien vom Trödelmarkt besorgen müssen. Die meiste Zeit war Jenny eh nicht zu Hause, sondern probte mit der Band oder war bei Piet im Ladenlokal. Die Vorstellung, dass Ingrid in dieser Zeit in ihrer Wohnung war und sich um alles kümmerte, gefiel ihr. Genau wie es ihr gefiel, nicht in eine leere Wohnung zu kommen, wenn sie mal zu Hause war.

Und schneller, als sie gucken konnte, war schon der Tag ihres großen Auftritts gekommen. Sie hatte die Nacht bei Piet verbracht, doch geschlafen hatten sie kaum. Bevor es losging, fuhr sie zu ihrer Wohnung und ging mit Ingrid diverse Outfits durch, immer noch unentschlossen, was sie tragen sollte. Beim Gedanken an den Auftritt wurde ihr angst und bange. Ingrid hatte sich inzwischen häuslich eingerichtet. Es herrschte das reinste Chaos in der Wohnung. Rauchend stand sie hinter Jenny an der Kleiderstange und begutachtete ihre Kleidungswahl.

»Du schaffst das«, redete sie Jenny gut zu. »Kein Grund zur Sorge. Das wird einfach spitze.«

»Bei Punkkonzerten kann es ziemlich rabiat zugehen, wenn die Band schlecht ist.«

»Ihr seid aber nicht schlecht. Die werden euch feiern, glaub mir.«

»Ich hoffe nur, du hast recht. Was meinst du, soll ich das hier anziehen?« Sie hielt ihr einen Overall hin, doch Ingrid verzog nur den Mund. Seufzend hängte sie ihn zurück. »Ehrlich gesagt, bin ich ein bisschen nervös.«

»Ach, Quatsch. Brauchst du nicht, ich bin doch da. Außerdem: Du warst schon dabei, als ein besetztes Haus von den Bullen geräumt wurde. Was kann da schlimmer sein?«

Jenny grinste. »Das stimmt allerdings.«

»Ich finde, du solltest einfach tragen, was du anhast. Und Piets Lederjacke dazu.«

»Also gut.« Sie atmete durch. »Ich schaffe das. Los geht's.«

Ingrid strahlte, weil sie Jenny hatte helfen können. Sie machten sich auf den Weg zur Music Hall, wo sie sich trennten und Jenny den Backstagebereich betrat. Eine Weile suchte sie in den engen, verschachtelten Räumen nach Piet und den Jungs, konnte sie aber nicht finden. Erst, als sie aus Versehen eine Tür zu einem Putzraum öffnete, stand Piet plötzlich vor ihr. Mit Humme und Püppi beugte er sich über ein weißes Pulver, das er auf einer Arbeitsfläche verteilt hatte und mit einer Karte zerhackte. Als er Jenny sah, wirkte er verlegen.

»Was macht ihr da?«, fragte sie. »Nehmt ihr Koks?«

»Nein, das ist nur ein bisschen Speed«, meinte Piet entschuldigend. »Komm, mach mit. Das Zeug ist gut.«

»Ich nehm doch jetzt kein Speed. Spinnst du? Wir haben gleich einen Auftritt.«

»Damit wirst du klar im Kopf. Glaub mir.«

Sie lehnte dankend ab. Der Anblick des Pulvers war ihr nicht geheuer. Das waren keine Haschkekse, und obwohl sie differenzierter über Drogen dachte als ihre Mutter, war es ihr unangenehm, den Jungs dabei zuzusehen, wie sie das Zeug schnupften. Sie hatte schon eine Menge über Speed gehört, das, wenn man es damit nicht übertrieb, nicht so dramatisch sein sollte. Trotzdem wäre ihr lieber, Piet würde das Pulver nicht nehmen. Schon gar nicht fünf Minuten vor einem Auftritt, auf den sie monatelang hingearbeitet hatten. Sie hoffte nur, dass er wusste, was er da tat.

Es kam Bewegung hinter die Bühne. Das Konzert sollte gleich losgehen, und sie mussten den Auftakt machen. Jenny trat von hinten an den Rand der Bühne. Sie lugte ins Publikum. Da waren ein Haufen

Punks und Alternativer, eng gedrängt auf der Tanzfläche. Das typische Publikum für den aggressiven Sound von *KFC*. Sie hoffte, dass die mit ihrer Musik etwas anfangen konnten. Was, wenn sie denen nicht radikal genug wären?

Sie suchte in der Menge nach bekannten Gesichtern. Schnell fand sie Ingrid und Achim, die rauchend dastanden, Dosenbier tranken und sich unterhielten. Am liebsten hätte sie gewunken, aber dazu hätte sie auf die Bühne treten müssen, und damit wartete sie besser noch. Ein paar Leute aus dem besetzten Haus waren ebenfalls gekommen. Und ganz hinten am Tresen entdeckte sie Peter. Sie konnte kaum glauben, dass er gekommen war. Er trug einen alten Pulli und eine Jeansjacke. Nicht gerade cool, aber wenigstens sah er ausnahmsweise nicht aus wie ein Mitglied der englischen Upperclass.

»Es geht los ... «, raunte einer der Veranstalter ihnen zu. Die Jungs drängten von hinten an ihr vorbei zur Bühne. Sie hatten Pupillen wie Stecknadeln, wirkten jedoch nervöser und aufgeregter, als Jenny sich fühlte, und das, obwohl Speed doch auf eine Art high machen sollte, die eher aufputschend war und Selbstvertrauen schenkte. Püppi und Humme huschten beinahe verschüchtert auf die Bühne und bauten ihre Instrumente auf.

»Was meinst du?«, fragte sie Piet. »Packen wir das?«

»Keine Ahnung. Ich glaube, die wollen einen Typen, der rumschreit und sie anstachelt. Keine Frau mit blonden Haaren.«

»Wie, ausgerechnet heute wirst du frauenfeindlich?«

»Ich rede nicht von mir, Jenny. Sondern von den Leuten da unten. O Gott, sie werden uns zerreißen.«

»Jetzt komm mal runter. Das ist unser erster Auftritt. Das wird großartig.«

Was immer Piet da genommen hatte, Speed, oder wie das hieß,

es hatte jedenfalls nicht dazu beigetragen, dass er sich entspannte. Er wirkte eher paranoid. Wie ein geprügelter Hund ging er zu seiner E-Gitarre und warf ihr dabei einen verunsicherten Blick zu. Dann gab Humme den Takt vor und sie legten los. Humme verschleppte mal wieder den Einsatz, diesmal um eine ganze Achtelnote. Püppi begann zwar zu Schrammeln, und auch Piet stimmte ein, doch es dauerte, bis sie nach dem verstolperten Start den Rhythmus wieder einfingen. Sie machten ordentlich Lärm, und es schien, als würde sich die Menschenmasse davon beschwichtigen lassen. Köpfe wippten im Takt, Leute begannen zuzuhören, in den vorderen Reihen begannen sogar ein paar Punks damit, Pogo zu tanzen.

Wer sagt's denn?, dachte Jenny zufrieden. Und als ihr Part begann, trat sie hinaus ins Bühnenlicht. Sie dachte an die Punkfrauen, die sie an ihrem zweiten Abend in Berlin gesehen hatte. Jetzt konnte sie selbst zeigen, was sie draufhatte. Sie stellte sich ans Mikro und begann zu singen.

Der Funke sprang nicht über. Unruhe breitete sich im Saal aus. Jemand buhte. Als Jenny den Refrain erreichte, brüllte sie wie eine Irre drauflos. Sie war auf der Bühne, und die Leute sollten ihr verdammt noch mal zuhören. Eine Bierdose flog an ihr vorbei. Sie donnerte gegen das Schlagzeug, und Humme verlor den Rhythmus. Er setzte wieder ein, doch Püppi war ebenfalls aus dem Takt gekommen, und ihm fehlte es an Professionalität, so etwas zu überspielen. Piet übernahm seinen Part und legte sich mit Leidenschaft in die E-Gitarre. Und Jenny sang einfach weiter, als wäre nichts passiert.

Das Buhen wurde lauter. Ein Sprechchor rief nach *KFC*. »Haut ab« – und »Verpisst euch«-Rufe hagelten auf sie ein. Weitere Bierdosen flogen und landeten auf der Bühne.

Doch Jenny sang unbeirrt weiter. Ein seltsames Hochgefühl hatte sie erfasst. Sie konnte es sich nicht erklären. Es passierte gerade das

Schlimmste, was bei einem Auftritt geschehen konnte. Ihr übelster Alptraum wurde wahr. Sie wurden ausgebuht und beschimpft. Und doch lief sie nicht heulend davon, wie sie es zuvor von sich vermutet hätte, sondern drehte erst richtig auf. Was konnte ihr denn jetzt noch etwas anhaben? Egal, was passierte, nichts konnte sie stoppen. Sie brüllte ins Mikrophon, stellte sich breitbeinig hin, sang um ihr Leben. Ihr war alles egal, es fühlte sich großartig an. Das war das, was sie wollte, und dieser besoffene Haufen würde sie nicht davon abhalten, Musik zu machen.

Die nächste Bierdose sah sie nicht kommen. Es war zu spät, um zur Seite zu springen. Ein halber Liter in einer harten Blechdose traf Jenny mit voller Wucht am Kopf. Ehe sie begriff, was passierte, fiel sie auf die harten Bühnenbretter, schlug mit dem Hinterkopf auf, und im nächsten Moment wurde alles schwarz um sie herum.

# 9

## SOMMER IN BERLIN

Die Beule, die sie bei ihrem ersten Konzert davongetragen hatte, heilte schnell ab. Auch die anderen Blessuren waren nicht von Dauer. Piet verstand nicht, weshalb Jenny jedes Mal übers ganze Gesicht grinste, wenn ihr erstes Konzert zur Sprache kam. Er hielt sie deswegen für ziemlich durchgeknallt. Jenny konnte es sich selbst nicht erklären, aber sie trug ihre Verletzungen fast wie eine Trophäe. Als wäre sie stolz auf das, was passiert war.

»Ich kann dich gut verstehen«, meinte Ingrid irgendwann. »Es war wie bei meiner ersten Demo.«

Sie hockten in Jennys kleiner Küche und tranken nach dem Essen einen Kaffee.

»Hast du da auch eine Bierdose an den Kopf bekommen?«

»Das nicht. Aber ich hatte tierisch Schiss. Nicht nur wegen der Bullen mit ihren Schlagstöcken. Sondern allgemein vor der Gewalt.«

»Was ist passiert?«

»Tja.« Sie lächelte verlegen. »Mein Alptraum ist wahr geworden. Die Stimmung schlug um, kippte ins Aggressive. Und ich war mittendrin in einer Straßenschlacht.«

»Bist du abgehauen?«

»Das ging gar nicht.«

»Ja, und dann?«

»Dann stand da plötzlich ein Bulle vor mir, mit einem Schlagstock in der Hand, und er prügelte auf mich ein, von jetzt auf gleich.« Sie seufzte und sog an ihrer Zigarette. »Und dann merkte ich, davon geht die Welt nicht unter. Es tut zwar weh, aber das vergeht wieder. Ich hatte halt was aufs Maul gekriegt.«

»Es konnte dir nichts anhaben.«

»Richtig. Es war alles gar nicht so schlimm, wie ich gedacht hatte. Ich hatte eine tierische Beule am Kopf und blaue Flecken am Oberschenkel, aber die sind verheilt. Ich wusste ja auch, weshalb ich die hatte. Ich bin für was auf die Straße gegangen, an das ich glaube.«

»Du hast dich behauptet.«

»Genau. Das macht einen stärker.«

Jenny lächelte. Komisch, dass Piet das nicht begriffen hatte. Er hatte sich von dem Schock ihres ersten Konzerts nicht so leicht erholen können.

»Ich find's schön, dass du bei mir wohnst«, sagte sie, woraufhin Ingrid scheu lächelnd die Schultern einzog.

Aber Jenny meinte es wirklich so. Sie hatte sich längst an ihre neue Mitbewohnerin gewöhnt. Sie lebten zusammen in der Einzimmerwohnung, schliefen gemeinsam auf Jennys breitem Futon und teilten sich alles wie Geschwister. Ingrid war unkompliziert als Mitbewohnerin. Zwar quarzte sie ihr die Hütte voll, denn sie steckte sich eine nach der anderen an, wenn sie nicht gerade am Asthmaspray sog. Und sie schaffte es irgendwie, die Wohnung in ein permanentes Schlachtfeld zu verwandeln. Für ihre Unordnung gab es keine Worte, aber das störte Jenny nicht, im Gegenteil. Sie fühlte sich pudelwohl in ihrer WG. Von außen betrachtet hätte ihr neues Leben nicht weiter von dem im Münsterland entfernt sein können, aber das wirkte nur so. Denn ihr war es gelungen, sich in dieser freien und verrückten Stadt, die sie inzwischen so liebte, eine Familie zu schaffen. Mit Ingrid und Tina und Piet hatte sie Menschen um sich, mit denen sie genauso vertraut und selbstverständlich umgehen konnte wie mit Basti. Es fühlte sich an, als hätte sie aus beiden Welten das Beste vereint. Ingrid und sie hörten oft gemeinsam Musik, sie tranken Wein, aßen Haschkekse oder saßen kaffeetrinkend in der Küche und redeten. Es war, als lebte sie mit einer Schwester zusammen.

Außerdem konnte Ingrid erstklassig kochen. Das war etwas, womit Jenny niemals gerechnet hätte. Jedes Mal, wenn sie von der Uni kam, stand duftendes Essen auf dem Tisch. Klassische norddeutsche Küche, wie Ingrid es von ihrer Großmutter gelernt hatte. Es gab Krabbensuppe, Labskaus, grüne Bohnen mit Kochbirnen und Pannfisch. Auch heute hatte Ingrid wieder in der Küche gewerkelt. Sie hatte Kohlrouladen mit Kartoffelbrei gekocht. Nichts Besonderes eigentlich, aber noch nie hatte Jenny dieses Gericht so genossen.

»Es kommt darauf an, wie man den Kohl blanchiert«, erklärte Ingrid. »Und den Kartoffelbrei habe ich mit Walnüssen verfeinert.«

»Du solltest Köchin werden, ganz im Ernst.«

Ingrid lächelte schüchtern, zwinkerte und vermied mal wieder jeden Augenkontakt.

»Hab ich was Falsches gesagt?«

»Nein, gar nicht.«

»Du kochst wirklich toll.«

»Danke. Na ja, Köchin werden, das wäre klasse.«

»Und warum studierst du dann Politik?«

»Wenn ich ehrlich bin, Jenny … das Politikstudium interessiert mich gar nicht so richtig. Wenn's nach mir ginge, würde ich am liebsten den ganzen Tag in der Küche stehen. Aber so funktioniert das nicht. Zuerst geht es um den politischen Kampf, der ist wichtiger. Für Abrüstung und gegen Atomkraft. Gegen diesen ganzen nuklearen Wahnsinn. Und natürlich gegen die Spekulanten. Es geht um den Kampf für eine bessere Gesellschaft. Was bringt das sonst alles?«

»Schon. Aber trotzdem. Kann man nicht beides machen?«

Ingrid antwortete nicht, sondern fummelte eine neue Zigarette aus ihrer Schachtel.

»Wie stellst du dir deine Zukunft vor?«, fragte Jenny. »Du kannst ja nicht ewig studieren und auf Demos gehen, ich meine hauptberuflich. Irgendwann ist das Studium zu Ende. Was willst du danach machen?«

Darüber musste Ingrid nicht lange nachdenken.

»Am liebsten würde ich raus aus Berlin. Mit Manfred. Wir könnten in einer Kommune auf dem Land wohnen. Auf einem alten Bauernhof. Wo jeder das macht, was er am besten kann, so wie bei Marx. Ohne ungerechte Besitzverhältnisse und Ausbeutung. Leben und arbeiten. Und ich würde da kochen, mit unseren biologisch angebauten Lebensmitteln. Ich könnte sogar ein Restaurant aufmachen. Für Menschen, die regional und nachhaltig essen wollen. Dann hätte ich nicht nur meinen Platz in der Kommune, ich würde auch Geld reinbringen, das braucht man ja leider. Einfach Leute mit gutem Essen zu bekochen, das wäre mein Traum.«

»Aber das ist doch gar nicht so unrealistisch. Kommunen gibt es genug. Das hört sich klasse an.«

»Ja, eines Tages machen wir das, Manfred und ich.« Sie wirkte jedoch nicht, als würde sie an diese Zukunft glauben. »Das wird wunderschön werden.«

»Warum nicht jetzt?«, fragte Jenny.

Ingrid lachte schnaubend. Als wäre der Gedanke komplett unrealistisch in Anbetracht der Welt, in der sie lebten. In der sie für eine gerechtere Gesellschaft kämpfte und in der sich jeden Tag alles in eine Strahlenwüste verwandeln konnte. Sie zündete die Zigarette an und verscheuchte den Rauch vor ihrem Gesicht auf eine Weise, als wollte sie damit auch die Gedanken an die Kommune und ihr Restaurant vertreiben.

»Sag mir lieber, was du mal machen willst. Wie soll deine Zukunft aussehen?«

Obwohl die Frage naheliegend war, traf sie Jenny unvorbereitet. Ihre Gedanken drehten sich im Moment nur um den nächsten Auftritt. Um Piet und um die Band und um das, was in den kommenden Wochen passieren würde.

»Willst du Lehrerin werden? Ich finde das spannend. Ich mag Kinder.«

»Ja, ich auch …«

Doch die Vorstellung schien ihr längst nicht mehr so attraktiv. Ohne nachzudenken, sprach sie aus, was ihr spontan in den Sinn kam.

»Aber ich will nicht Lehrerin werden. Ich will Musik machen. Auftreten. Die Leute begeistern.«

In dem Moment, in dem sie es ausgesprochen hatte, spürte sie, dass es die Wahrheit war. Sie wollte Musik machen. Es hatte nichts mit Robert oder Piet zu tun. Es war ihre eigene Vision. Sie wollte auf der Bühne stehen.

»Ich will Musik machen«, wiederholte sie.

Ingrid nickte begeistert.

»Das passt auch viel besser zu dir. Ich finde, du hast Talent. Und deine Stimme hat etwas Besonderes. Auch wenn du findest, dass du auf der Klarinette besser bist. Wann habt ihr euren nächsten Auftritt? Gibt es schon einen Termin? Ich werde natürlich dabei sein.«

Ingrid plauderte, als wäre dies eine normale Unterhaltung. Doch Jenny spürte ein Kribbeln im Bauch. Es war, als hätte sie aus dem Nichts heraus eine Entscheidung gefällt, die ihr ganzes Leben von Grund auf änderte.

»Ich werde Musik machen, Ingrid.«

»Ja, das hast du gesagt. Aber wann ist denn jetzt euer nächster Auftritt?«

Jenny lachte drauflos. Ingrid wirkte irritiert.

»Am Samstag«, sagte Jenny. »Im SO36, ist das zu fassen?«

»Das ist ja großartig! In deinem Lieblingsladen.«

»Wir spielen als Vorgruppe von den *Neonbabies*. Diesmal fliegen hoffentlich keine Bierdosen.«

»Ach, Quatsch. Es fliegen ganz bestimmt keine Bierdosen. Das passiert einmal und dann nie wieder.«

»Wir werden sehen. Und wenn … «, sagte sie und wiederholte Ingrids Worte, » … dann geht davon die Welt nicht unter. Oder?«

»So ist es, Jenny. Ganz genau.«

Ingrid stand auf und begann, mit der Zigarette im Mundwinkel die Teller zusammenzuräumen. Sie fragte, ob Jenny noch einen Kaffee wolle, doch die lehnte ab. Sie fühlte sich immer noch wie berauscht bei dem Gedanken an ihre Zukunft. Sie würde Songs schreiben und auf der Bühne abrocken, das sollte ihr Leben sein, egal wie unrealistisch es sein mochte, dass sie je davon würde leben können. Sie würde Sängerin sein, und nicht nur das. Sie würde mit ihren eigenen Songs etwas Neues entwickeln und ihre Vorstellungen von Musik realisieren. Sie würde von ihrer Kunst leben.

»Morgen ist wieder eine Großdemo«, sagte Ingrid, die Spülwasser einlaufen ließ. »Du musst unbedingt mitkommen, Jenny. Es geht jetzt um alles.«

»Morgen?«, fragte sie und versuchte, sich wieder auf Ingrid zu konzentrieren. Seit der Wahl zum Abgeordnetenhaus, die Richard von Weizsäcker mit seiner CDU gewonnen hatte, wehte ein anderer Wind in der Stadt. Den Besetzern ging es jetzt ans Leder. Sein Innensenator war ein knallharter Typ, und er drückte mit aller Macht die Interessen der Spekulanten und der Bau-Mafia durch. Alle Ansätze, gemeinsam Lösungen zu finden, waren vom Tisch, seit Bernhard Vogel nicht mehr an der Spitze der Regierung stand. Es ging nur noch darum, Krieg zu führen gegen die Hausbesetzer.

»Na klar komm ich mit«, sagte Jenny, immer noch mit den Gedanken bei dem Entschluss, den sie gefasst hatte. »Das versteht sich doch von selbst.«

Ingrid blickte vom Spülbecken auf, sah sie mit ihren blassblauen Augen an, diesmal ohne zu zwinkern.

»Ich find's übrigens auch schön, dass ich bei dir wohne«, sagte sie schließlich.

Nach dem Essen machte Jenny sich auf den Weg nach Schöneberg. Piet machte mal wieder eine Reihe von Schichten im Briefzentrum, deshalb bekam sie ihn so gut wie nie zu Gesicht, und auch Proben fanden im Moment kaum statt. Für Jenny hieß das, sie hatte Zeit, sich mal wieder darum zu kümmern, dass auch bei ihr ein bisschen Geld reinkam. Mit den Vorstellungen von *Peter und der Wolf* im Kindertheater hatte sie sich eine Zeit lang über Wasser halten können. Aber das Stück war längst abgesetzt worden, und es wurde höchste Zeit, dass sie mal wieder zu Cash kam.

In einer Seitenstraße im Schöneberger Szenekiez befand sich eine kleine Bar. Das Fenster war mit schwarzer Folie abgeklebt und die Eingangstür sah aus, als führte sie in einen Luftschutzbunker. Sie bestand aus dunklem und nietenbesetztem Stahl mit einem Sehschlitz.

Neben dem Eingang befand sich eine Klingel, die man drücken musste, wenn man rein wollte. Jenny sah auf die Uhr. Die Bar war noch nicht geöffnet. Sie hatte Glück.

Sie klingelte Sturm, trat einen Schritt zurück und wartete. Hinter dem Sehschlitz glitt eine Metallplatte zur Seite, ein Augenpaar begutachtete sie, dann wurde der Schlitz wieder zugezogen und die Tür aufgeschlossen. Vor ihr stand Achim, mit kobaltblauem Iro und einem Kettenhemd, der sie freudig begrüßte. Er winkte sie herein, drückte die Tür wieder ins Schloss und verriegelte sie.

»Da hab ich es gerade noch rechtzeitig geschafft«, sagte sie. »Ihr macht gleich auf, oder?«

»Eine halbe Stunde haben wir noch. Zeit genug für einen Schnaps.«

In der Bar, in der Achim hinterm Tresen arbeitete, galt *Men only*. Eine Schwulenbar, in der Frauen keinen Zutritt hatten. Was Jenny nebenbei bemerkt ziemlich aufregend fand. Es fühlte sich an, als ob sie etwas Verbotenes tun würde, als sie in den Raum trat. Ein Ort, der für sie tabu war. Es war ein langes, schlauchartiges Lokal, das von einem meterlangen Tresen dominiert wurde. Gedämpftes Licht, viel Stahl und Spiegel, und hinten in der Ecke eine winzige Tanzfläche mit einer Discokugel.

Achim bemerkte, wie sie sich staunend umsah.

»Sieht anders aus als die Bühne bei *Peter und der Wolf*, oder?«, kommentierte er.

»Ach, ich fühl mich überall wohl«, gab sie sich gelassen. »Für mich ist das nichts Besonderes. Die Tanzfläche gefällt mir.«

»Ja, das habe ich mir gedacht. Wenn wir Konzerte haben, steht da die Band. Der perfekte Platz für die Rampensau.«

Dass er auch immer darauf rumhacken musste. Zugegeben, Jenny hatte keine Angst mehr vor der Bühne. Es gefiel ihr, Frontfrau zu sein.

Aber sie wollte halt auch, dass die Musik gut ankam, die sie machte. Sie wollte, dass sich ihre Botschaft auf die Menge übertrug, dass die Leute Jennys Gefühle teilten, wenn sie sang. Und dass man sie dabei ansah. Deshalb war sie noch lange keine Rampensau.

»Vielleicht trete ich hier ja mal auf«, meinte sie.

»Tief genug ist deine Stimme. Wir könnten dir Bartstoppeln anmalen und dich als Marianne Rosenberg verkleiden. Du gehst bestimmt als Transe durch.«

»Nein, danke. Ich verzichte.«

Er ging hinter die Bar, wo er mit den Vorbereitungen für den Abend beschäftigt war. Er hatte Eis aufgefüllt, Zitronen geschnitten und Gläser gespült. Mit einem Tuch begann er, ein Weinglas zu polieren.

»Was führt dich her, Jenny? Du hast doch sicher ein Anliegen?«

»Ja, schon. Sag mal, Achim, hast du nicht irgendeinen Job für mich? Ich muss dringend ein bisschen Kohle verdienen. *Peter und der Wolf* war super. Oder die Sache mit der Weihnachtscombo. Ich bin nicht wählerisch.«

»Hm. In dem Kindertheater wollen sie jetzt *Karneval der Tiere* geben. Drei Vorstellungen die Woche.«

»Ach ja? Gibt's dabei eine Klarinette?«

»Der Kuckuck«, bestätigte er. »Eine kleine Rolle, aber es gibt sonst keinen, der Klarinette spielen kann. Die Bezahlung ist auch kaum der Rede wert. Sonst weiß ich nichts.«

»Ich bin dabei«, sagte sie prompt.

Jede Mark wäre willkommen, bis sie was anderes hatte.

»Muss ich da vorher zur Probe?«

»Höchstens ein Mal. So kompliziert ist dein Part nicht. Und wir sind ja Profis«, fügte er augenzwinkernd hinzu.

Jenny atmete durch. Profis. Das war ihr Stichwort. Sie hatte nämlich noch ein anderes Anliegen. Achim studierte wie sie Musik, er kannte sich in der Szene aus, und sie wollte unbedingt seine Meinung zu ihren Plänen hören.

»Apropos Profis«, begann sie. »Ich habe mir da was überlegt.«

»Jetzt bin ich aber gespannt.«

»Für wie realistisch hältst du die Vorstellung, dass ich Musik machen könnte? So richtig, meine ich. Ich hab kein Bock mehr, irgendwas anderes zu machen. Ich will nicht Lehrerin werden. Ich will Musik machen, vor Publikum, unbedingt.«

»Weil du ja keine Rampensau bist.«

Sie warf ihm einen bösen Blick zu, doch er lachte nur.

»Ist die Idee entstanden, als du die Bierdose an den Kopf gekriegt hast?«

»Nein, ich meine das ernst.«

»Na ja, ihr seid noch nicht mal richtig aufgetreten ...«

»Du hast uns doch bei den Proben gesehen. Wir haben ein paar gute Songs. Wenn ich höre, was die anderen so machen, müssen wir uns nicht verstecken. Ja, ich weiß. Wir müssen ein paar Auftritte rocken und uns einen Namen machen. Aber an der Qualität liegt's nicht. Das kriegen wir hin.«

»Na ja, dann Volldampf voraus, würde ich sagen. Vielleicht müsst ihr ein paar Musiker in der Band austauschen, wenn man euch ernst nehmen soll. Aber das ist jetzt echt Zukunftsmusik. Macht zuerst mal Gigs, dann sehen wir weiter.«

»Das weiß ich alles selber, Achim. Aber was denkst du? Ganz grundsätzlich? Könnte ich das schaffen?«

Er legte das Poliertuch beiseite, stützte sich auf dem Tresen ab und betrachtete sie.

»Also gut, ich werde ganz ehrlich sein. Du hast das gewisse Etwas,

185

wenn du mich fragst. Das habe ich schon auf den Weihnachtskonzerten gedacht. Aber es gibt viele, die das mitbringen. Es gehört auch Glück dazu. Und eine gute Strategie.«

Mehr wollte sie gar nicht hören. Eine Strategie. An der ließe sich arbeiten.

»Wer schreibt bei euch die Songs?«, fragte er.

»Piet. Ich helfe ein bisschen mit, aber das meiste ist von ihm. Bis auf unseren Hauptsong, da habe ich die Hookline für den Refrain geschrieben.«

»Das ist auch das Beste daran.«

»Wie meinst du das?«

»Ich finde, ihr klingt ein bisschen zu punkig. Ein bisschen *last year*.«

»Sagt der Mann mit dem Iro und dem Kettenhemd.«

»Ha, ha. Aber ich mein's ernst. Es sind die Achtziger, Jenny. New Wave ist jetzt das Ding. Außerdem glaube ich, dass du viel besser rüberkommen würdest, wenn du auf Deutsch singst.«

Das konnte sie vergessen. Sie wusste ja, was Piet darüber dachte. Deutsch käme für ihn niemals infrage.

»Also mehr New Wave«, meinte sie. »Deutschen New Wave.«

»Neue Deutsche Welle«, lachte er. »Genau das meine ich.«

Das war der Begriff, der plötzlich groß in Mode war. *Ideal, Extrabreit, Fehlfarben* – das waren die Bands, die diesen Stil ausmachten. Peter Carstensen hatte schon vor einer Weile mal mit ihr darüber gesprochen, und die Entwicklung nahm immer mehr an Fahrt auf. Das Besondere war, sie wurden nicht nur in den Berliner Clubs und Kneipen gefeiert, also in einer überschaubaren Alternativszene, sondern überall im Land. Sie kamen groß raus und fanden sich völlig unvermutet in den Charts wieder.

»Damit lässt sich Geld verdienen«, sagte er.

»Geld ist mir erst mal egal, ich will nur Musik machen. Meine Eigene. Und sonst gar nichts.«

»Aber wenn du davon leben willst, dann sieh besser zu, dass du da hingehst, wo die Kohle ist. Sonst wird das nämlich nichts.« Vergnügt fügte er hinzu: »Aber zuerst müsst ihr mehr Auftritte haben. Und zwar welche, auf denen keine Bierdosen fliegen. Komm, wir stoßen darauf an.«

Achim holte zwei Schnapsgläser aus dem Regal und zog eine Flasche Tequila hervor. Jenny betrachtete ihn. Sie dachte an Ingrid und deren Träume für die Zukunft. Sie hatte keine Ahnung, wovon Achim träumte.

»Du studierst doch auch an der HdK«, meinte sie. »Willst du denn nicht Musiker werden?«

»Nein. Dafür bin ich nicht gut genug.«

»Du bist besser als ich.«

»Schon, auf gewisse Weise vielleicht. Aber … keine Ahnung. Du spielst in einer Band. Im Popgeschäft herrschen andere Regeln als in einem Sinfonieorchester. Da musst du nicht so professionell sein. Aber das ist nichts für mich. Ich bin auch keine …«

»Lass mich raten: Rampensau.«

Er grinste, schenkte Tequila ein und stieß mit ihr an.

»Auf deine Zukunft auf der Bühne.«

Der Schnaps brannte angenehm im Rachen und stieg Jenny augenblicklich zu Kopf. Sie schüttelte sich.

»Aber was hast du vor?«, fragte sie. »Nach dem Studium, meine ich?«

Er wirkte plötzlich verlegen. »Keine Ahnung, vielleicht mache ich mal eine Bar auf. Eine eigene. Aber das wird nicht so einfach.«

»Was spricht denn dagegen?«, fragte sie.

»Na, zum Beispiel, dass man Startkapital braucht. Und nicht zu knapp. Wie soll ich eine Bar aufmachen, wenn ich jeden Monat überlegen muss, wie ich meine nächste Miete zusammenkratze? Die Notenblätter, die ich fürs Studium brauche, muss ich meistens klauen.«

Sie dachte an die Tipps, die er ihr eben noch gegeben hatte. »Sicher braucht man auch ein gutes Konzept, oder?«

Jetzt grinste er wieder breit. Die Verlegenheit war wie weggewischt. »Das habe ich. Was denkst du denn?«

»Na dann lass mal hören.«

»Ich war neulich in einem Puff …« Weiter kam er nicht, denn Jenny riss schockiert die Augen auf. Eine bescheuerte Reaktion, aber da war es schon zu spät.

»Frag mich nicht, wieso ich da war«, sagte er schnell. »Bestimmt nicht, weil ich unbedingt dahin wollte. Aber ich war total drüber und mit Leuten unterwegs, die ich kaum kannte. Wie das eben so ist. Der Puff aber … So was habe ich noch nie gesehen. Alles knallrot und plüschig. Mit Plastikblumen und Kronleuchtern und Leopardenfell an der Wand. Kitsch im Quadrat. Wie bei einem schnulzigen Schlager. Als hätte man zu viel Kirschlikör getrunken.«

»Kirschlikör«, sagte Jenny, die endgültig glaubte, in Achim einen Seelenverwandten gefunden zu haben. »Ich weiß genau, was du meinst.«

»Die Nutte hinterm Tresen war total nett. Die hat sofort gecheckt, dass ich da nichts zu suchen hatte. Wir haben uns ein bisschen unterhalten, und sie meinte, der Puff würde bald verkauft werden. Die Zeiten ändern sich, und der ganze Plüsch, damit kannst du heute keinem mehr kommen.«

»Du meinst, es wäre die perfekte Schwulenbar?«

»Perfekt«, bestätigte er mit leuchtenden Augen. »Ich würde die Einrichtung genau so lassen, wie sie ist. Es wäre der ideale Absturz-schuppen.«

Jenny amüsierte sich über seine Begeisterung. Dabei fand sie die Idee selbst klasse. Sie konnte sich das gut vorstellen, vor allem, wenn Achim hinter der Bar stand.

»Was deine Eltern wohl sagen würden, wenn sie in so eine Bar kä-men«, feixte sie, doch plötzlich wurde Achim ernst.

»Die sagen, ich bin tot.«

Jenny fühlte sich sofort ernüchtert.

»Wie bitte?«

So weit würden ihre eigenen Eltern nie gehen, da war sie sich sicher. Ihre Mutter mochte ihr zigmal vorwerfen, was sie ihr antat, wo sie doch ein schwaches Herz habe, und was für eine Enttäuschung Jenny für sie sei. Und ihr Vater mochte herumschreien, bis seine Halsschlagader explodierte, er mochte sie rauswerfen und ihr sagen, sie gehöre nicht mehr zur Familie. Aber niemals würde er sie für tot erklären, das wusste sie ganz tief in ihrem Innern.

»Lange Geschichte«, sagte Achim.

»Ich habe Zeit.«

Er seufzte. »Meine Mutter hat ein schwules Pornoheft in meinem Zimmer gefunden. Als ich nach Hause kam, stand mein Vater schon mit dem Gürtel in der Hand im Flur.« Er zog sein Kettenhemd hoch, damit Jenny die lange Narbe an der Hüfte sehen konnte. »Er hat mich halb totgeprügelt und danach aus dem Haus geworfen. Wenn ich mich jemals wieder sehen lassen würde, dann würde er es zu Ende bringen. Das hat er mir geschworen.«

»Das ist ja schrecklich.«

Er schenkte Tequila nach und kippte ihn sofort hinunter.

»Sie haben seitdem nie wieder ein Wort mit mir geredet. Von meiner Schwester – die will mich zwar genauso wenig sehen wie meine Eltern, aber wenigstens geht sie mal ans Telefon – weiß ich, dass meine Eltern allen sagen, ich sei gestorben.«

»Mein Gott. Und wie lange ist das jetzt her?«

»Ich war vierzehn.«

Jenny wusste nicht, was sie sagen sollte. Dagegen war das, was ihre Eltern getan hatten, geradezu harmlos.

»Tja, deshalb habe ich auch keine finanziellen Rücklagen. Oder jemanden, den ich um Geld anpumpen könnte. Wie soll ich da eine Bar aufmachen? Ich müsste zuerst eine Bank überfallen.«

»Das kriegen wir schon hin«, meinte sie leidenschaftlich. »Wir besorgen das Geld. Ich helfe dir.«

»Du meinst, mit den zwanzig Mark, die du im Kindertheater für den Kuckuck bekommst?«, fragte er zwar amüsiert, aber voller Zuneigung.

»Nein, die brauchst du ja selbst.«

Er legte die Hand auf ihren Arm und lächelte. »Ist schon okay, Jenny. Danke.«

Die Klingel ertönte. Jemand stand draußen auf der Straße und wollte rein. Achim blickte auf die Uhr.

»Mist, die Bar sollte schon aufgemacht haben.«

Jenny hatte noch gar nicht verarbeitet, was sie gerade gehört hatte. Benommen rutschte sie vom Barhocker.

Er umrundete die Theke und scheuchte sie zum Ausgang.

»Du musst verschwinden. Komm morgen um fünfzehn Uhr ins Kindertheater. Ich sage denen, dass wir eine Klarinette haben.«

Sie sah ihn hilflos an. »Achim, ich …«

»Ja, ja. Ich weiß. Aber jetzt raus mit dir. Wir sehen uns morgen.«

Der Mann, der vor der Tür stand, sah aus wie ein gewöhnlicher Angestellter, wie eins der tausend Gesichter, die sie täglich in der U-Bahn sah. Als er Jenny erblickte, versteifte er sich und wirkte verstört. Sie lächelte schüchtern und drückte sich an ihm vorbei nach draußen. Auf der Straße blieb sie stehen und drehte sich zu Achim um. Doch der war bereits in der Bar verschwunden, und außer der Stahltür und dem abgeklebten Fenster war nichts mehr zu sehen.

≥ ≤

Ingrid sollte recht behalten mit dem, was sie vorausgesagt hatte. Es flogen keine Bierdosen bei ihrem zweiten Auftritt. Im Gegenteil. Die Stimmung war von Anfang an gut, die Leute mochten sie, und es gelang ihnen, die Gefühle ihrer Songs so auf die Menge zu übertragen, dass ein Gemeinschaftsgefühl entstand. Das SO36 war gerammelt voll. Eine organische Masse, vereint durch den Sound. Genau das, worum es Jenny beim Musik machen ging. Die Krönung war, dass der Song, den sie und Piet gemeinsam geschrieben hatten und zu dem sie den Refrain beigesteuert hatte, von allen Songs am besten ankam. Er wurde von der Menge gefeiert. Es war großartig.

Sie waren vollgepumpt mit Adrenalin, als sie nach der Show von der Bühne kletterten und hinter einem Vorhang verschwanden. In der engen Nische klatschten sie sich ab und fielen sich in die Arme. Sie waren überwältigt vor Glück und gleichzeitig ein bisschen erleichtert, es hinter sich zu haben. Von ihren Backstageplätzen aus sahen sie sich den Auftritt der *Neonbabies* an. Jenny fand es irre, einer ihrer Lieblingsbands von einem solch privilegierten Platz aus zuzusehen. Und noch besser war es, festzustellen, dass ihre Performance beim Publikum besser angekommen war. Bei ihnen war die Meute mehr abgegangen als jetzt bei den *Neonbabies*. Dabei waren die wie immer großartig, vor allem Inga

Humpe, der es wie jedes Mal gelang, mit ihrer femininen Art, den großen Augen und dem mädchenhaften Gesicht die Bühne komplett zu
rocken, und das, ohne sich mit irgendwelchen martialischen Attitüden
zu behelfen. Trotzdem hatte *Happy Sinking* den Saal an diesem Abend
mehr gerockt. Es war kaum zu fassen.

Nach dem Konzert quetschten sie sich durch die Menge nach
draußen auf die Straße, wo Jenny genüsslich die frische Luft einsog.
Piet schlug vor, in den »Dschungel« zu gehen, der Szenedisco in der
Nürnberger Straße, in der David Bowie ein- und ausgegangen war und
die längst Kultstatus besaß. Jenny, Püppi und Humme waren sofort
einverstanden. Und weil es ein Tag zum Feiern war, leisteten sie sich
sogar ein Taxi, das sie von Kreuzberg in Richtung Ku'damm fuhr.

»Wir sind besser angekommen als die *Neonbabies*«, sagte Piet immer wieder. »Ich kann es nicht fassen.«

»Leute, wir werden es der Welt zeigen«, stimmte Püppi ein. »Denkt
an meine Worte.«

»Mein Gott, wir waren besser als die *Neonbabies*«, wiederholte Piet
mit einem Kopfschütteln.

Im »Dschungel« war es gerammelt voll. Wie die Kings bewegten sie
sich durch die Menge, bestellten vier Rum-Colas und ergatterten einen
Platz an einer Säule, wo sie lautstark auf das Konzert anstießen. Doch
hier schien sich keiner für sie zu interessieren. Hier waren sie Unbe-
kannte, was sonst. Sie waren noch aufgeputscht von ihrem Erfolg und
glaubten irgendwie, dass sie doch auch hier Helden sein müssten, wie
eben noch im SO36. Als müssten die Menschen sie feiern und bejubeln. Zum Glück verflüchtigte sich das Gefühl rasch, und nach einer
Weile wurde Jenny von der Atmosphäre des Clubs mitgerissen, von der
Musik, den Lichtern, der Stimmung.

Püppi sprach eine Frau an der Bar an, und zu Jennys Erstaunen ließ sie ihn nicht abblitzen, sondern schien für seine Annäherungsversuche empfänglich zu sein. Humme dagegen soff wie ein Loch, saß irgendwann allein an einem Tisch und trommelte mit den Händen selbstvergessen die Drums zu dem Stück, das aus den Boxen drang. Piet, immer noch überwältigt von dem Abend, packte Jenny und küsste sie leidenschaftlich.

»Komm, Jenny, wir gehen tanzen«, sagte er und zog sie vom Hocker auf die Tanzfläche. Es lief *Disorder* von *Joy Division*. Und auch wenn sich der Song kaum zum Schwofen eignete, schmiegte sich Jenny eng an ihn. Sie hatten diesen Erfolg gemeinsam möglich gemacht, es war ihrer beider Sieg. Es war eine Nacht für die Ewigkeit.

Sie bestellten eine Runde nach der anderen, ohne auf die Preise zu achten, denn heute wollten sie ungehemmt feiern und sich betrinken. Püppi und Humme waren irgendwann verschwunden, und Jenny und Piet tanzten weiter, die halbe Nacht, lachten und feierten, und landeten schließlich auf einem Sofa in der Ecke, wo sie wild knutschten. Die Party um sie herum ging unbeirrt weiter, und sie genossen ihre Zweisamkeit.

Als Piet sich von ihr löste, lachte er drauflos.

»Wir waren besser als die *Neonbabies*«, staunte er wieder. »Ist das zu fassen, Jenny?«

»Und es war unser Song, auf den die Leute abgegangen sind. Der, den wir gemeinsam geschrieben haben.«

»Das stimmt. Wir sollten mehr Songs als Team schreiben.«

Das war ihr Stichwort. Jenny wollte ihm schon seit Langem von ihrem Notizheft erzählen, das inzwischen halb voll war. Sie hatte eine Menge Ideen, an denen sie arbeitete. Piet wusste bislang nichts davon, weil sie Angst hatte, wie er darauf reagieren würde. Aber nach dem Gespräch mit Achim hatte sie sich fest vorgenommen, ihre Ideen stärker einfließen zu lassen. Piet wollte lieber englische Songs performen, die mehr nach Punk als nach New Wave klangen. Aber sie konnten ja beides machen. Keiner musste sich zu sehr verbiegen.

»Der Song wird unser Hit«, meinte Piet. »Wart's ab. Mit dem kommen wir groß raus.«

Sie schälte sich aus seiner Umarmung, setzte sich auf und nahm seine Hände. Piet war gut drauf. Vielleicht wäre er offen für ein paar Veränderungen.

»Was ich dir schon lange sagen will, Piet. Ich hab ein paar Ideen. Für Songs. Vielleicht sollten wir mal darüber reden.«

»Ideen? Na, klar. Was für welche? Schieß los.«

Er blickte sie erwartungsvoll an. Sie nahm sich ein Herz.

»Okay. Ich habe mir Folgendes gedacht … «

Sie suchte nach den passenden Worten und ließ ihren Blick durch den »Dschungel« wandern.

Am Tresen saß Robert. Mit seiner Tussi. Dieser Angie, der Bekannten von Detlef. Er hatte seinen Arm um sie gelegt und wirkte ziemlich angetrunken. Und bekifft. Er sah aus, als würde er gleich vom Hocker rutschen.

»Alles in Ordnung, Jenny?«

»Ja. Natürlich.«

Doch sie konnte den Blick kaum vom Tresen abwenden. Die beiden waren also immer noch zusammen. Von wegen, keine große Sache. Robert verlor das Gleichgewicht, und seine Freundin fing ihn auf. Offenbar wollten sie raus aus dem »Dschungel«. Sie stützte ihn, nahm ihre Tasche und schob ihn behutsam in Richtung Ausgang. Jenny rutschte tiefer ins Sofa. Auf keinen Fall sollte Robert sie entdecken.

Piet merkte, dass sie abgelenkt war. Er folgte ihrem Blick.

»Ach du Scheiße. Dieser Idiot.«

Jetzt hatte Piet wieder ihre volle Aufmerksamkeit. Das war die letzte Reaktion, mit der sie gerechnet hatte.

»Kennst du den etwa?«, fragte sie.

»Den Typen da drüben? Ja, flüchtig. Was für ein Versager.«

»Wieso? Was ist mit dem?«

»Ach, der wollte unbedingt bei uns in der Band mitmachen. Als Sänger. Hat sich bei uns vorgestellt.«

»Er wollte euer *Sänger* werden? Ich dachte, du hast gesungen, bevor ich dazugekommen bin.«

»Hab ich auch. Aber ich bin lieber Gitarrist. Außerdem wollte ich eine Frontfrau für uns, keinen Typen.«

»Aber warum hat er dann vorgesungen?«

»Er hat so lange gebettelt, bis wir weich geworden sind. Der hat alle Punkbands in der Stadt abgeklappert, aber keiner wollte den haben. Kein Wunder. Er hat nichts drauf. Den stecke ich dreimal in die Tasche, und ich will nicht mal singen.«

Jenny konnte nicht fassen, was sie da hörte.

»Ein richtiger Loser«, fasste Piet seine Einschätzung zusammen.

Robert hatte versucht, eine Band zu finden. Es war ihm gar nicht nur ums Saufen und Kiffen gegangen. Er war durch die Stadt getingelt und hatte sich überall angeboten, aber keiner hatte ihn haben wollen. Weil er nicht gut genug war. Jenny konnte es kaum glauben.

»Der Witz ist, beim Punk brauchst du nichts zu können«, sagte Piet. »Nicht wirklich. Du musst nur anders sein. Und die Sau rauslassen. Aber der hat so einen Stock im Arsch, das kannst du dir nicht vorstellen.«

Einen Stock im Arsch. Jenny brauchte eine Weile, um das zu verdauen.

»Kennst du den Typen etwa?«, fragte Piet.

»Nein, woher auch.«

»Oh, Mann. Der scheint ziemlich drüber zu sein.«

Angie hatte ihn zur Tür manövriert. Es bereitete ihr Mühe, sie auf-zuziehen und ihn gleichzeitig zu stützen, doch schließlich waren sie draußen und verschwanden aus ihrem Blickfeld.

»Was wolltest du mir sagen, Jenny?«

»Ich? Ach, nichts. Ich hole uns noch was zu trinken. Noch eine Rum-Cola für dich?«

Sie stand auf und wandte sich zur Bar. Piet sollte nicht merken, wie verstört sie wegen der Geschichte war. Sie wusste nicht, warum sie ver-schwiegen hatte, dass es sich bei dem Typen um ihren Ex handelte. Piet kannte alle Geschichten über ihn, und wenn er nicht zu betrunken und zu berauscht von ihrem Erfolg gewesen wäre, hätte er sicher eins und eins zusammengezählt. Im Grunde gab es ja auch nichts zu verschwei-gen. Trotzdem wollte sie zuerst sacken lassen, was sie gerade erfahren hatte.

Der Tresen war umringt von Leuten, die auf Getränke warteten. Sie sah zur Tür, hinter der Robert verschwunden war, dann zu Piet, der mit dem Rücken zu ihr auf dem Sofa hockte. Ihr drehte sich der Kopf.

Es dauerte eine Weile, bis der Barkeeper in dem Gedränge auf sie aufmerksam wurde. Sie bestellte zwei Rum-Colas und brachte sich in Stellung, um die Getränke vom Tresen zu fischen. Ein Typ drückte sich an ihr vorbei, um seine Jacke von einem Barhocker zu ziehen. Sie sah auf und erkannte, dass es Robert war. Er musste draußen festgestellt haben, dass er seine Jacke im Club vergessen hatte.

Er wandte sich um und stand direkt vor ihr. Jetzt gab es keine Chance mehr, sich zu verstecken. Robert schien sofort zu ernüchtern. Sein Blick wurde unergründlich. Jenny lächelte verlegen, räusperte sich und sah zu Boden. Es wirkte einen Moment lang, als wolle er wortlos an ihr vorbeigehen. Aber dann tat er es doch nicht.

»Ich war heute im SO36«, sagte er.

Das hieß, er war auf ihrem Konzert gewesen. Auch das noch. Sie wäre am liebsten im Boden versunken.

»Du spielst in einer Punkband«, stellte er fest. »Du bist die Sängerin.«

Sie fühlte sich scheußlich. Robert betrachtete sie eingehend, doch sie schaffte es nicht, Blickkontakt mit ihm zu halten.

»Ihr wart ziemlich gut«, meinte er.

Dann klemmte er sich die Jacke unter den Arm und steuerte wieder den Ausgang an. Jenny wusste nicht, was sie tun sollte. Sie wollte ihn so nicht gehen lassen.

»Warum hast du mir nichts gesagt?«, fragte sie.

Zuerst wirkte er irritiert, dann begriff er, dass sie Bescheid wusste. Dass Piet, ihr Bandkollege, sie aufgeklärt haben musste. Sein Blick verdüsterte sich.

»Und ich dachte, du wolltest einfach nicht mehr Sänger sein«, sagte sie. »Ich hatte ja keine Ahnung.«

»Was soll das denn jetzt? Lass mich doch in Ruhe.«

Er wandte sich ab. Wahrscheinlich dachte er, sie wolle ihm Vorhaltungen machen oder ihren Triumph auskosten. Dabei wollte sie ihn nur verstehen. Entschlossen packte sie ihn am Arm und zwang ihn, ihr in die Augen zu sehen. Auch wenn sie gerade nicht die richtigen Worte fand, musste er doch erkennen, was in ihr vorging.

»Robert«, sagte sie eindringlich.

Er senkte den Blick. Harte Bässe drangen aus den Boxen, die Party um sie herum tobte unvermindert weiter. Er zögerte. Ohne aufzublicken, fragte er: »Was wäre denn gewesen, wenn ich es dir gesagt hätte? Hättest du in mir dann immer noch den Typen gesehen, in den du dich verliebt hast? Hättest du mich noch für ein Genie gehalten?«

Sie hätte ihm auf jeden Fall geholfen, eine Band zu finden oder an seinen Auftritten zu arbeiten. Aber das hatte er nicht gewollt, begriff sie. Er hatte nur ihre atemlose Bewunderung gewollt, ihren unhinterfragten Glauben an sein Talent.

»Es tut mir so leid mit der Wohnung«, sagte sie. »Ich hatte gar nicht richtig Zeit, darüber nachzudenken. Irgendwie hat sich das verselbstständigt.«

»Verdammt, Jenny, ich wollte dich auf die Straße setzen. Ich habe mich wie ein Arsch verhalten.« Er massierte sich die Nasenwurzel. »Wenn, dann muss ich mich bei dir entschuldigen.«

»Wo wohnst du jetzt eigentlich?«, fragte sie.

»Bei Angie. Die Wohnung ist ziemlich cool. Da ist viel mehr Platz. Es läuft ganz gut zwischen uns.«

Jemand tippte ihr auf die Schulter. Es war ein Mädel, das vorm Tresen stand. Etwas genervt deutete sie zum Barkeeper.

»Deine Rum-Colas«, brüllte der über den Lärm hinweg.

Sie wollte Robert sagen, er solle kurz warten. Es gab noch so viel, was sie ihm sagen wollte. Doch sie erkannte, dass er nicht länger bleiben wollte. Ein bedauerndes Lächeln huschte über sein Gesicht.

»Viel Glück, Jenny«, sagte er.

Dann drehte er sich um und ließ sie stehen.

## 10

Der Auftritt im SO36 wurde zu einem Türöffner für die Band. Es sprach sich herum, dass *Happy Sinking* den Laden aufheizen konnten, und ab da war es viel leichter, an Gigs zu kommen. Sie spielten überall, wo man sie auftreten ließ, von den heruntergekommensten Kneipen bis zum Loft im Metropol, wo sie unfassbarerweise einmal den Abend eröffnen durften. Es wurde der Sommer der Auftritte. Wie Piet prophezeit hatte, wurde ihr Hauptsong, den sie beide als Team geschrieben hatten, zu ihrem Hit. Es wurde ihr Erkennungszeichen, und beim ersten Mal, als die Leute im Publikum den Text laut mitsangen, war Jenny so ergriffen, dass sie beinahe aus der Rolle gefallen wäre und vergessen hätte, mit der Show weiterzumachen.

In der *Zitty*, dem wichtigsten Stadtmagazin, gab es eine Konzertkritik, in der sie über den grünen Klee gelobt wurden. Es gab sogar ein Foto von ihnen auf der Bühne. Jenny kaufte einen ganzen Stapel davon, damit sie allen ihren Freunden eine Ausgabe schenken konnte. Außerdem ließ sie Basti den Ausschnitt aus dem Magazin zukommen, indem sie ihn an Birgit schickte und sie bat, ihn zu überbringen, ohne dass ihre Eltern es mitbekamen.

»Was sagst du jetzt?«, fragte sie ihn, als sie ihn mal wieder ans Telefon bekommen hatte, während die Eltern weg waren. »Ist das nicht klasse?«

»Das ist der reinste Wahnsinn. Ich hab den Artikel bestimmt tausendmal gelesen. Und das Bild! Du siehst so punkig aus. Ich dachte, ich guck nicht richtig.«

Er schien sich darüber beinahe mehr zu freuen als sie selbst. Er war ganz aus dem Häuschen.

»Ich habe dir ja gesagt, du würdest es schaffen in Berlin. Dafür brauchst du Robert nicht. Du kannst es allen zeigen, weil du es draufhast.«

Sie musste lächeln. »Ja, das hast du mir tatsächlich vorhergesagt.«

»Ich wäre so gerne dabei gewesen. Wenn ich könnte, würde ich sofort nach Berlin kommen, damit ich bei deinem nächsten Konzert im Publikum bin. Aber das ist unmöglich. Unsere Alten drehen total am Rad. Die würden mich nie nach Berlin lassen, um meine große Schwester zu besuchen.«

»Dann haben sie sich immer noch nicht wieder eingekriegt? Ich dachte, so langsam hätten sie sich beruhigt. Es ist immerhin fast ein Jahr her, und ich liege immer noch nicht mit einer Spritze im Arm auf dem Bahnhofsklo.«

Seine Hochstimmung bekam einen Dämpfer. »Na ja, Mama ist nicht ganz so bescheuert wie Papa. Ich glaube, sie würde schon gerne mit dir reden. Aber sie tut nur das, was er sagt. Ich hatte damit gerechnet, sie würde sich mal heimlich mit dir in Verbindung setzen. Einen Brief schreiben oder so.«

»Okay, und warum hat sie das nicht getan?«

»Na ja. Sie hat wohl noch gezögert, wollte nicht gegen Papas Wünsche handeln. Und dann … Mein Zimmer war neulich ein ziemliches

Chaos, und als ich in der Schule war, hat sie einen Rappel gekriegt und hier Großputz gemacht. Sie hat den Artikel von eurem Konzert gefunden.«

Oje. Jenny konnte sich schon vorstellen, was das für eine Wirkung gehabt haben musste. Ganz unabhängig von der Tatsache, dass sie diese Art von Musik in einer Band spielte. Und Basti sprach sofort aus, was ihr dabei durch den Kopf ging.

»Du musst zugeben, das Bild von dir ist ziemlich ... beeindruckend.«

Ja, das traf es ganz gut. Ihre hübsche Tochter in martialischen Männerklamotten, mit streng zurückgegelten Haaren und tiefschwarzem Lidschatten, wie sie breitbeinig auf der Bühne stand und ins Mikrophon brüllte.

»Hat Papa das Bild gesehen?«

»Na, was denkst du? Sie hat es wie eine Reliquie in der Küche drapiert, und als er nach Hause kam und wissen wollte, warum sie rumheulte, hat sie es ihm gezeigt.«

Das war ja toll gelaufen. Jenny hätte es den beiden sicher etwas schonender beigebracht. Andererseits, sie hatte langsam keine Lust mehr, immer auf andere Rücksicht zu nehmen. Sie musste sich nicht dafür schämen, wer sie war und was sie tat. Und wenn ihre Eltern das anders sahen, dann konnte sie ihnen eben nicht helfen.

»Mach dir keine Sorgen«, sagte Basti. »Die geben Robert an allem die Schuld.«

»Weil ich ja nicht in der Lage bin, eigenständig eine Entscheidung zu treffen, na klar.«

»Sie denken, ihr seid noch zusammen. Oder soll ich ihnen sagen, was los ist?«

»Nein. Das ist meine Sache. Und ich hab kein Bock mehr, mit allem um sie rumzueiern. Wenn sie was von mir wissen wollen, dann sollen sie mich fragen.«

Erst, als sie es laut ausgesprochen hatte, merkte sie, was sie da sagte. Vor nicht allzu langer Zeit hätte sie vermutlich versucht, es ihren Eltern trotzdem irgendwie recht zu machen. Sie hätte sich selbst verbogen und wäre Kompromisse eingegangen, nur um keinen Streit zu provozieren. Das war nun vorbei. Denn sie spürte, dass sie ernst meinte, was sie sagte. Sie würde für sich einstehen, koste es, was es wolle. Sie brauchte niemanden, der für sie kämpfte, das konnte sie selbst. Und für Kompromisse hatte sie keine Zeit mehr.

»Was ist eigentlich aus Robert geworden?«, fragte Basti.

Gute Frage. »Ehrlich, ich hab keine Ahnung.«

Seit dem Abend im »Dschungel« hatte sie ihn nicht mehr gesehen. Die Stadt konnte einerseits ein Dorf sein, und man lief ständig den gleichen Leuten über den Weg, egal, wo man hinging. Und dann wiederum war sie doch eine Großstadt, riesig und anonym.

»Wenn ich von hier abhauen würde, Jenny, dürfte ich dann bei dir wohnen?«

»Abhauen? Du bist vierzehn. Willst du nicht erst mal die Schule zu Ende machen?«

Das war ihr so rausgerutscht. Sie klang wie Fräulein Rottenmeier. Dabei konnte sie ihn so gut verstehen. Er wollte weg von zu Hause, wollte endlich er selbst sein dürfen. Aber er war minderjährig. Da würden sich die Pforten zur Hölle öffnen, wenn er einfach so verschwand.

»Ich weiß, dass es ätzend ist zu Hause. Aber glaubst du, Mama und Papa lassen das zu? Die werden durchdrehen. Das gibt eine diplomatische Krise. Ehrlich, Basti, willst du nicht lieber noch zwei Jahre warten?«

»Klar«, sagte er, doch seine Enttäuschung war nicht zu überhören.

»Denk nicht, ich hab Schiss vor denen, aber …« Das kam alles zu plötzlich. Sie musste erst darüber nachdenken. »Wir reden da noch mal drüber, ja? Wenn's nach mir ginge, könntest du sofort kommen, ist doch klar. Aber …« Du bist noch zu jung. »So einfach ist das nicht.«

Den Rest des Telefonats war Basti einsilbig. Offenbar glaubte er, Jenny würde nur rumlabern, weil sie nicht wollte, dass er kam. Sie redeten noch ein bisschen über seine Fortschritte am Klavier, doch Begeisterung kam nicht mehr auf.

»Was machst du eigentlich an deinem Geburtstag?«, fragte er am Ende des Telefonats. Der war zwar schon morgen, aber Jenny hatte noch nichts Konkretes geplant.

»Keine Ahnung, ich werde wohl mit Piet feiern.«

»Ah, okay. Verstehe.« Er klang traurig, als er noch hinzufügte: »Dann viel Spaß. Ich muss jetzt los, zur Klavierstunde.«

Nach dem Gespräch fühlte sie sich scheußlich. Als sie aus der Telefonzelle trat, wehte ihr ein lauer Wind durch die Haare. Im Sommer konnte Berlin richtig schön sein. In ihrer Straße gab es viel Grün, auf den Brachflächen wucherten Wildblumen, und selbst die mürrischen Berliner kamen ihr jetzt viel freundlicher vor. Trotzdem hob sich ihre Stimmung kaum. Vielleicht, dachte sie, könnte Basti in den Schulferien einfach mal für ein paar Tage nach Berlin trampen, und sie würde unwissend tun und ihre Eltern anrufen, um Bescheid zu sagen, wenn er ankam. Dann könnte man testen, wie groß das Erdbeben war, das er damit auslöste.

In ihrer Wohnung riss sie die Fenster auf, um die warme Sommerluft hereinzulassen. Inzwischen wohnte sie wieder allein. Ingrid war ausgezogen. Manfred hatte ein besetztes Haus aufgetan, in dem sie beide unterkommen konnten, und seitdem war es wieder still geworden bei

Jenny. Zwar war die Wohnung ordentlicher, und es war nicht mehr alles mit Zigarettenrauch zugequalmt. Aber dafür war es auch einsamer.

Bestimmt würde es Basti nicht stören, wie Ingrid mit ihr zusammen auf dem Futon zu schlafen. Die Vorstellung, wieder mit ihm zusammenzuwohnen, war gar nicht übel.

Gerade, als die Stille in der Wohnung begann, ihr zu schaffen zu machen, dazu noch einen Tag vor ihrem Geburtstag, polterte es gegen die Tür. Erleichtert ging sie in den Flur und öffnete. Es war Piet.

»Was machst du denn hier?«, fragte sie freudig. »Ich dachte, du musst heute arbeiten.«

»Ich habe die Schicht getauscht. Heute können wir auf keinen Fall arbeiten. Es ist ein ganz besonderer Tag.«

Hatte er das mit ihrem Geburtstag nicht richtig auf dem Schirm? Dachte er etwa, der wäre heute?

»Wieso? Was ist denn los?«, fragte sie.

Er spazierte in die Küche, grinste breit und zog einen Zettel aus seiner Hosentasche. Es war der Flyer für eine Veranstaltung, mit dem er vor ihrem Gesicht herumwedelte.

»Ich weiß, du hast erst morgen Geburtstag, aber ich habe eine Überraschung für dich.«

Wenigstens hatte er das nicht versemmelt. Sie nahm das Blatt und faltete es auseinander.

»Mach dich fertig, Jenny. Wir gehen heute aus.«

Der Flyer warb für eine Liveveranstaltung im Tempodrom. *Die große Untergangs-Show – Festival Genialer Dilletanten*. Ein Musikfestival mit zahllosen Bands und Künstlern. Sie kannte nicht alle, die dort auftraten. Aber Blixa Bargeld mit seiner Band *Einstürzende Neubauten* war mit von der Partie, ebenso *Die Tödliche Doris* und Gudrun Gut, die ehemals zu *Mania D.* gehört hatte, mit ihrer neuen Band *Malaria!*.

»Schreibt man Dilettanten nicht mit nur einem L?«, fragte sie verwundert.

»Typisch, das fällt dir als Erstes auf.« Piet lachte. »Keine Ahnung, ob das Absicht war oder ein Tippfehler. Aber ich finde es genial.«

Jenny begriff nicht, was er daran so genial fand.

»Na, es ist wie die Musik, die wir machen. Wir sind nicht perfekt. Wir machen Fehler. Weil wir nicht Teil des alten Virtuosentums sein wollen. Und dann muss man bewusst dazu stehen, verstehst du? Den Fehler ins Werk einbauen. Ihn betonen und was Neues daraus machen. Einzigartig sein. Das ist es doch, worum es geht. Was Neues erfinden. Wir sind Dilettanten. Das ist Kunst.«

Jenny verstand langsam, was er meinte. Aber weil sie leicht skeptisch die Stirn runzelte, legte er jetzt erst richtig los.

»Wir sind nicht besessen von Perfektionismus. Das ist Punk. Und New Wave und alles andere. Es geht darum, einen neuen Ausdruck zu finden, der in unsere Zeit passt. Etwas zu erfinden, zu experimentieren. Die Person, die sich ausdrückt, ist dabei der Künstler. Damit ist der Fehler Teil der Kunst. Es geht um Ausdruck und Authentizität, nicht um Virtuosentum. Und nicht darum, die Regeln des Establishments wie ein goldenes Kalb anzubeten.«

Sie unterdrückte ein Aufstöhnen. Piet hatte diese Momente, in denen er es liebte, ohne Ende zu quatschen und ihr die Welt zu erklären. Am Anfang war ihr das gar nicht aufgefallen, weil sie diese neuen Sichtweisen total spannend fand und ihn dafür bewunderte. Aber inzwischen ging es ihr manchmal ein bisschen auf die Nerven. Er schien das zu spüren und fügte angriffslustig hinzu: »Dafür braucht man kein Musikstudium. Manchmal ist es sogar besser, wenn man keins hat. Dann ist man noch nicht verdorben.«

»Man kann ja auch beides machen. Das muss sich nicht ausschließen. Ich finde Gudrun Gut absolut großartig. Die war schon mit *Mania D.* toll, als wir sie in der Music Hall zusammen gesehen haben. Und jetzt mit *Malaria!* läuft sie zu neuen Hochformen auf, was Avantgarde angeht. Und *Einstürzende Neubauten* erst recht, die Band, die sie mit Blixa Bargeld gegründet hat. Diese experimentelle Musik mit Schrott und Industriematerial – herrlich! Ich begreife das alles. Ist es da wirklich so schlimm, dass ich was von Harmonien verstehe und ein paar Instrumente spielen kann? Darf ich deshalb nicht mitmachen?«

Piet sah aus, als wollte er jetzt richtig ausholen. Aber dann überlegte er es sich anders. Er grinste wieder, nahm zärtlich ihre Hand und küsste sie auf den Mund.

»Du hast sicher recht«, meinte er. »Ist ja auch egal. Lass uns zu den genialen Dilettanten. Komm, das wird irre.«

Ein bisschen war ihr das Festival jetzt vergrämt. Aber andererseits, wenn Piet nicht weiter darauf herumreiten wollte, wie viel besser er in die Szene passe, konnte sie es auch auf sich beruhen lassen.

»Wir feiern also in meinen Geburtstag rein?«, fragte sie.

»Und wie, Baby. Das wird unvergesslich, dafür sorge ich.«

Jenny zog sich eilig die Lederjacke über, und sie machten sich auf den Weg. Schon in der U-Bahn war die schlechte Stimmung wieder vergessen. Sie studierte aufgeregt den Flyer, während sie durch die Tunnel ratterten, und Arm in Arm spazierten sie zum Veranstaltungsort. Das Tempodrom befand sich in einem Zirkuszelt auf den endlosen Brachflächen am Potsdamer Platz, dem ehemaligen quirligen und dicht bebauten Zentrum der Stadt, wo heute nur noch öde Weiten waren, auf denen der Wind über Schotter und Wildblumen fegte. Bis vor Kurzem gab es da nichts außer Mauer und Todesstreifen, doch jetzt stand auf der Westseite ein riesiges Zirkuszelt, das umgeben war von Bau- und

Schindelwagen und von dessen Zeltdach ihnen ein Schriftzug entgegenleuchtete: *Tempodrom*.

Als sie über den Potsdamer Platz schlenderten, bekam Jenny das Gefühl, sie wären am Ende der Welt. Der Lärm der Stadt war weit entfernt, sie hörte Vögel zwitschern und musste über Huflattich und Vogelmiere stapfen, um zum Veranstaltungsgelände zu gelangen. Und auf gewisse Weise war dies auch das Ende der Welt, denn direkt hinter dem Gelände stand die mit Graffitis beschmierte Mauer, und in den Wachtürmen, die darüber hinausragten, saßen die Vopos, die Volkspolizisten, und beäugten alles, was passierte. Ein beklemmender Ort.

Von allen Seiten näherten sich Feierlustige. Es dauerte nicht lange, da wurde der Platz rund um das Zelt zu einem belebten Festivalgelände. Offenbar hatte keiner damit gerechnet, dass so viele Leute auftauchen würden, denn überall bildeten sich endlose Schlangen, und Jenny fragte sich, ob so viele Menschen überhaupt in das Zelt hineinpassten, egal, wie riesig es war. Piet gelang es, Bier zu besorgen, und sie setzten sich am Rande des Geländes ins Gras.

»Einlass ist in einer halben Stunde«, sagte er.

»Da müssen wir uns wohl noch ein bisschen die Zeit vertreiben.«

Sie kuschelte sich mit dem Bier in der Hand an seine Schulter.

»Ich hab noch eine Überraschung für dich«, sagte Piet. »Aber ich glaube, da warten wir besser bis morgen.«

»Ist es ein Geschenk?«

»Ja und nein. Wir haben ein Geschenk, dafür haben alle zusammengeworfen. Mehr verrate ich nicht. Was ich meine, ist eher eine Neuigkeit.«

Sie setzte sich auf und betrachtete ihn. Jetzt wollte sie es auch wissen. Sie pikste ihn in die Seite. »Komm schon, Piet. Du willst es doch loswerden.«

»Also gut«, gab er strahlend nach. »Was hältst du davon, wenn wir eine Platte machen?«

»Was für eine Frage!« Jenny war begeistert. »Eine eigene Platte. Das wäre großartig. Aber ... wie sollen wir das angehen?«

»Ich habe schon alles organisiert.«

»Du hast eine Plattenfirma aufgetan?«

Die Frage schien ihn zu verärgern. »Jenny, das ist mal wieder typisch. Wer will denn eine Plattenfirma? Die Plattenindustrie hat doch keine Ahnung von Musik. Die können nur Schlager oder irgendeinen Mist, der aus dem Ausland kommt. Sachen importieren, weil sie sehen, dass die woanders gut laufen. Das ist alles, was die draufhaben.«

Sie begriff nicht sofort, und er zog eine Grimasse.

»Nein, ich habe keine Plattenfirma«, sagte er. »Und ich will auch gar keine. Die würden doch gar nicht begreifen, was wir machen.«

Sie musste ein bisschen blöd aus der Wäsche gucken, denn er sagte eindringlich: »Wir machen das selber!«

Dann fügte er hinzu: »Denk an die richtig guten Scheiben, die du hast. Wie viele davon sind von einer großen Plattenfirma? Es gibt tausend kleine Label, die deren Job übernehmen. Sonst würde es Punk und New Wave in Deutschland überhaupt nicht geben. Wir machen die Scheibe selber, und wir verkaufen sie selber. Wir gehen ein bisschen hausieren, bei den richtig coolen Plattenläden und bei unseren Konzerten. Was sagst du?«

Über so eine Herangehensweise hatte sie noch gar nicht nachgedacht. Aber mit einer Sache hatte er recht: Keine ihrer aktuellen Lieblingsbands war von einer Plattenfirma verlegt worden. Falls sie wirklich langfristig Musik machen wollten, mussten sie sich wohl zwangsläufig nach einem unabhängigen Label umsehen. Schon allein, damit ihre Musik so authentisch bleiben konnte, wie sie war. Sie fing an zu grinsen.

»Ich bin dabei. Wann legen wir los?«

»Morgen feiern wir deinen Geburtstag. Und danach fangen wir an.«

Eine eigene Platte. Der Gedanke war berauschend. Ihre Musik wäre auf Vinyl gepresst. Und ihr bekanntester Song, ihr heimlicher Hit, war das Stück, zu dem sie die Hookline für den Refrain geschrieben hatte. Jenny würde zu einem kleinen Stück Musikgeschichte werden.

»Komm, es geht los«, sagte Piet und half ihr hoch. »Lass uns reingehen.«

Sie drängten sich zu den anderen ins Zirkuszelt. Es wurde brechend voll, und die Stimmung war großartig. Ein Ansager trat in einem Frack auf die Bühne und führte festlich die Bands ein, wie ein Conférencier, ganz alte Schule, was im starken Kontrast zu den Acts stand und zu den Bierdosen, die ihm um die Ohren flogen. Die Musik, die gespielt wurde, war durchgeknallt und experimentell, eine Mischung aus Rock, Performance und Theater. *Malaria!* mit der Frontfrau Gudrun Gut, die den Leuten martialisch und wie irre einheizte, *Einstürzende Neubauten* mit ihrem Industriesound, der Blixa Bargeld noch blasser und kränklicher erscheinen ließ, als er ohnehin schon war, *Die Tödliche Doris*, die es darauf anlegte, mit ihrer Performance das Publikum zu verwirren. Jenny trank Bier, tanzte zu der Musik, knutschte mit Piet, ließ sich treiben. So was Irres hatte sie noch nie erlebt.

Später standen sie draußen vor dem Zelt, um etwas frische Luft zu schnappen, und Piet lächelte geheimnisvoll, als er ihre Hände nahm und sie zu sich heranzog.

»Es ist zwar noch nicht dein Geburtstag«, begann er.

»Wie, noch eine Überraschung?«

»Du weißt, ich bin voll davon.«

Er zog ein winziges Tütchen hervor, in dem zwei kleine bunte Papierchen lagen. Jenny begriff sofort. Es war LSD.

»Du meinst, wir probieren es heute?«, fragte sie.

»Nur, wenn du willst.«

Jenny hatte schon lange darüber nachgedacht, das mal auszuprobieren, aber jedes Mal tauchte dann das Bild ihrer geschockten Eltern vor ihrem inneren Auge auf. Irgendwie war das ein Tabu, obwohl sie genug über LSD wusste, um es nicht zu verteufeln. Tina meinte, sie solle das Zeug auf keinen Fall allein ausprobieren. Und nur, wenn sie sich gut fühle. So ein Trip könne leicht überfordern, sogar gefährlich werden. Einen Horrortrip wolle sie nicht erleben, das solle sie ihr glauben. Aber wie Jenny nun darüber nachdachte, fühlte sie sich bereit. Sie hatte sich nie besser gefühlt als in dieser Nacht, und bei Piet war sie so sicher wie ein Kind im Schoß seiner Mutter. Sie nickte feierlich.

Er fischte ein Papierchen heraus, hielt es wie eine Hostie hoch und legte es ihr wie ein Priester auf die Zunge.

Zuerst spürte sie nichts, was Piet zufolge ganz normal war. Sie gingen zurück ins Zelt und tauchten wieder in das Spektakel ein. Es dauerte eine Weile, aber dann stellte sich die Wirkung ein. Das Zelt begann, sich zu verändern. Es hob vom Boden ab und schwebte schwerelos in den Himmel. Die Klänge auf der Bühne materialisierten sich, das taten sie wirklich, und sie bewegten sich in ihrer echten, ihrer wahrhaftigen Gestalt durch den Raum. Wurden zu Formen und Bewegungen und Schatten. Alles offenbarte seine universelle Wahrheit. Knospen erblühten um sie herum, es duftete betörend nach Rosen. Klänge wurden zu Farben, Menschen zu Geschmack. Alles war Bewegung. Jenny erkannte das Wesen der Welt, sie fühlte Unsterblichkeit. Dann waren sie draußen, lagen im Gras, beobachteten, wie langsam die Sonne aufging, der Ursprung allen Lebens, in einem Meer aus Farben und Wärme. Sie kicherten, knutschten, und Jenny fühlte sich so lebendig wie nie zuvor. Sie erkannte, dass sie lebte und wie großartig diese Erkenntnis war.

Es war schon später Vormittag, als sie sich am nahen Kanal ans Ufer legten. Eng aneinandergeschmiegt schliefen sie ein, eingelullt von dem Plätschern des Wassers, dem Zwitschern der Vögel und dem fernen Rauschen des Verkehrs.

Als sie ein paar Stunden später aufwachte, fühlte sie sich zwar verkatert, aber immer noch durchströmt von den Wundern dieser Nacht. Sie schmiegte sich eng an Piet, der ihr liebevoll eine Strähne aus dem Gesicht strich.

»Alles Gute zum Geburtstag, Jenny.«

»Es ist jetzt schon der schönste meines Lebens.«

Eine Weile lagen sie eng umschlungen beieinander und küssten sich, dann döste Jenny wieder weg. Doch irgendwann bekamen sie Hunger. Sie setzte sich auf und reckte sich. Betrachtete Piet, der satt und zufrieden wie eine Katze in der Sonne lag.

Es war längst überfällig, dass sie ihm von ihrem Notizbuch erzählte. Von den Songs, an denen sie schrieb. Wann wäre ein besserer Zeitpunkt als jetzt, wo sie gerade diese wundervolle Nacht miteinander verbracht hatten? Sie wollte es nicht länger aufschieben. Sie wollte den Moment nutzen.

»Wenn wir die Platte machen ...«, begann sie.

Er lächelte, zwinkerte gegen das Sonnenlicht. Raus damit, dachte sie, sag es einfach.

»Ich habe einen Song geschrieben. Ich glaube, der ist richtig gut. Vielleicht können wir ihn mit auf die Platte nehmen.«

Zu ihrer Überraschung war Piet sofort hellwach. Er setzte sich auf. »Einen Song? Aber, Jenny, das ist klasse. Warum hast du mir nichts gesagt?«

»Ich wollte warten, bis er fertig ist. Die Idee hatte ich, als ich durch die Geisterbahnhöfe im Osten gefahren bin.«

»Na wenn er gut ist, kommt er auf jeden Fall mit auf die Platte. Hast du den Text schon fertig? Kann ich mal sehen?«

Jetzt kamen sie zum eigentlichen Problem. Aber es half ja nichts. Sie blickte über den Kanal, lauschte dem Rauschen des Verkehrs. Dann nahm sie ihren Mut zusammen.

»Sag mal, Piet, wäre es nicht okay, wenn wir mal was auf Deutsch machen? Wir könnten es zumindest ausprobieren.«

Sie sah sofort, was er davon hielt, nämlich gar nichts.

»Nur einen Song«, beeilte sie sich zu sagen. »Der Rest bleibt, wie er ist. Nur diesen einen Song. Mal sehen, wie das läuft. Weißt du, ich hab immer das Gefühl, ich verstecke mich hinter den englischen Wörtern. Als wäre das nicht ich. Ich will doch zeigen, was in mir steckt. Und bei Englisch habe ich das Gefühl, ich fahre mit angezogener Handbremse.«

»Spinnst du? Deine Stimme ist total einzigartig. Du bist super. Ich find überhaupt nicht, dass du dich versteckst. Ganz im Gegenteil.«

»Gestern Nacht im Tempodrom, da war doch auch alles auf Deutsch. Du kannst schlecht behaupten, dass das altbacken oder langweilig war.«

»Das war experimentell. Und spontan. Das hatte eher was von Performance. Wir machen eine Punk-Platte.«

»*Ideal* singt auf Deutsch.«

»*Ideal*!« Er sprach es aus wie etwas Anstößiges. »Die sind doch total kommerziell. Das ist die musikalische FDP, wenn du mich fragst. So will ich nicht werden.«

*Ich steh auf Berlin*, das war die Hymne der Stadt. Kein anderer Song spiegelte das Lebensgefühl in West-Berlin so gut wider. Was sollte das denn mit der FDP zu tun haben?

»Da kannst du ja gleich *Spliff* hören«, meinte er.

»Die Band von Nina Hagen?«

»Ja, die machen auch so kapitalistische Massenware.«

»Aber Nina Hagen ist Punk.«

»Nina Hagen ist eine Schlagersängerin.«

Sie stockte. Wie konnte er das behaupten? Bei all der Furchtlosigkeit, mit der sie Musik machte. Bei diesen Texten, die alles Überkommene angriffen und vor nichts haltmachten. Die von der Selbstermächtigung der Frauen handelten, von Abtreibung und lesbischer Liebe und von all den heißen Eisen, bei denen die verstaubte Gesellschaft Schnappatmung bekam. Sie wusste schon, dass Hardcore-Punks sehr hart über alles urteilten, was musikalisch nicht der »reinen Lehre« entsprach. Aber jetzt fragte sie sich doch, ob er gar nicht sah, wie sehr Nina Hagen für Befreiung stand, Befreiung vom kapitalistischen Patriarchat, von den ganzen unterdrückerischen Männern, die das Land und die Welt lenkten. Würde er auch so urteilen, wenn Nina Hagen ein Mann wäre?

»Du hast doch keine Ahnung«, murmelte sie.

»Nein, natürlich nicht«, sagte Piet beleidigt. »Du kennst dich da viel besser aus. Punk, Schlager … das macht für dich doch gar keinen Unterschied.«

Das konnte nicht sein Ernst sein. Verwendete er etwa ihre heimliche Schlagerleidenschaft gegen sie?

»*Ideal* macht geile Musik«, beharrte sie. »Das ist neu und passt total hierher. Vor allem klingt das nicht so nachgemacht, so englisch oder amerikanisch.«

Es war ein kräftiger Seitenhieb gegen seine Lieblingsband, *Hüsker Dü* aus den USA. Und der hatte gesessen, wie ihm deutlich anzumerken war. Aber Jenny war nun ebenfalls sauer. Nur weil sie Musikerin war und mehr als drei Akkorde spielen konnte, hieß das nicht, dass sie keine Ahnung von Punk hatte. Manchmal konnte Piet genauso engstirnig sein wie ihr Vater, vor allem, wenn es um seinen geliebten Punk ging.

Dabei kannte sie sich aus, wenn es um New Wave ging, da brauchte ihr keiner was erzählen. Und sie würde nicht um ihn herumschwänzeln und ihn beschwichtigen, auf keinen Fall. Wenn sie das bei ihren Eltern nicht mehr tun wollte, dann erst recht nicht bei Piet.

Was sie aber noch mehr wurmte, war, dass er ihr das mit den Schlagern vorwarf. Dann mochte sie halt Schlager. Sie wollte ja keine spielen. Und es war auch nicht so, als ob sie einen Tommy-Ohrner-Starschnitt an der Wand hängen hätte. Das Leben war vielfältiger als seine scherenschnittartige Punk-Welt.

»Du willst doch keinen Pop machen, Jenny. Mal im Ernst. Was soll das Ganze also?«

»*Ideal* ist kein Pop. Das ist deutscher New Wave.«

»Ein für alle Mal: Wir machen keinen kommerziellen Dreck. Dafür sind wir nicht in einer Band.«

Sie wollte etwas erwidern, doch er schnitt ihr das Wort ab. »Das ist meine Band!«

Das brachte Jenny zum Verstummen. Darauf lief es also hinaus. Seine Band. Sie war gar nicht Teil davon. Doch Piet merkte sofort, dass er übers Ziel hinausgeschossen war.

»So meinte ich das nicht«, sagte er zerknirscht. »Und ich find's gut, dass du eigene Ideen hast. Aber sie müssen zu uns passen. Lass uns den Song mal ansehen. Ich möchte doch wissen, was du schreibst. Ich bin total neugierig. Bestimmt ist der richtig klasse.«

Zu spät. Die Stimmung war versaut. Und das nach dieser wundervollen Nacht. Das war ernüchternder als der Kater, den sie hatte. Piet begriff das wohl auch. In seinen bernsteinfarbenen Augen spiegelte sich sein schlechtes Gewissen.

»Ich seh mir den Song mal an, ja? Tut mir leid, Jenny. Bestimmt ist er erste Sahne.«

Er stand auf, klopfte sich die Sachen sauber und reichte ihr versöhnlich die Hand.

»Frühstück?«, fragte er. »Komm, ich lade dich ein. Tut mir leid. Vergiss, was ich gesagt habe. Wir schlagen uns jetzt erst mal die Bäuche voll. Und danach gehen wir zu deiner Geburtstagsparty, ja?«

Jenny wollte an ihrem Geburtstag nicht streiten. Oder das schöne Gefühl der vergangenen Nacht zerstören. Also beließ sie es dabei, nahm seine Hand und ließ sich von ihm hochziehen. Sie frühstückten in einem Café in der Potsdamer Straße lange und ausgiebig, tranken Unmengen von Kaffee und Orangensaft, und danach sah alles schon wieder etwas besser aus.

Als sie am späten Nachmittag ihre Wohnungstür aufschloss, waren schon Leute da. Tina hatte die Jungs aus der Band reingelassen, und die hatten Jenny eine große Torte gebacken. Dreistöckig. Sie sah aus wie der Schiefe Turm von Pisa, und die Sahneschicht war so glatt wie eine verschrumpelte Orange, aber Jenny war ganz aus dem Häuschen. Als sie mit Piet ihre Wohnung betrat, zündeten die Jungs gerade Kerzen an, und Tina half dabei, die Torte auf dem Tisch zu platzieren. Jenny holte rasch die letzte Flasche Asti Spumante hervor, die noch aus Roberts Beständen stammte, und stieß mit allen an. Dann machten sie sich über die Torte her, die um einiges besser schmeckte, als sie aussah. Es war eine gelungene Überraschung.

Später kamen Achim und sein Freund, und auch Ingrid und Manfred tauchten auf. Piet war immer noch ein bisschen betreten wegen ihres Streits am Kanal, aber Jenny wollte nicht mehr darüber nachdenken. Es war ihr Geburtstag, und den wollte sie feiern. Ihre Wohnung war voller Freunde, was wollte sie mehr.

Am Anfang waren alle zwar etwas steif, vor allem, nachdem die Jungs aus der Band Achim und seinen Freund voller Unbehagen beäugt hatten. Ganz so progressiv, wie sie sich gerne gaben, waren sie eben doch nicht, und die Anwesenheit von zwei Schwulen im selben Raum löste Beklommenheit aus. Aber nachdem die ersten Träger Bier geleert waren, hatten sich alle wieder eingekriegt, und vereint durch die Musik, die Jenny auflegte, kam schließlich Stimmung auf.

»Hab ich euch schon erzählt, wie ich mal zwei Nächte im DDR-Knast war?«, fragte Humme mit breitem Grinsen, was bei Piet und Püppi nur Aufstöhnen und Augenrollen hervorrief, doch er ließ sich nicht davon beirren. »Das hat noch keiner von euch erlebt.«

Angeberisch erzählte er, wie er mal auf dem Weg nach Westdeutschland von der Transitstrecke runtergefahren war, um sich den Osten anzusehen. Warum auch nicht, meinte er. Er wollte nach Magdeburg, doch weit war er nicht gekommen. Die Vopos hatten ihn in irgendeinem Kaff abgefangen und sofort eingebuchtet.

»Die wollten, dass ich meine Strafe zahle, aber ich habe mich geweigert«, prahlte Humme, stolz wie Oskar. »Und dann bin ich zack in den Knast. Ist das zu glauben? Die sind völlig humorlos, die Jungs. Aber ich dachte, was kann mir schon passieren?«

Er habe einfach abgewartet, sich konsequent geweigert, eine Strafe zu bezahlen, und das Ganze dem Außenministerium und deren Diplomaten überlassen.

»Ist das nicht geil?«, fragte er. »Ich mein, wer traut sich schon so was?«

Jenny erkannte, dass Tina etwas abseits stand und genervt wirkte. Plötzlich stellte sie ihre Bierflasche ab und verschwand. Sie marschierte einfach rüber in ihre eigene Wohnung. Jenny entschuldigte sich bei den anderen und lief hinterher. Tina wollte gerade die Tür hinter sich zuschlagen, da hielt Jenny sie zurück.

»Tut mir leid, Tina. Er ist halt ein Idiot.«

»Die Geschichte ist doch erfunden. Das hat er sich ausgedacht.«

Sie wirkte richtig angefressen deswegen.

»Ist es wegen deiner Tante?«, fragte Jenny vorsichtig.

»Ach, der weiß doch gar nicht, wie das drüben ist. Dieser Trottel.«

Sie sah nicht so aus, als hätte sie vor, zurück auf die Party zu gehen. Aber Jenny wollte sie auch nicht einfach allein lassen.

»Komm, wir rauchen eine bei dir«, sagte sie. »Die kommen auch gut ohne uns klar.«

Sie folgte ihr in die Wohnung, und Tina wirkte wieder versöhnlicher. In der Küche setzten sie sich an den Tisch, und Tina stieß die Luft aus.

»Tut mir leid, Jenny. Das ist deine Party. Ich hab alles verdorben.«

»Ach, ist doch egal.«

»Ist es nicht. Komm, lass uns wieder rübergehen. Ich werde mich benehmen.«

Aber sie machte keine Anstalten aufzustehen. Stattdessen betrachtete sie nachdenklich ihre Nachbarin.

»Weißt du noch, als du mich gefragt hast, ob ich eine Freundin habe?«, fragte sie.

»Ich habe dir vorgeschlagen, dich als Anstandsdame in einen Lesbenladen zu begleiten, falls du dich alleine nicht traust. Das war echt blöd von mir.«

Tina lachte. »Ach, gar nicht. Ich fand's süß von dir.«

Dann wurde sie wieder ernst. »Ich habe dir nichts erzählt, weil … ach, ich weiß auch nicht.«

»Wovon redest du?«

Sie seufzte, zog ihr Portemonnaie hervor und fischte ein kleines Foto heraus. Es zeigte eine zierliche Frau mit blonden Haaren und einem verschmitzten Lächeln.

»Wer ist das?«, fragte Jenny.

»Das ist Heike.«

So, wie Tina das Foto ansah, war sofort alles klar.

»Ist das deine Freundin?«

Sie nickte.

»Wieso weiß ich denn nichts von der?«, fragte Jenny und spürte, dass sie ein wenig verletzt war. »Wo ich dir doch immer alles über Robert und Piet erzählt habe. Ist es, weil ich nicht lesbisch bin?«

Sie war ja kein Landei mehr, allein schon wegen Achim und dem, was sie über seine Welt gelernt hatte. Das musste Tina doch wissen. Sie kannte sich aus in der Schwulen- und Lesbenszene, Tina brauchte da keine Geheimnisse zu haben.

»Nein, das ist es nicht … «

»Was ist es dann?«

Wieder ein Seufzer. »Sie lebt im Osten.«

»Im *Osten*?«

Natürlich. Jetzt machte alles Sinn. Wieso hatte sie das nicht eher begriffen?

»Hast du gar keine Tante in Ostberlin?«, fragte sie.

»Doch. Aber deshalb bin ich nicht ständig drüben.«

Jenny sah auf das Foto. »Sondern wegen Heike.«

»Ich habe sie bei meiner Tante kennengelernt. Sie arbeiten zusammen in einer Bibliothek. Heike liebt Literatur, das ist ihre große Leidenschaft. Aber auch Musik. Und darüber haben wir uns lange unterhalten. Ich hab ihr mal eine Platte von den *Ramones* mitgebracht. Aber das war ganz am Anfang. Jetzt ist das zu gefährlich. Die Stasi weiß sicher Bescheid über uns. Da kann ich nichts mehr rüberschmuggeln. Neuerdings durchsuchen die mich immer an der Friedrichstraße. Beim letzten Mal musste ich mich sogar nackt ausziehen, und diese kranke Grenzerin hat mir in den Arsch geguckt. Ist das zu fassen?«

Tina nahm die Zigarettenschachtel vom Küchentisch und zündete sich eine an. Blies unglücklich den Rauch in die Luft.

»Ich wollte mich nicht verlieben, Jenny. Und dann ausgerechnet in eine aus dem Osten. Mann, es ist hier schon übel genug, Frauen zu lieben. Da muss das nicht auch noch eine von der anderen Seite der Mauer sein.«

»Aber … haben die da nicht bessere Gesetze, was Frauen angeht? Ich mein, du kannst berufstätig sein, dich easy scheiden lassen, und alleine leben ist auch kein Problem.«

Viel wusste sie allerdings nicht darüber. Die DDR war ein blinder Fleck auf der Landkarte. Keiner interessierte sich dafür. Es reichte völlig, die Vopos in den Wachtürmen zu sehen, wenn man an der Mauer vorbeilief.

»Das ist doch nur Oberfläche«, meinte Tina. »Was Lesben und Schwule angeht, sind die drüben genauso extrem. Wenn nicht noch extremer. Denn bei denen guckt keiner weg, wenn sich irgendwo eine Szene bildet. Das kannst du vergessen. Die müssen ja alles unter Kontrolle halten.«

»Das wusste ich nicht.«

»Das Sagen haben da trotzdem die Männer, genau wie hier. Außerdem gibt es in einem ›gesunden Volkskörper‹ keine Homosexuellen. Das ist ›degeneriert‹ und ›verdorben‹. Und potenziell systemfeindlich. Glaub mir, das ist nicht besser drüben.«

Jenny nahm das Foto und betrachtete die junge Frau, in die Tina verliebt war. Sie sah nett aus. Sympathisch. Und sensibel.

»Warst du deshalb Weihnachten nicht bei deiner Tante?«, fragte sie ahnungsvoll.

»Wir wollten Weihnachten zusammen feiern. Heike und ich. Ich hatte ein Übernachtungsvisum wegen meiner Tante. Aber dann meinte

Heike, sie brauche eine Auszeit. Sie halte das alles nicht mehr aus. Weil sie unter Beobachtung steht, weißt du. Sie hat sogar schon mal eine Nacht im Knast verbracht. Und das war überhaupt kein Spaß, auch wenn euer Schlagzeuger so tut. Ich dachte schon, sie macht mit mir Schluss.«

»Was ist denn passiert, dass sie in den Knast musste?«

»Sie war auf einem Frauentreff. Das ist ein offener Sonntagstreff, den eine aktive Frau organisiert und wo eingeweihte Lesben sich begegnen können. Danach hat die Stasi sie verhört. Sie haben sie über Nacht dabehalten. Die wussten das natürlich mit der Freundin aus dem Westen. Die machen tierisch Druck. Das ist echt nicht leicht für Heike.«

»Kann man da nicht irgendwas machen?«, fragte Jenny, wusste aber selbst nicht so richtig, was das sein könnte.

»Was schwebt dir denn vor?«, fragte Tina. »Soll ich rüber in den Osten? Ganz ehrlich, da habe ich eine Zeit lang ernsthaft drüber nachgedacht. Hier ist es ja auch nicht so toll. Aber … diese ständige Angst. Das Misstrauen. Die Stasi. Du kriegst keine Luft zum Atmen. Schon gar nicht als Frau, die Frauen liebt.«

Von nebenan drang Musik. Das war *Ideal* mit *Ich steh auf Berlin*. Sicher ein Versöhnungsangebot von Piet. Er drehte laut auf, um sie zurückzuholen.

»Darf ich mal mitkommen?«, fragte Jenny. »Nach Ostberlin? Ich würde sie gerne kennenlernen.«

»Mal sehen«, sagte Tina nur. Dann drückte sie ihre Zigarette aus und nahm Jennys Hand. »Komm, wir gehen zurück. Das ist doch deine Party.«

»Ach, meinetwegen können die Jungs alleine weiterfeiern.«

»Das sagst du nur, weil du dein Geschenk noch nicht gesehen hast.«

»Mein Geschenk? Was ist es denn?«

Tina grinste geheimnisvoll. »Es war Piets Idee. Wir haben alle zusammengeworfen. Wart ab, bis du ihn gesehen hast. Du wirst ihn lieben, Jenny, das schwöre ich dir.«

»Ihn? Es ist aber doch kein Hund, oder?«

»Nein, natürlich nicht.«

Nun war Jenny wirklich gespannt. Wenn sogar Tina voller Vorfreude war, konnte das keine Kleinigkeit sein. Eilig gingen die Frauen zurück in Jennys Wohnung. *Ich steh auf Berlin* war gerade vorbei, und Jenny rief in die entstandene Stille: »Wo ist mein Geschenk? Her damit.«

Seltsamerweise kamen alle aus der Küche gelaufen, mit breiten Grinsen und verschränkten Armen. Offenbar hatten sie Jennys kurze Abwesenheit genutzt, um das Geschenk aufzubauen. Sie stürmte herbei und drückte sich an ihnen vorbei in die kleine Küche. Auf dem Tisch stand ein ARP Synthesizer. Ein Riesending, das den halben Raum für sich beanspruchte.

»Der ist schon fast zehn Jahre alt«, meinte Piet entschuldigend. »Aber er funktioniert einwandfrei. Ich glaub, Donna Summer hatte einen Ähnlichen.«

Jenny konnte ihr Glück nicht fassen. Sie warf sich in Piets Arme und küsste ihn, dann bekamen auch alle anderen klebrige Wangenküsse aufgedrückt, ob sie wollten oder nicht. Danach bestaunte sie den Synthesizer.

»Er wird da vorne angestellt, siehst du?«, meinte Piet.

Jenny trat feierlich vor und warf ihn an. Sie fummelte ein bisschen an den Einstellungen herum, spielte ein paar Töne, versuchte, einen Überblick über die elektronischen Effekte zu bekommen. Dann probierte sie sich an dem Intro von Donna Summers Discohit *I Feel Love*, das leicht zu spielen und eingängig war. Piet verzog zwar kurz das Gesicht, Disco war nicht gerade seine Leidenschaft. Aber er wirkte beeindruckt, wie schnell Jenny die ersten Schritte begriff.

221

Den Rest des Abends konnte sie sich kaum auf ihre Gäste konzentrieren. Nicht mit diesem wundervollen Ding in der Küche. Am liebsten hätte sie alle rausgeschmissen und direkt losgelegt. Und als später alle gut getankt hatten, auf dem Futon zusammenhocken und einen Joint kreisen ließen, da schlich sie sich unauffällig in die Küche und begann, an dem Synthesizer rumzuspielen. Die wichtigsten Funktionen hatte sie schnell begriffen. Ein paar einfache Einstellungen, einen effekthaschenden Sound. Was könnte sie mit diesem Ding nur alles anstellen? Jeder Anfänger konnte dem Synthesizer etwas Anständiges entlocken, doch sie war sicher, mit ihrem musikalischen Wissen würde sie seine Funktionen noch tiefgehender entschlüsseln, ihm ganz neue Klänge entlocken können. Sie dachte an ihren Song über die Geisterbahnhöfe und vergaß dabei glatt ihren Geburtstag, die Gäste nebenan und alles andere. Voller Elan legte sie damit los, dem Song eine akustische Struktur zu geben.

# 11

## OSTBERLIN, OKTOBER 1981

Es war das erste Mal, dass Jenny im Nord-Süd-Tunnel an der Station Friedrichstraße ausstieg. Sie fühlte sich sofort beklommen, als sie aus der Bahn trat. Als würde ihr die Luft zum Atmen genommen. Die Musikkassette, die sie im Schlüpfer versteckt hatte, stach ihr unangenehm im Schritt. Während sie versuchte, normal zu laufen und sich nichts anmerken zu lassen, schrammte die Plastikhülle die Haut ihrer Schenkel auf. Westmusik in den Osten zu schmuggeln war keine Kleinigkeit, jedenfalls nicht in den Augen der Staatsmacht. Eben noch hatte es sich total aufregend angefühlt, etwas Illegales zu tun, doch jetzt wurde ihr zunehmend unwohl.

Mit den anderen Tagesbesuchern ging es durch die Passkontrolle, durch düstere Gänge und zu einer Zelle mit einem Pult, wo sie einem Grenzer in Uniform jenseits einer Scheibe den Pass vorlegen musste. Er betrachtete ihn missgünstig, fixierte ihr Gesicht und verglich es mit dem Foto, dann gab er ihr den Pass zurück. »Danke schön«, sagte sie freundlich lächelnd, was ihr nur böse Blicke einbrachte. Aber sie bekam umstandslos das Tagesvisum. Anschließend der Zwangsumtausch. Sie legte dreißig Mark auf den Tisch, bekam einen Fünfer zurück, dazu fünfundzwanzig Ostmark und eine Quittung. So weit, so gut.

Trotzdem rechnete sie die ganze Zeit damit, aus der Schlange und in einen Verhörraum geführt zu werden, wo sie sich wie Tina nackt ausziehen müsste und durchsucht würde. Doch zum Glück geschah nichts dergleichen. Hätte man die Kassette gefunden, wäre sie als Staatsfeindin behandelt worden, und der Ausflug nach Ostberlin hätte ein jähes Ende genommen.

Dann ging es hoch, und schon war sie auf der Friedrichstraße. Im Osten. Es kam ihr vor, als wäre sie in einer anderen Welt. Alles wirkte fremd. Die Autos, die Häuser, die Menschen. Sogar der Geruch war anders. Das Einzige, was gleich war, war die Jahreszeit. Herbstlaub leuchtete in allen Farben, und die ersten Kohleöfen bliesen Dreck in den Himmel. Tina wartete auf sie unter der S-Bahn-Brücke. Sie waren nicht gemeinsam durch die Passkontrolle gegangen, sondern mit ein paar Minuten Abstand. Die Grenzer sollten nicht wissen, dass sie zusammengehörten.

»Und?«, fragte sie. »Hat alles geklappt?«

»Sonst wäre ich jetzt wohl nicht hier.«

»Nein, da hast du recht.«

Tina blickte über die Schulter, um sicherzugehen, dass sie unbeobachtet waren.

»Gibt schon her«, sagte sie. »Mach schnell.«

Jenny griff sich in die weite Hose und zog die Musikkassette hervor. Es war eine große Erleichterung, das klobige Teil nicht länger im Schritt zu haben. Tina nahm sie entgegen und packte sie eilig in ihren Rucksack.

»Ich gehe schon mal vor und gebe Heike Bescheid«, sagte sie. Denn die wusste noch nichts davon, dass Jenny mitkam. Heike ging davon aus, dass ihr Telefon überwacht wurde, und Briefe wurden sowieso von der Stasi mitgelesen. Also würde Jennys Besuch eine Überraschung werden.

»Komm in einer Stunde nach. Wir treffen uns bei meiner Tante. Hier, ich gebe dir die Adresse.«

Es war eine Straße im Prenzlauer Berg. Jenny fand das total spannend, eine Ostwohnung betreten zu dürfen, als Westlerin nicht nur Unter den Linden hoch und runter zu laufen und den Palast der Republik zu besichtigen, sondern richtig einzutauchen in das Leben der Menschen, die auf diesem fremden Planeten lebten.

»Es gibt einen Musikladen ganz in der Nähe«, sagte Tina. »Du wolltest doch nach Klarinettenzubehör gucken. Irgendwas muss man ja machen mit seinen fünfundzwanzig Ostmark.«

»Das ist eine super Idee. Ich geh ein bisschen einkaufen. Und dann komme ich nach.«

Sie verabschiedeten sich, und Tina huschte zurück in den Bahnhof Friedrichstraße. Jenny sah ihr nach, dann wandte sie sich ab und spazierte durch die fremde Stadt. Plötzlich allein, sah sie sich ständig um, als würde sie beobachtet werden. Was natürlich Quatsch war. Aber man konnte schon Paranoia bekommen bei den ganzen Geschichten, die Tina erzählte. Schließlich war sie eine Westlerin, die gerade Musik vom Klassenfeind ins Land geschmuggelt hatte. Besser, sie dachte nicht zu lange darüber nach.

Als sie das Musikgeschäft betrat, das Tina ihr empfohlen hatte, änderte sich ihre Stimmung sofort. Es war ein riesiger Laden mit dicken Teppichböden und einer zeitlosen Atmosphäre. Dunkle Holzregale, die über und über mit Noten bepackt waren. Ein großartiges Sortiment, das erkannte sie auf den ersten Blick. Alles an diesem Ort atmete Kultur. Na ja, solange die ein paar hundert Jahre alt ist, wäre bestimmt Tinas Kommentar gewesen, aber als Jenny in diesen Kosmos trat, störte sie das überhaupt nicht. Im Gegenteil. Sie hatte noch nie ein so gut sortiertes Fachgeschäft gesehen. Von den Versorgungsengpässen, von denen man ständig hörte, war bei klassischer Musik jedenfalls nichts zu spüren.

Eine ältere Dame, die in den Farben des Geschäfts gekleidet war, mit einem cremefarbenen Hemd, einer borkenbraunen Strickjacke und einem mahagonifarbenen Rock, fragte, ob sie Jenny helfen könne, und kurz darauf fand sie sich in einer gemütlichen Plauderei über die Werke von Tschaikowsky, Rachmaninow, Chopin und Brahms wieder. Die Verkäuferin kannte sich besser mit klassischer Musik aus als die meisten Studenten an der HdK.

Beinahe hätte sie sich verquatscht, denn als sie auf die Uhr sah, stellte sie fest, sie musste sich beeilen, um es rechtzeitig in den Prenzlauer Berg zu schaffen. Sie kaufte einen Stapel Noten, ein paar Blättchen für das Mundstück ihrer Klarinette und verabschiedete sich bei der älteren Dame mit dem festen Versprechen, bald wiederzukommen.

Sie war beseelt, als sie wieder auf die Straße trat. Allein dafür hatte es sich gelohnt, nach Ostberlin zu kommen. Als sie jedoch in die Tram stieg, die Tina ihr aufgeschrieben hatte, fiel sie dort auf wie ein bunter Hund. An ihren Klamotten sahen alle sofort, dass sie aus dem Westen kam. Sie bemerkte, wie andere Fahrgäste sie aus den Augenwinkeln beobachteten, und senkte den Blick. Gab sich ganz natürlich, wie in der U-Bahn im Westen.

Ratternd ging es in den Prenzlauer Berg. Alles war grau und runtergekommen. Die Häuser sahen noch fertiger aus als in Moabit. Zwar lag kein Müll herum, und es gab auch keine Graffitis oder demolierten Telefonzellen. Die Straßen waren sauber und ordentlich. Aber seltsamerweise schien das die Tristesse noch zu verstärken.

Sie stieg an der Station Dimitroffstraße aus, an einer großen Straßenkreuzung. Über ihrem Kopf ratterte die Hochbahn, Zweitaktmotoren und seltsam aussehende Lkw verstopften die Straße, überall war Gewusel. Auch Ostberlin war eine Großstadt, eine zweite, gleich nebenan, stellte sie fasziniert fest.

Die Lychener Straße, in der Tinas Tante lebte, war ebenfalls grau und düster, voller Mietskasernen aus der Vorkriegszeit, mit bröckelndem Putz und geschwärzt von den Abgasen der Kohleöfen. Trabis standen am Bürgersteig oder holperten über das Kopfsteinpflaster. Jenny sah sich nach den Hausnummern um. Als sie schließlich das Haus fand, das Tina ihr aufgeschrieben hatte, stapfte sie das Treppenhaus hoch und klingelte an der Wohnungstür.

Tina öffnete und strahlte sie an.

»Da bist du ja endlich. Komm rein.«

»Ich habe mich ein bisschen im Musikladen verquatscht.«

»Ordentlich abgeräumt hast du ja«, meinte Tina mit Blick auf die Noten, die Jenny unterm Arm trug. »Komm, da hast du dir eine Pause verdient. Meine Tante hat Apfelkuchen gebacken.«

Sie führte Jenny ins Wohnzimmer, wo ihre Tante auf dem Sofa saß. Eine rothaarige Frau mit einem Gesicht voller Sommersprossen. Der Raum wirkte ein bisschen altbacken, mit Deckchen auf den Tischen, gehäkelten Kissen und gemusterten Tapeten. Aber er war gemütlich, sie fühlte sich sofort wohl. Es war, als würde sie ihre Oma besuchen.

»Das ist also die berühmte Jenny«, sagte die Tante. »Schön, dich mal kennenzulernen. Komm her, lass dich ansehen.«

»Ich freue mich auch, Sie kennenzulernen«, sagte Jenny höflich. »Danke, dass ich Sie besuchen darf.«

»Bevor du noch einen Knicks machst, Jenny, wir sind hier alle per du«, meinte Tina trocken. »Meine Tante heißt Gertrud. Gertrud, das ist Jenny. Aber das weißt du ja schon.«

Jenny sah sich um. Sie wollte gerade fragen, wann Heike kommen würde, da trat eine zierliche Frau mit einem Tablett in den Raum, auf dem sie Kaffeetassen und eine Kanne balancierte. Ein warmherziges Lächeln breitete sich auf ihrem Gesicht aus.

»Hallo Jenny«, sagte sie. »Danke für die Kassette. Das war klasse von dir.«

»War mir eine Ehre. Auch wenn ich doch ein bisschen Schiss hatte, das muss ich zugeben.«

Heike stellte das Tablett ab und umarmte sie ganz selbstverständlich. Sie setzten sich an den Couchtisch, tranken Kaffee und aßen Apfelkuchen und redeten so ungezwungen, als würden sie sich schon ewig kennen.

Tina blickte irgendwann auf die Uhr und wirkte etwas unruhig. Sie hatte nur wenige Stunden in Ostberlin, und sie wollte natürlich Zeit mit Heike allein verbringen.

»Geht ruhig«, meinte Jenny. »Das ist schon in Ordnung.«

»Wir haben nur das bisschen Zeit«, meinte Tina entschuldigend. »Wir würden ja auch gerne viel mehr und häufiger zusammen sein.«

»Man kann halt nichts machen«, kommentierte Heike bitter.

»Immerhin hast du einen Ausreiseantrag gestellt«, wandte Tina ein. »Das ist schon mal ein erster Schritt.«

»Ach, das bringt doch eh nichts.«

»Komm schon, sei nicht so«, meinte Gertrud. »Manchmal hat so was durchaus Erfolg.«

»Wir müssten schon heiraten«, meinte Tina mit einem schelmischen Seitenblick zu Heike. »Dann wäre es kein so großes Problem.«

»Zwei Frauen, die heiraten dürfen«, lachte Getrud. »Das wird noch mindestens hundert Jahre dauern, bevor das möglich ist. Wenn überhaupt.«

Die gute Stimmung hatte einen deutlichen Knacks bekommen. Jenny lächelte Tina betreten an. Sie fragte sich, wie die beiden weitermachen wollten. Auf Dauer konnte das doch kein Zustand sein. Tina schien zu ahnen, was ihr durch den Kopf ging.

»Besser, wir denken nicht über die Zukunft nach«, sagte sie. »Wir genießen einfach jeden Tag, an dem wir zusammen sind. Oder, Heike?«

Doch die wirkte eher deprimiert bei dieser Aussicht.

»Einmal die Woche darf ich in den Osten«, sagte Tina. »Das ist besser als nichts.«

»Ja, einmal die Woche«, meinte Heike. »Für ein paar Stunden.«

»Ich kann mal wieder ein Übernachtungsvisum beantragen. Wenn Tantchen Geburtstag hat.«

»Und wenn sie dir keins mehr ausstellen? Die wissen doch längst Bescheid über uns.«

»Oder du machst im Sommer deinen Urlaub in Prag. Du könntest einen Antrag stellen. Da darf ich auch hin, vom Westen aus. Wir treffen uns da. Es wären nur ein paar Tage, aber die hätten wir ganz für uns.«

»Im Sommer … «, meinte Heike.

Jenny fand die Aussicht ebenfalls deprimierend. Es war Oktober. Doch Tina war wild entschlossen, sich die Laune nicht verderben zu lassen. Sie zog Heike hoch und legte einen Arm um sie.

»So, wir verziehen uns«, verkündete sie. »Jenny, wir sehen uns im Westen.«

Nachdem die beiden gegangen waren, schenkte Gertrud ihr ein kummervolles Lächeln. Dann fragte sie: »Noch einen Kaffee?«

Sie deutete Jennys Blick zur Tür falsch, wo die beiden Frauen gerade verschwunden waren.

»Ach, nein, du willst bestimmt was von der Stadt sehen«, sagte sie. »Den Alexanderplatz. Und vielleicht die Neue Wache.«

»Nein, gar nicht«, meinte Jenny entschieden. »Ich hätte gern noch einen Kaffee.«

Gertrud lächelte freudig, wobei ihre Sommersprossen zu hüpfen schienen, und goss nach.

»Wie gefällt Ihnen die Arbeit in der Bibliothek?«, fragte Jenny.

»Ich dachte, wir wären beim Du.«

»Entschuldigung. Wie gefällt *dir* die Arbeit in der Bibliothek?«

»Großartig. Ich liebe Literatur. Vor allem aus dem 18. Jahrhundert. Sich den ganzen Tag mit Büchern zu umgeben, das ist immer ein Traum von mir gewesen.«

»So ist es bei mir mit der Musik«, meinte Jenny. »Ich möchte auch nichts anderes machen in meinem Leben.«

Ihr fiel etwas ein. »Ich könnte dir ein Buch rüberschmuggeln. Aus dem Westen. Wenn ich das nächste Mal komme. Gibt es da etwas, das du dir wünschst?«

Sie lächelte hintergründig. »Nein, nichts. Ich möchte nicht, dass du dich meinetwegen in Gefahr bringst. Das lassen wir schön bleiben.«

Sie nippten am Kaffee, und es wurde still im Raum. Da gab es eine Frage, die Jenny umtrieb, aber sie wusste nicht, ob sie die stellen durfte.

»Worüber denkst du nach?«, fragte Gertrud.

Na schön. Sie wollte es wagen.

»Weshalb bist du nicht in den Westen gegangen? So wie deine Schwester? Das war damals noch möglich, oder?«

»Ja, das war möglich. Nicht ohne Weiteres, aber ich hätte gehen können, wenn ich gewollt hätte.«

Bestimmt lag es daran, dass der Rest ihrer Familie im Osten war. Dass sie Arbeit hatte und Freunde und ein Leben. Zumindest konnte Jenny sich das vorstellen.

»Wir mussten uns entscheiden«, sagte sie jedoch stattdessen. »Für ein System. Ich bin nicht nur hiergeblieben, weil es das Bequemste war. Ich habe mich für das System entschieden. Für die Hoffnung auf eine bessere Welt.«

»Und … bereust du es?«

»Ich weiß nicht. Freiheit oder Gerechtigkeit, das schien damals die Wahl zu sein, vor der wir standen. Aber das eine geht nicht ohne das andere. Ich hatte große Hoffnungen.«

»Und die sind enttäuscht worden?«

»Sieh dich nur um. Wir leben in einem Überwachungsstaat. Wo ist da Raum für Hoffnungen?« Sie seufzte. »Spätestens, als Wolf Biermann ausgebürgert wurde, war klar, dass es keine Hoffnung mehr gibt. Und bei dem, was danach kam … Berufsverbote gegen Künstler, Repressionen und Denkverbote. Alle, die sich gegen seine Ausbürgerung ausgesprochen haben, hatten danach große Probleme. Und was hat er denn getan? Er war überzeugter Sozialist. Er hat kritische Solidarität mit der DDR gezeigt. Er wollte, dass wir wachsam sind und den Sozialismus im Sinne der Menschlichkeit weiterentwickeln. Das wollten viele von uns. Stattdessen die Ausbürgerung. Weißt du, was er auf seinem Konzert in Köln gesungen hat, als die Ausbürgerung beschlossen wurde? *Die BRD braucht eine KP.* Dafür wurde er bejubelt. Du kannst den Menschen nicht das Denken verbieten. Das wird niemals in die Zukunft führen.«

Jenny dachte darüber nach. Ihr fiel eine Anekdote ein, die sie erzählen wollte.

»Achim, ein Freund von mir, der arbeitet in einer Schwulenbar«, begann sie, was Gertrud ein freudiges Lächeln ins Gesicht zauberte.

»Mag er die Musik von Wolf Biermann?«

»Das weiß ich nicht. Aber er hat mir von einer Performance-Künstlerin erzählt, die bei ihm auftritt. Ich glaube, ein Mann in Frauenkleidern, oder einer, der im falschen Körper geboren wurde, so ganz hab ich das nicht verstanden. Jedenfalls hatte diese Künstlerin eine Idee. Sie meinte, man solle die Mauer auf der Westseite mit Werbung zuplakatieren. Werbung von Marlboro und Coca-Cola zum Beispiel. Die Konzerne bekämen damit die besten Werbeflächen, die man sich denken kann. Ich mein, die Mauer guckt sich jeder an, der in Berlin ist. Und die DDR könnte mit den Einnahmen so viel Geld machen, dass die damit locker den ganzen Todesstreifen finanzieren könnte.«

Tinas Tante gefiel die Geschichte ungemein gut. Sie lachte und lachte und konnte sich gar nicht wieder einkriegen.

»Je länger ich darüber nachdenke«, meinte Jenny, »umso weniger könnte ich sagen, wer damit mehr entblößt würde, der Osten oder der Westen.«

»Ja, mir geht es genauso«, sagte Gertrud.

»Was denkst du, was wird aus Tina und Heike werden?«

»Ich wünschte, ich könnte das sagen.«

Sie fielen in Schweigen und nippten an ihren Kaffeetassen. Die Bitterkeit über die Zustände war ins Wohnzimmer zurückgekehrt.

»Wir hoffen, dass sich was ändert«, sagte Gertrud schließlich. »Was bleibt uns anderes übrig?«

Der Nachmittag war schnell vorbei, und für Jenny wurde es Zeit, wieder in den Westen zurückzukehren. Sie schaffte es nicht mehr, sich die Sehenswürdigkeiten anzugucken. Die Linden, den Alexanderplatz mit der Weltzeituhr, das Denkmal von Marx und Lenin, den Palast der Republik. Das alles würde sie ein andermal besuchen müssen.

Sie kehrte zur Friedrichstraße zurück, stellte sich in die Schlange am Tränenpalast und wartete mit dem Tagesvisum in der Hand, zurück durch die Absperrungen zur S-Bahn gelassen zu werden. Die Fahrt dauerte nur ein paar Minuten, dann war sie wieder im Westen. Sie stieg am Bahnhof Zoo aus und trat auf die Straße. Schmutziger Glamour, teure Autos, Stricher und Junkies, Lärm und Neonreklame. Sie war zurück.

Zu Hause in Moabit brannte bei Tina kein Licht. Sie würde das Zusammensein mit Heike sicher bis zur letzten Minute ausreizen. Jenny machte sich einen Tee und spielte an ihrem Synthesizer herum, aber so richtig bei der Sache war sie an diesem Abend nicht. Ihre Gedanken waren woanders.

Als Tina nach Hause kam, ging sie nicht in ihre Wohnung, sondern klopfte an Jennys Tür. Sie wirkte todunglücklich. Die gut gelaunte Fassade, die sie den Tag über aufrechterhalten hatte, war in sich zusammengefallen, und kaum nahm Jenny sie in den Arm, begann sie zu flennen. Jenny konnte sie gut verstehen.

»Darf ich heute Nacht bei dir schlafen?«, fragte Tina.

»Na klar. Komm rein, ich koch uns einen Tee.«

Sie redeten noch die halbe Nacht, rauchten und tranken Tee. Dann kuschelten sie sich auf Jennys Futon, wo sie irgendwann beide einschliefen.

Am nächsten Morgen ging Jenny zur Freien Universität, um sich mal wieder in einem Pädagogikseminar blicken zu lassen. Lust darauf hatte sie keine, aber sie konnte sich auch nicht dazu durchringen, ihr Studium zu schmeißen. Die Musikvorlesungen, der Zugang zu den Übungsräumen und der Einzelunterricht am Klavier waren etwas, das sie unbedingt weiternutzen wollte. Und was den Rest betraf, war sie zu dem Entschluss gekommen, erst mal zweigleisig zu fahren.

Trotzdem war sie erleichtert, als das Seminar vorüber war und sie in den Wedding fahren konnte, wo Piet und die Jungs im Kellerraum der Lagerhalle auf sie warteten. Sie hatten bei einem Indie-Label ihre Platte eingespielt. Das war wahnsinnig aufregend gewesen. Auch wenn das

Label in einer heruntergekommenen Fabriketage untergebracht war und der Aufnahmeraum mit billigen Eierkartons notdürftig schalldicht gehalten wurde, war die Arbeit an den Aufnahmen beeindruckend gewesen. Mit Kopfhörern am Mikro zu stehen, einzelne Passagen immer wieder zu singen und bei der Arbeit an den Arrangements dabei zu sein, das hatte sich völlig unwirklich angefühlt. Sie hätte tagelang im Studio arbeiten können, und es wäre ihr nie langweilig geworden. Aber das Ganze musste an einem Tag über die Bühne gebracht werden. Auch wenn es billig war, konnten sie es sich nicht leisten, das Studio länger zu blockieren.

Nach langer Diskussion hatten sie beschlossen, den Song mit den Geisterbahnhöfen nicht auf die Platte zu nehmen. Jenny hatte sich zwar mit Händen und Füßen gegen diese Entscheidung gewehrt, aber eigentlich nur, weil Piet ihr wieder lange Vorträge über Stilrichtungen und über *seine* Vision für *seine* Band gehalten hatte, was ihr tierisch auf die Nerven gegangen war. Im Grunde fand sie selbst, dass der Song nicht auf die Platte passte. Nicht nur, weil er Deutsch war, sondern vor allem, weil er sich zu sehr von dem Konzept ihrer anderen Stücke abhob. Aber das hätte sie Piet gegenüber natürlich niemals zugegeben. Lieber schmollte sie, als ihm recht geben zu müssen.

Sie kamen zu der Übereinkunft, den Song auf ihrem nächsten Album unterzubringen. Jenny hatte noch eine Menge anderer Ideen in ihrem Notizbuch, und sie konnte stundenlang am Synthesizer sitzen und an Texten und Melodien feilen. Das machte ihr unglaublichen Spaß. Wer wusste schon, welche dieser Songs sie noch in ihr Programm aufnehmen würden? Vielleicht würde das Stück mit den Geisterbahnhöfen viel besser auf das nächste Album passen. Auch sie hatte eine Vision, und vor ihrem inneren Auge nahm eine Platte nach ihren eigenen Vorstellungen immer deutlicher Gestalt an.

Sie betrat das Gelände mit dem schmutzigen Industriegebäude, drückte die rostige Eingangstür auf und spazierte in den Keller zu ihrem Proberaum. An dem Lärm, der durch die Hallen schallte, hörte sie, dass die Jungs schon mitten in der Probe waren. Doch als sie in den Kellerraum trat, brach der Sound seltsamerweise abrupt ab. Piet legte eilig die E-Gitarre zur Seite und sprang auf sie zu.

»Da bist du ja endlich!«

Ehe sie sich fragen konnte, was es damit auf sich hatte, war er schon am Sofa, auf dem ein großer Karton stand.

»Jenny, rate mal, was ich hier habe?« Und weil sie etwas ratlos dastand, fügte er hinzu: »Jetzt komm schon her, mach!«

»Aber was ist denn los? Ist was passiert?«

Er antwortete nicht, sondern zog mit großer Geste eine Schallplatte aus dem Karton.

»Frisch gepresst aus der Fabrik«, sagte er feierlich. »Sieh sie dir an. Was sagst du jetzt?«

»Unsere Platte«, hauchte sie. »Ich werd verrückt.«

Sie nahm sie entgegen wie den Heiligen Gral. Das Cover war tiefschwarz, und ihr Bandname prangte in weißen Lettern darauf. Ein U-Bahntunnel war angedeutet, ein irres Foto in Schwarz und Grautönen, düster und unheilvoll. Piet hatte das von einem befreundeten Fotografen, und als Jenny es zuerst gesehen hatte, war sie ein bisschen stinkig gewesen, weil das Motiv perfekt zu ihrem Song mit den Geisterbahnhöfen gepasst hätte. Aber dann hatte sie sich gesagt, egal, die Entscheidung, den Song rauszulassen, war getroffen, und sie war damit einverstanden gewesen, also würde sie sich auch nicht länger darüber ärgern. Und jetzt, wo sie das Bild auf dem Cover sah, fand sie es großartig. Es hatte künstlerischen Anspruch, und das Cover sah viel besser aus, als sie erwartet hatte.

Jenny bestaunte alles. Drehte die Scheibe um, ließ das Wunder auf sich wirken. Eine eigene Platte in der Hand zu halten, das war ein unbeschreibliches Gefühl. Das war der erste Schritt, um so richtig einzuschlagen als Band. Sie studierte die Rückseite, wo die Songs der A- und B-Seite aufgeführt waren. Mit Minutenangabe und klarem Design, alles total professionell. Dann stutzte sie.

»Ich stehe gar nicht drauf«, sagte sie.

»Doch, da. Sängerin: Jenny Herzog.«

»Ich meine, bei den Kompositionen. Da ist nur dein Name.«

»Na, weil ich die Songs ja auch geschrieben habe.«

»Aber eine Menge kommt doch von mir.«

Piet verstand offenbar nicht, was ihr Problem war.

»Wir haben das zusammen gemacht, schon vergessen?«

»Du hast mitgeholfen, natürlich. Aber geschrieben habe ich die Songs. Es waren meine Entscheidungen. Man hat immer Einflüsse, das ist ganz normal.«

Na klar, ganz normal. »Verstehe. Die Hookline, die ich für den Refrain von unserem Hit geschrieben habe, das war also nur ein Einfluss?«

»Nein, die ist von dir. So meine ich das doch auch gar nicht. Ich habe nur … Herrgott, Jenny.«

Es war zu spät. Die Platte war gedruckt. Jenny war nur die Sängerin, die Piets genialen Ideen ein Gefäß gab, mehr nicht.

»Es tut mir leid, Jenny. Beim nächsten Druck setze ich dich mit drauf. Okay?«

Er wollte sie umarmen, doch das konnte er sich sparen. Er tat ja so, als ob er vergessen hätte, ihr Zigaretten aus dem Supermarkt mitzubringen.

»Ich wusste nicht, dass dir das so wichtig ist.«

»Das ist doch eine Selbstverständlichkeit.«

»Wir haben zweitausend Platten gepresst, Jenny. Die sind bestimmt schnell verkauft. Wir werden bei jedem Konzert so viele unters Volk bringen, wie nur möglich. Und ich war schon in ein paar Läden, die reißen uns die Platten quasi aus den Händen. Beim nächsten Druck kommst du mit drauf, ja?«

Sie war immer noch angefressen. Sie fragte sich, ob er ihren Namen draufgeschrieben hätte, wenn sie das Lied von den Geisterbahnhöfen mit draufgepackt hätten. Oder ob er herausgestellt hätte, nur dieses Lied ist von Jenny Herzog, damit jeder sähe, dass er nichts damit zu tun hatte.

»Komm schon, lass uns proben«, sagte er. »Bei den nächsten Konzerten müssen wir alles geben, um die Platten zu verkaufen.«

Püppi und Humme, die das Ganze schweigend verfolgt hatten, gingen erleichtert zu ihren Instrumente und machten sich bereit. Widerwillig legte Jenny die Platte zurück in den Karton und nahm ihren Platz auf der Bühne ein. Sie probten ein paar Songs, diskutierten, was sie verbessern könnten, und legten von Neuem los.

Die Jungs taten danach, als wäre wieder alles in Ordnung. Doch so leicht wollte sie es ihnen nicht machen. Als sie einen weiteren Durchlauf beendet hatten, wandte sie sich zu ihnen um.

»Sollen wir beim nächsten Konzert den Song von den Geisterbahnhöfen spielen?«, fragte sie herausfordernd.

Und als keine Begeisterung aufkam, fügte sie hinzu: »Wir können das erst mal ohne Synthesizer machen. Dann wirkt er rockiger und punkiger, und passt dadurch besser zum Rest.«

Püppi und Humme taten, als hätten sie nichts mit diesem Vorschlag zu tun. Und Piet beschäftigte sich grimmig mit seiner E-Gitarre.

»Kommt schon, Leute, der Song ist klasse.«

Weil sich außer Piet keiner angesprochen zu fühlen schien, wandte sie sich direkt an Humme. »Findest du das nicht?«

»Doch, schon. Aber …«

»Er passt nicht zu uns«, beendete Piet den Satz.

»Wieso denn nicht?«

»Entweder wir singen Deutsch, oder wir singen Englisch. Nicht beides.«

»Es ist doch nur ein Song. Wir können ihn ganz zum Schluss spielen. Oder als Erstes. Nur mal so, als Testballon.«

Humme und Püppi schwiegen beharrlich und mieden jeden Blickkontakt.

»Entscheidet nur er?«, fragte Jenny die beiden.

Humme grinste gequält, und Püppi musste offenbar dringend die Seiten seines E-Basses überprüfen.

»Es ist ja auch meine Band«, sagte Piet.

»Ja, genau. Weil wir ja nichts dazu beitragen.«

»Ich habe die Band gegründet. Ich habe dich ausgesucht, als Frontfrau. Einer muss den Laden zusammenhalten und Entscheidungen treffen. So ist das nun mal.«

»Der große Piet hat mich erwählt. Was habe ich nur für ein Glück. Ich wäre ja gar nichts ohne dich. Ich könnte nicht mal ein Instrument spielen.«

Wie aus dem Nichts brüllte Piet los.

»Dann hau doch ab!«

Das brachte Jenny zum Verstummen.

»Ich hab kein Bock mehr auf die Scheiße. Immer mäkelst du an allem rum. Nie ist was in Ordnung. Und egal, was entschieden wird, du musst überall deinen Senf dazugeben.«

Was war denn jetzt los? Er schien richtig sauer zu sein. Sie blieb stehen und wartete. Doch er nahm nichts davon zurück.

»Hau ab!«, schrie er.

Na gut, dann würde sie halt gehen. Sie drehte sich um, steuerte die Tür an, dann überlegte sie es sich anders, kehrte noch mal zurück, zerrte sich die grüne Lederjacke, die er ihr geschenkt hatte, vom Körper und warf sie ihm vor die Füße. Ohne ein weiteres Wort stürmte sie aus dem Proberaum.

»Scheiß Diktator«, murmelte sie beim Rausgehen, doch sie hatte keine Ahnung, ob Piet das noch gehört hatte.

Es war arschkalt auf dem Weg zur U-Bahn. Sie schlang die Arme um den Oberkörper und marschierte schnellen Schrittes los, um sich warm zu halten. Der konnte sie mal. Die Band war nichts ohne sie, da brauchten die gar nicht so zu tun. In ein paar Tagen hätten sie den nächsten Auftritt. Bis dahin würde Piet sicher angeschlichen kommen und sich entschuldigen. Sie würde ihn ein bisschen zappeln lassen. Und als Wiedergutmachung käme ihr Song mit ins Programm, dafür würde sie sorgen.

Zu Hause heizte sie zuerst ihren Kohleofen an. Die nächste Heizsaison fing gerade erst an, und sie hatte schon jetzt keine Lust mehr drauf. In den letzten Tagen war es nur in ihrer Küche warm gewesen, wo sie einen kleinen Eierkohlenofen hatte, der keine langen Vorlaufzeiten brauchte. Und weil der Synthesizer in der Küche stand und sie eh jede freie Minute dort verbrachte, war es wieder so weit, dass der Rest ihrer Wohnung schnell auskühlte, wenn sie nicht aufpasste und sich um den Kachelofen kümmerte.

Mal sehen, wie lange es dauert, bis Piet hier auftaucht, dachte sie, als sie den Ascheeimer in den Flur stellte, um ihn später mit nach unten zu nehmen. Sie kehrte zurück in die Küche, schaltete den Synthesizer ein, kochte Kaffee und vertiefte sich in ihre Kompositionen.

Irgendwann wurde es dunkel. Sie knipste die Stehlampe an und versank wieder in ihrer Arbeit, wobei sie wie so oft die Zeit völlig vergaß.

Als jemand auf den knarzigen Treppenstufen ins oberste Stockwerk hinaufstieg und gegen ihre Wohnungstür hämmerte, schreckte sie auf und sah zur Uhr. Schon neun. Bestimmt war das Piet. Sie stand auf, massierte sich den Nacken und ging zur Tür.

Doch es war nicht Piet, sondern Achim. Er stand mit leichenblassem Gesicht und rotgeränderten Augen vor ihrer Tür.

»Ist Ingrid bei dir?«, fragte er.

»Nein, wieso fragst du? Ist was passiert?«

»Dann weißt du es noch gar nicht?«

»Was weiß ich nicht?« Er wirkte völlig durch den Wind. Jenny bekam es mit der Angst. »Jetzt sag schon, Achim. Was ist los? Ist was mit Ingrid?«

»Nein, aber mit Manfred.« Er massierte sich die Nasenwurzel und holte tief Luft. »Hast du vielleicht einen Schnaps?«

# 12

Manfreds Tod erwischte Jenny kalt. Es war ein Unfall, die tragische Konsequenz einer Reihe von Ereignissen. Angefangen hatte alles, als vor ein paar Wochen mal wieder eine Großdemo stattfand gegen die Politik des Berliner Senats und die Räumungen der besetzten Häuser. Solche Demos waren inzwischen fast alltäglich. Diesmal aber hatte der Innensenator die Bülowstraße in ein Kriegsgebiet verwandelt, mit schwer bewaffneten Polizisten in Kampfausrüstung, die aussahen wie der Teil einer Roboterarmee. Sie prügelten auf die Demonstranten ein und drängten sie auf die Straße, mitten in den fließenden Verkehr, und einer der Protestler, ein junger Mann, der Klaus-Jürgen Rattay hieß und vor Knüppeln und Tränengas floh, wurde auf der Straße von einem Bus erfasst und mitgeschleift. Er starb noch am Unfallort, eingeklemmt unter dem Bus, in einer Blutlache. Manfred war keine zehn Meter entfernt gewesen, er hatte alles mitangesehen.

Anschließend gingen eine Menge Falschmeldungen über den Ticker, die sofort von der Bild-Zeitung verbreitet wurden. Ein Polizist sei erstochen worden, hieß es zuerst, und der junge Mann habe den Bus beschädigen wollen und seinen Tod somit selbst verschuldet. Er sei ein gefährlicher Gewalttäter und berufsmäßiger Chaot. Die Polizei säuberte die Straße danach mit Wasserwerfern, bevor eine Spurenaufnahme durchgeführt werden konnte, und neben dem lähmenden Schock, der sich daraufhin bei den Protestlern einstellte, wuchsen auch die Wut und der Hass auf den Innensenator, auf die Bild-Zeitung und auf die Polizei, die allesamt das Ereignis für ihre Zwecke missbrauchten und verdrehten. Manfred war den ganzen Tag mittendrin. Er war mit dem Toten befreundet gewesen, sie lebten im gleichen besetzten Haus, das an diesem Tag geräumt werden sollte. Sie waren Seite an Seite bei dem Protest gewesen. »Ich hab' gleichzeitig Angst und ich hab' gleichzeitig auch Mut zu kämpfen«, hatte Rattay kurz vor seinem Tod in eine Kamera gesagt. Ein Satz, der auch von Manfred hätte stammen können.

Nach dieser Sache war er nicht mehr derselbe gewesen. Zuerst stand er unter Schock, ging zu der Mahnwache, die in der Nacht mit Kerzen und Blumen abgehalten wurde und zu der Zigtausende erschienen, genau wie zu den Protesten an den folgenden Tagen, die immer wieder in Gewalt umschlugen. Doch als wieder so etwas wie Normalität einzog und der Alltag weiterging, war Manfred kaum noch ansprechbar. Er zog sich zurück, war ständig bekifft und besoffen und vergrub sich in seiner Trauer. Außer Ingrid wollte er niemanden mehr sehen. Vor ein paar Tagen dann, Ingrid war gerade unterwegs, hatte er LSD genommen. Einfach so, als wäre es eine gute Idee, in dieser Stimmung LSD zu nehmen. Einer aus dem Haus, in dem er und Ingrid untergekommen waren, hatte erzählt, dass Manfred wie ein Irrer herumgerannt sei, völlig manisch und durchgedreht, und überzeugt gewesen war, er könne fliegen. Jenny, die voller Unbehagen an ihren eigenen LSD-Trip zurückdachte, wusste, wie real so eine Vorstellung sein konnte. Was immer Manfred auf dieser Reise erlebt hatte, ob sie wie bei ihr voller Wunder gewesen war oder doch eher ein Horrortrip, am Ende war er vom Dach des Hauses gesprungen, in der festen Annahme, fliegen zu können. Er hatte es nicht überlebt.

Die Vorstellung, wie dieser riesige Bär, dieser Schrank von einem Mann, zerschmettert auf dem Asphalt lag, brachte sie fast um den Verstand. Manfred war einer von ihnen gewesen.

Und Ingrid war seitdem verschwunden.

»Hast du inzwischen was von ihr gehört?«, fragte Achim, der mal wieder bei Jenny in der Küche saß, wie so oft in den letzten Tagen, zu viel rauchte und seinen Kaffee über dem Synthesizer balancierte. »Hat sie sich inzwischen bei dir gemeldet?«

»Nein. Sie ist wie vom Erdboden verschluckt.«

»Wir sollten ihre Eltern besuchen.«

»Die wohnen doch in Norddeutschland«, meinte Jenny. »Irgendwo in Schleswig-Holstein, glaube ich.«

»Nein. Ihre Oma lebt da. Die Eltern wohnen in Westend. Weißt du das nicht?«

Nein, das war ihr neu. Und auf diese Idee wäre sie niemals gekommen, allein bei dem ganzen Zeug, das Ingrid kochte, von Pannfisch bis Labskaus. Norddeutscher ging's kaum. Warum hatte sie nie erzählt, dass sie eine echte Berlinerin war?

»Ingrid hat immer nur von ihrer Oma erzählt«, meinte sie betrübt. »Deshalb dachte ich, sie kommt aus Westdeutschland, so wie wir.«

»Ja, sie hat am liebsten so getan, als wäre sie von dort. Sie hat den Großteil ihrer Kindheit da verbracht, an der Nordsee. Aber ihre Eltern leben hier.«

»Aber wenn das so ist, dann ist sie sicher bei denen! Weißt du, wo genau sie wohnen? Wir müssen sie unbedingt finden.«

»Nein, keine Ahnung. Ich glaube auch kaum, dass sie da ist. Sie hat kein gutes Verhältnis zu denen.«

»Glaubst du, sie könnte zu ihrer Oma gefahren sein? Ohne jemandem was zu erzählen?«

Er hob die Schultern. »Möglich. Wetten würde ich nicht drauf.«

»Ich mache mir schreckliche Sorgen um sie«, sagte Jenny. »Wir müssen doch irgendwas tun, um ihr zu helfen. Ich halte das nicht aus.«

Sie dachte an das, was Manfred ihr gesagt hatte, als das besetzte Haus von der Polizei geräumt wurde. Ingrid sei nicht so stark wie sie glaube. Das hatte Jenny selbst längst begriffen. Sie war sensibel und verletzlich. Sie wollte sich gar nicht vorstellen, wie es ihr gerade erging. Wenn sie doch nur für sie da sein könnte.

»Dass sie mir nie was von ihrer Herkunft erzählt hat! Westend.« Sie wunderte sich immer noch darüber. »Haben ihre Eltern denn Kohle?«

»Eine ganze Menge, wie's aussieht.«

Westend war neben Grunewald der Bezirk, in dem das dicke Geld zu finden war, wo die Reichen und Schönen lebten. Jenny konnte sich Ingrid dort so gar nicht vorstellen.

»Aber genau weiß ich das nicht, wenn ich ehrlich bin. Sie wollte ja nie über ihre Eltern reden.«

Jenny hatte keine Lust mehr, tatenlos rumzusitzen und zu warten. Sie wollte die Initiative ergreifen.

»Komm, ich hab eine Idee«, sagte sie. »Wenn unten in der Zelle das Telefonbuch nicht wieder komplett zerfleddert und zerrissen ist, finden wir vielleicht raus, wo ihre Eltern wohnen.«

Achim, der auch nicht wusste, was sie sonst tun könnten, ließ sich überzeugen, es wenigstens zu versuchen. In der Telefonzelle an der Ecke fanden sie tatsächlich einen Eintrag. Ackermann, der Name ihrer Eltern, kam häufig vor in Berlin, aber es gab nur eine Adresse in Westend.

»Komm, wir fahren einfach hin«, sagte Jenny.

»Sollen wir nicht erst anrufen?«

»Nein, ich will da hin. Wenn Ingrid da ist, soll sie nicht vorgewarnt sein. Am Ende haut sie wieder ab.«

So machten sie sich auf den Weg. Sie fuhren zum Zoo und von dort mit der U1 in Richtung Ruhleben. Auf der Fahrt redeten sie nicht viel. In Gedanken waren sie bei Manfred. Sein Leichnam war kurz nach seinem Tod von seiner Familie nach Westdeutschland überführt worden. Die Beerdigung würde irgendwo im Schwarzwald stattfinden. Jenny hatte nicht einmal gewusst, dass Manfred von dort stammte. Sie kannte ihn nur als Berliner. Hier in der Stadt waren Ingrid, seine besetzten Häuser, für die er kämpfte, die ganze politische Arbeit, der er sein Leben gewidmet hatte. Doch zu seiner Beerdigung verließ er nun die Insel West-Berlin, auf der er zu Hause gewesen war, und kehrte zurück in den Schoß seines verhassten Elternhauses.

Die hatten vorsichtshalber verlauten lassen, dass die Beerdigung nur im engsten Familienkreis stattfände. Nicht einmal Ingrid war eingeladen worden. Mit anderen Worten, keiner aus Berlin war dort erwünscht. Keiner aus dem Leben, das Manfred sich als Erwachsener gegen den Willen seiner Familie ausgesucht und jahrelang geführt hatte. Sie konnten ihn endlich wieder unter ihre Kontrolle bringen. Er würde von einem engstirnigen Pfarrer auf dem Friedhof im Dorf seiner Kindheit verscharrt werden, und jede Erinnerung an das, was ihn ausmachte, würde weit entfernt in Berlin bleiben.

Jenny wünschte so sehr, sie hätten irgendetwas tun können, um Manfred hierzubehalten und ihn in Berlin zu beerdigen, wie er es sicher gewollt hätte. Aber die Rechtslage war eindeutig. Wenn die Familie das ablehnte, durften sie nicht einmal zur Beerdigung.

Am Theodor-Heuss-Platz stiegen sie aus und gelangten in ein hochherrschaftliches Wohnviertel, mit großzügigen Mietshäusern aus der Vorkriegszeit, deren gepflegte Vorgärten hinter kunstvoll geschmiedeten Eisengittern lagen. Vor dem Haus, dessen Adresse sie sich notiert hatten, zögerten sie. Ingrids Eltern wohnten im ersten Stock, in der großzügigen Beletage mit Wintergarten und meterhohen Decken. Die Wohnung umfasste das ganze Stockwerk, das hieß, sie musste mindestens hundertfünfzig Quadratmeter groß sein.

Jenny verstand, warum Ingrid nur von ihrer Oma in Schleswig-Holstein erzählt hatte. Dieses vornehme Anwesen ließ sich mit nichts vereinbaren, wofür sie politisch stand. Sie nahm sich ein Herz und klingelte.

Eine Frau, offenbar Ingrids Mutter, meldete sich über die Gegensprechanlage. Sie behandelte Jenny und Achim, als wären sie Hausierer, und wollte sie am liebsten abwimmeln, doch als sie sagten, sie seien Freunde von Ingrid, drückte sie widerwillig den Türöffner, der summend den Weg ins Haus freigab. Sie erwartete die beiden an der Wohnungstür, gekleidet in hochhackigen Schuhen und einem Chanel-Kostüm. Ihre Mundwinkel sanken hinab, als sie erkannte, wen sie da ins Haus gelassen hatte. Achim mit seinem Iro und der Lederjacke und Jenny in ihren Männerklamotten und schweren Stiefeln. Sie warf einen Blick ins Treppenhaus, wie um sicherzugehen, dass kein Nachbar die beiden gesehen hatte.

»Ingrid ist nicht hier«, erklärte sie. »Ich fürchte, Sie haben sich umsonst auf den Weg gemacht.«

»Ingrid!«, rief Jenny an der Frau vorbei in die Wohnung.

»Wenn Sie ein wenig auf ihre Lautstärke achten könnten, junge Frau«, sagte diese kühl. »Wir sind hier nicht in Kreuzberg.«

»Wissen Sie, wo wir sie finden können?«, fragte Jenny. »Wir machen uns Sorgen. Ihr Freund … «

Sie wusste nicht, ob Ingrids Mutter über die Ereignisse im Bilde war. Doch an dem eiskalten Blick, mit dem sie auf Jennys Worte reagierte, erkannte sie, dass dem offenbar so war.

»Er hat Drogen genommen, nicht wahr? Ich habe das immer kommen sehen.«

»Sein Freund ist gestorben«, empörte sich Achim. »Er war völlig durch den Wind. Es war ein Unfall.«

»Na ja, vielleicht ist es so das Beste. Manfred war kein guter Umgang für Ingrid, hoffentlich wird sie das jetzt einsehen.«

So viel Herzlosigkeit machte Jenny sprachlos. Sie hätte der Frau gerne eine entsprechende Antwort an den Kopf geworfen, aber dazu war sie nicht in der Lage. Achim erging es offenbar genauso. Die beiden starrten diese Schneekönigin an, ohne zu wissen, was sie tun oder denken sollten.

Nach einem Moment seufzte die Frau, trat dann an ein Telefontischchen, das im Flur stand, und kramte etwas aus der Schublade hervor. In der Stille waren nur ihre Schritte auf dem Fischgrätparkett zu hören, als sie zurückkehrte und ihnen einen Zwanzig-Mark-Schein entgegenhielt.

»Für Ihre Umstände«, sagte sie. »Es tut mir leid, dass Sie den Weg hierher umsonst angetreten sind.«

Der Geldschein schwebte zwischen ihnen in der Luft. Doch weder Jenny noch Achim rührten sich, und schließlich steckte sie ihn wieder ein.

»Nun ja, wie auch immer. Sagen Sie Ingrid, wir warten auf sie. Wenn sie zur Vernunft gekommen ist, kann sie jederzeit nach Hause kommen.«

Das war's. Die Tür wurde wieder geschlossen, und die beiden verließen mit hölzernen Bewegungen und wie ferngesteuert das Haus. Auf dem Bürgersteig meinte Achim, er müsse sich erst mal setzen, und ließ sich auf die Steinmauer an einem der Vorgärten sinken. Jenny tat es ihm gleich.

»Arme Ingrid«, sagte sie. »Und ich dachte immer, meine Eltern wären die schlimmsten.«

Mit einem Seitenblick fügte sie schwach lächelnd hinzu: »Von deinen mal abgesehen.«

»Es war eiskalt dadrin. Wie in einem Grab.«

Sie blieben eine Weile sitzen. Beide konnten sich nicht aufraffen, zurück zur U-Bahn zu gehen. Achim zog seine Zigaretten hervor und bot Jenny eine an, doch die lehnte ab.

»Hast du schon gehört, dass Manfreds Freunde eine Andacht für ihn organisiert haben?«, wollte er wissen.

»In einer Kirche?«, fragte Jenny ungläubig.

»Warum denn nicht? Ist doch egal. Wir müssen irgendeinen Ort haben, an dem wir Abschied nehmen können. In den Schwarzwald dürfen wir ja nicht.«

»Schon. Ich hätte nur nicht gedacht … «

Manfred und Kirche, das passte überhaupt nicht zusammen.

»Gibt's da keine bessere Option?«

»Die Kirchenleute sind nicht alle verkehrt«, entgegnete Achim. »Und der Pastor, der das machen will, schon gar nicht. Das hat den null interessiert, dass Manfred eigentlich katholisch war. Oder dass Religion in seinen Augen Opium fürs Volk ist. Er hat sofort zugesagt, und das, obwohl er und seine Gemeinde nicht einmal zuständig sind.«

»Wer hatte denn die Idee dazu?«, wunderte sich Jenny.

»Ein Freund von Manfred. Das heißt, die Idee hatte der Pastor. Der Freund ist einfach zu dem hin, weil er jemanden zum Reden brauchte. Weil er nicht wusste, wohin. In seiner Ratlosigkeit ist er einfach in die nächste Kirche gerannt.«

»Und jetzt macht der Pastor eine Andacht?«

»So was in der Art. Er will, dass wir alle zusammenkommen und über Manfred reden. Dass wir uns von ihm verabschieden können. Gemeinsam. Mit einer Zeremonie.«

Jenny dachte darüber nach. »Vielleicht wird Ingrid dort auftauchen«, sagte sie.

»Wenn sie überhaupt davon weiß. Es hat ja keiner Kontakt zu ihr. Ich hoffe, sie kommt. Aber ich würde nicht darauf zählen.«

Achim trat die Zigarette aus und stand auf. Dann reichte er Jenny die Hand, um ihr aufzuhelfen. Mutlos trotteten sie zurück zur U-Bahn. Am Theodor-Heuss-Platz blieb Jenny abrupt stehen. Eine Sache hatte sie komplett vergessen.

»Ach, du scheiße«, rutschte es ihr heraus.

»Was ist denn?«

»Wir hatten gestern ein Konzert!«

Durch Manfreds Tod war alles andere in den Hintergrund gerückt. Sie hatte keinen Gedanken an die Band verschwendet.

»Dann ist das eben ausgefallen«, meinte Achim. »Ingrid ist ja wohl wichtiger.«

»Wieso hat Piet nichts gesagt? Wieso ist er nicht bei mir aufgetaucht? Ich mein, wenn wir ein Konzert haben und der taucht nicht auf, dann fahre ich doch zu ihm und hole ihn ab, oder ich blas ihm den Marsch, mindestens.«

»Vielleicht hat er von der Sache gehört und das Konzert abgesagt?«

»Achim, du weißt doch, wie das ist. Du bist selber Musiker. Man sagt keine Konzerte ab, egal, was passiert. Bist du nicht schon mal mit neununddreißig Fieber aufgetreten? Man ist nicht krank, es kommt nichts dazwischen, es gibt keine Entschuldigungen. Du bringst die Show über die Bühne, tust, als wäre alles okay, und dann verkriechst du dich in dein Bett.«

»Das stimmt schon. Aber … weiß Piet denn nicht, was passiert ist? Er ist doch dein Freund. Habt ihr nicht miteinander geredet?«

Nein, das hatten sie nicht. Seit dem Streit vor ein paar Tagen war Funkstille.

»Dieser Sturkopf«, schimpfte sie.

Wahrscheinlich hatte er von ihr erwartet, dass sie angekrochen kam und sich entschuldigte. Oder zumindest zum Konzert auftauchte und den Auftritt über die Bühne brachte, auch wenn sie ihm dabei die kalte Schulter zeigte. Was sie bestimmt getan hätte, wären die letzten Tage nicht so chaotisch gewesen. Sie hatte das Konzert schlichtweg vergessen.

»Achim, ich muss nach Schöneberg«, sagte sie entschuldigend. »Ist das okay? Wir sehen uns morgen, ja?«

»Na klar. Vergiss die Andacht in der Kirche nicht.«

»Nein, auf keinen Fall. Da bin ich dabei.«

Sie verabschiedeten sich, und Jenny fuhr mit der U-Bahn zum Nollendorfplatz, von wo aus sie zu Fuß weiterging. Dabei überlegte sie, dass Piet sich doch trotz ihres Streits hätte fragen müssen, wie es möglich war, dass Jenny ein Konzert ausfallen ließ. Sie an seiner Stelle hätte sich Sorgen gemacht. Hätte wenigstens wissen wollen, ob es ihm gut ging. An seinem Ladenlokal klopfte sie lautstark gegen die Scheibe. Doch er öffnete nicht. Von der Straße aus konnte sie nicht erkennen, ob er zu Hause war. Vergeblich versuchte sie weiter, auf sich aufmerksam zu machen, doch es war zwecklos. Sie überlegte, eine Seite aus ihrem Notizbuch rauszureißen und ihm aufzuschreiben, was passiert war. Aber dann entschied sie sich dagegen. Piet hatte sich wie ein Arsch verhalten. Und dann hatte er nicht mal nach ihr gesehen, als sie beim Konzert gefehlt hatte. Sie war es nicht, die sich hier rechtfertigen musste.

Stattdessen fuhr sie weiter in den Wedding. Auch der Proberaum war verwaist, kein Hinweis auf Piet oder die anderen. Sie würde es später wieder in Schöneberg versuchen, bestimmt hätte sie dann mehr Glück. Doch am Abend traf sie Piet immer noch nicht an.

Die Tage vergingen, ohne dass sie ihn in seiner Wohnung antraf oder er sich bei ihr meldete. Es war zum Haareraufen. Auch von Ingrid hörte sie nichts. Bei Manfreds Gedenkfeier, die unendlich traurig und wunderschön und tröstend zugleich gewesen war, hatte sie sich nicht blicken lassen. Jenny machte sich furchtbare Sorgen um sie, und der Streit mit Piet erschien ihr dagegen lächerlich banal. Trotzdem war es frustrierend, die Sache mit dem Konzert nicht klären zu können.

Es war Freitag, als sie wieder zur HdK fuhr, um ein Seminar zum Thema »Musik der Renaissance« zu besuchen. Erst hatte sie keine Lust dazu gehabt, aber dann sagte sie sich, ein bisschen Ablenkung täte vielleicht ganz gut. Sie betrat das inzwischen so vertraute Gebäude an der Bundesallee und steuerte den Seminarraum an. Dort entdeckte sie die alternative Studentin mit dem Strickpulli und dem Bubikopf, die sie aus der Harmonielehre kannte. Mechthild, wenn sie sich richtig erinnerte. Sie hockte allein an einem Pult und fischte Bücher und einen Notizblock aus ihrer Tasche, um sich auf den Unterricht vorzubereiten.

»Ist hier noch frei?«, fragte sie.

»Jenny! Na klar, setz dich.« Sie machte ihr Platz. »Ich dachte schon, du hast das Studium geschmissen und machst nur noch Musik.«

»Schön wär's«, sagte Jenny. »Aber so weit bin ich noch nicht.«

»Du meinst, um hauptberuflich Punkerin zu sein?«

»Oje, wenn das meine Eltern hören könnten.«

Jenny packte ihren Rucksack auf den Tisch, um ihre Unterlagen hervorzukramen.

»Ich wollte unbedingt mal zu einem Konzert von euch«, sagte

Mechthild. »Aber ich habe das noch nicht geschafft. Ich hoffe, du bist mir nicht böse.«

»Ach Quatsch, das macht doch nichts. Wenn du willst, kann ich dich auf die Gästeliste setzen. Sag mir einfach vorher Bescheid.«

»Das wäre echt klasse. Stell dir vor, meine Mitbewohnerin hat eine Platte von euch im Plattenladen entdeckt. Die war ziemlich beeindruckt, kann ich dir sagen. Ihr seid jetzt berühmt.«

»Du glaubst ernsthaft, wir sind berühmt?« Jenny lachte. »Vielleicht sollte ich ja doch das Studium schmeißen.«

»Ach was. Ich freu mich immer, wenn du auftauchst.«

Der Dozent, ein ältlicher, untersetzter Mann mit Halbbrille, trat in den Raum. Die anderen Studenten verstummten augenblicklich. Die Zeit zum Plaudern war vorbei.

»Heute Abend kann ich leider nicht«, beeilte sich Mechthild zu sagen. »Aber beim nächsten Mal bestimmt.«

»Heute Abend?«, fragte Jenny irritiert.

»Ja, ihr habt doch einen Auftritt im SO36. Als Vorgruppe von *Ideal*, oder? Das muss eine große Ehre sein.«

»Was? Davon weiß ich gar nichts«, rutschte es Jenny raus. »Bist du sicher, dass du das richtig im Kopf hast?«

»Ja, ganz sicher«, meinte Mechthild verwundert. »Ich wollte nämlich unbedingt kommen, aber es geht bei mir blöderweise nicht.«

»Meine Damen«, unterbrach sie der Dozent, der inzwischen vorne am Pult stand. »Bestimmt ist Ihr Gespräch sehr spannend, aber wir wollen uns nun doch der Renaissance zuwenden, wenn Sie nichts dagegen einzuwenden haben.«

Mechthild räusperte sich verlegen und wandte sich dem Dozenten zu. Doch in Jennys Ohren rauschte es. Wieso hatte Piet ihr nichts davon gesagt? Was war denn nur los?

»Wie Sie wissen, ist das wichtigste Instrument der Renaissance die Laute«, begann der Dozent in schleppendem Tonfall. »Aber auch die mehrstimmige Vokalmusik ist typisch für diese Epoche.«

Jenny hielt es nicht länger aus. Sie schnappte sich ihren Rucksack, stand auf und stürmte zur Tür. Der Dozent stockte in seinem Vortrag und sah ihr verwundert hinterher. Doch sie hatte nicht den Kopf, sich eine Entschuldigung auszudenken. Sie ignorierte ihn und die überraschten Blicke der anderen Studenten, riss die Tür auf, floh auf den Korridor und warf sie eilig hinter sich zu.

Sie fuhr direkt nach Schöneberg, doch Piet war wieder nicht in seinem Ladenlokal. Sie hatte keine andere Wahl, als bis zum Abend zu warten. Warum hatte er ihr nichts von dem Auftritt gesagt? Das SO36 war der wichtigste Veranstaltungsort für sie als Band, und dann würden sie noch zusammen mit *Ideal* auftreten. Ging Piet davon aus, dass sie Bescheid wusste, und heute Abend schon auftauchen würde? Ein Glück, dass sie zufällig von dem Auftritt erfahren hatte, sonst hätte das übel enden können. Hätte Piet nicht sicherstellen müssen, dass sie kommen würde? Irgendwas stimmte hier nicht.

Zurück in ihrer Wohnung zog sich der Nachmittag endlos in die Länge. Vor lauter Unruhe fuhr Jenny wieder zu Piets Ladenlokal, doch vergebens. Sie würde warten müssen, bis das SO36 seine Pforten öffnete. Doch die Stunden bis dahin vergingen quälend langsam. Sie nahm sich viel Zeit fürs Schminken und Ankleiden, warf sich richtig in Schale, einfach, um sich abzulenken. Piet tauchte die ganze Zeit über nicht auf, um ihr den Marsch zu blasen. Was war nur los? Dann war es endlich so weit, und sie machte sich mit der U-Bahn auf den Weg. Dummerweise kam sie trotzdem zu spät, obwohl sie so viel Zeit gehabt hatte. Der Anschlusszug am Zoo fiel aus, offenbar gab es eine Gleisstörung. Sie musste den Bus nehmen, der aber im Verkehr stecken blieb, und als sie in der Oranienstraße ankam, hatte sich bereits eine lange Schlange vor der Kasse gebildet.

Vordrängeln war nicht möglich, da wurden die Wartenden aggressiv, also stellte sie sich brav hinten an. Sicher würde Piet rauskommen, um nachzusehen, wo sie blieb. Ihre Unruhe wuchs, während sie in der Schlange wartete. Von Piet war nichts zu sehen. Endlich war sie an der Kasse. Eine Frau mit Igelfrisur hielt sie zurück, als sie hineinhuschen wollte.

»Sechs Mark Eintritt«, sagte sie.

»Nein, ich bin die Sängerin der Vorgruppe.«

»Netter Versuch. Die ist schon drinnen.«

»Wie, schon drinnen? Die Sängerin?«

»Sag ich doch. Sechs Mark.«

»Das ist unmöglich. Das muss ein Missverständnis sein.«

Die Frau mit dem Igel warf ihr einen genervten Blick zu. »Sechs Mark. Oder mach Platz in der Schlange.«

Jenny kramte ihr letztes Kleingeld hervor und kaufte sich eine Eintrittskarte. Dann eilte sie durch den langen Flur zum Saal mit der Bühne. Der Laden war bereits gut gefüllt, und lange würde es nicht mehr dauern, bis das Konzert anfing. Aber sie hatte es rechtzeitig geschafft, ein Glück.

Sie quetschte sich an den biertrinkenden und palavernden Gästen vorbei nach vorne. Die Bühne rückte in ihr Blickfeld, und sie erkannte, dass die Jungs schon da waren und ihre Instrumente aufbauten. Gerade wollte sie winkend und hüpfend auf sich aufmerksam machen, da trat eine blonde Frau auf die Bühne. Eine Punkerin mit wasserstoffblond gefärbten und hochtoupierten Haaren. Sie ging auf die Jungs zu und besprach sich mit ihnen. In gewisser Weise sah sie genauso aus wie Jenny, nur ein bisschen punkiger.

Jenny begriff. Sie war einfach ausgetauscht worden. Die Gäste drängten sich zur Bühne, Jenny wurde angerempelt und zur Seite gestoßen,
und die Woge der Feiersüchtigen schob sie nach und nach zurück, bis
sie abseits am Eingang stand, als das Konzert begann. Es ging los mit ihrem Hit, dem Song, für den Jenny die Hookline geschrieben hatte. Die
Menge johlte drauflos, Arme flogen in die Luft, es wurde getanzt und
gepogt, und die Band geriet dadurch immer wieder aus ihrem Blickfeld. Sie musste sich recken, um überhaupt was zu sehen. Die Frontfrau
stellte sich breitbeinig auf die Bühne und legte mit einer Kraft los, über
die Jenny nur staunen konnten. Ihre Stimme war toll. Weniger poppig,
mehr punkig. Das, was Piet immer gewollt hatte.

Sie konnte nicht glauben, was da gerade passierte. Keiner schien sie
zu vermissen. Warum hatte Piet ihr nichts gesagt? Er hätte doch mit ihr
reden müssen. Na gut, sie hatten sich ein paarmal gefetzt. Aber deshalb
konnte er sie doch nicht einfach aus der Band werfen. Schon gar nicht,
ohne ihr was zu sagen.

Beim Refrain brüllte der Saal lautstark mit. Die Sängerin wurde
getragen von ihrem Publikum. Sie war eine Rampensau, im besten
Sinne des Wortes. Sie stellte sich an den Rand der Bühne und schrie
ins Publikum, als würde sie jeden Einzelnen der Anwesenden persönlich meinen. Sie sang den Song, den Piet und Jenny geschrieben hatten,
viel besser, als sie es konnte. Jenny hielt es nicht länger aus. Sie drehte
sich um und verließ den Laden. Drängte sich durch die Leute hinaus
an die frische Luft. Draußen auf der Straße herrschte das übliche Ge-
wimmel. Auf dem Bürgersteig spazierten junge Leute mit Bierdosen in
der Hand, in den Kneipen ging es bei offenen Türen hoch her, und auf
der Straße zwischen den Partywilligen drängte sich stockend der Verkehr. In einer Hofeinfahrt ließ sie sich auf einen großen Stein sinken
und holte ein paarmal tief Luft.

Sie war zu geschockt, um loszuflennen. Sie verstand immer noch nicht ganz. War diese Wasserstoffblondine für sie eingesprungen, weil Jenny wegen Manfred abgetaucht war? Oder sollte sie die neue Frontfrau sein? Aber das war unmöglich. Das konnte Piet ihr nicht antun. Die Jungs konnten sie doch nicht einfach austauschen. Nicht nach allem, was sie für die Band getan hatte.

Sie blieb auf dem Stein sitzen und wartete, bis das Konzert vorbei war. Sie brachte es nicht über sich, zurück ins SO36 zu gehen. Stattdessen wartete sie darauf, dass die Jungs nach draußen kamen. Es dauerte ewig, doch dann erkannte sie Piets Stimme, der begeistert drauflosgeredet hatte, wie er das immer tat nach Konzerten. Es wurde gelacht und gekichert, alle schienen gut drauf zu sein. Und dann traten sie auf den Bürgersteig und in Jennys Blickfeld. Sie erhob sich. Die Sängerin spazierte wie selbstverständlich in der Mitte der Gruppe, sie war aufgekratzt vom Konzert wie die anderen auch. Piet wandte zufällig den Kopf in ihre Richtung. Und dann sah er sie. Sein Lächeln gefror, und die Begeisterung in seinen bernsteinfarbenen Augen war mit einem Schlag verschwunden. Er warf ihr einen bösen Blick zu, dann drehte er sich demonstrativ weg und tat, als hätte er sie nicht gesehen. Er legte den Arm um die Schultern der Sängerin und schlenderte mit der Band davon, wahrscheinlich, um irgendwo was trinken zu gehen.

Jenny wusste nicht, wie lange sie noch dastand und ihnen hinterherstarrte, auch, als sie schon längst verschwunden waren. Sie musste mit Piet sprechen, ihn zur Rede stellen. Aber nicht vor den anderen, schon gar nicht vor der neuen Sängerin. Sie würde zu seinem Ladenlokal gehen, sich in die Kälte stellen und warten. Irgendwann musste er ja nach Hause kommen. Und dann sollte er ihr bitte mal erklären, was es mit dieser Tussi auf sich hatte. Sie waren schließlich nicht nur in einer Band, er war auch ihr Lover.

Jenny ließ sich durch die Straßen treiben. Sie nahm kaum wahr, was um sie herum geschah. Am Kotti fühlte sie sich plötzlich so schwach, dass sie sich auf den Bürgersteig setzte. Dann holte sie sich in einem Imbiss einen Kaffee, schnorrte sich eine Zigarette und hockte sich wieder hin. Es wurde immer später, die Straßen waren voller Nachtschwärmer, und irgendwann beschloss sie, mit der U-Bahn nach Schöneberg zu fahren. Sie durfte Piet keinesfalls verpassen, wenn er nach Hause kam.

Am Nollendorfplatz stieg sie aus der U-Bahn, durchquerte die Maaßenstraße und danach die Goltzstraße, die so was wie eine Flaniermeile für junge New Waver war. Das *Eisengrau* war nicht weit, der Laden von Gudrun Gut und Blixa Bargeld, und auch der *Zensor*, der angesagteste Plattenladen der Stadt, war gleich um die Ecke. Und mittendrin lag das *Café Mitropa*, wo sich das Who's who der Berliner Szene die Klinke in die Hand gab. In dieser Straße war rund um die Uhr was los.

Als Jenny am Café Mitropa vorbeilief, sah sie eher zufällig hinein. In dem hellen und schlicht eingerichteten Café hockten auch mitten in der Nacht zahllose Gäste bei Kaffee und Kuchen oder Longdrinks beisammen. Und am Platz im Fenster saß Ingrid. Sie hockte mit einer Zeitung an einem Bistrotischchen, trank Kaffee, las und rauchte, als wäre alles in bester Ordnung. Vor sich auf dem Tisch ein überquellender Aschenbecher und in der Hand den Feuilletonteil des Tagesspiegels. Jenny glaubte zu halluzinieren. Piet war augenblicklich vergessen. Sie zog die gläserne Tür auf und stürmte in den Laden.

»Ingrid! Was machst du denn hier?«

Ingrid sah auf, um zu sehen, wer da ihren Namen rief. Sie zwinkerte, lächelte scheu und blickte an Jenny vorbei zu Boden, wie sie es ganz am Anfang ihrer Freundschaft getan hatte.

»Ach, Jenny. Wie geht's?«, fragte sie.

»Wie es mir geht? Wo warst du? Wir haben dich überall gesucht. Wir waren sogar bei deiner Mutter.« Sie wollte ihr lieber nicht sagen, was die ihr ausrichten ließ. »Wir haben uns Sorgen gemacht.«

»Sorgen?« Sie kicherte. »Ich war ein bisschen unterwegs. Mal hier, mal da. Mir geht es gut.«

Dann lächelte sie haarscharf an Jenny vorbei, drückte ihre Zigarette aus und fummelte sofort eine neue aus der Schachtel. Wie sie hier mit der Zeitung im Fenster saß, wirkte sie, als wollte sie einfach den Abend vertrödeln. Es war völlig surreal.

Jenny setzte sich auf den freien Stuhl ihr gegenüber.

»Wir waren alle so schockiert«, sagte sie. »Ich kann mir gar nicht vorstellen, wie es dir geht. Manfred … es tut mir so unendlich leid.«

Ingrid sagte nichts, doch die Zigarette in ihrer Hand zitterte. Jenny fühlte sich gehemmt. Sie hätte ihre Freundin am liebsten in den Arm genommen. Sie begriff nicht, was hier passierte.

»Wir haben eine Abschiedsfeier für Manfred abgehalten«, sagte sie. »In einer Kirche. Mit einem Pastor, stell dir vor, aber der war echt klasse. Es war so traurig, aber auch wunderschön. Alle haben erzählt, was sie mit Manfred verbindet. Wenn du doch nur da gewesen wärst. Alle seine Freunde sind gekommen.«

»Ach so? Eine Kirche …« Der Gedanke schien sie zu amüsieren. »Manfred wollte austreten, unbedingt. Er war nur noch nicht dazu gekommen.«

Jenny beugte sich vor und nahm ihre Hand. Doch Ingrid zog sie hektisch weg, als wäre die Geste absolut übergriffig. Keine Berührungen also.

»Wo warst du denn?«, fragte Jenny wieder. »Ich habe mir Sorgen gemacht.«

»Ich wollte alleine sein. Das ist alles.«

»Aber wir sind doch für dich da.«

»Ich weiß.«

»Komm mit zu mir. Wir wohnen wieder zusammen, ja? Du kannst bleiben, solange du willst. Das hat mir richtig gefehlt, dass wir zusammenwohnen.«

»Das ist lieb von dir, Jenny. Aber ich gehe nach Hamburg. Da hab ich schon was, wo ich bleiben kann.«

Jenny fühlte sich wie vor den Kopf geschlagen.

»Nach Hamburg? Aber was willst du denn da?«

»Eine Mitkämpferin aus meiner Aktivistengruppe lebt da in der Hafenstraße. Sie meinte, da wäre Platz für mich.«

»Bei mir ist auch Platz für dich. Du musst nicht nach Hamburg gehen, wo du keinen kennst.«

»Ich kenne da jemanden, das habe ich doch gerade gesagt.«

»Ja, irgendeine Linksradikale aus einem besetzten Haus.«

»Hast du was gegen linken Aktivismus?«

»Nein, natürlich nicht. Aber wieso willst du dahin, wenn du bei mir leben kannst?«

»Ich hab dir doch gesagt, ich will weg aus Berlin.«

»Ja, aber du wolltest in eine Kommune. Auf dem Land. Wo du kochen kannst.«

Ingrid zuckte zusammen, als hätte sie einen Schlag bekommen. Das hätte Jenny besser nicht gesagt. Es erinnerte Ingrid daran, welches Leben sie sich erträumt hatte. Mit Manfred auf dem Land zu leben. Ein Restaurant zu eröffnen. Zusammen alt zu werden.

»Lässt du mich jetzt allein, Jenny?«

Sie ließ es so beiläufig klingen, als solle sie ihr nur den Zuckerstreuer reichen. Aber es war ihr sehr ernst, das konnte Jenny spüren. Ingrid wollte, dass sie ging.

»Ich möchte bei dir sein«, sagte Jenny eindringlich. »Ich möchte dich nie wieder alleine lassen, jetzt, wo ich dich gefunden habe.«

»Aber ich war gar nicht weg. Das habe ich doch gesagt. Du hörst mir nicht richtig zu. Ich war nur hier und da.«

»Ingrid, bitte«, flehte sie.

»Du musst mich jetzt alleine lassen, Jenny.«

»Ich kann nicht.«

Sie kicherte nervös, schob sich die dünnen Haare aus dem Gesicht und drückte die halbgerauchte Zigarette aus.

»Dann muss ich wohl gehen«, meinte sie.

Jenny spürte, dass es keinen Sinn hatte. Wenn sie blieb, würde sie alles nur schlimmer machen. Zögernd erhob sie sich. Danach blieb sie am Tisch stehen, als wären ihre Beine am Boden festgefroren. Wenn sie nur wüsste, was sie sagen könnte, um Ingrid zu erreichen.

»Du bist meine Freundin«, sagte sie. »Eine der besten, die ich je hatte.«

Ingrid zwinkerte, zog wieder eine Zigarette hervor, wobei ihre Wangenmuskeln zuckten.

»Ich schreib dir, wenn ich in Hamburg bin.«

»Versprichst du mir das?«, verlangte Jenny. »Schreibst du mir wirklich?«

Nun schaffte sie es doch, ihrem Blick standzuhalten, wenn auch nur für eine Sekunde. Sie lächelte, und in ihren Augen lagen tiefe Trauer und Dankbarkeit.

»Ich verspreche es dir, Jenny.«

## 13

In dieser Nacht ging Jenny nicht mehr zu Piets Ladenlokal. Sie zog sich in ihre kleine Wohnung zurück, rollte sich auf dem Futon zusammen und heulte sich die Augen aus. Auch am nächsten Tag hatte sie nicht die Kraft, Piet entgegenzutreten. Sie schwänzte die Uni und hockte den ganzen Tag drüben bei Tina, der sie ihr Herz ausschütten konnte und die sie mit Gewürztee und Zigaretten und Mirácoli verwöhnte.

Sie sehnte sich nach Piet, trotz allem. Sie wollte, dass er sie in den Arm nahm und festhielt. Aber es stand so viel zwischen ihnen. Sie hätte gar nicht gewusst, wo sie anfangen sollte. Sie fühlte sich von ihm verraten und betrogen, und dennoch sehnte sie sich nach seiner Nähe.

Es brauchte drei Tage, bis sie den Mut fand, es erneut bei seinem Ladenlokal zu versuchen. Es war schon dunkel, als sie in seine Straße einbog, und von Weitem sah sie, dass bei ihm Licht brannte. Er war zu Hause. Endlich würden sie miteinander reden können.

Sie holte tief Luft, dann klopfte sie an die Scheibe. Hinter der milchigen Folie, mit der die Fenster beklebt waren, konnte sie Bewegungen erahnen. Auch er konnte im Licht der Straßenlaternen ihre Silhouette erkennen, da war sie sich sicher. Sie klopfte wieder, doch die Tür blieb verschlossen. Hatte er begriffen, wer da vor der Tür stand? Machte er deshalb nicht auf? Sie hämmerte wild gegen die Scheibe. Doch Piet drehte die Musik lauter, um ihr Klopfen zu übertönen. Es wummerte aggressiv aus dem Innern. *Hüsker Dü*, na klar. Jenny wurde wütend. Er gab ihr nicht mal die Chance, zu erklären, was passiert war. Das war so typisch für ihn. Ohne irgendwas von Manfred und Ingrid und der ganzen Tragödie zu wissen, und ohne zu ahnen, was Jenny in den letzten Tagen durchgemacht hatte, war er fest davon überzeugt, den Durchblick zu haben. Jenny war die Böse in dem Spiel, keine Frage.

Sie hätte übel Lust dazu gehabt, einen Stein zu nehmen und seine bescheuerte Scheibe einzuschlagen. Aber stattdessen stapfte sie einfach wütend davon. Sollte der Idiot doch denken, was er wollte. Der konnte ihr mal den Buckel runterrutschen mit seiner ganzen Selbstgerechtigkeit.

Den ganzen Weg nach Moabit ging sie zu Fuß, marschierte energisch durch die Straßen, um sich abzureagieren. Über eine Stunde war sie unterwegs. Als sie zu Hause ankam, war ihre Wut verraucht. Sie fühlte sich nur noch erschöpft. In ihrer Wohnung verkroch sie sich wieder auf ihren Futon und flennte. Sie fühlte sich von der ganzen Welt allein gelassen.

Was das Ganze noch schlimmer machte, war der Umstand, dass *Happy Sinking* in den kommenden Wochen richtig erfolgreich wurde. Piet startete durch. Überall in der Stadt sah sie Plakate von Konzerten, auf denen sie spielten. Sie waren nicht mehr die Vorgruppe, die den Laden aufheizen sollte, sondern der Hauptakt. Jetzt waren sie es, die aufpassen mussten, sich von einer kleinen und unbekannten Band, die den Abend eröffnete, nicht die Show stehlen zu lassen. Sie waren der Grund, weshalb die Leute zum Konzert kamen. Sie verkauften Unmengen von Platten, und die erste Pressung war daraufhin schnell vergriffen. Aber statt die Platte neu zu drucken, wurde das Album mit der neuen Sängerin im Studio erneut eingesungen. Ihr Name stand jetzt auf dem Cover, und ihre Stimme gehörte zur Band. Es dauerte nicht lange, da waren die Exemplare, auf denen Jenny sang, nirgendwo mehr zu bekommen. Die hätten bald Sammlerwert, dachte sie bitter. Aber wahrscheinlicher war, dass sie einfach aus dem Gedächtnis der Musikwelt verschwinden würden.

Es waren Wochen wie im Nebel. Sie irrte herum, wusste nichts mit sich anzufangen. Sie hatte nicht einmal Lust, am Synthesizer zu sitzen und an ihren Songs zu feilen. Alles erschien ihr sinnlos. Manchmal kam sogar der Wunsch auf, zurück nach Westdeutschland zu gehen und sich in ihrem Dorf im Münsterland zu verkriechen. Aber sie spürte, dafür war es zu spät. Völlig egal, was ihre Eltern sagten oder wie sie ihr gegenüber standen – ihrer alten Heimat war sie endgültig entwachsen.

Nach Basti sehnte sie sich dennoch. Sie hatten seit gefühlten Ewigkeiten nicht mehr gesprochen. Immer wenn sie anrief, erreichte sie nur ihre Eltern und legte sofort auf. Dabei musste sie dringend mit ihm reden. Sie wollte ihm vorschlagen, in den Weihnachtsferien zu ihr zu kommen. Ob mit oder ohne Erlaubnis ihrer Eltern, die konnten ihn schlecht am Heizungsrohr festketten. Er war inzwischen fünfzehn. Entweder sollten sie ihm den Zug bezahlen, oder er würde einfach abhauen und trampen. Er hatte ein Recht darauf, seine große Schwester für ein paar Tage zu besuchen.

Sie ging wieder einmal hinunter zur Telefonzelle und hoffte, er würde diesmal an den Apparat gehen. Mit etwas Glück würden ihre Eltern nichts mitbekommen, und sie könnten endlich in Ruhe miteinander reden. Doch als sie die Nummer im Münsterland wählte und das Freizeichen ertönte, war da wieder die Stimme ihrer Mutter am anderen

Ende der Leitung. Verdammt. Diesmal zögerte Jenny ein bisschen zu lange mit dem Auflegen, denn ihre Mutter fragte: »Wer ist denn da? Immer das Gleiche. Sie könnten wenigstens sagen, dass Sie sich verwählt haben und sich entschuldigen. Das ist doch das Mindeste.«

Jetzt schaffte Jenny es erst recht nicht, aufzuhängen. Sie hatte ihre Mutter seit über einem Jahr nicht mehr gesprochen. Obwohl sie stocksauer auf sie sein sollte, spürte sie nur Bedauern.

»Jennifer? Bist du das?«

Es war definitiv zu spät, um aufzulegen. Sie war erwachsen und wollte sich auch so verhalten.

»Hallo Mama«, sagte sie.

Erschrockene Stille am andern Ende. Jenny wartete, doch sie sagte nichts.

»Wenn du willst, kann ich jetzt aufhängen.«

»Warum bist du so? Warum tust du mir das an?«

»Was genau meinst du? Dass ich anrufe?«

»Mich hier so zu überfallen. Monatelang lässt du nichts von dir hören. Immer noch bist du in dieser schrecklichen Stadt, von der man jeden Tag nur Schreckliches hört. Diese Chaoten auf den Straßen, man sieht das ja jeden Tag im Fernsehen. Weißt du eigentlich, wie viele Sorgen ich mir mache?«

»Ihr habt mich rausgeworfen. Ihr wolltet keinen Kontakt mehr. Ich dachte, ich sei nicht länger eure Tochter. Und jetzt wirfst du mir vor, dass ich nichts von mir hören lasse?«

»Jennifer, warum musst du immer so stur sein? Du machst das doch mit Absicht.«

»Mama, ich weiß nicht mal, *was* ich mit Absicht machen soll«, erwiderte sie genervt. Ihre Stimmung näherte sich mit Höchstgeschwindigkeit dem Nullpunkt.

»Dir geht es nur darum, uns zu ärgern. Dieser Protest, das ist so kindisch. Wenn du wie eine Erwachsene behandelt werden willst, warum verhältst du dich dann nicht so? Ausgerechnet Berlin, diese furchtbare Stadt. Ich warte jeden Tag darauf, dass die Polizei vor der Tür steht, um mir zu sagen, dass man dich in einer Bahnhofstoilette gefunden hat. Ich kann nachts gar nicht mehr schlafen. Und das mit meinem Herzen. Der Arzt hat mir jede Aufregung verboten. Und du nimmst nicht das kleinste bisschen Rücksicht.«

Jenny stöhnte. Was für eine idiotische Idee, mit ihrer Mutter zu sprechen. Das hätte sie sich denken können. Natürlich inszenierte sie sich als Opfer. Aber mit dieser Nummer brauchte sie ihr nicht mehr zu kommen.

»Weißt du, Mama, das ist richtig nett, dass wir mal wieder plaudern. Aber eigentlich rufe ich nur an, weil ich möchte, dass Basti in den Weihnachtsferien zu mir kommt.«

»Was? Auf keinen Fall. Du wirst unseren Jungen nicht nach Berlin holen. Das kommt gar nicht infrage.«

»Ich darf ihn ja nicht besuchen. Dann muss er eben herkommen. Wir sind immer noch Geschwister.«

»Das wird dein Vater niemals zulassen.«

»Dann sage ich Basti halt, er soll sich nach der Schule wegschleichen und für ein paar Tage hertrampen. Keine Sorge, ich kümmere mich um ihn. Ich sage euch Bescheid, wenn er hier ist, und setze ihn in den Zug zurück.«

»Nur über meine Leiche. Das werden wir nicht zulassen. Wie kannst du so rücksichtslos sein? Geht es dir denn immer nur um dich selbst?«

Na klar, sie war rücksichtslos. Weil sie den Kontakt zu ihrem Bruder nicht abbrechen wollte. Sie hatte keine Lust mehr, ihrer Mutter irgendwas zu erklären. Die würde es eh nicht begreifen. Es war Zeit, mit härteren Bandagen zu kämpfen.

»Sicher wollt ihr nicht, dass wir das Jugendamt dazu holen, oder?«

»Das … *Jugendamt*?«

»Die könnten sich den Fall ja mal ansehen.«

Jenny konnte sich bildlich vorstellen, wie ihre Mutter bei diesen Worten erbleichte.

»Willst du etwa sagen, wir sind für Basti schlechte Eltern?«

»Keine Ahnung. Ihr habt eure Tochter aus dem Haus geworfen und verstoßen. Und eurem fünfzehnjährigen Sohn verbietet ihr jeden Kontakt mit ihr. Er hätte mich schon längst besucht, aber er muss davon ausgehen, dass Papa ihn halb totprügelt, wenn er es versucht. Das könnte das Jugendamt durchaus interessieren.«

Am anderen Ende erklang ein erstickter Laut. Doch Jenny wollte sich nicht länger von Mutters Opferhaltung erpressen lassen.

»Wir sind Geschwister, ob euch das passt oder nicht.«

»Margot!«, dröhnte es von nebenan. Es war ihr Vater. »Wer ist denn da?«

»Sag ihm, wer dran ist«, meinte Jenny herausfordernd. »Vielleicht möchte er ja mit mir reden.«

»Nein, das wird er sicher nicht«, flüsterte ihre Mutter hektisch. »Und er will auch nicht, dass ich mit dir rede. Ach, Jenny. Du könntest immer noch nach Hause kommen. Wir würden das schon hinbekommen. Wenn du nur endlich Vernunft annehmen würdest.«

»Du meinst, wenn ich vergesse, wer ich bin?«

»So ein Unsinn. Diese Chaotin auf der Bühne, das bist du doch gar nicht. Du bist unser Mädchen.«

Vielleicht kannte sie ihre Tochter gar nicht. Sondern nur das Bild, das sie sich von ihr gemacht hatte.

»Du verschwendest da dein Talent. Dabei könnte so viel aus dir werden. Es ist eine Schande.«

»Margot!«, schallte es aus dem Hintergrund.

»Du solltest auflegen«, meinte Jenny trocken.

»Nein, warte. Jenny, ich …«

Offenbar gab es noch etwas, das sie sagen wollte. Jenny hörte, wie ihre Mutter leise weinte. Nicht vorwurfsvoll und erpresserisch, sondern auf eine Art und Weise, als versuchte sie angestrengt, es zu unterdrücken.

Jenny lauschte angespannt. Sie sehnte sich immer noch danach, dass ihre Mutter ihr einen Schritt entgegenkommen würde, trotz allem, was passiert war.

»Was ist, Mama?«

»Ich will nur sagen …«

»Ja?«

Sie stockte. »Ach, nichts.«

Und im nächsten Moment war die Leitung tot. Sie hatte aufgelegt. Jenny stand allein in ihrer Telefonzelle. Eine Sekunde lang hatte es so ausgesehen, als würde ihre Mutter ihr die Hand entgegenstrecken. Aber nichts da. Was hatte sie auch erwartet? Eine Weile hielt sie noch den Hörer in der Hand, dann hängte sie ihn widerwillig auf die Gabel.

Sie fühlte sich elend. Natürlich hätte es nichts an ihrer Situation geändert, wenn ihre Mutter mal ein nettes Wort für sie übrig gehabt hätte, nichts daran, dass sich gerade alles in Luft auflöste und ihre Träume wie Seifenblasen zerplatzten. Trotzdem hätte es alles erträglicher gemacht. Doch am Ende wandten sich immer alle von ihr ab, nur weil sie nicht so war, wie sie es gerne hätten. Den restlichen Tag wusste sie nicht so recht, was sie mit sich anfangen sollte. Zu Hause schlich sie eine Weile um ihren Synthesizer herum, konnte sich aber nicht aufraffen, ihn anzustellen. Stattdessen nahm sie sich das Vorlesungsverzeichnis und verschaffte sich einen Überblick, welche Vorlesungen sie noch würde nachholen können. Das Studium war etwas, vorauf sie sich nun konzentrieren musste. Das vergangene Semester konnte sie zwar abschreiben, erkannte sie bei der Durchsicht, aber es wäre nicht weiter problematisch. Ein Semester zu verlieren, das ging vielen so. Ein oder zwei Prüfungen konnte sie noch machen, und das war besser als nichts.

So ließ sie sich in den kommenden Tagen wieder häufiger an der Uni sehen. Zwar fühlte sie sich dort ein bisschen fehl am Platz, aber andererseits war es heilsam, etwas zu tun zu haben und nicht nur herumzusitzen und zu grübeln. Als sie zwischen zwei Vorlesungen mittags allein in der Mensa saß, tauchte ein bekanntes Gesicht an der Getränkeausgabe auf, nur ein paar Meter von ihrem Tisch entfernt. Es war Peter Carstensen. In einem teuren Kaschmirmantel, mit Schal und einem Stapel Unterlagen unterm Arm, balancierte er seinen Kaffeebecher von der Ausgabe fort und sah sich nach einem freien Platz um.

Jenny senkte eilig den Kopf, ließ sich die Haare ins Gesicht fallen und verbarg ihre Augen mit der Hand, während sie teilnahmslos im Essen herumstocherte. Er war ein netter Typ, dieser Peter Carstensen, aber auf seine spitze Zunge konnte sie heute verzichten. Sie wollte in Ruhe ihre Wunden lecken und keine ironischen Kommentare hören.

Doch vergebens. Er hatte sie längst entdeckt und steuerte ihren Tisch an.

»Hallo Jenny«, sagte er. »Das ist ja eine Überraschung. Ist hier noch frei?«

Sie zeigte zwar wenig Begeisterung, aber das schien er nicht zu bemerken. Seiner guten Stimmung tat es jedenfalls keinen Abbruch.

»Was machst du denn in der Uni?«, fragte er, während er bedächtig Platz nahm und seinen Mantel zurechtstrich. »Ich habe dich in den letzten Monaten selten gesehen. Oder war das nur Zufall, dass wir uns nicht über den Weg gelaufen sind?«

»Nein, ich war tatsächlich nicht so oft da. Aber das wird sich jetzt ändern. Ich muss dringend ein paar Kurse nachholen.«

»Ich dachte, du hast gar keine Zeit dafür. Überall in der Stadt sieht man Plakate von deiner Band.«

Sie seufzte. »Es ist nicht mehr meine Band.«

»Wieso das denn nicht?«, fragte er verblüfft.

»Sie haben mich ausgetauscht gegen eine neue Frontfrau.«

»Was? Wie ist das denn passiert?«

»Ach, was weiß ich. Wir haben uns gestritten. Ich bin abgehauen. Und dann ... haben sich die Dinge verselbstständigt.«

»Das tut mir leid. Ehrlich, ich hatte keine Ahnung.«

Er wirkte aufrichtig betroffen, was sie ein wenig tröstete. Denn wenn er jetzt einen ironischen Kommentar abgegeben hätte, wäre sie aufgestanden und gegangen.

»Aus der Traum«, meinte sie bitter. »Ich werde Grundschullehrerin und Kinder in Musik unterrichten. Wo immer mich die bekloppte Schulbehörde zuteilen wird. Man hat ja wenig mitzubestimmen.«

Lustlos schob sie das Tablett von sich fort.

»Wahrscheinlich lande ich in einer Dorfschule. Irgendwo in Westdeutschland. Weit weg von allem, wo das Leben tobt. In einem Kaff ohne Bahnhof. Und dann heirate ich einen Sparkassenangestellten und kriege zehn Kinder, und die Höhepunkte meines Lebens werden die Krippenspiele sein, die ich Weihnachten in der Kirche organisiere.«

Peter lachte, offenbar konnte er nicht anders. Seine Betroffenheit wegen ihres Rauswurfs hatte offenbar nicht lange angehalten.

»Tut mir leid, Jenny. Ich sollte nicht lachen.«

»Ja, herzlichen Dank auch. Ist ja nur mein Leben.«

»Ach, komm schon. Geht es nicht ein bisschen weniger dramatisch?«

Sie warf ihm einen bösen Blick zu, doch er verschränkte nur die Arme vor der Brust.

»Du hast halt einen kleinen Rückschlag erlitten«, sagte er. »So was kommt vor. Jetzt stell dich nicht so an. Es ist nicht das erste Mal, oder?«

»Das ist ja wohl mehr als ein kleiner Rückschlag«, beschwerte sie sich. »Ich war kurz davor, alles zu haben. Und jetzt habe ich nichts. Und dieser Arsch, der mich aus der Band geworfen hat, hat die ganze Stadt mit Plakaten zugeklebt, wie um es mir unter die Nase zu reiben.«

Peter hob skeptisch eine Augenbraue. »Weißt du noch, als du beim Vorspiel für die Aufnahmeprüfung warst?«

»Ja, wieso fragst du?«

»Da hast du nicht so auf mich gewirkt, als bräuchtest du jemanden, hinter dem du dich verstecken kannst.«

»Was hat das denn bitte damit zu tun?«

»Ich will nur sagen, dass du keine Prinzessin bist.« Amüsiert fügte er hinzu: »Auch wenn du dich gerne mal wie eine benimmst.«

Danke für das Mitgefühl, dachte sie vergrätzt. Saß er hier nur rum, um Seitenhiebe auszuteilen? Sie wusste schon, weshalb sie nicht gewollt hatte, dass er sich zu ihr setzte. Mit eisigem Blick zeigte sie ihm den Mittelfinger. »Wie viel Prinzessin ist das?«

Doch sein Lächeln verschwand nicht, sondern wurde nur breiter. »Ich will damit sagen, wenn du dir deine Träume erfüllen willst, dann musst du das selbst in die Hand nehmen. Du darfst nicht darauf warten, dass einer kommt und das für dich erledigt. Wenn du willst, dass andere einfach sehen, wie großartig du bist, und dann alle Steine für dich aus dem Weg räumen, dann kannst du lange warten.«

Sie schnaubte. Es war sicher nicht so, dass sie ohne einen starken Mann nicht klarkäme. Sie hatte übel Lust, einfach aufzustehen und zu gehen.

»Du bist großartig«, fügte er eindringlich hinzu.

Na gut, dann blieb sie eben sitzen.

»Du brauchst keinen Piet, der aus dir einen Star macht. Das bist du längst. Du musst es der Welt nur zeigen.«

»Und wie soll ich das bitte anstellen?«

»Na, du hast doch Songs geschrieben, oder? Sind die nicht ohnehin viel besser als das, was Piet so zustande bringt?«

Natürlich. Sie begriff sofort, worauf er hinauswollte. Warum war sie nicht längst selbst darauf gekommen?

»Räume die Steine selbst aus dem Weg. Dann hast du keinen, von dem du abhängig bist. Du kannst selbst ...«

»Ich gründe eine eigene Band!«

»Genau. Du weißt inzwischen, wie der Hase läuft. Du kennst genug Musiker. Du hast Bühnenerfahrung. Es ist nicht so, als würdest du wieder bei null anfangen.«

»Ich gründe eine Band«, raunte sie. Was für eine großartige Vorstellung. Und kein Piet würde versuchen ihr zu erklären, wie Musik funktionierte. Sie müsste nicht mehr mit Leuten rumdiskutieren, die drei Akkorde auf dem Bass spielen konnten und meinten, sie hätten die Weisheit mit Löffeln gefressen.

»Diesmal eine Frauenband«, fügte sie hinzu. »Keine Männer mehr, die angeblich den vollen Durchblick haben.«

»Eine reine Frauengruppe. Finde ich klasse.«

»Ja, richtig Frauenpower. Wir werden es den ganzen Chauvis zeigen.«

»Fällt dir schon jemand ein, den du fragen könntest?«

Sie dachte nach. Es gab eine Menge Frauen, die in ihren Bands meist in zweiter Reihe standen oder aufs Singen reduziert wurden. Sie würde ein bisschen herumfragen müssen. Sie könnte sich auch an der Uni umsehen, in den Musikseminaren. Da gab es ebenfalls eine Menge Frauen, die was draufhatten. Und sie empfand es nicht als Makel, wenn eine was von Musik verstand. Doch so richtig wusste sie auf Anhieb niemanden, den sie unbedingt dabeihaben wollte.

Dann fiel ihr doch jemand ein. Sie strahlte Peter an.

»Achim«, sagte sie. »Der wird unser Keyboarder. Den frage ich.«

»Perfekt«, meinte er amüsiert. »Dann steht der Frauenband ja nichts mehr im Wege.«

»So ist es«, sagte sie begeistert.

Sie hatte keinen Appetit mehr und wollte unbedingt nach Hause, um mit der Umsetzung ihrer Pläne zu beginnen. Sie sprang auf und nahm ihr Tablett. Um ein Haar hätte sie Peter einen Kuss auf die Wange gedrückt, aber mit seiner aufrechten Haltung und der aristokratischen Würde, die er ausstrahlte, schien das unmöglich. Stattdessen dankte sie ihm überschwänglich, verabschiedete sich und hastete zur Geschirrrückgabe, um ihr Tablett wegzubringen.

An diesem Nachmittag hockte sie in der Küche an ihrem Synthesizer. Sie feilte an den Arrangements ihrer Songs, war wieder Feuer und Flamme. Peter hatte recht, ihre Stücke waren besser als die von Piet. Nicht ohne Grund war sein einziger Hit der Song, den sie gemeinsam geschrieben hatten. Außerdem brauchte sie sich endlich nicht mehr darum zu scheren, wie punkig etwas war. Sie machte New Wave. Elektronische Arrangements. Ein kühler Sound, der ruhig ein bisschen Pop beinhalten konnte. Es war eine Befreiung.

Irgendwann spürte sie, wie hungrig sie war. Draußen war es längst dunkel, und als sie auf die Uhr sah, erkannte sie, dass es bereits nach

Mitternacht war. Sie stand auf und massierte sich den Nacken, dann warf sie sich kurzerhand eine Jacke über, um draußen etwas essen zu gehen. Es gab eine beliebte Currywurst-Bude, die bis tief in die Nacht geöffnet hatte.

Die Nachtluft tat ihr gut, genauso wie die Bewegung. Nach dem Essen machte sie einen Spaziergang über den Ku'damm, wo zahllose Nachtschwärmer unterwegs waren, und ließ sich alles durch den Kopf gehen. Dann beschloss sie, Achim noch heute Abend zu fragen, ob er in ihrer Band mitmachen wollte. Es war nicht weit bis zu der Bar, in der er arbeitete. Sie machte sich auf den Weg, klingelte an der Stahltür und wartete, bis sich der Schlitz öffnete und ein Augenpaar erschien. Der Mann jenseits der Tür deutete genervt auf das Schild, auf dem stand: *Men only.*

»Ich weiß«, rief sie durch die Tür. »Kann Achim kurz rauskommen?«

Der Schlitz wurde zugezogen, und sie blieb allein auf der Straße zurück. Sie wartete, bis sich nach einer Weile die Stahltür wieder öffnete und Achim vor ihr stand.

»Tut mir leid, dass ich hier einfach auftauche, Achim. Aber ich muss dich unbedingt was fragen.«

»Geht es um Ingrid? Hat sie sich aus Hamburg gemeldet?«

Jenny schüttelte verlegen den Kopf. Seit deren Verschwinden war noch kein Tag vergangen, an dem sie nicht an ihre Freundin gedacht hatte. Bis auf heute. Da war sie mit anderen Dingen beschäftigt gewesen, wie ihr mit schlechtem Gewissen klar wurde.

»Nein, ich habe nichts von ihr gehört.«

»Was ist dann so wichtig, dass du hier auftauchst?«

»Achim, ich wollte dich was fragen ... «

Weiter kam sie nicht, denn Achim hielt eine Hand hoch, um sie zu unterbrechen. In seinem dünnen Netzhemd fröstelte er sichtlich in der eisigen Nachtluft.

»Komm rein, Jenny. Es ist viel zu kalt hier draußen. Drinnen ist eh nicht viel los heute.«

»Aber das geht doch nicht. Ich bin eine Frau.«

»Was, echt jetzt? Das ist ja eine völlig neue Information. Komm schon, hab dich nicht so. Ich kläre das.«

Dafür, dass wenig los sein sollte, waren im Innern der Bar eine Menge Männer. Sie standen in zwei Reihen vor dem langen Tresen, und die kleine Tanzfläche am Ende des schlauchförmigen Lokals war ebenfalls randvoll. Jenny sah die unterschiedlichsten Typen. Anzugträger, Fummeltrinen, durchtrainierte Männer in engen Jeans, welche in Lederklamotten und mit schweren Stiefeln, andere mit bunten Blusen und Fönfrisur.

Es war warm und stickig, aus den Boxen drang soulige Discomusik, und bunte Lichter pulsierten über das Geschehen. Es fühlte sich an, als würde sie in einen anderen, einen wärmeren und gemütlicheren Kosmos hineingezogen. Fehlte nur der Kirschlikör, dann würde es sich anfühlen wie Schlager hören.

Einige der Männer wandten sich um, damit sie sehen konnten, wer dort Neues eintrat. Ihr wohliges Gefühl verflüchtigte sich sofort. Sie wurde angestarrt. Einige fixierten sie finster, andere blickten aus der Wäsche, als hätte jemand einen fahren lassen.

»Achim«, fragte einer der Anzugträger. »Was will denn die Quarktasche hier?«

»Sie ist meine Freundin«, entgegnete er knapp.

»Ach so? Dann kommt jetzt jeder hier rein?«

»Jetzt halt mal die Luft an. Sie bleibt hier, ob es dir passt oder nicht. Ich sag doch, sie ist meine Freundin.«

Jenny hätte am liebsten auf dem Absatz kehrtgemacht. Doch Achim nahm sie am Arm und lotste sie zum hinteren Ende der Bar, wo er eine Klappe hochschlug, in den Thekenbereich eintauchte und ihr einen Platz an der Tresenecke freimachte. Zum Glück war es ein unauffälliger Platz im Halbdunkel, wo sie nicht weiter auffiel.

»Quarktasche?«, fragte sie leise.

Das schien ihm peinlich zu sein. »Ein anderes Wort für Frau«, sagte er verlegen. »Tut mir leid.«

»Ist schon okay«, meinte sie, obwohl das wenig schmeichelhaft klang.

»Was zu trinken für dich, Jenny?«

»Ich kann auf jeden Fall was gebrauchen.«

Achim wandte sich zum Tresen und holte eine Flasche Mariacron hervor, den er in Rialtogläsern mit Cola aufgoss. Aus ihrer dunklen Ecke heraus beobachtete Jenny derweil das Treiben in der Bar. Am auffälligsten waren die tuntigen und affektierten Gäste, aber insgesamt stellten die Typen der Bar einen Querschnitt aller Männer da, die es auch draußen auf der Straße gab. Den Ausdruck Quarktasche fand sie zwar immer noch nicht okay, aber sie verstand, warum Frauen hier nicht hergehörten. Nach einer Weile begriff sie auch, was Achim gemeint hatte, als er ihr erklärt hatte, dass *Y. M. C. A.*, der Hit von den *Village People*, die schwule Hymne überhaupt sei. Sie hatte bis dahin überhaupt nicht gewusst, dass die Männer aus der Gruppe schwul waren. Doch jetzt erkannte sie die Ästhetik wieder. Den spielerischen Umgang mit Männlichkeit. Achim wandte sich wieder zu ihr um und stellte zwei Rialtogläser auf den Tresen.

»Das nennt man Futschi«, sagte er. »Ist hier so was wie das Hausgetränk.«

Sie stießen an und Jenny nahm einen Schluck. Der Futschi schmeckte nicht so schlimm, wie sie befürchtet hatte. Im Gegenteil, der süßliche Alkohol brannte angenehm warm in ihrem Rachen.

»Denkst du, Ingrid schreibt dir bald?«, fragte Achim.

»Irgendwie glaube ich schon. Ich hoffe es jedenfalls.«

»Das macht mich echt fertig.«

»Ja, mich auch. Sie wollte sich auf keinen Fall helfen lassen. Ich konnte nichts tun.«

»Du bist ihre Freundin, und das weiß sie. Das ist schon eine Menge.«

»Aber trotzdem. Sie sollte nicht alles mit sich selbst ausmachen.«

»Vielleicht fahren wir mal für ein paar Tage nach Hamburg. Die linke Szene ist da viel übersichtlicher. Bestimmt finden wir Ingrid.«

Das war eine großartige Idee. Warum war Jenny nicht selbst darauf gekommen? Einer der Männer rief Achims Name, und der verschwand kurz, um eine Bestellung aufzunehmen. Vom Zapfhahn, unter den er Biergläser hielt, lehnte er sich wieder zu ihr hinüber.

»Wie geht's eigentlich Tina?«, fragte er. »Die habe ich schon ewig nicht mehr gesehen.«

»Kein Wunder. Die ist im Moment auch nicht so gut drauf.«

Es herrschte getrübte Stimmung, wo Jenny auch hinsah. Bis vor ein paar Stunden war sie selbst noch ziemlich deprimiert gewesen. Nur Achim, dem schien es gerade prächtig zu gehen.

»Du meinst, wegen ihrer Freundin aus dem Osten?«, fragte er, woraufhin Jenny aus allen Wolken fiel.

»Das hat sie dir erzählt? Ich fass es nicht. Sie macht sonst immer ein Riesengeheimnis darum.«

»Nein, hat sie nicht. Aber ich bin ja nicht blöd. Das sieht doch ein Blinder mit einem Krückstock, was da los ist.«

»Ist das dein Ernst?«, fragte sie perplex. »Wie um alles in der Welt hast du das gesehen?«

»Na, sie fährt einmal in der Woche in den Osten. Ihre Stimmungslage schwankt, je nachdem, wie lange der Besuch her ist. Außerdem hat sie keine Lust mehr, auszugehen und sich zu amüsieren. Du kannst mir nicht erzählen, dass das an ihrer alten Tante liegt, die drüben wohnt.«

Tja, wie er das sagte, hörte es sich logisch an.

»Wie heißt ihre Freundin?«, fragte er.

»Heike. Aber ob sie noch Tinas Freundin ist, das weiß ich nicht. Im Moment stehen die beiden sehr unter Druck. Was mit jemandem aus dem Westen zu haben, das ist dort natürlich nicht gern gesehen. Von der Stasi und so. Und dann sind es noch zwei Frauen, das macht es auch nicht einfacher. Heike wird schikaniert, wo es nur geht. Und Tina auch, bei jeder Einreise. Es ist echt eine Tortur.«

»Kann man da nichts machen?«

»Keine Ahnung. Heike hat einen Ausreiseantrag gestellt. Aber ob der Erfolg hat? Wenn die beiden heiraten könnten, dann vielleicht. Aber da sie zwei Frauen sind, geht das natürlich nicht.«

»Ich könnte Heike doch heiraten.«

»Wie meinst du das?«

»Na, wenn sie dann höhere Chancen hätte, dass der Antrag bewilligt wird, warum nicht? Dann heiraten wir halt.« Mit einem Grinsen fügte er hinzu: »Sieht sie gut aus?«

»Achim, das ist nicht dein Ernst. Würdest du das wirklich tun?«

»Na klar«, sagte er leichthin, als hätte sie ihn bloß um eine Zigarette angeschnorrt.

Jenny lachte drauflos, und Achim stimmte in das Lachen ein. »Komm«, sagte er. »Darauf trinken wir noch einen Futschi.«

Er wirbelte erneut die Flasche Mariacron herum, kippte Cola dazu und kehrte zu ihr zurück, damit sie anstoßen konnten.

»Aber jetzt sag, weshalb bist du hier? Doch nicht, um mich das mit Heike zu fragen?«

»Nein.« Sie zögerte. »Hör zu, Achim. Du brauchst doch Geld, wegen der Bar.«

»Planst du einen Überfall?«

»Das nicht. Und ich weiß nicht einmal, ob überhaupt irgendwann Kohle dabei rumkommt. Es wäre eine Investition.«

»Jenny, jetzt spuck's schon aus.«

»Also gut. Willst du in meiner Band mitmachen? Als Keyboarder? Ich suche gerade Bandmitglieder.«

»Du gründest eine eigene Band?«, fragte er begeistert.

»Das ist zumindest der Plan«, sagte sie. »Ich hab eine Menge Songs geschrieben und ich brauche keinen Piet, um die rauszubringen. Ohne ihn wird's sogar besser gehen. Ich brauche nur eine Band.«

»Auf jeden Fall bin ich dabei! Was für eine Frage. Das wird ein Riesenspaß. Und wenn keine Kohle dabei rumkommt, sei's drum. Eine Bank ausrauben können wir immer noch.«

Hinter Jenny öffnete sich eine kleine Sperrholztür, die zu einem Personalraum führte, und eine dicke Dragqueen, die aussah wie Miss Piggy, in einem goldenen Glitterkleid und mit platinblonder Perücke, stolperte heraus.

»Achim, einen Futschi, aber schnell. Mama braucht Alkohol.«

Sie entdeckte Jenny am Tresen, trat einen Schritt zurück und betrachtete sie von oben bis unten.

»Hallo!«, sagte sie übertrieben beeindruckt. »Wen haben wir denn da?«

»Ich bin Jenny«, piepste sie schüchtern in Anbetracht der Erscheinung.

»Du musst mir unbedingt sagen, wie du deine Brüste gemacht hast.

Die sehen toll aus. Erste Klasse. Nicht wie diese beiden geronnenen Milchtüten«, sagte sie und schob sich unsanft ihre ausgestopften Brüste zurecht.

»Ach so, nein, ich bin eine Frau«, meinte Jenny verlegen, doch die Dragqueen rollte nur mit den Augen. Natürlich war ihr das klar gewesen. Jenny kam sich mal wieder idiotisch vor.

»Na dann, Frau«, sagte sie und hob ihren Futschi. »Sehr zum Wohle.«

Sie kippte ihn runter und ging zur Tanzfläche, die nun zu einer Bühne umfunktioniert wurde. Offenbar würde sie dort auftreten.

»Wie soll die Band denn heißen?«, fragte Achim.

Mit ratloser Miene wandte sie sich wieder zum Tresen. Darüber hatte sie noch nicht nachgedacht.

»Wie wär's mit Jenny?«, schlug Achim vor.

»Einfach Jenny?«

»Ja. JENNY – die Band.«

Das gefiel ihr.

Mit einem Rums ging die Musik aus, und alle Blicke richteten sich auf die Bühne. Die Dragqueen nahm das Mikrophon, machte ein paar anzügliche Witze, gab dem Mann an der Musikanlage ein Zeichen, und im nächsten Moment ertönten die nur allzu vertraute Klänge von Vicky Leandros' *Ich liebe das Leben*. Jenny konnte nicht anders, sie musste es als ein Zeichen ansehen. Als gutes Omen für ihre Bandgründung.

»*Dein Koffer wartet schon im Flur, du lässt mich allein*«, begann die Dragqueen melodramatisch und fasste sich ans üppige Dekolleté. Sie sang den Schlager als Playback mit Lippensynchronisation. Der Scheinwerfer leuchtete sie übertrieben aus, ihre Lippen bebten vor Leidenschaft, überall funkelte Glitter. Mehr Kitsch ging nicht.

»Nein, sorg dich nicht um mich, du weißt, ich liebe das Leben«, sang sie, und wie versehentlich rutsche dabei eine ihrer üppigen Brüste aus dem tief geschnittenen Kleid. Ein fleischiges Silikonteil mit ordinär großer Brustwarze. Die Männer jubelten, und die Dragqueen stopfte mit panischen Grimassen die Brust zurück in den BH, ohne die Lippensynchronisation zu unterbrechen.

Jenny lachte drauflos. Der Auftritt hatte wenig mit dem Original zu tun, und trotzdem spürte sie die Liebe der Dragqueen für das Lied. Die Liebe zur Musik.

Das war es, worum es auch ihr ging. Jenny würde Musik machen, mit ihrer eigenen Band. Sie würde ihre eigenen Vorstellungen umsetzen, egal, was andere sagten. Fasziniert beobachtete sie die Show, schunkelte mit, trank Futschi. Und zum ersten Mal seit Wochen war sie wieder erfüllt von Zuversicht.

# 14

## DEZEMBER 1981

Jenny wurde am nächsten Morgen davon geweckt, dass jemand gegen ihre Wohnungstür hämmerte. In ihrem Kopf hallte der Lärm schmerzhaft nach. Sie hatte zu viele Futschi getrunken, und der Kater, den sie davongetragen hatte, war mörderisch.

»Ruhe«, bettelte sie. »Bitte leise sein.«

Doch sie wusste, dass sie selbst für jemanden, der sich im selben Raum befände, kaum zu hören gewesen wäre. Es klopfte erneut. Sie schälte sich aus dem Bett, warf sich einen Pulli über und schlurfte zur Tür.

»Ich komm ja schon.«

Im Flur stand Tina, leichenblass und mit rot geränderten Augen.

»Jenny, da bist du ja. Ich dachte schon, du bist nicht zu Hause.«

»Was ist los? Ist was passiert?«

Tina stürmte an ihr vorbei in die Küche, ließ sich auf den Stuhl neben dem Synthesizer sinken und seufzte schwer. Jenny schloss die Wohnungstür und folgte ihr verwundert.

»Soll ich dir erst mal einen Kaffee kochen? Ich könnte selbst einen gebrauchen, um ehrlich zu sein. Gestern Nacht ist es ziemlich spät geworden.«

»Ja, Kaffee wäre schön«, meinte Tina mit matter Stimme.

Jenny stellte einen Kessel auf den Gasherd. Dann wandte sie sich um und lehnte sich gegen die Anrichte. Tina hockte da wie ein Häufchen Elend.

»Also, was ist passiert?«, fragte sie.

Tina reichte ihr wortlos einen Brief.

»Der ist ja von Heike«, sagte Jenny. »Was schreibt sie denn?«

»Lies ruhig. Dann wirst du schon verstehen.«

Verwundert zog sie den Brief aus dem Umschlag und faltete ihn auseinander. Heikes Handschrift war zittrig und krakelig. Auch wirkte der Text nicht wie an einem Stück geschrieben, sondern zusammengesetzt und irgendwie fremd. Es sah merkwürdig aus. Sie begann zu lesen.

Heike schrieb, dass sie mit Tina Schluss machen wolle. Es habe keinen Sinn mehr, denn die Liebe sei in ihr erloschen. Sie wolle nicht mehr, dass Tina sie in Ostberlin besuche. Es sei aus, und Heike bitte sie, das zu akzeptieren. Es gebe keine gemeinsame Zukunft für sie beide, und sie wolle nach vorn sehen. Ihren Platz in der sozialistischen Gesellschaft finden und nicht länger durch sie von ihren Zielen im Leben abgehalten werden.

Was für ein Unsinn, dachte Jenny. Das alles passte überhaupt nicht zu Heike, weder die Form noch der Inhalt.

»Da stimmt doch was nicht«, sagte sie. »Das ergibt alles keinen Sinn. Und überhaupt: Heike würde niemals so herzlos schreiben. Oder so knapp.«

Doch Tina zuckte nur betrübt mit den Schultern.

»Aber du siehst doch, was ich meine, oder? Wenn du mich fragst, ist die Sache klar. Heike wurde dazu gezwungen. Sie musste diesen Brief schreiben.«

Auch das schien Tina nicht zu interessieren.

»Komm schon, glaubst du etwa, dass sie das freiwillig getan hat?«

»Ich weiß nicht. Kann schon sein, dass man sie dazu gezwungen hat. Aber das ist im Grunde einerlei.«

»Einerlei!? Das ändert doch alles.«

»Ja und nein.« Sie seufzte. »Heike würde niemals so was schreiben, wenn sie nicht einsehen würde, dass es das Richtige ist. Sie kann ziemlich stur sein.«

»Aber was, wenn man sie wieder in den Knast gesteckt hat? Oder wenn man sie im Verhör weichgekocht hat? Vielleicht hatte sie überhaupt keine andere Wahl. Ich würde jedenfalls keine Bohne auf das geben, was hier steht.«

»Was mir wehtut ist, *wie* sie es schreibt.«

»Tina, es ist doch möglich, dass man ihr das diktiert hat. Wenn du mich fragst, zeigt, wie sie schreibt, erst recht, dass es nicht ihre freie Entscheidung war.«

Doch sie hörte ihr gar nicht zu. Sie nahm den Brief zurück und betrachtete ihn nachdenklich.

»Ich habe schon lange so ein Gefühl«, sagte sie. »Dass sie darüber nachdenkt, ob wir uns trennen sollen. Nicht, weil sie mich nicht liebt, sondern, weil sie es nicht mehr aushält.«

Der Kessel begann zu pfeifen, und Jenny nahm ihn von der Flamme, ohne sich um den Kaffee zu kümmern.

»Aber der Brief beweist doch nur, was wir ohnehin schon wissen«, sagte sie. »Dass sie unter Druck gesetzt wird. Mehr nicht.«

»Weißt du, Jenny, falls man sie dazu gezwungen hat, diesen Brief zu schreiben, hat sie vielleicht in diesem Moment eine Entscheidung getroffen. Sie hat entschieden, dass der Zeitpunkt gekommen ist. Deshalb hat sie mitgespielt.«

»Das weißt du nicht. Und du kannst das doch nicht so einfach hinnehmen. Wir müssen doch irgendetwas tun können.«

»Was denn, Jenny? Du weißt, da gibt es nichts.«

Tina wischte sich eine Träne aus dem Augenwinkel und wirkte völlig mutlos. Aber Jenny hatte noch ein Ass im Ärmel.

»Vielleicht ja doch«, sagte sie und begann zu lächeln. »Ich hätte da eine Idee. Naja, eigentlich ist sie gar nicht von mir, aber es ist die perfekte Lösung.«

Tina wirkte irritiert. »Was für eine Idee?«

»Achim will sie heiraten. Was sagst du jetzt?«

»Wen, Heike?«, fragte sie verständnislos.

»Natürlich Heike. Wen sonst? Wenn die beiden angeben, dass sie heiraten wollen, vergrößert das Heikes Chancen beim Ausreiseantrag. Er würde sie wirklich heiraten, mit allem Drum und Dran, wenn sie dadurch in den Westen darf.«

Jenny war immer noch begeistert von der Idee. Aber Tinas Stimmung blieb unverändert. Sie faltete den Brief zusammen und steckte ihn zurück in den Umschlag.

»Hast du gehört, was ich gesagt habe?«, fragte Jenny.

Das konnte Tina doch nicht kalt lassen.

»Es könnte die Lösung sein«, beharrte sie. »Achim ist dabei, auf den kannst du zählen. Er würde das sofort machen.«

»Ach, hör schon auf, Jenny. Das Theater glaubt uns sowieso keiner. Die wissen doch Bescheid. Meinst du, die lassen sich von uns hinters Licht führen?«

»Aber wir müssen es doch wenigstens versuchen.«

»Sie will nicht mehr mit mir zusammen sein«, meinte Tina. »Nicht wirklich. Ich spüre das, ob der Brief nun erzwungen ist oder nicht.«

So schnell wollte Jenny nicht klein beigeben.

»Aber aus dem Osten will sie doch trotzdem raus, oder?«, fragte sie herausfordernd. »Dann sollten wir das mit Achim versuchen. Stell dir vor, sie könnte ausreisen. Wäre das nicht phantastisch? Für Heike, meine ich.«

Tina hielt ihr vorwurfsvoll den Brief entgegen.

»Siehst du das denn nicht? Die machen ihr das Leben zur Hölle. Es wird nur schwieriger. Als wenn das so einfach wäre, auszureisen. Mit jedem Schritt, den wir unternehmen, wird der Druck auf sie größer. Sie hält das jetzt schon nicht mehr aus.«

Jenny war enttäuscht. Sie hätte sich so sehr gewünscht, ihrer Freundin einen Ausweg aus dieser verworrenen Lage anbieten zu können. Aber für Tina schien das Thema abgehakt.

»Machst du mir jetzt einen Kaffee?«, fragte sie.

»Natürlich, meine Süße.«

Sie goss heißes Wasser in den Porzellanfilter und platzierte zwei Tassen auf die schmale Fläche neben dem Synthesizer. Und obwohl Tina mehr als deutlich gewesen war, konnte sie das Thema immer noch nicht fallen lassen.

»Sollten wir Heike nicht wenigstens fragen, was sie von dieser Idee hält?«

»Sie will nicht mehr, dass ich in den Osten komme. Ich muss das respektieren.«

»Aber wie kannst du dich damit abfinden? Willst du nicht wissen, was sie wirklich für dich empfindet?«

»Das weiß ich doch längst.«

»Dann besuchst du sie eben nicht. Aber deine Tante, der kannst du doch weiterhin Besuche abstatten? Die könnte mehr darüber herausfinden.«

Jenny setzte sich zu Tina, wobei sie den Pullover über ihre Knie zog, um ihre Beine zu wärmen.

»Also gut«, gab sich Tina geschlagen. »Wir fahren zu meiner Tante und sehen weiter.«

Jenny strahlte. »Das machen wir.«

»Aber nicht diese Woche. Wir warten ein bisschen.«

Sie sprachen noch eine Weile über Heike und die Probleme, die sie bekommen könnte, wenn sie den Behörden mitteilte, dass sie Achim heiraten wolle. Doch irgendwann brauchte Tina eine Auszeit von dem Thema. Darum erzählte Jenny ihr von der Band, die sie gründen wollte, und Tina nahm den Themenwechsel dankbar an. Sie war ebenso begeistert von der Idee wie Achim. Sie diskutierten, wen Jenny fragen sollte, bei der Band mitzumachen, und wo sie erste Auftritte bekommen könnte. Irgendwann stellte Tina die leere Kaffeetasse ab und erhob sich.

»Ich glaube, ich gehe mal wieder rüber«, sagte sie. »Danke für dein offenes Ohr.«

»Aber was hast du denn jetzt vor?«

»Keine Ahnung«, sagte sie. »Ist doch auch egal.«

»Nein, ist es nicht. Du bleibst auf keinen Fall alleine in deiner Wohnung. Nicht in dieser Stimmung.«

»Hast du eine bessere Idee?«

Jenny lächelte. Die hatte sie tatsächlich.

»Was hältst du davon, wenn wir einkaufen gehen? Ich brauche dringend einen neuen Look, wenn ich eine eigene Band gründen will. Ich weiß, das ist jetzt nicht das Wichtigste. Aber gute Vorbereitung ist alles, sag ich immer. Und du kannst sicher auch ein paar neue Klamotten gebrauchen, oder?«

»Was stimmt denn nicht mit deinem Look? Ich find ihn klasse. Besser als die Popperin, die du warst, als du nach Berlin kamst.«

»Schon, aber ich will noch ein bisschen dran drehen. Meine jetzigen Outfits erinnern mich zu sehr an Piet. Und ich will nichts anziehen, das ihm gefallen würde.«

»Und was für einen Look hast du vor Augen?«

»Mal sehen. Ich will auf jeden Fall einen Minirock. Aus Lack oder Leder. Hochhackige Schuhe, irgendwas Verrücktes und Ausgeflipptes. Ein bisschen weniger *Einstürzende Neubauten* und ein bisschen mehr *Blondie*. Oder eine Mischung aus beiden.«

»Hört sich gut an. Ich hätte schon ein paar Ideen.«

»Also, was ist? Hast du Lust, mitzukommen?«

Und weil Tina zögerte, fügte sie hinzu: »Das ist besser, als zu Hause zu hocken und Trübsal zu blasen. Für dich finden wir auch was, da bin ich sicher.«

»Klamotten kaufen«, meinte Tina, und ein Lächeln breitete sich langsam auf ihrem Gesicht aus. »Du weißt echt, wie man mich aus einem Stimmungstief holt, was?«

»Süße, dafür bin ich doch da.«

Jenny sprang auf, zog sich eilig an und frisierte sich die Haare. Derweil flitzte Tina rüber in ihre Wohnung und brachte sich ebenfalls auf Vordermann. Dann machten sie sich auf den Weg, zogen durch Second-Hand-Läden, tranken im Café Mitropa einen Milchkaffee, aßen Mini-Pizzen und spazierten mit ihren Errungenschaften schließlich wieder nach Hause. Dort hielten sie zuerst eine Modenschau ab, dann setzten sie sich auf den Futon und legten ein paar Platten auf. Der Nachmittag schlenderte gemütlich an ihnen vorüber, und Tina war am Ende fast wieder die Alte. Doch der Brief von Heike war nicht vergessen, und zwischendurch gab es Momente, in denen Tina mit ihren Gedanken meilenweit entfernt zu sein schien. Als sich die Nacht über die Dächer der Stadt legte, kehrte Tina zum Thema Heike zurück.

»Manchmal wünschte ich, für ein paar Wochen mit Heike tauschen zu können«, sagte sie.

»Wie meinst du das?«

»Na, dass sie hier im Westen lebt und sich ausruhen kann, während ich den Druck im Osten aushalten muss. Nur für eine Weile, damit sie durchatmen kann. Damit wir uns das teilen, was sie ertragen muss, verstehst du?«

»Ja, das wäre schön.«

»Leider ist es unmöglich.«

»Man darf die Hoffnung nicht aufgeben, Tina. Vielleicht findet sich doch ein Weg für sie in den Westen.«

»Ja, vielleicht«, sagte Tina, wenig überzeugt.

Jenny schnellte plötzlich hoch.

»Au Mann, hast du auch so einen Hunger?«

Tina lachte. »Ja, und wie.«

»Dann mache ich uns was zu essen. Bevor wir einen Schwächeanfall kriegen.«

Sie sprang auf, kochte Spaghetti und legte kräftig Kohlen nach, damit es warm blieb in der Wohnung. Draußen herrschte nun tiefschwarze Dunkelheit, und obwohl Jennys vorangegangene Nacht kurz gewesen war, fühlte sie sich fit wie ein Turnschuh. Nach dem Essen stellte sie die Teller beiseite.

»Wir sollten tanzen gehen«, schlug sie vor. »Was meinst du?«

Tina kicherte. So hatte sie sich den Tag sicherlich nicht vorgestellt, der so trübselig begonnen hatte. »Ich bin dabei«, sagte sie. »Das ist perfekt. Wir lassen so richtig die Sau raus.«

»Dann los. Wir hübschen uns ordentlich auf, und dann zeigen wir allen, was wir draufhaben. Wir brauchen keine Männer. Oder Frauen. Wir haben uns, und das ist mehr als genug.«

»Da sagst du was! Wie wär's mit dem Metropol? Heute Abend ist da Party angesagt.«

Jenny fand die Idee großartig. Tina zauberte eine Flasche Sekt aus ihrem Kühlschrank hervor, damit sie beim Schminken anstoßen konnten. Sie zwängten sich in ihre neuerstandenen Outfits, hörten dabei Musik, kicherten, und schließlich waren sie startklar. Sie fuhren mit der U-Bahn zum Nollendorfplatz, wo ihnen das Metropol, ein ehemaliges Theater mit einer pompösen Fassade, mit Türmen und Rundbögen und überlebensgroßen Figuren, von Weitem entgegenstrahlte. Leider entdeckten sie auch sofort die Plakate am Metropol, die für anstehende Konzerte warben. Das Größte sah allzu vertraut aus. Es war von *Happy Sinking.*

»Der wievielte ist heute?«, fragte Jenny alarmiert.

»Der erste Dezember«, meinte Tina. »Leider.«

Volltreffer. Das Konzert war heute. Im Loft im Metropol.

»Aber guck mal auf die Uhr«, sagte Tina. »Das Konzert müsste schon vorbei sein.«

Trotzdem bekam Jennys Stimmung einen Knacks. Was, wenn die Band noch drinnen war? Sie hatte wenig Lust, den Jungs über den Weg zu laufen.

»Sollen wir lieber woanders hingehen?«, fragte Tina.

»Nein«, entschied sie. Sie konnte sich von denen nicht vorschreiben lassen, wo sie tanzen ging. Das wäre ja das Letzte. »Hoffentlich sind sie schon weg.«

»Und wenn nicht?«, fragte Tina.

»Dann ist mir das auch egal. Ich werde jedenfalls nicht meine Abendplanung umwerfen, nur weil Piet irgendwo auftaucht. So weit kommt's noch.«

Sie nahm ihren Mut zusammen und trat an den Einlass. Tina folgte ihr zögernd. Sie fand die Idee, ins Metropol zu gehen, offenbar nicht mehr so blendend. Aber Jenny ließ sich nicht beirren. Sie betraten das Gebäude, das Treppenhaus und die weitläufigen Veranstaltungsräume, die dort untergebracht waren. Sie waren bereit, mit der Party loszulegen. Doch insgeheim sah sich Jenny überall nach Piet um.

Natürlich war er noch nicht nach Hause gegangen, auch wenn das Konzert längst vorbei war. Sie hatte ja auch nach den Konzerten jedes Mal mit ihm einen draufgemacht. Und so war es nur eine Frage der Zeit, bis sie ihm über den Weg lief. Die Band hockte an einer Bar in dem sich leerenden Konzertsaal. Püppi und Humme rauchten einen Joint und wirkten ziemlich weggetreten. Und Piet saß mit der neuen Sängerin am Tresen. Zuerst erkannte Jenny ihn gar nicht, denn die beiden knutschten wild rum. Doch er war es, keine Frage.

Jenny fühlte sich wie gelähmt. Piet hatte nicht nur die Frontfrau der Band ausgetauscht, sondern seine Freundin gleich mit. Alles in einem Abwasch. Es war, als hätte sie ein Déjà-vu. Genauso hatte es ausgesehen, als sie Robert und Angie erwischt hatte. Von beiden Männern war sie einfach ausgetauscht worden, und ohne, dass sie mit ihr geredet hätten, war sie vor vollendete Tatsachen gestellt worden.

Sie wollte nicht verletzt sein, nicht wegen Piet. Denn im Grunde war klar gewesen, dass die Kiste mit ihm zu Ende war. Es war ja schon Wochen her, dass sie nach dem Streit im Probenkeller getrennte Wege gegangen waren. Trotzdem traf es sie, mehr, als sie erwartet hätte. Sie fühlte sich, als wäre sie ein alter Mantel, den man einfach weglegte, wenn er mal kratzte.

Eine Hand legte sich sanft auf ihre Schulter.

»Komm, gehen wir«, meinte Tina.

Sie schien längst bemerkt zu haben, wie Jenny auf das Wiedersehen reagierte.

»Das macht doch keinen Sinn«, fügte sie zärtlich hinzu. »Wir gehen woanders hin.«

»Ja, vielleicht hast du recht«, sagte Jenny.

Aber da war es schon zu spät. Die neue Frontfrau löste sich aus Piets Umarmung, flüsterte ihm lachend was ins Ohr, stand auf und sah sich nach den Toiletten um. Und Piet, der ihr mit einem zufriedenen Lächeln nachsah, wandte den Kopf – und entdeckte Jenny.

Sein Lächeln erstarb. Der Blick verfinsterte sich. Es schien ihm nicht mal peinlich zu sein, von Jenny erwischt worden zu sein. Im Gegenteil. In seinen Augen brannten Trotz und Hass. Doch was Jenny am meisten verstörte, war der Schmerz, den sie dort ebenfalls zu sehen glaubte. Als würde Jennys Auftauchen Salz in eine offene Wunde streuen.

Sie griff nach Tinas Hand. Sie wollte weg hier. Wie dämlich war sie gewesen, darauf zu bestehen, ins Metropol zu gehen. Doch in Anbetracht der bösen Blicke, die Piet Jenny zuwarf, schien Tina auf einmal wild entschlossen, zu bleiben. Sie wollte nicht mehr abhauen, im Gegenteil, sie schien richtig sauer zu sein. Entschlossen marschierte sie auf Piet zu, der sich wieder zum Tresen wandte und lässig seine Bierflasche nahm.

»Tina, nicht«, flüsterte Jenny, doch es war zu spät.

»Hast du sie deswegen aus der Band geschmissen?«, fuhr Tina ihn an.

Piet wandte sich überrascht um. Er hatte nicht damit gerechnet, dass die beiden noch da waren. Mit seinen bernsteinfarbenen Augen sah er Jenny nun direkt an. Sie konnte seinen Schmerz jetzt deutlich sehen. Es war keine Einbildung gewesen.

»Ist es so?«, blaffte Tina. »Sollte Jenny gehen, damit du die Neue bumsen kannst?«

Aber Jenny begriff sofort, dass dem nicht so war. Piet hatte sie nicht wegen der neuen Frontfrau ausgetauscht.

»Sie ist doch abgehauen«, schnauzte Piet zurück. »Sie hat uns einfach sitzen lassen. Wie eine hysterische Ziege hat sie sich benommen, nur weil sie ihren Willen nicht gekriegt hat. Und dann hat sie einfach alles hingeworfen.«

»Sie hat gar nichts hingeworfen«, brüllte Tina. »Du hast rumgeschrien, sie solle abhauen. Schon vergessen?«

»Und das hat sie dann ja auch getan. Sie ist nicht mal auf dem Konzert aufgetaucht, das wir hatten. Der Auftritt ist ausgefallen. Das ist ein absolutes No-Go.«

»Ihr Freund ist gestorben!«

Das hatte Piet nicht gewusst. Er starrte Jenny an, unsicher, ob er glauben sollte, was er hörte. Doch sie konnte seinem Blick nicht standhalten. Dies war nicht der richtige Moment, um über das zu sprechen, was geschehen war. Nicht, solange sich alle anbrüllten.

Piet, gerade noch verunsichert, entschied sich, lieber wieder auf Angriff zu gehen.

»Ach, ja?«, rief er. »Wer denn bitte schön? Das würde ich ja wohl wissen.«

»Manfred«, sagte Tina.

Ihm war offenbar nicht klar, wer das war. Wie typisch, dachte Jenny. Nicht mal die Namen ihrer Freunde hatte er sich merken können.

»Der Freund von Ingrid«, sagte Jenny leise.

Jetzt begriff er. Und an ihrem Verhalten konnte er erkennen, dass Tina die Wahrheit sprach. Seine Wangen röteten sich, trotzdem versteckte er sich hinter seiner Angriffslust und wandte sich wieder Tina zu.

»Warum hat sie mir nichts gesagt? Das kann ich doch nicht riechen.«

»Sie hat es ja versucht. Aber du hast dich tot gestellt.«

»Wann hat sie es denn versucht? Drei Jahre später!«

»Ach ja, sie hätte natürlich als Allererstes zu dir rennen sollen, nachdem du sie kurz vorher aus dem Proberaum geschmissen hattest.«

Jenny fand die Situation unerträglich. Die beiden redeten, als wäre sie gar nicht anwesend. Doch sie fühlte sich nicht stark genug, um dazwischenzugehen.

»Sie hat uns sitzen lassen auf dem Konzert«, verteidigte sich Piet. »War der da überhaupt schon tot? Oder passt ihr das nur gut in den Kram?«

Tina stieß ihm mit beiden Händen gegen die Brust. Er stolperte gegen den Tresen, raffte sich jedoch sofort wieder auf und stellte sich wutschnaubend vor Tina, offenbar kurz davor, ihr eine zu scheuern.

»Was bist du für ein Arschloch«, brüllte sie. »Ihr Freund ist gestorben. Wie kannst du dich so benehmen?«

Piet spürte, er war zu weit gegangen. Seine Aggression verschwand sofort. Verlegen senkte er den Blick. Trotzdem zögerte er, sich zu entschuldigen.

Schließlich wandte er sich an Jenny.

»Ich bin nicht der, der dich hat sitzen lassen.«

Er starrte sie an. Sein Blick schwamm in Liebe und Schmerz. Eine Träne lief ihm über die Wange. Jenny begriff nicht, was passierte. Sie fühlte sich wie paralysiert.

»Das warst du, Jenny«, sagte er. »Nicht ich.«

»Piet?«

Die Frontfrau war aufgetaucht und blickt irritiert von Piet zu Jenny zu Tina.

»Was ist hier los?«, fragte sie.

Jenny begriff, sie hatte keine Ahnung, wer sie war. Doch Piet erklärte nichts.

»Komm, wir gehen«, sagte er nur, legte ihr einen Arm um die Schultern und wandte sich ab. »Mir ist die Lust an diesem Laden vergangen.«

Er schmiegte sich an seine neue Freundin und ging, ohne Jenny eines weiteren Blickes zu würdigen. Wie betäubt sah sie ihm hinterher, bis er in der Menge abgetaucht war, dann stieß sie entkräftet die Luft aus.

»Ich glaube, ich möchte auch gehen, Tina.«

»Auf keinen Fall. Wir amüsieren uns jetzt.«

Jenny wollte widersprechen, doch Tina ließ sie nicht zu Wort kommen. »Wenn nicht hier, dann woanders. Aber wir gehen jetzt nicht einfach nach Hause, dafür sorge ich. Du hast dich heute den ganzen Tag um mich gekümmert, und jetzt kümmere ich mich um dich.«

Piet wollte ihr wehtun, als er seine neue Freundin demonstrativ umarmt hatte. Er wollte sie bestrafen. Er gab ihr die Schuld an allem.

»Komm schon, Jenny«, beharrte Tina. »Scheiß auf diesen Typen. Wir brauchen Champagner.«

»*Champagner*?«

Jenny lachte drauflos, so absurd war die Idee, und das Lachen fühlte sich trotz allem tröstend an.

»Ja, Champagner, das ist ja wohl das Allermindeste. Komm, der geht auf mich.«

»Na ja. Den könnte ich jetzt wirklich gebrauchen.«

»Na, siehst du. Und danach gehen wir tanzen.«

Tina umarmte sie und strich ihr über die Schulter. Dann befahl sie: »Kopf hoch und Brust raus!«, und Arm in Arm steuerten die beiden die Bar an, um Champagner zu ordern.

Die Begegnung mit Piet hinterließ tiefere Spuren, als sie zunächst glaubte. Zunehmend nagte der Zweifel an ihr, ob sie so gute Bandmitglieder finden würde, wie sie brauchte, und ob sie je an seinen Erfolg, der ja bis vor Kurzem auch ihr Erfolg gewesen war, heranreichen würde. Oder war alles nur Größenwahn, all ihre Bemühungen zwangsläufig zum Scheitern verurteilt? Sie bemühte sich, diese Gedanken beiseitezuschieben, und machte sich auf die Suche nach ihren Bandmitgliedern.

Zu ihrer Überraschung waren sie schneller gefunden, als sie es für möglich gehalten hätte. Vier Frauen und Achim bildeten bereits nach ein paar Tagen die neue Combo. An der E-Gitarre war Sigrid, die bei *Peter und der Wolf* bereits mit von der Partie gewesen war. Am Schlagzeug Steffi, die schon in mehreren Berliner Bands gespielt hatte und ebenfalls keine Lust mehr auf Jungs hatte, die ihr erklärten, wie Musik funktionierte. Und am Bass schließlich Mechthild, ihre Mitstudentin von der Uni, die neben Klarinette erstaunlicherweise auch E-Bass spielen konnte. Sie freute sich am meisten, bei Jenny mitmachen zu dürfen und mal eine Pause von ihrer Barockmusik zu haben, die sie im Studium als Schwerpunkt belegt hatte. Sie fand das Ganze unheimlich aufregend. Dabei stellte sich schnell heraus, dass sie nicht nur den Bass perfekt beherrschte, sondern ein feines Gespür für New Wave hatte und einen irren Sound beitrug. Sie war Gold wert, wie Jenny bald begriff.

Sie probten nachts in einem Saal der HdK an der Bundesallee. Peter hatte seine Beziehungen spielen lassen, um das möglich zu machen. Allerdings sollten sie unbedingt Stillschweigen bewahren, denn wenn ihr nächtliches Treiben herauskäme, würde nicht nur er Probleme bekommen. Die Schlüssel holten sie beim Pförtner, der sie ab zweiundzwanzig Uhr einließ, danach schlichen sie durch das verwaiste Gebäude, bezogen im Probensaal Quartier und legten los. In dem leeren, von weitläufigen Grünanlagen umgebenen Gebäude konnten sie kräftig Lärm machen, ohne irgendwen zu stören. Das Beste war jedoch, dass sie das Equipment der Musikhochschule nutzen konnten. Damit ließe sich ein Demo aufnehmen, mit dem sie auf Werbetour gehen konnten. Das war wirklich etwas anderes als der versiffte Keller im Weddinger Industriegebiet.

Trotz dieser Möglichkeiten wollte Jenny, dass Achim auf ihrem Synthesizer spielte, dessen Klang sie wichtig fand für ihren Sound. Achim holte sie jeden Tag in Moabit ab, klemmte sich das sauschwere Ding untern Arm und schleppte es zum Probensaal.

Der Klang der Musik war ein völlig anderer als in ihrer Küche. Die Songs waren nahezu aus einem Guss. Vor allem das Lied von den Geisterbahnhöfen, von der gut gelaunten Liebesgeschichte nach dem Ende der Welt, gab den Sound für ihre anderen Stücke vor. Der Song hatte eine synthesizerlastige Hookline, die mit harten E-Bassklängen angereichert wurde, mit einem drängenden Schlagzeug und mit Jennys dunkler Stimme, die irgendwo zwischen Punk, Pop und Chanson lag. Diese Musik war viel moderner und unverwechselbarer als alles, was Piets Band je produziert hatte, davon war Jenny überzeugt.

Mitternacht war schon durch, da tauchte Peter wie aus dem Nichts im Probensaal auf, als sie gerade eine Zigarettenpause machen wollten. Es war das erste Mal, dass er sie besuchte, um bei der Probe zuzusehen. Bislang hatte er sich im Hintergrund gehalten. Er trug zwar eine Jeansjacke und einfache Cordhosen, doch mit seinem hochgeschlossenen Rollkragenpulli wirkte er dennoch vornehm und auf gewisse Weise unnahbar. Jenny war gerade in Begriff, eine Wasserflasche aus ihrem Rucksack zu holen, um mit den anderen an die frische Luft zu gehen, da entdeckte sie ihn mit den Händen in den Hosentaschen an der Bühne.

»Peter«, rief sie freudig. »Was machst du denn hier?«

»Traust du mir nicht zu, unerlaubt ein Gebäude zu betreten?«

»Doch, aber wie bist du hier reingekommen?«

»Der Pförtner hat mich reingelassen. Er war noch da. Du wirst mich doch nicht beim Dekan anschwärzen?«

Sie lachte und sprang von der Bühne, um sich zu ihm zu gesellen. »Ich meine nur, du hast bestimmt Besseres zu tun«, sagte sie.

»Besser, als dir beim Singen zuzuhören? Du überschätzt meine Freizeitaktivitäten.«

»Dann hast du uns schon gehört? Oder bist du gerade erst gekommen?«

»Nein, ich höre schon seit einer halben Stunde zu. Ich wollte euch nicht unterbrechen.«

»Hättest du mal. Dann hätten sich alle mehr Mühe gegeben. Vor Publikum zu spielen, ist immer was anderes.«

»Ach, es war auch so ganz ordentlich.«

»Ganz ordentlich?«

»Nun ja. Um nicht zu sagen, gut. Ihr solltet eine Aufnahme machen, ein Demotape. Das Equipment ist vorhanden. Ich denke, ihr seid so weit. Ich würde es gerne ein paar Leuten vorspielen.«

Das überraschte sie. »Wem denn?«, fragte sie und konnte sich nicht verkneifen zu fragen: »Dem Dirigenten der Philharmonie?«

»Jenny, Jenny«, sagte er amüsiert. »Denkst du immer noch, ich verstehe nur was von Chopin?«

»Nein, natürlich nicht. Aber mal im Ernst. Wem willst du das vorspielen?«

»Ich kenne eine Menge Leute. In der Musikszene, bei den Plattenfirmen, im Management.« Mit gespielter Bescheidenheit fügte er hinzu: »Das gehört eben dazu, wenn man ein gefeierter Nachwuchspianist ist.«

»O du Armer, ich habe Mitleid mit dir. Die ganzen dicken Bosse, die dich kennenlernen wollen. Das muss so unangenehm sein. Wie machst du das nur?«

Er grinste breit, und mit einem Mal wirkte er gar nicht mehr so aristokratisch. »Ich versuche einfach, bescheiden zu bleiben.«

Jenny lachte, dann wandte sie sich zur Bühne, wo die verwaisten Instrumente herumstanden. Die anderen waren draußen am Rande der Parkanlage und rauchten. Sie hatten noch nichts von dem Besuch mitbekommen.

»Mal ehrlich«, fragte sie und spürte, wie ihr Herz schneller zu schlagen begann. »Was denkst du von uns? Bitte keine Schmeicheleien. Sag die Wahrheit.«

»Ihr seid gut, Jenny. Großartig sogar. Ich sehe eine Menge Potenzial.«

Ihr fiel ein Stein vom Herzen. »Dann denkst du wirklich, wir sollten ein Demotape machen? Und damit hausieren gehen?«

»Was das Hausieren angeht, das mache ich gerne für euch. Versteht sich doch von selbst.«

Das war zwar großzügig von Peter, seine Kontakte spielen zu lassen, trotzdem machte sein Angebot sie misstrauisch. Mit Piet hatte sie in dieser Hinsicht einfach zu viele schlechte Erfahrungen gemacht.

»Sollte ich nicht besser mitkommen, wenn du unser Demotape rumzeigst?«, fragte sie. »Oder das gleich selbst übernehmen? Es ist schließlich meine Band.«

Die Frage schien ihm unangenehm zu sein.

»Vielleicht wäre es besser, du lässt mich das machen. Nur für den Anfang. Du weißt doch, wie diese Typen sind.«

»Du meinst, einer Blondine hören die gar nicht erst zu.«

»Sie nehmen sie zumindest nicht ernst«, gab er unumwunden zu.

»Eher fragen sie sich, wie du wohl oben ohne aussiehst, während du ihnen deine Musik erklärst.«

Sie wusste zwar, dass er recht hatte. Trotzdem wurmte es sie tierisch. Deshalb wollte sie ja eine Frauenband, damit sie sich nicht länger mit so was rumärgern musste. Peter schien ihre Gedanken zu lesen.

»Ich weiß, dass du eine Menge von Musik verstehst, aber lass mich für dich hinter den feindlichen Linien kämpfen«, sagte er. »Mich nehmen die Leute ernst. Ich könnte Türen öffnen.«

»Und dann kann ich als quirliges Blondchen hindurchtreten und was fürs Auge bieten«, kommentierte sie bitter.

Er tat erst gar nicht so, als ob sie damit nicht den Nagel auf dem Kopf getroffen hätte. Was für ihn sprach, wie sie fand. Auch wenn sie trotzdem angefressen war.

»Aber denkst du, jemand aus dem Business würde sich für uns interessieren?«, fragte sie. »Ich meine, außerhalb der Berliner Szene. Sind wir nicht zu … ungewöhnlich?«

»Im Gegenteil. Es gibt für Bands wie euch keinen perfekteren Zeitpunkt. Es herrscht großes Interesse an neuer deutscher Musik. Alle wollen da mitmachen, aber keiner weiß so recht, wie.«

Sie wusste, was er meinte. Alben von Bands wie *Ideal* und *Fehlfarben* verkauften sich plötzlich besser als die üblichen Hitgaranten, die man in den großen Plattenfirmen produzierte. Es lag Veränderung in der Luft.

»Sie wollen Geld damit verdienen«, bemerkte sie. »Aber sie verstehen die Musik nicht.«

»Ja, genau so ist es. Wusstest du zum Beispiel, dass sich das Album von *Ideal* in diesem Jahr tausendmal besser verkauft hat als *Die Hitparade der Schlümpfe*? Das kann sich keiner der Bosse erklären. Die Welt steht kopf in ihren Augen.«

»Du meinst, sie suchen so was wie *Extrabreit*?«

Diese Band aus Hagen sorgte momentan für den aufsehenerregendsten Erfolg. Ihr Album war zwar schon über ein Jahr alt, erklomm aber plötzlich unaufhaltsam die Erfolgsleiter. Und mit ihrem Hit *Hurra, Hurra, die Schule brennt*, einem Lied, das inzwischen fast jeder mitsingen konnte, stürmten sie die Radiostationen.

»Oder etwas Ähnliches. Sie wollen dieses Phänomen, das Neue Deutsche Welle genannt wird. Denn das hat deutliche Spuren in Vertrieb und Verkauf hinterlassen.«

»Was bist du dann?«, fragte Jenny. »Mein Manager?«

»Nein, ich bleibe ein Freund. Ein Kommilitone, was auch immer. Aber ...«, sagte er und breitete die Arme aus, als würde er auf der Showbühne stehen. »Ich besorge dir einen Manager. Und zwar nicht irgendeinen.«

Die anderen kehrten von der Zigarettenpause zurück und marschierten lärmend auf die Bühne. Als sie Peter sahen, hielten sie erschrocken inne, mit Gesichtern, als wären sie aufgeflogen. Jenny fiel ein, dass keiner von ihnen ihn bisher persönlich kannte, nicht einmal Achim. Mechtild wusste nur, dass er sie als Abschlussstudent in Harmonielehre unterrichtet hatte, nicht, dass er ihnen den Probensaal beschafft hatte.

»Das ist Peter Carstensen«, stellte Jenny vor. »Unser Wohltäter.« Sie konnte sich nicht verkneifen hinzuzufügen: »Er hat schon als Pianist in der Philharmonie gespielt.« Was ihr ein spöttisches Lächeln von ihm einbrachte. »Er wird sich unsere Songs anhören und dabei überlegen, ob er uns mit einer Plattenfirma bekannt macht. Also reißt euch besser am Riemen.«

Nach der ersten Schockstarre und einer bemerkenswerten Schüchternheit, die Jenny so von ihrer Band noch gar nicht kannte, machten

sich alle daran, die Instrumente aufzunehmen und mit der Probe fort-
zufahren. Ohne sich abzusprechen war sofort klar, womit sie ihr Vorspiel beginnen würden: Natürlich mit der Hookline für ihr Liebeslied
im Geisterbahnhof.

# 15

## OSTBERLIN, ZWEI WOCHEN SPÄTER

Tinas Tante führte Jenny durch das Gründerzeitgebäude, in dem die öffentliche Bibliothek untergebracht war, in der sie arbeitete. Ein roter Backsteinbau mit Bogenfenstern und hallenartigen Räumen, die von oben bis unten mit Büchern gefüllt waren. Draußen wirbelten lautlos Schneeflocken durch die Dezemberluft. Seit Tagen versank die Stadt unter einer tiefen Schneeschicht, Ost wie West, und alles wurde lautlos in ein weißes und stilles Gewand gehüllt. Jedenfalls, bis der Verkehr losging und Straßen und Bürgersteige in hässliche Schneematschpisten verwandelte. Aber davon war hier nichts zu spüren. In dem parkähnlichen Garten der Bibliothek, der hinter einem großen Sprossenfenster lag, sah es weiterhin aus wie auf einer Weihnachtspostkarte.

Jenny bestaunte die Bücherregale und genoss die friedliche Atmosphäre des Ortes. Außer dem Bullern der Heizung war nichts zu hören, es war warm und wohlig, ein wunderbarer Gegensatz zur klirrenden Kälte draußen.

»Was für ein irrer Ort, an dem du arbeitest«, kommentierte sie. »Hier ist es total gemütlich.«

»Ja, nicht wahr?«, meinte Gertrud.

Wie jedes Mal, wenn sie lächelte, schienen ihre Sommersprossen aufzuleuchten.

»Die Bibliothek gibt mir innere Ruhe«, sagte sie. »Die Bücher geben mir Halt. Man kann abtauchen in der Literatur. Du würdest dich wundern, was man hier alles finden kann.«

»Du meinst, es gibt nicht nur Marx und Engels?«

Sie lachte. »Ganz im Gegenteil. Schau, in dieser Abteilung haben wir Böll, Tucholsky, Hemingway und viele andere. Wie du siehst, sind diese Ausgaben alle bei DDR-Verlagen erschienen. Wenn man bestimmte Grenzen akzeptiert, wundert man sich, was doch alles möglich ist.«

Sie holte ein Buch aus dem Regal und reichte es Jenny. Es war eine Schmuckausgabe von Mark Twain. Wunderschöne Illustrationen, eine hochwertige Bindung und ein Papier mit einer besonderen Haptik.

»Entgegen der Klischees erscheint bei uns nicht nur schlecht geschriebener Sozialismus-Kitsch«, sagte Gertrud. »Es gibt auch DDR-Autoren, die sich in ihrer literarischen Qualität vor niemandem verstecken müssen, und die trotzdem verlegt werden dürfen. Christoph Hein zum Beispiel, oder Volker Braun.«

»Ich muss gestehen, ich weiß so gut wie nichts über DDR-Autoren. Aber ich könnte mir ein paar Bücher kaufen, wenn du mir welche empfiehlst. Ich muss ja das Geld vom Zwangsumtausch irgendwie loswerden.«

»Da nehme ich dich gerne beim Wort. Die Buchhandlung am Alex, die hat eigentlich alles. Und du kommst da ohnehin vorbei, wenn du zurückmusst.«

»Ja, zurück … «

Das war das Stichwort. Sie stellte die Ausgabe von Mark Twain wieder ins Regal und trat an das Bogenfenster. Draußen im Garten saßen auf einer Bank dick eingepackt Tina und Heike. Zwar mit den Rücken zum Fenster, aber Jenny konnte dennoch sehen, wie sie sich an den Händen hielten und miteinander redeten. Es wirkte romantisch, wie sie in den wirbelnden Flocken eng beieinandersaßen. Heike legte den Kopf auf Tinas Schulter, und Jenny glaubte zu erkennen, dass Tränen flossen. Die beiden saßen schon seit einer Ewigkeit da. Der Brief, von dem sie inzwischen wusste, dass er wie vermutet unter Zwang entstanden war, hatte das nicht verhindern können.

»Was meinst du? Soll ich uns einen Tee holen?«, fragte Gertrud hinter ihr. Sie war ihrem Blick mit einem bekümmerten Lächeln gefolgt. »Ich kann mir vorstellen, dass es noch dauern wird.«

»Ja, Tee wäre toll«, sagte Jenny.

Gertrud gab einer Kollegin Bescheid, dass sie kurz nebenan seien, und Jenny folgte ihr in einen chaotischen Personalraum, in dem sich Bücher und Zeitschriften zwischen bunt zusammengewürfelten Möbeln stapelten. Gertrud bot ihr einen alten Sessel am Fenster an und goss Tee ein.

»Meinst du, sie kommen wieder zusammen?«, fragte Jenny mit Blick in den Garten, den man auch von hier aus überblicken konnte.

»Wir werden sehen«, sagte Gertrud nur.

Sie reichte ihr eine dampfende Tasse, mit der Jenny sich in den Sessel kuschelte.

»Achim«, begann sie, »du weißt schon, mein Freund aus der Schwulenbar, ich habe dir von ihm erzählt.«

»Ja, ich erinnere mich.«

»Er würde Heike heiraten, hat er gesagt. Wenn das beim Ausreiseantrag hilft. Er könnte ein paarmal rüberkommen, damit die Stasi sieht, dass die beiden was miteinander haben. Und dann macht er ihr einen Antrag.«

»Es scheint ein netter Kerl zu sein, dein Achim.«

»Denkst du, das könnte funktionieren?«

»Möglich. Ich weiß es nicht.«

Doch es hörte sich nicht gerade zuversichtlich an. Jenny spürte wieder ihren Frust.

»Warum lassen sie Heike nicht einfach gehen?«, fragte sie. »Sie wird nie ein funktionierendes Rädchen im sozialistischen Getriebe sein, das muss denen doch klar sein. Mit der haben sie mehr Stress als dass sie ihnen irgendwas bringt. Da kann man es doch gleich vergessen und sie ausreisen lassen. Ein Problem weniger.«

»Schon möglich. Aber was wäre das für ein Signal an die anderen?«

»Wie meinst du das?«, fragte Jenny.

»Wenn jeder gehen darf, der sich querstellt, dann wird das eine vielversprechende Strategie. Auch für die, die funktionierende Rädchen sind.«

Unzufrieden stellte Jenny die Tasse auf einem Tischchen ab. Das war doch alles zum Kotzen.

»Die Mauer gibt es nicht ohne Grund, Jenny.«

»Ja, ich weiß schon. Trotzdem.«

»Es ist schwer zu akzeptieren, das verstehe ich.«

Aus den Augenwinkeln bemerkte sie, wie sich draußen im Garten die beiden Frauen erhoben. Es kam Bewegung ins Spiel. Jenny stand auf und trat ans Fenster. Tina und Heike umarmten sich lange. Wie sie da im Schnee standen, strahlten sie so viel Liebe aus, dass Jenny versöhnt wurde mit ihrer Ungeduld und ihrem Frust. In diesem Moment schien es, als wäre ein Happy End garantiert, ganz egal, was sich dem in den Weg stellen mochte.

»Was immer passiert«, sagte Gertrud. »Ich werde mich um Heike kümmern. Sie ist nicht alleine.«

»Aber sie werden doch ... «

Weiter kam Jenny nicht. »Ich glaube, sie kommen rein«, unterbrach Gertrud sie. »Lass uns zurückgehen.«

Tina stand allein im Flur, als sie den Personalraum verließen. Sie wirkte ganz weich und durchlässig. Traurig zwar, aber irgendwie auch geerdet. Doch als sie Jenny ansah, wurde ihr Blick unergründlich.

»Komm, Süße«, sagte sie. »Es ist Zeit zu gehen.«

Jenny sah irritiert zu Gertrud, doch die schenkte ihr nur ein warmherziges Lächeln und nickte. Also nahm Jenny Jacke und Schal und begleitete Tina nach draußen.

Sie redeten wenig, während sie zum Grenzübergang stapften. Es war, als läge ein Fluch auf diesem Ort, und frei atmen und sprechen könnten sie erst, wenn sie ihn verlassen hätten. Als sie schließlich in der S-Bahn saßen und durch das tief verschneite Berlin ratterten, wagte es Jenny, das Thema Heike anzusprechen.

»Seid ihr jetzt wieder zusammen?«

»Nein. Es ist vorbei.«

Das war ein Schock. So hatte das überhaupt nicht ausgesehen in dem Garten hinter der Bibliothek.

»Aber ihr liebt euch noch?«

»Ja, das tun wir.«

Es folgte ein langes Schweigen. Jenny begriff gar nichts. Draußen zogen die Mauer und der Todesstreifen vorbei, die Wachtürme und die endlosen Brachen. Der Reichstag auf der öden Fläche im scheinbaren Niemandsland, zu dessen Füßen junge Männer im Schnee Fußball spielten, dann die Siegessäule im Tiergarten, der sich in ein Winterwunderland verwandelt hatte. Es ging immer weiter in Richtung Westen.

»Aber wieso ist es dann vorbei?«, fragte Jenny. »Das verstehe ich nicht.«

»Wir haben es auf unsere Weise beendet«, sagte Tina, ohne den Blick von den Stadtlandschaften abzuwenden. »Nicht, wie die Stasi es dirigieren wollte. Das ist das Mindeste, was wir tun können.«

»Aber die Stasi hat dann doch trotzdem gewonnen«, meinte Jenny bitter.

»Nein, das hat sie nicht. Sie wollten uns brechen. Aber das ist ihnen nicht gelungen. Wir sind uns treu geblieben, trotz allem. Es war ein Ende in Würde, verstehst du? Unsere Würde konnten sie uns nicht nehmen.«

Daraufhin verfielen sie in Schweigen. Jenny fühlte sich unendlich traurig, sie hatte sich so sehr ein Happy End gewünscht. Tina wirkte völlig verloren, wie sie auf die Stadt starrte, und Jenny kuschelte sich erst vorsichtig, dann voller Hingabe an ihre Freundin. Gemeinsam und eng aneinandergeschmiegt rattern sie mit der S-Bahn dem Westen entgegen.

Als sie in Moabit ankamen, wollte Tina sich in ihre Wohnung verkriechen. Dieses Mal wollte sie sich nicht von Jenny ablenken und auf andere Gedanken bringen lassen. Sie wollte allein sein. Jenny konnte das gut verstehen. Sie selbst fühlte sich auch elend, und als sie allein in ihrer Wohnung hockte und in den Schnee starrte, wünschte sie, die Mauer einfach niederreißen zu können.

Zum Glück tauchte Achim irgendwann auf, um sie und den Synthesizer zur Bandprobe abzuholen. Er war früh dran, und sie kochte Kaffee, mit dem sie sich in der Küche niederließen. Sie erzählte ihm alles, was im Osten passiert war, und Achims Stimmung bekam einen deutlichen Knacks.

»Dann wird wohl nichts aus der Hochzeit«, versuchte er mit einem kleinen Witz die Trübsal zu verscheuchen. Doch Jenny schaffte nur ein schwaches Lächeln.

»Es sieht ganz so aus.«

»Scheiß Mauer.«

»Ja«, bestätigte sie. »Scheiß Mauer.«

Um das Thema zu wechseln, fragte sie ihn, wie es mit ihrer Hamburgreise aussah. Achim wollte sich bei einem Bekannten erkundigen, der Leute in der Hafenstraße kannte, ob die was von einer Ingrid gehört hatten. Der Plan war, noch vor Weihnachten rüberzufahren und ihr einen Überraschungsbesuch abzustatten. Doch was als Hoffnungsschimmer gedacht war, um von Heike und Tina abzulenken, erwies sich für Jenny als weiterer Stimmungskiller.

»Ich glaube, das mit Hamburg können wir vergessen«, sagte Achim trübe. »Das bringt nichts.«

»Wieso denn nicht? Red keinen Scheiß.«

»Ich hatte doch meinen Bekannten gefragt, ob er sich mal umhören kann. Der hat sich endlich zurückgemeldet.«

»Und? Was ist dabei rausgekommen?«

»Ingrid war tatsächlich in der Hafenstraße. In einem der besetzten Häuser. Aber nur für eine Weile. Inzwischen wohnt sie da nicht mehr.«

»Und wo ist sie jetzt?«

»Das weiß keiner. Sie ist abgehauen. Er meinte, sie wurde immer radikaler. Das wurde selbst den Leuten im Haus ein bisschen zu krass.«

»Haben die sie rausgeworfen?«

»Ach, Quatsch. Sie ist einfach abgetaucht. Keiner weiß, wo sie ist oder was sie macht.«

»Ach, Ingrid«, seufzte Jenny. »Was ist nur los mit dir? Wo bist du?«

»Hat sie dir immer noch nicht geschrieben?«, fragte er.

»Nein.«

»Sie wird doch ihr Versprechen halten?«

»Das hoffe ich.«

Sie verfielen in Schweigen, sahen hinaus in den Hinterhof, wo Schneeflocken noch immer wie wild durch die Luft wirbelten, und hingen ihren Gedanken nach.

»Sollen wir langsam mal los?«, fragte Achim.

»Ja, warum nicht. Wir sind dann zwar früh dran, aber hier rumhocken und Trübsal blasen, bringt auch nichts.«

»Wir warten einfach ab. Und wenn wir doch ein Lebenszeichen von ihr kriegen, dann fahren wir sofort los.«

Jenny seufzte schwer und erhob sich.

»Dann lass uns zur Probe gehen.«

»Was ist eigentlich mit deinem Termin morgen? Findet der statt?«

Er meinte das Treffen bei ihrem neuen Manager. Falls er das überhaupt werden würde. So ganz war das noch nicht raus. Er war ein Typ, der ein Büro in Kreuzberg unterhielt und schon eine Menge namhafter Bands managte. Jenny war vor ein paar Tagen dort gewesen, um ihn kennenzulernen. Rick war ein netter Kerl, aber sie war nicht sicher, ob seine Begeisterung echt war oder nur vorgespielt. Bei dieser Art von Typ konnte man nie wissen. Es war alles auf Peters Mist gewachsen, und sie wusste nicht, ob Rick sich nur ihm zuliebe mit ihr und ihrer Musik befasste.

Dann hatte Rick sich jedoch gemeldet und sie zu einem Treffen mit jemanden von einer Plattenfirma eingeladen. Das müsse nichts bedeuten, meinte er, aber sie solle sich von ihrer besten Seite zeigen. Sie verkniff sich zu fragen, ob das oben ohne bedeutete, denn Rick schien okay zu sein und kein Macho. Trotzdem traute sie der Sache nicht so ganz.

»Das Treffen findet statt«, sagte sie. »Ein bisschen gruselig ist es schon, plötzlich mit dem Business zu tun zu haben.« Kopfschüttelnd fügte sie hinzu: »Es wird einer von CBS da sein.«

»Du nimmst mich auf den Arm. Von der Plattenfirma?«

Achim, der sonst gerne auf Punk machte und nichts auf Kommerz und Konsum gab, war bei dieser Aussicht komplett aus dem Häuschen.

»Mein Gott, Jenny, weißt du, was das heißt?«

»Wir könnten berühmt werden«, räumte sie lächelnd ein. »Oder überhaupt nicht ernst genommen werden. Oder wir werden verschlungen und wieder ausgespuckt. Oder tausend andere Sachen.«

»Nein, das meine ich nicht. Es ist eine riesige Chance, und wenn das mit CBS klappt, dann … « Er strahlte sie an und drückte ihr einen Kuss auf die Wange. »Dann könnte ich den Puff kaufen. Und eine Bar draus machen.«

»Schön, dass einer in der Band Visionen hat«, lachte sie. »Dann bin ich nicht die Einzige, die an die Musik glaubt.«

»Pass auf, Jenny, das wird funktionieren, ich verspreche es. Wir steigen bei CBS ein. Und dann werden wir reich.«

»Oder wir floppen, wie tausend andere Bands. Oder die Radiostationen spielen uns nicht. Und vielleicht gefällt es diesem Typen von CBS nicht mal, was wir machen. Ich hab den noch nicht mal zu Gesicht bekommen.«

»Ach, jetzt hör schon auf. Sonst bist du doch auch immer positiv. Wir floppen nicht! Ich will die Bar haben, unbedingt. Das muss einfach klappen.«

Als sie den Mädels bei der Probe von den Neuigkeiten erzählten, brach Begeisterung aus. An diesem Abend konnte sich keine von ihnen mehr auf die Musik konzentrieren. Lieber hockten alle zusammen und malten sich aus, wie es wäre, Popstars zu sein. Jenny versuchte, die Begeisterung zu bremsen, damit nicht am Ende alle enttäuscht wurden, doch vergebens. Sie versuchte trotzdem, sich nicht anstecken zu lassen von den Träumereien, aus nackter Angst, dass nichts daraus werden würde. Doch insgeheim, auch wenn sie es sich nicht eingestehen wollte, war sie dem Virus längst erlegen. Auch sie erhoffte sich Großes.

In der Nacht schlief sie unruhig, und als sie am nächsten Tag nach Kreuzberg fuhr, war ihr kotzübel. Ricks Firma befand sich in einer Fabriketage in einem Hinterhof mitten im Kreuzberger Szenekiez. Sie stapfte durch den schmutzigen Schnee bis zu dem heruntergekommenen Haus, an dem Ricks Firmenschild angebracht war, stiefelte hinauf in die Fabriketage und klingelte. Seine Sekretärin, eine junge Punkerin, öffnete die Tür und führte Jenny in das fußballfeldgroße Büro mit Fensterfront, das von Bandplakaten, Instrumenten und Ledermöbeln dominiert wurde.

Rick war nicht allein. Ein Anzugträger hockte in der Ecke und sah dabei aus, als wäre er von Außerirdischen entführt worden – er passte so gar nicht in diese unkonventionelle Umgebung. Rick zwinkerte ihr zu und küsste sie zur Begrüßung auf die Wange. Dann stellte er ihr den Anzugträger vor, doch Jenny hatte den Namen im selben Moment wieder vergessen, in dem er gefallen war. Ihr Hirn war wie ein Sieb, sie war so aufgeregt.

»Du bist also Jenny Herzog«, meinte der Anzugträger und reichte ihr die Hand. »Freut mich, dich kennenzulernen.«

»Wir reden schon den ganzen Tag von dir«, meinte Rick. »Setz dich, Süße.«

Sie nahm auf der Ledercouch Platz. »Dann haben Sie sich das Tape angehört?«, fragte sie den Anzugträger.

»Alle in der Firma haben das. Es geht gerade bei uns rum. Wir sind begeistert.«

Drei kleine Sätze. Jenny konnte nicht glauben, was sie hörte. Sie musste träumen.

»Wir sehen das alles genau vor uns«, sagte der Anzugträger groß-

311

spurig. »Ein Album. Wir koppeln den Geisterbahnhof aus, das trifft genau den Geschmack. Ein Liebeslied mit Bezügen zum Kalten Krieg. Das wird deine erste Single.«

Sie sah staunend zu Rick, der ihr zufrieden zunickte.

»Wir bringen dich groß raus, Jenny«, fuhr der Mann fort. »Das ganze Programm. Radiostationen, Auftritte, eine Tour. Ich hoffe, deine Band hat nichts vor in den nächsten Monaten? Ihr werdet eine Menge zu tun haben.«

Der Anzugträger wirkte ziemlich aufschneiderisch. Sie wusste immer noch nicht, ob sie der Sache Glauben schenken konnte. Aber dann fragte er: »Was hältst du davon, im Musikladen zu spielen?«

Der Musikladen. Das machte sie vollends sprachlos. Es war die wichtigste Musiksendung im deutschen Fernsehen, was Rock, Pop und Soul anging. Jeder im Land, der unter fünfundzwanzig war, würde Jenny sehen.

»Da kann ich natürlich nichts versprechen«, meinte er. »Aber wir gehen die Sache an. JENNY im Musikladen – ganz Deutschland würde euch kennenlernen.«

Blut rauschte in ihren Ohren. Sie hätte gerne was gesagt, doch ihre Kehle war zugeschnürt.

»Ein Problem gäbe es allerdings noch. Aber das ist nur eine Kleinigkeit.«

»Ein Problem?«, brachte sie heraus.

»Der Geisterbahnhof. Der Song hat keinen richtigen Refrain. Das geht nicht. Da musst du noch mal ran.«

»Das ist Absicht«, erklärte sie. »Die Hookline aus dem Intro ersetzt den Refrain. Wir haben die Strophe, die Bridge und dann wieder die Hookline. Synthesizer, E-Bass und Schlagzeug. Die Hookline ist das Motiv.«

»Das mag ja sein, aber wenn wir den Song machen wollen, brauchen wir einen Refrain. Wir können kein Lied ohne Refrain rausbringen. Das funktioniert im Radio nicht. Setz dich einfach noch mal ran. Der Rest ist ja stimmig.«

»In diesen Song gehört kein Refrain.«

Ihre Stimme klang härter als beabsichtigt. Aber JENNY war ihre Band, ihre Vision von Musik. So einen Quatsch hätte nicht einmal Piet gebracht.

»Hör mal, ich finde, auf gewisse Weise hat sie recht«, sagte Rick beschwichtigend. »Der Song ist aus einem Guss. Er ist perfekt. Wenn wir da noch mal rangehen, könnte das alles ruinieren.«

Doch der Anzugträger ließ nicht mit sich reden. Alles Aufschneiderische und Joviale war wie weggewischt. Nüchtern meinte er: »Ohne Refrain geht es nicht.«

Jenny hatte gehofft, Rick würde sich weiter für sie einsetzen, für ihre Vision. Aber stattdessen presste er nur grimmig die Lippen aufeinander und sagte nichts.

»Setz dich einfach noch mal ran«, sagte der Anzugträger. »Dann sehen wir weiter.«

»Nein«, sagte sie. »Wir machen keinen Refrain.«

»Jenny, lass uns später noch mal drüber reden«, meinte Rick. »Es muss jetzt nichts entschieden werden. Wir gucken uns das Ganze noch mal an. Was meinst du?«

Möglich, dass er ihr damit nur sagen wollte, sie solle abwarten – es werde nichts so heiß gegessen wie gekocht. Aber sie hatte kein Bock mehr auf Typen, die ihr sagten, was sie machen sollte.

»Der Song bleibt, wie er ist.«

Der Anzugträger schien mit dieser Reaktion nicht gerechnet zu haben. Er wollte etwas sagen, doch Jenny fuhr ihm über den Mund.

»Ihr habt keine Ahnung von Musik«, sagte sie. »Ihr wollt Geld machen, das ist alles. Meinetwegen, könnt ihr ruhig. Aber wenn ihr Geld machen wollt, dann müsst ihr auf die hören, die Ahnung haben. Ganz einfach.«

Erst da wurde ihr klar, dass sie zum Du gewechselt war. Aber der Typ duzte sie ja auch. Warum sollte sie ihn weiter siezen?

Das Gespräch war danach schnell beendet. Sie unterhielten sich noch ein bisschen, in nun deutlich angespannterer Atmosphäre, aber Jenny zeigte sich unnachgiebig, was den Refrain betraf, und kurz darauf verabschiedete sich der Mann von der CBS und rauschte davon.

Als sie wieder allein waren, blies Rick seine Backen auf und stieß die Luft aus. Jenny spürte einen Anflug von schlechtem Gewissen. Vielleicht hätte sie diplomatischer vorgehen sollen.

»Was meinst du?«, fragte sie. »Habe ich ihn überzeugt?«

Rick lachte. »Du hast auf jeden Fall deine Ansicht deutlich gemacht.« Er ließ sich auf die Couch fallen. »Du hättest vielleicht nicht sagen sollen, dass er keine Ahnung von Musik hat.«

»Ja, ich weiß«, sagte sie verlegen. »Denkst du, ich hab's vergeigt?«

Er hob Schultern. »Wir werden sehen.«

»Ein Refrain, das kommt nicht infrage.«

»Sehe ich genauso. Aber wir haben nicht mal einen Vertrag. Das war ein bisschen voreilig.«

Dann lachte er wieder, als hätte ihn Jennys Auftritt köstlich amüsiert. »Sie riechen, da ist Geld«, sagte er. »Aber sie können es nicht zu fassen bekommen. Denn in dieser Sache hast du recht: Sie haben keine Ahnung von Musik. Auch wenn das sehr unhöflich war, so was einem Plattenboss ins Gesicht zu sagen. Aber du hast Potenzial und das sehen sie.«

»Und was jetzt?«

»Jetzt, meine Süße«, sagte er und schenkte ihr ein Lächeln, »jetzt warten wir ab, was sie sagen werden.«

Nach dem leicht verunglückten Treffen ging Jenny wieder nach Hause. Allein in ihrer Wohnung fühlte sich wie ein falscher Fuffziger. Abwarten. Das war genau ihre Stärke. Um sich abzulenken, fing sie an zu putzen. Sie musste eh die Wohnung auf Vordermann bringen. Basti würde nach Berlin kommen, über Weihnachten. Jenny hatte keine Ahnung, was da gelaufen war, wieso ihre Eltern ein Einsehen hatten. Aber sie ließen ihn für ein paar Tage in die Mauerstadt fahren, mit dem Zug. Sie zahlten ihm sogar das Ticket.

Sie freute sich tierisch auf Basti. Sie wollte einen Baum kaufen und ordentlich Lametta. Es würde eine Ente geben, mit Klößen, wie es sich gehörte. Ein traditionelles Weihnachten, wie sie es immer zusammen gefeiert hatten. Und dann, dachte sie mit einem Lächeln, würden sie es sich richtig gemütlich machen.

Es war ein Sieg, den Jenny errungen hatte, ein Zugeständnis ihrer Eltern – was immer das auch für ihr Verhältnis bedeuten mochte. Basti hatte ihr einen Brief geschrieben, aber ob ihre Eltern Jenny verziehen hatten, das ging nicht daraus hervor. Trotzdem besorgte sie Weihnachtsgeschenke für die beiden. Für ihren Vater eine gute Flasche Whiskey, die sie sich von einer Bekannten, die in Westdeutschland war, aus dem Duty-free-Shop hatte mitbringen lassen. Und für ihre Mutter kaufte sie einen kitschigen Zinnteller mit Berliner Motiven, der Gedächtniskirche, dem Charlottenburger Schloss und dem Europa Center, auf dem in Schnörkelschrift stand: Das ist die Berliner Luft. Ein absolut scheußliches Ding, aber ihre Mutter stand auf so ein Zeug, das wusste sie. Sie packte alles in ein Paket und brachte es zur Post. Ein kleines Friedensangebot.

Miteinander gesprochen hatten sie seit dem verunglückten Telefonat nicht mehr, aber Jenny wollte sich erkenntlich zeigen, weil Basti kommen durfte. Mal sehen, ob sie die Geschenke annahmen oder sie gleich in den Müll warfen. Wenn sie ehrlich war, konnte sie sich Letzteres jedoch nicht vorstellen.

Sie gab das Paket auf, das hoffentlich rechtzeitig zu Weihnachten in Westdeutschland ankäme, drehte sich um und spazierte aus dem Postamt, um bei Hertie Christbaumschmuck zu kaufen. Neben dem Ausgang hing ein Fahndungsplakat vom BKA. Ein vertrauter Anblick, denn diese Dinger hingen überall. »Terroristen«, stand in fetten Buchstaben darauf. »Die Polizei bittet um Mithilfe.« Gesucht wurden damit Mitglieder der RAF, und es winkten hohe Belohnungen. Sie lief beinahe daran vorbei, aber etwas an diesem Plakat erregte ihre Aufmerksamkeit, und obwohl eigentlich nichts Ungewöhnliches daran war, blieb sie stehen und betrachtete es.

Ingrid. Das unterste Foto zeigte ihre Freundin. Nein, das war unmöglich. Doch ihr Name stand dort, das Alter und die Körpergröße. Sie war es, zweifellos. Die Polizei fahndete nach ihr. Aber sonst stand da nichts, kein Hinweis darauf, wie sie auf dieses Plakat gekommen war, was um aller Welt passiert war, dass die Polizei in ihr eine Staatsfeindin sah. Nur die eindringliche Warnung unter den Fotos: Vorsicht, Schusswaffen!

Jenny fühlte sich sofort unendlich traurig. Ingrid sah aus wie immer. Dieser leicht entrückte Blick, das angedeutete Lächeln und die dünnen Haare, die ihr ins Gesicht hingen. Fast glaubte Jenny, sie würde sich gleich die Strähnen nervös hinters Ohr schieben. Sie schüchtern anlächeln und eine Zigarette aus der Schachtel fummeln, obwohl sie gerade erst eine ausgedrückt hatte.

»Was machst du nur?«, flüsterte sie.

Ausgerechnet die RAF, der extremistische Arm der Bewegung.

Dorthin war sie also nach Manfreds Tod geflohen, in die Arme einer terroristischen Vereinigung.

»Ach, Süße«, seufzte Jenny.

Sie strich mit dem Finger zärtlich über das Foto. Über Ingrids Wange und ihr Haar. Deshalb hatte sie nichts mehr von ihr gehört – sie lebte im Untergrund. Die Kommune auf dem Land, wo sie gärtnern und kochen wollte, war nun für alle Zeit außer Reichweite. Und die Wochen ihrer gemeinsamen WG, in der sie so viel Spaß zusammen gehabt hatten, waren Geschichte.

Jenny prüfte mit einem Seitenblick, ob einer der Postbeamten sie beobachtete, dann riss sie das Plakat von der Wand und rollte es eilig zusammen. Sie stopfte es in ihren Rucksack und trat nach draußen auf die Straße.

Die Entscheidung, die Ingrid gefällt hatte, fühlte sich für Jenny genauso an wie eine unglückliche Liebe. Wieder hatte ihr jemand das Herz gebrochen, wenn auch auf eine ganz andere Weise als Robert oder Piet. Sie kam sich furchtbar einsam vor. Im Grunde war es jedoch keine allzu große Überraschung. Sie kannte Ingrid und konnte sich vorstellen, wie sie zu dieser Entscheidung gekommen war. Trotzdem. Es hätte viele andere, mögliche Entwicklungen geben können. Andere Ausgänge der Geschichte.

Wenigstens wusste sie jetzt, wie sie sich über ihre Freundin auf dem Laufenden halten konnte. Solange sie im Visier der Terrorfahnder war, würden immer wieder Neuigkeiten von ihr auftauchen. Auch wenn das nur ein schwacher Trost war.

Sie kaufte keinen Christbaumschmuck im Hertie, sondern fuhr direkt zu Achim, wo sie den halben Tag zusammensaßen und über die Neuigkeiten sprachen. Ihm erging es ebenso wie Jenny. Es war ein Schock, aber er kam nicht vollends überraschend. Vor allem schien er zu bedauern, dass sie Ingrid nicht hatten helfen können. Es gab nichts mehr, was sie tun konnten.

Als sie später zurück nach Moabit fuhr, wurde es bereits dunkel. Schweren Herzens stieg sie aus der U-Bahn und ging an den vertrauten heruntergekommenen Häusern vorbei zu ihrem Zuhause, wo sie sich verkriechen wollte.

Doch dort wartete eine Überraschung auf sie. Peter stand im Schnee vor ihrem Mietshaus, bibbernd und völlig durchgefroren. Als er Jenny auftauchen sah, grinste er ironisch, doch diesmal galt die Ironie ihm selbst, da sich nicht verbergen ließ, dass er schon lange im Schnee gestanden haben musste, um auf sie zu warten.

»Ist dir nicht kalt?«, fragte Jenny scheinheilig.

»Gar nicht. Wieso fragst du?«

Am liebsten hätte sie ihn umarmt. Es tat so gut, sein Gesicht zu sehen. Aber sie konnte ihre Scheu nicht überwinden. Trotz des Lächelns in seinen Augen.

»Jenny, ich muss dir unbedingt was erzählen.«

»Nein, ich zuerst«, sagte sie.

Bevor er irgendwas sagte, wollte sie loswerden, worüber sie seit Tagen nachdachte. Sie wollte dem Impuls, offen zu sein und ihm die Wahrheit zu sagen, nachgeben. Bevor er die Chance bekam, ihr diesen Mut wieder zu nehmen.

»Jenny«, meinte er drängend. »Du musst mir zuhören.«

»Nein, jetzt habe ich dir was zu sagen.« In ihrem Kopf rauschte es. »Ich hab keinen Bock mehr, benutzt zu werden. Keinen Bock, dass irgendwelche Typen entscheiden, was passiert. Ich will mir von keinem mehr sagen lassen, ob ich so richtig bin oder mich verändern muss. Ich will selber Entscheidungen treffen. Ich will mir nehmen, was ich will. Und kein Typ soll das länger für mich übernehmen.«

Das schien ihn aus dem Konzept zu bringen. Aber sie begriff selbst, wie konfus die Ansprache wirken musste.

»Was willst du damit sagen, Jenny?«

Sie packte ihn und drückte ihm einen Kuss auf den Mund, bevor sie es sich anders überlegen konnte.

»Das!«, sagte sie.

Sie hatte befürchtet, dass Peter sie erschrocken anstarren würde, sich versteifte oder vor ihr zurückwich. Aber nichts dergleichen geschah. Und obwohl ihr schwindelig wurde, küsste sie ihn erneut. Diesmal sanfter. Seine Lippen waren so weich, und der Kuss fühlte sich wahnsinnig intensiv an. Man konnte sich darin verlieren. Sie musste sich schließlich zwingen, von ihm abzulassen. Aus lauter Sorge, sonst den Verstand zu verlieren. Räuspernd trat sie zurück.

»Und was wolltest du mir sagen?«, fragte sie.

Er schien ebenfalls einen Moment zu brauchen, um nach dem Kuss wieder einen klaren Gedanken zu fassen.

»Sie wollen dich groß rausbringen.«

»Wer?«, fragte sie verwirrt.

»Na, wer wohl? Die vom CBS natürlich. Sie nehmen dich unter Vertrag. Und sie machen das ganze Programm. Rick hat knallhart verhandelt.«

Er lachte über ihr verdutztes Gesicht. Dann breitete er die Hände aus, als wäre die größte Überraschung noch gar nicht dabei gewesen. »Stell dir vor, du wirst im Musikladen auftreten«, sagte er.

# 16

## TRANSITSTRECKE, APRIL 1982

Sie hatten Dreilinden hinter sich gelassen und fuhren direkt in das blassgelbe Licht der Abendsonne, die im Westen am Horizont unterging. Die Grenzanlagen, die mürrischen Uniformierten, die Pässe und Fahrzeuge checkten, die ganze unheimliche Drohkulisse, lag endlich hinter ihnen, und der Tourbus fuhr auf die Transitstrecke und beschleunigte. Es ging ab in Richtung Westdeutschland.

Während sich die Band im Bus über die Schnäppchen aus dem Duty-free-Shop hermachte, hauptsächlich Wodka und Wein und Zigaretten, saß Jenny etwas abseits und sah nachdenklich aus dem Fenster. Die weite Landschaft zog in sanftes Abendlicht getaucht an ihr vorbei, und sie lauschte dem monotonen *Dadamm dadamm*, mit dem der Bus über die Nähte der Fahrbahnplatten ratterte. Es war das erste Mal, dass sie zurück nach Westdeutschland fuhr.

Achtzehn Monate war es her, dass sie nur mit einem Koffer und ihrer Klarinette nach Berlin gekommen war, im schicken Trenchcoat und sterbensverknallt in Robert, den sie für einen Star gehalten hatte und der sie dann nur schnellstmöglich loswerden wollte. Und jetzt kehrte sie zurück, um als Frontfrau ihrer Band bei Radio Bremen im Fernsehen aufzutreten. Es musste wie ein Triumphzug wirken, aber so fühlte es sich nicht an. In diesen achtzehn Monaten war viel passiert, und sie war ein anderer Mensch geworden.

Mechthild, die den Tourbus steuerte, stellte gut gelaunt das Radio an. Es lief der Song einer neuen Band, die *Trio* hieß und gerade mit ihrem Lied *Da Da Da* die Charts stürmte. Unter allgemeinem Jubel drehte sie kräftig auf. Alle waren begeistert von diesem völlig neuartigen und ungewöhnlichen Song, der komplett reduziert war in Sachen Instrumenteneinsatz und Sprechgesang, und der trotzdem unglaubliche Power hatte. Dazu kam im Refrain der Casio Synthesizer, den man sonst nur in Kinderzimmern fand – das war irgendwo zwischen Witz und Avantgarde. Ein weiterer Erfolgshit der neuen Musikrichtung, mit der auch JENNY die Musikwelt erobern wollte. Im Bus herrschte ordentlich Partystimmung. Eine Mischung aus Urlaubsfeeling, Aufbruch zu neuen Ufern und einer gewissen Anspannung wegen des Fernsehauftritts.

Doch Jenny schaffte es nicht, sich von der guten Laune anstecken zu lassen. Sie dachte an Robert, der sie, als sie erst ein paar Wochen in Berlin war, aus der Wohnung geworfen hatte, um Platz zu haben für seine neue Freundin. An Piet, der sie erst zur Frontfrau gemacht und dann fallen gelassen hatte, nur wegen seiner eigenen Arroganz und einem dummen Missverständnis. An Tina, ihre Freundin und Nachbarin, die Jenny aufgefangen hatte, als sie keinen Ausweg mehr sah, und mit der sie Ostberlin samt wunderschöner und schrecklicher Seiten kennengelernt hatte. An Ingrid, die nach Manfreds Tod ebenfalls keinen Ausweg mehr sah, und die Jenny nicht hatte auffangen können, obwohl sie es so gerne getan hätte. Und an alle anderen – an Achim, an Peter und an die Mädels ihrer Band. Achtzehn Monate. Und jetzt ging es zurück nach Westdeutschland.

Achim schien bemerkt zu haben, dass sie ihren Gedanken nachhing. Professioneller Barkeeper, der er war, gesellte er sich zu ihr und schenkte Alkohol aus, um ihre Laune zu heben.

»Wissen deine Eltern, dass du nach Westdeutschland kommst?«, fragte er.

»Wir haben nicht miteinander gesprochen.«

Aber natürlich wussten sie es. Jeder wusste es. Es stand ja in allen Zeitungen. Ihr Album hatte einen vielversprechenden Start hingelegt, und selbst im entfernten Münsterland musste man davon gehört haben, dass sie bei Radio Bremen auftreten würden.

»Willst du einen Abstecher in dein Heimatdorf machen?«, fragte er.

»Wenn wir schon in Westdeutschland sind?«

»Mal sehen.«

Er lächelte. »Hätten deine Eltern jemals gedacht, dass du auf diese Weise zurückkehrst?«

»Ach, denen wäre es am liebsten, ich wäre gar nicht erst weggegangen und würde in Münster Primarstufe studieren, um mal an der Dorfschule zu unterrichten.«

»Kann schon sein«, sagte er. »Wir wissen nicht, was unsere Eltern denken. Und solange sie nicht mit uns reden, werden wir es auch nicht erfahren.«

Jenny merkte, dass er nicht mehr nur von ihren Eltern sprach.

»Glaubst du, deine Eltern haben mitgekriegt, dass du als Keyboarder im Fernsehen auftrittst?«, fragte sie.

»Da denke ich lieber an meine Bar«, meinte er grinsend. »Wenn ich Eröffnung habe, dann müssen wir da spielen. Das geht doch klar, oder?«

»Aber ja, was denkst du! Wir sorgen schon dafür, dass der Laden voll wird und die Wände wackeln.«

So ganz nahm sie es ihm aber nicht ab, dass er nicht an seine Eltern dachte.

»Ich hab echt Schiss vor morgen«, meinte er.

»Ja, ich auch. Aber wir werden es schon rocken, oder?«

»Auf jeden Fall.«

Er hob sein Glas, und sie stießen auf den Fernsehauftritt an. Jenny hatte sich schon eine Strategie zurechtgelegt. Sie würde an Basti denken. Sich vorstellen, nur für ihn zu performen, egal, was im Musikladen los wäre. Wie bei ihrem ersten Auftritt. Wie beim Vorsingen in der Aufnahmeprüfung. Basti würde sie großartig finden, und egal wie einschüchternd der Rest sein mochte, sie selbst würde sich ebenfalls großartig finden, wenn sie sich durch seine Augen sah.

Achim legte den Arm um ihre Schultern. Lächelnd kuschelten sie sich aneinander und sahen gemeinsam in das Abendlicht hinaus.

»Vielleicht sieht Ingrid uns ja morgen im Fernsehen«, sagte er.

»Ja, das wäre schön.«

Das Autoradio lief immer noch, und plötzlich kündigte der Moderator eine neue, vielversprechende Band an, deren Namen sich alle merken sollten: JENNY. Jubel brach im Bus aus, und Mechthild drehte die Lautstärke noch weiter auf. Die Synthesizer-Hookline begann, und Jennys dunkle Stimme dröhnte durch den Lautsprecher. Alle grölten lautstark mit, tanzten im Bus, bis der zu schwanken begann, und stießen mit Weinflaschen an. Die Sonne war inzwischen am Horizont verschwunden, und nur ein orangefarbenes Leuchten wies noch dorthin, wo ihre alte Heimat lag, der Westen, dem sie nach langer Abwesenheit wieder entgegenfuhr.

Die Nacht in dem Bremer Hotel war kurz und unruhig, für alle aus der Band. Sie frühstückten ausgiebig, und am Nachmittag ging es ins Aufnahmestudio, wo sie ewig lange in der Maske saßen und immer aufgeregter wurden. Der Auftritt konnte ihr großer Durchbruch werden. Wenn der Funke auf das Fernsehpublikum übersprang, würden sie in die Charts aufsteigen. Alles entschied sich in dreieinhalb Minuten. Der Druck könnte nicht größer sein, doch gleichzeitig mussten sie entspannt und fröhlich rüberkommen und auf den Punkt performen, als wären sie allein mit dem Ziel hergekommen, gute Laune zu verbreiten. Ein ziemlicher Spagat.

Während eine junge Visagistin sich um Jennys Make-up kümmerte, öffnete sich die Tür, und ein Produktionsassistent steckte den Kopf rein. »Telefon für Sie, Frau Herzog.«

Sie entschuldigte sich und folgte dem Mann zu einem Fernsprecher. Am anderen Ende war Peter, der es mal wieder geschafft hatte, dass alle nach seiner Pfeife tanzten und sogar eine Künstlerin kurz vor ihrem Auftritt aus der Garderobe geholt wurde.

»Wie geht's dir?«, fragte er. »Kommst du klar?«

»Geht so, wenn ich ehrlich bin.«

»Ich weiß, es ist ein unfassbarer Druck.«

»Das kannst du laut sagen.«

»Denk an deine Aufnahmeprüfung. Wir wollten dich alle durchrasseln lassen. Weil du zu spät kamst und nicht vorbereitet warst und uns auf die Nerven gegangen bist. Und am Ende hast du uns alle beeindruckt.«

»Ja, ich habe da an Basti gedacht, als ich vor euch stand. Hab mir vorgestellt, dass ich nur für ihn singe.«

»Dann mach das wieder, wenn das so gut funktioniert.«

Sie lächelte. »Das habe ich mir längst als Strategie überlegt.«

Der Assistent tippte ihr auf die Schulter und deutete auf seine Armbanduhr. Das war ja hier wie in einer Berliner Telefonzelle, dachte sie halb genervt, halb amüsiert.

»Ich muss los, Peter.«

»Ich warte auf dich. Du schaffst das.«

Sie wollte schon auflegen, da sagte er: »Ich liebe dich, Jenny.«

Seine Worte zauberten ihr ein Lächeln ins Gesicht. Sie hätte die ganze Welt umarmen können. Es war schon schräg, denn nach Robert und Piet hatte sie gedacht, von Männern erst mal die Schnauze voll zu haben. Aber Peter war anders, und auch ihre Gefühle zu ihm unterschieden sich. Er sah sie als das, was sie war. Sie musste sich für ihn nicht verstellen. Er stand hinter ihr und gab ihr alle Freiheiten. Und wenn sie an ihn dachte, flatterte ihr Herz wieder drauflos, als wäre es nie gebrochen worden.

Sie beeilte sich, zurück zur Garderobe zu kommen. Gerade noch rechtzeitig wurden alle fertig und die Band versammelte sich im Backstagebereich. Das vertraute Intro der Sendung erklang, die Show ging los. Jenny spähte vom Rand der Bühne ins Publikum. Fernsehkameras waren aufgebaut, der Saal war voller junger Leute, die im Licht der Discokugeln herumstanden und auf die Live-Acts warteten.

Mittendrin waren ihre Eltern. Zuerst glaubte sie, zu halluzinieren. Das war unmöglich. Was machten die denn hier? Sie standen zwischen den jungen Leuten und sahen aus, als würden sie verzweifelt nach dem Notausgang Ausschau halten. Aber sie waren es, eindeutig. Und Basti stand neben ihnen. Er wirkte sichtlich zufrieden und beobachtete gut gelaunt das Spektakel. Sicher war er für das Auftauchen ihrer Eltern verantwortlich. Ihr Herz machte einen Satz. Sie würde sich nicht mehr vorstellen müssen, für Basti zu singen, sondern er stünde wirklich direkt vor ihr. Er war gekommen, um sie zu unterstützen, und hatte ihre Eltern gleich mitgebracht.

Da verlor sie jede Angst. Sie würden den Auftritt rocken, das wusste sie tief in ihrem Herzen. Sie dachte an die Single, die Robert ihr geschenkt hatte. »*Heroes*«. Es war längst nicht mehr nur ihr gemeinsamer Song, im Gegenteil. Er gehörte zu Jennys Entwicklung, zu der Reise, auf die sie in den letzten achtzehn Monaten gegangen war. »Wir können Helden sein, und wenn nur für einen Tag.« Das beschrieb ziemlich gut, wie sich ihre Zeit in West-Berlin angefühlt hatte.

Die Moderatoren kündigten JENNY an, doch was genau sie sagten, drang kaum zu ihr durch. Es war so weit. Der Aufnahmeleiter winkte sie herüber. Die Mädels nickten einander aufgeregt zu, und Achim bekreuzigte sich. Dann ging es raus auf die Bühne. Sie stellten sich an ihre Instrumente. Und schon gingen die ersten Takte los, und Jenny nahm das Mikrophon aus dem Ständer. *We can be heroes*, dachte sie und trat ins Scheinwerferlicht.

## PLAYLIST

### ⤙ WIR WERDEN HELDEN SEIN ⤚

| | |
|---|---|
| David Bowie | »Heroes« |
| Nina Hagen | Unbeschreiblich weiblich |
| Dead Kennedys | California über alles |
| Ramones | I Wanna Be Sedated |
| The Clash | London Calling |
| Ideal | Ich steh auf Berlin |
| Joy Division | Disorder |
| Abwärts | Computerstaat |
| Mittagspause | Innenstadtfront |
| Hans-A-Plast | Lederhosentyp |
| Fehlfarben | Paul ist tot |
| Mania D. | Zossener Straße |
| Malaria! | Kaltes klares Wasser |
| Gudrun Gut & Blixa Bargeld | Die Sonne |
| Einstürzende Neubauten | Ich gehe jetzt |
| DAF | Als wär's das letzte Mal |
| Extrabreit | Polizisten |
| Ideal | Blaue Augen |

| | |
|---|---|
| Fehlfarben | Ein Jahr (Es geht voran) |
| Extrabreit | Hurra, Hurra die Schule brennt |
| Trio | Da Da Da |
| Nena | 99 Luftballons |

## ⇥ BONUS ⇤

| | |
|---|---|
| Vicky Leandros | Dann kamst Du |
| Vicky Leandros | Ich liebe das Leben |

# NACHBEMERKUNG

Die Geschichte von Jenny und ihrer Band ist rein fiktiv. Die Figuren entstammen meiner Phantasie, alle Ähnlichkeiten mit realen Personen sind zufällig und nicht beabsichtigt. Die anderen Bands und Musiker:innen in diesem Buch gab es aber tatsächlich, und einige von ihnen sind noch heute aktiv und erfolgreich. Sie haben deutsche Musikgeschichte geschrieben, was dadurch ausgelöst wurde, dass Punk und New Wave nach Deutschland kamen und von einer lebendigen und kreativen jungen Musiker:innengeneration aufgenommen und stilistisch weiterentwickelt wurden.

In den frühen 8oer Jahren passierte dann etwas, womit damals kaum jemand gerechnet hatte: Die Neue Deutsche Welle (NDW) eroberte quasi über Nacht die deutschen Charts und feierte auch international große Erfolge. Nena, *Trio* oder Falco wurden plötzlich nicht nur in deutschen Radiostationen rauf und runter gespielt, vor allem Nena landete mit ihren *99 Luftballons* einen Hit, der die Musikcharts von Japan bis in die USA stürmte. Die neue Musikrichtung erlebte einen kurzen Hype, eine Explosion von neuen Bands und Künstler:innen, bevor sie wieder in der Versenkung verschwand, was auch an der kommerziellen Ausbeutung und der Übersättigung des Marktes durch die Musikindustrie lag.

Entstanden war die NDW im musikalischen Underground und als Antwort auf die bis dahin vorherrschende Schlagermusik. Punk und New Wave fanden ihren Weg aus Großbritannien und den USA nach Deutschland, und es bildeten sich verschiedene musikalische Zentren im Land, in denen sich daraus der raue Stil des deutschen New Wave entwickelte. Eines dieser Zentren war West-Berlin, eine Stadt, die durch ihre Insellage, die Studenten- und Protestbewegungen und das damals einzigartige und vielfältige Nachtleben eine perfekte Spielwiese für junge Künstler:innen bildete. Ein Ort, der mich als Jugendliche bereits faszinierte und inspirierte. Dieses verrückte, einzigartige Berlin im Schatten der Mauer existiert heute nicht mehr. Mit diesem Roman habe ich versucht, es aus meinen Erinnerungen noch einmal aufleben zu lassen.

Die Fernsehserie *Drei Damen vom Grill* wurde ab 1980 nicht mehr, wie von mir beschrieben, am Nollendorfplatz gedreht, sondern bereits im Stadtteil Westend. Diese kleine künstlerische Freiheit habe ich mir genommen. Ich danke Monika Renken und Mani Beckmann, die den Entstehungsprozess des Romans begleitet haben. Außerdem danke ich Stefanie Werk und Leonie Lieske vom Aufbau Verlag, die das Projekt so wundervoll betreut haben.

Ali Hazelwood
**Das irrationale Vorkommnis der Liebe –
Die deutsche Ausgabe von »Love on the Brain«**
Roman
Aus dem Amerikanischen von Christine Strüh und Anna Julia Strüh
453 Seiten, Klappenbroschur
ISBN 978-3-352-00964-8
Auch als E-Book lieferbar

## Der Hype geht weiter – die neue große Lovestory von Bestsellerautorin Ali Hazelwood

Für Neurowissenschaftlerin Bee ist die Liebe nur ein neurophysiologischer Zwischenfall, hoffnungslos instabil und der wahre Bösewicht menschlicher Beziehungen, deren neuronale Grundlagen sie erforscht. Als Frau in den Naturwissenschaften ist Bee eine bedrohte Art in einer von Männern beherrschten Welt, in der für sie stets gilt: Was würde Marie Curie tun? Dann wird ihr die Leitung eines neurotechnischen Wunschprojekts angeboten – was Marie Curie sofort annehmen würde. Aber die musste auch nie mit Levi Ward zusammenarbeiten, Bees langjährigem akademischem Erzfeind, der ihren Traum zum Projekt des Grauens macht. Bis Bee sich plötzlich in eine völlig irrational romantische Zwangslage verstrickt findet, in der nur noch zählt: Was wird Bee tun?

**Regelmäßige Informationen erhalten Sie über unseren Newsletter.
Jetzt anmelden unter: www.aufbau-verlage.de/newsletter**

**Lily Lindon**
**Double Booked – Wenn die Liebe zweimal kommt**
Roman
Aus dem Englischen von Anna Julia Strüh
444 Seiten. Klappenbroschur
ISBN 978-3-7466-3987-1
Auch als E-Book lieferbar

## Passt die Liebe zweimal in ein Leben?

Georgina, 26, hat ihr Leben durchgeplant: der sichere Job als Klavierlehrerin angeödeter Kinder, der feste Freund Douglas, der gemeinsame Google-Kalender. Dann geht sie zu einem Konzert, und alles ist anders. Die Sehnsucht, selbst Musik zu machen, ist wieder da – und Kit, die Schlagzeugerin, die ihr den Atem raubt. Gina hat keine Ahnung, welches Leben das richtige ist. Also bleibt sie tagsüber in ihrem sicheren Hetero-Alltag mit Douglas. Nachts wird sie zu George, die als Keyboarderin in Kits Band spielt und auf Frauen steht. Doch kann sie wirklich beides haben?

Ein so kluger wie cooler Roman über die Frage, was wir wagen müssen, um glücklich zu sein

**Regelmäßige Informationen erhalten Sie über unseren Newsletter.**
Jetzt anmelden unter: www.aufbau-verlage.de/newsletter